소오강호 2 - 독고구검

1판 1쇄 발행 2018. 10. 15.
1판 4쇄 발행 2022. 3. 26.

지은이 김용
옮긴이 전정은
발행인 고세규
편집 조은혜 | 디자인 윤석진
발행처 김영사
등록 1979년 5월 17일 (제406-2003-036호)
주소 경기도 파주시 문발로 197(문발동) 우편번호 10881
전화 마케팅부 031)955-3100, 편집부 031)955-3200 | 팩스 031)955-3111

값은 뒤표지에 있습니다. ISBN 978-89-349-8330-9 04820
                    978-89-349-8337-8 (세트)

홈페이지 www.gimmyoung.com   블로그 blog.naver.com/gybook
인스타그램 instagram.com/gimmyoung   이메일 bestbook@gimmyoung.com

좋은 독자가 좋은 책을 만듭니다.
김영사는 독자 여러분의 의견에 항상 귀 기울이고 있습니다.

소오강호

笑傲江湖

김용 대하역사무협

전정은 옮김

독고구검

2

독고구검

2권

영호충 令狐沖

화산파 대사형. 어렸을 때 부모를 잃어 화산파 장문인 부부 손에서 자랐다. 강호의 의리와 예의를 중요하게 여겨 의협심이 강하지만, 술을 좋아하고 거침없는 성정을 가졌다. 타고난 호방함으로 많은 이들의 총애를 받아, 여러 사람들의 도움으로 절체절명의 위기도 잘 헤쳐 나간다. 규율이나 관습에 얽매이지 않고 자유롭게 사는 삶을 추구하는 인물이다.

임평지 林平之

복주 복위표국 소표두. 집안에 전해져 내려오는 〈벽사검보〉를 노리고 가문을 몰살한 청성파에게 복수하기 위해 화산파에 입문했다. 무공 실력이 뛰어나지 않고, 소심한 인물이었으나 집안 멸문에 얽힌 비밀을 알게 된 뒤 변하게 된다.

악불군 岳不羣

화산파 장문인. 영호충의 아버지 같은 인물로 군자검이라는 별호를 갖고 있을 정도로 점잖고 고상하다. 무공 또한 뛰어나 당대 무림에서 손꼽히는 고수였지만, 위선적인 태도와 탐욕이 드러난다.

악영산 岳靈珊

악불군과 영중칙의 딸. 어렸을 때부터 영호충과 함께 놀고, 무공을 익히며 자랐다. 털털하고 솔직한 성격으로 다소 천방지축같은 모습도 보인다. 영호충이 짝사랑하는 인물로, 악영산 또한 영호충에게 마음이 있었지만 임평지를 만난 뒤 그에게 마음을 뺏긴다.

막대 莫大

형산파 장문인. 꾀죄죄한 차림새로 다니는 신출귀몰한 인물로, 언제나 호금을 지닌 채 자유롭게 강호를 누비며 다닌다. 매사에 흔들림 없고 당당한 대장부의 면모를 가진 영호충에게 호의적인 태도를 보이며, 영호충이 위험에 처할 때 도움을 주기도 한다.

의림 儀琳

불계 화상의 딸이자 항산파 정일 사태 제자. 처음에는 본인이 고아인 줄 알았으나 우연한 계기로 아버지를 만나게 됐다. 좌중을 사로잡는 빼어난 외모를 가진, 출가한 승려로 순수한 심성을 가진 인물이다. 영호충의 도움을 받아 목숨을 구한 이후로, 줄곧 그에게 연정을 품는다.

유정풍 劉正風과 곡양 曲洋

형산파 고수와 일월신교 장로. 유정풍과 곡양은 각각 정파와 사파에 속해 있기 때문에 교우해서는 안 되지만 음악에 대한 뜻이 같아 우정을 키워나갔다. 두 인물은 어렵게 완성한 통소와 금 합주곡 〈소오강호곡〉을 영호충에게 건넨 뒤 죽는다.

풍청양 風淸揚

화산파가 검종과 기종으로 나뉘어 분쟁이 있기 전, 화산파에 있던 태사숙. 화산에 은거하며 모습을 드러내지 않지만, 뛰어난 무림 고수로 영호충에게 '초식이 없는 것으로 초식이 있는 것을 깨뜨리는' 비결과 독고구검을 전수했다.

도곡육선 桃谷六仙

정파 없이 강호를 떠도는 여섯 형제로 이름은 도근선桃根仙, 도간선桃幹仙, 도지선桃枝仙, 도엽선桃葉仙, 도화선桃花仙, 도실선桃實仙이다. 서로 쉴 새 없이 떠들며 웃음을 주는 인물들이지만, 화가 나면 간담이 서늘해질 정도로 사람을 처참하게 죽인다.

임영영 任盈盈

일월신교 교주였던 임아행의 딸. 많은 강호 호걸의 존경과 사랑을 받지만 수줍음이 많은 인물로, 우연한 계기로 영호충에게 깊은 정을 느껴 그를 물심양면으로 돕는 조력자다. 악한 성정을 갖고 태어났지만 아버지처럼 독선적이거나 권력에 눈 먼 인물은 아니다.

상문천 向問天

일월신교 광명좌사. 목표를 위해서는 물불 가리지 않는 오만하고 고집스러운 사람이지만, 현명하고 의리를 중요하게 여기며 강호를 제패할 야심은 없는 인물이다. 동방불패에게 일월신교 반역자로 찍혀 도망을 다니다 영호충의 도움으로 위기에서 벗어난 뒤, 영호충과 생사를 함께 하기로 약속한다.

임아행 任我行

동방불패 이전에 일월신교 교주. 타인의 진기를 빨아들이는 흡성대법을 연마한 독선적인 인물로 지모와 지략이 뛰어나다. 동방불패에게 교주 자리를 뺏긴 후, 10여 년간 깊은 지하 감옥에 갇혀 살았다. 상문천과 영호충의 도움을 받아 감옥을 탈출한 뒤 교주 자리를 탈환하려 한다.

좌냉선 左冷禪

숭산파 장문인. 오악검파인 화산파, 숭산파, 태산파, 형산파, 항산파를 오악파로 통합해 오악파 장문인이 되려 한다. 목표를 위해서는 협박과 살인 등 간악한 짓도 일삼는 인물이지만, 악불군과 겨루다 두 눈을 잃고 만다.

동방불패 東方不敗

일월신교 교주. 일월신교에 전해져 내려오는 《규화보전》의 무공을 연성한 유일한 사람으로, 임아행에게서 교주 자리를 찬탈하고 10년 동안 천하제일 고수라 불려왔다. 함께 지내는 양연정을 끔찍하게 여겨, 양연정의 일이라면 오랜 벗이라도 죽일 수 있는 헌신적이면서도 잔인한 인물이다.

쑹원즈宋文治의 〈화악참천華嶽參天〉

쑹원즈는 중국 현대 화가다.

우징팅吳鏡汀의
〈태화승개太華勝槪〉
우징팅은 중국 현대 화가다.

당산금분唐山金盆
출토 문물. 유정풍이 금분세수할
때 쓰던 것은 이처럼 정교하고 화
려하지는 않았을 것이다.

화산華山 풍경

서위가 행초로 쓴 〈청천가靑天歌〉 일부

이 긴 두루마리의 글은 생동적이고 운치가 있으며 기복이 많다. 이 책에는 글의 제일 뒷부분을 실었다. 원본의 느낌을 살리기 위해 원서 순서 그대로 옮겼다.

"… 석 자 운라雲羅(악기 이름 – 옮긴이)에 열두 달이 흘러, 겁년劫年을 겪으며 혼원混元을 베니, 옥음玉韻이 낭랑하여 정음鄭音(음란한 음악 – 옮긴이)은 다하고, 청아함이 두루 마음에 퍼지노라. 이로부터 귀신의 도움을 받아, 천지에 들고 고금을 넘으니, 자유로이 종횡해 얽매이지 않으며, 영광을 탐하지 않아 몸도 욕되지 않노라. 한가로이 병에 담긴 백설을 노래하니, 세외 봄날의 곡조여라. 이 몸도 이 곡도 일체 자연이니, 피리에는 구멍이 없고 금에는 현이 없도다. 허망한 꿈에서 놀라 깨어나, 밤낮 청음清音을 들으니 모두가 동천이로다. 서위 씀"

(〈청천가〉는 장춘자 구처기가 쓴 것이다. – 옮긴이)

처음 네 구절은 영영의 금이라 할 수 있고, 다음 네 구절은 영호충의 검이라 할 수 있다. 그 다음 여섯 구절은 영호충과 영영이 금과 통소로 세외에 은거하는 기쁨을 합주하는 것이라 할 수 있다.

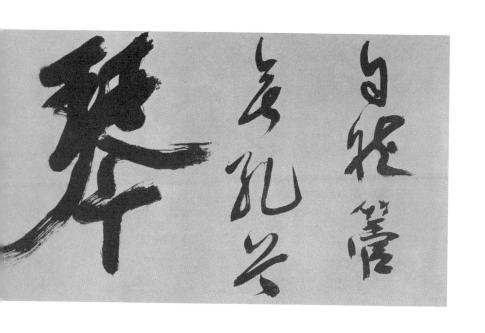

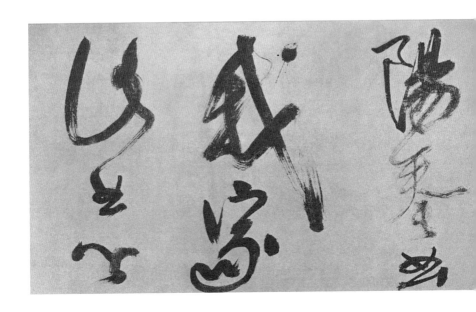

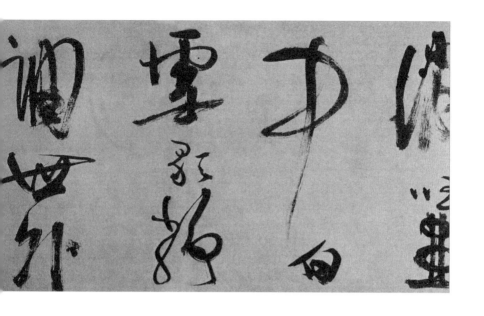

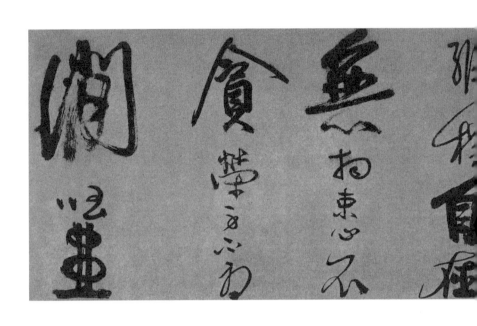

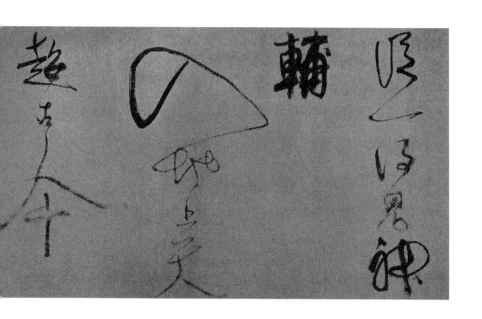

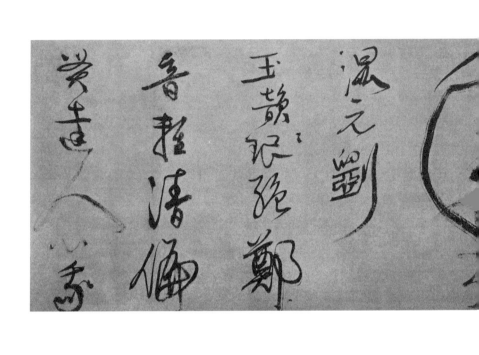

混元劉

玉顙銀琶鄭

吾輩清儔

黃道人心章

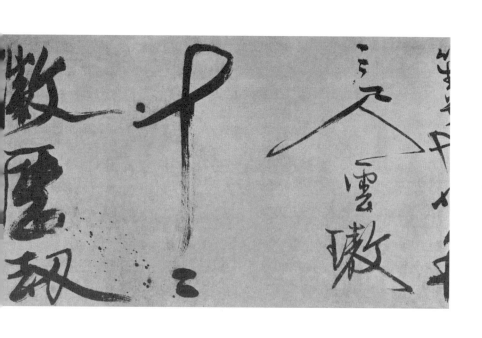

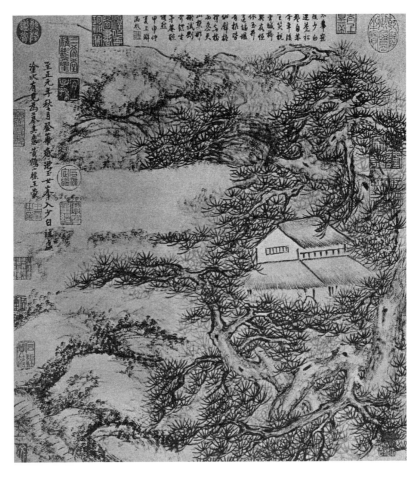

왕몽王蒙의 〈소백운송도少白雲松圖〉

왕몽은 원나라 말 명나라 초기 화가다. 절강성 오흥 사람으로 조맹부趙孟頫(중국 원나라 때 화가 — 옮긴이)의 외손이다. 이 그림에는 다음과 같은 제서가 있다.

화악에 올라 옥녀봉을 유람하고   登華嶽 游玉女峯

소백 깊은 곳에 머물며 그 뜻을 본떴노라   入少白深處 塗次有見 為摹其意

명나라 때 판화 〈화산도華山圖〉

명나라 때 간행된 〈명산도名山圖〉에 기재

笑傲江湖

금분세수

6

유정풍은 미소를 지으며 소매를 걷고 황금 대야로 두 손을 뻗었다.
바로 그때, 대문 밖에서 누군가 소리를 질렀다.
"잠깐!"
유정풍은 움찔하며 동작을 멈추고 외친 사람을 향해 고개를 돌렸다.

임평지를 제자로 거둔 악불군은 하룻밤 쉬고 이튿날 제자들과 함께 유정풍의 집을 찾아갔다. 그가 당도했다는 소식에 집주인 유정풍은 몹시 기뻐했다. 무림에서 이름 높은 화산파의 장문인인 군자검이 몸소 찾아왔는데 누군들 방에 가만히 앉아 있을 것인가? 유정풍 역시 황급히 달려나가 침이 마르도록 고마움을 표했다. 악불군은 만면에 웃음을 띠고 겸손한 태도로 축하 인사를 건넨 뒤, 유정풍과 나란히 대문 안으로 들어갔다. 천문 진인과 정일 사태, 여창해, 문 선생, 하삼칠 등도 섬돌에서 내려와 악불군을 맞이했다.

　여창해는 나쁜 생각을 하고 있었다.

　'화산파 장문인이 친히 여기까지 오다니, 단순히 유정풍의 체면을 세워주기 위해서일 리 없다. 필시 나를 상대하려고 왔겠지. 오악검파가 비록 세력이 크나 우리 청성파도 호락호락한 곳은 아니다. 악불군이 무례하게 나오면 내가 먼저 영호충이 기녀를 끼고 놀았다는 이야기를 꺼내 선수를 쳐야겠군. 끝끝내 덤비면 싸우는 수밖에.'

　그러나 악불군은 그를 보자마자 깊이 읍하며 정성스레 말했다.

　"여 관주, 오랜만에 뵙는데도 기상은 여전하시구려. 참으로 놀랍소이다!"

　여창해도 예를 갖추기 위해 마주 읍했다.

"악 선생도 무탈하셨소? 나날이 젊어지시니 신공은 가히 신공인가 보오."

그들이 의례적인 인사를 주고받는 동안 각지의 귀빈들이 속속 도착했다. 이날은 바로 유정풍이 금분세수를 하는 날이었다. 사시巳時(9~11시) 이각二刻(30분)이 되자 유정풍은 채비를 위해 안채로 들어가고, 제자들만 남아 손님들을 영접했다.

오시午時(11~13시)가 다가오자 멀리서 찾아온 손님들이 500~600명이나 물밀듯이 몰려왔다. 개방의 부방주 장금오張金鰲가 모습을 드러냈고, 정주鄭州 육합문六合門의 하夏 권사는 사위 셋을 데리고 왔다. 뿐만 아니라 천악삼협신녀川鄂三峽神女 봉철峯鐵 노파, 동해東海 해사방海砂幫 방주 반후潘吼, 곡강이우曲江二友라 불리는 신도神刀 백극白克과 신필神筆 노서사盧西思도 차례차례 도착했다.

서로 잘 아는 사람들도 있었고, 명성만 듣고 여태 만나보지 못한 사람들도 있었기 때문에 한동안 서로 인사를 나누는 소리로 대청이 시끌벅적했다.

천문 진인과 정일 사태는 손님들과 어울리지 않고 따로 마련된 방에서 쉬었다. 오늘의 손님들 중에는 강호에서 제법 명성을 날리는 사람도 있었으나 시시한 하류배들도 섞여 있었는데, 두 사람은 형산파 고수인 유정풍이 경중을 가리지 못하고 그런 자들과 교분을 맺어 오악검파의 명성을 크게 떨어뜨렸다 여기고 있었다.

악불군은 조금 달랐다. 비록 이름은 '무리를 짓지 않는다'는 의미의 '불군不群'이지만, 실상 그는 친구를 몹시 좋아해서 이름 석 자조차 알려지지 않은 무명의 인물이든 겨우 이름만 알린 신출내기든, 다가와 인사를 건네면 똑같이 웃는 얼굴로 인사하고 이야기를 나눴다. 화산파의 장문인이랍시고 으스대는 태도는 조금도 찾아볼 수 없었다.

유정풍의 제자들은 하인들을 시켜 안팎으로 200여 석의 좌석을 늘어놓았다. 유정풍의 친척과 문객들, 집안일을 관리하는 사람들, 제자인 향대년과 미위의 등이 귀빈들을 자리로 안내했다. 무림에서의 지위와 명성, 그리고 나이로 보아 태산파의 장문인인 천문 진인이 상석에 앉는 것이 바른 이치였으나, 오악검파의 결맹 덕에 각 문파를 대표하는 천문 진인과 악불군, 정일 사태가 대등한 위치에 있어 누구 한 사람이 상석에 앉기가 거북했다. 이 때문에 무림의 명숙名宿들은 이리저리 양보하며 상석을 마다했다.

그런데 갑자기 문밖에서 펑펑 소리와 함께 축포가 터지고, 북과 징 소리가 요란하게 울렸다. 길을 비키라는 외침으로 보아 어느 높으신 관리가 행차한 모양이었다. 손님들이 어리둥절하는 사이, 새로 지은 비단 장포를 걸친 유정풍이 황급히 안채에서 뛰쳐나왔다. 손님들이 저마다 축하 인사를 건넸으나 유정풍은 두 손을 포개 올리며 인사를 대신한 후 곧장 대문 밖으로 나갔고, 잠시 후 몹시 공손한 태도로 관복을 입은 사람을 안내해 들어왔다. 이 광경을 본 강호의 손님들은 너 나 할 것 없이 고개를 갸웃했다.

'관아에도 무림의 고수가 있었던가?'

그러나 그 관리는 옷차림은 단정했지만 눈빛이 흐리멍덩하고 얼굴빛도 칙칙해서 무공이라고는 전혀 모르는 사람 같았다.

악불군 같은 무림 명숙들은 이렇게 짐작했다.

'유정풍은 형산성의 유지니 관아와 교류가 있었을 것이다. 그가 경

사를 맞은 오늘, 지방 관리가 찾아오는 것이 괴이한 일은 아니지.'

그 예상과 달리 관리는 당당하게 앞으로 나아가 대청 한가운데 섰고, 따르던 아역衙役이 오른쪽 무릎을 꿇고 누런 비단으로 덮은 탁반을 두 손으로 높이 받쳐들었다. 탁반 위에는 두루마리가 놓여 있었다.

관리는 허리를 굽혀 두루마리를 들어 펼치고는 목청을 가다듬어 외쳤다.

"성지요! 유정풍은 성지를 받드시오!"

그 자리에 있던 무림의 군웅들은 벼락이라도 맞은 듯이 놀랐다.

'유정풍이 금분세수하고 은퇴하는 것은 우리 강호의 일인데 어째서 조정이 개입하지? 황제가 성지까지 내리다니, 설마하니 유정풍이 역모를 꾸미다 발각되기라도 했나?'

약속이나 한 듯 똑같은 생각을 한 사람들은 슬며시 몸을 일으키며 남몰래 무기를 움켜쥐었다. 관리가 성지를 들고 왔으니 관병들이 저택을 단단히 포위한 것은 자명했고, 큰 싸움이 예고된 지금 이곳에 모인 사람들은 유정풍과 가까운 사이인 만큼 모른 척할 수는 없었던 것이다. 뒤집힌 둥지에 남아나는 알이 없다고 했던가. 유정풍을 만나러 찾아왔다는 것은 역당과 한패라는 뜻이었고, 그렇다면 무사히 빠져나갈 희망도 없었다. 그들은 유정풍이 낯빛을 바꾸며 소리를 치기만 하면, 도검을 휘둘러 삽시간에 관리를 짓이겨놓으리라 마음먹었다.

하지만 예상과는 달리, 유정풍은 태산처럼 차분한 얼굴로 무릎을 꿇고 관리에게 세 번 머리를 조아린 뒤 낭랑하게 대답했다.

"소신 유정풍, 성지를 받듭니다. 황제 폐하, 만세 만세 만만세!"

그 광경에 군웅들은 입을 다물지 못했다.

관리가 두루마리를 펼쳐 읽었다.

"천명을 받아 황제가 명하노라. 호남성 순무의 보고에 따르면 형산현 서민 유정풍은 나라를 위하는 마음이 깊고 향리에 누차 공을 세웠으며, 궁술과 기마에 능통하여 크게 쓸 인재라 하였도다. 이에 참장參將으로 삼으니 앞으로 조정의 은혜에 보답하고 짐의 기대를 저버리지 말라."

유정풍은 다시금 머리를 조아렸다.

"소신 유정풍, 성은에 감사드립니다. 황제 폐하, 만세 만세 만만세!"

자리에서 일어난 그가 관리를 향해 허리를 깊이 숙이며 공손하게 말했다.

"장 대인, 발탁해주신 은혜를 어찌 갚을지 모르겠습니다."

관리는 수염을 쓰다듬으며 허허 웃었다.

"하례드리오, 유 장군. 이제 장군이나 나나 같이 나라의 녹을 먹게 되었는데 어찌 그리 겸손한 말씀을 하시오?"

"소장小將(무관이 스스로를 낮춰 부르는 말)은 재야에 묻힌 일개 필부건만, 이렇게 조정의 임명을 받으니 폐하의 은혜가 실로 하해와 같고 집안 또한 크나큰 영광을 입었습니다. 이 모든 것이 이곳 형산성을 다스리시는 주 대인과 장 대인의 도움 덕분이지요."

"허허, 별말씀을…."

유정풍은 매부인 방천구方千駒를 돌아보았다.

"방 현제, 장 대인께 드릴 예물은 어찌 되었는가?"

"여기 가져왔습니다."

방천구가 둥그런 쟁반을 내밀었다. 쟁반 위에는 비단 보따리가 놓여 있었다.

유정풍이 쟁반을 받아들고 웃는 얼굴로 말했다.

"약소합니다만 성의로 준비했으니 부디 거절하지 마십시오."

장 대인은 또다시 허허 웃었다.

"형제 같은 사이에 뭘 이런 걸 다…."

그가 흘끗 눈짓을 하자, 옆에 있던 아역이 손을 내밀었다. 쟁반을 건네받는 순간 제법 묵직한 듯 어깨가 축 처지는 것을 보니 백은 아니면 황금인 것 같았다.

장 대인은 싱글벙글 웃으며 훨씬 부드러워진 투로 말했다.

"이 아우, 공사가 다망하여 오래 머물지 못하겠군요. 자자, 술 석 잔으로 유 장군의 출사를 하례드리겠습니다. 오래지 않아 더욱 높은 자리에 올라 길이길이 폐하의 은덕을 입으실 것입니다."

눈치 빠른 아역들이 재빨리 잔을 따라 올리자, 장 대인은 연거푸 세 잔을 비운 후 두 손을 포개 들며 인사하고 밖으로 나갔다. 유정풍은 만면에 미소를 가득 띠고 대문까지 배웅했다. 길을 비키라는 외침 소리가 위풍당당하게 울리기 시작했고, 유정풍의 집에서도 그 소리에 맞춰 송별의 의미를 담은 축포를 펑펑 쏘았다.

예상치 못한 장면에 군웅들은 벙어리처럼 입을 다문 채 서로의 얼굴만 바라보았다. 한결같이 민망하고 의아한 표정이었다.

오늘 찾아온 손님들 가운데 흑도의 인물이나 조정에 반감을 품은 사람은 없었으나, 대다수가 무림에서 꽤 명성을 쌓아 자부심이 강했기 때문에 조정이나 관리 따위는 안중에도 없었다. 그런데 유정풍이 권세에 빌붙고자 참장이라는 하잘것없는 말단 관직에 눈물이라도 흘릴 듯

29

감격해서 낯간지러운 아부를 입에 올리고, 그것도 모자라 공공연히 뇌물까지 건넸으니, 그들 모두 강한 모멸감을 느끼지 않을 수 없었다. 대놓고 경멸하는 눈초리로 쳐다보는 사람도 있었고, 연배가 높은 사람들은 설레설레 고개를 저었다.

'보아하니 돈을 주고 벼슬을 샀구나. 순무의 추천서 한 장을 위해 황금을 얼마나 바쳤을꼬? 언제나 올곧던 유정풍이 늘그막에 벼슬 욕심에 사로잡혀 수단 방법 가리지 않고 관직을 사들일 줄이야…'

그사이 손님들에게 돌아온 유정풍은 흐뭇한 얼굴로 읍하며 자리를 권했다. 아무도 상석에 앉으려 하지 않았기 때문에 가운데 태사의는 비워둔 채, 그 왼쪽에는 가장 연로한 육합문의 하 노권사가, 오른쪽에는 개방의 부방주 장금오가 앉았다. 장금오 본인은 유별난 재주가 없었으나, 개방이 천하제일의 대방파고 개방 방주 해풍解風의 무공과 명성 또한 무척 높았기 때문에 모두들 자리를 양보해주었다.

군웅들이 차례차례 자리에 앉자 하인들이 요리와 술을 나르기 시작했다. 미위의가 비단 덮개를 씌운 차 탁자를 가지고 나타났고, 이어서 향대년이 너비 반 자 정도에 번쩍번쩍 빛나는 황금 대야를 들고 와 탁자 위에 놓았다. 대야 안에는 맑은 물이 넘칠 듯이 찰랑찰랑했다. 문밖에서 펑펑펑 하고 세 번의 축포가 터지고, 이어 타다타닥 하는 폭죽 소리가 요란하게 울렸다. 후청과 화청에 있던 젊은이와 어린이들도 행사를 구경하러 대청으로 우르르 몰려들었다.

유정풍은 미소 띤 얼굴로 대청 한가운데로 나아가 포권包拳을 하고 두루 읍했다. 군웅들도 일어나 마주 예를 갖췄다. 유정풍이 낭랑하게 외쳤다.

"여러 선배 영웅들, 친구들, 그리고 젊은 후배 여러분, 멀리서 찾아와주시어 이 유정풍, 실로 감격하여 몸 둘 바를 모르겠습니다. 제가 오늘 금분세수하고 앞으로 강호의 일에 나서지 않겠다 맹세하는 이유를, 여러분께서도 이미 짐작하셨으리라 생각합니다. 저는 조정의 은덕을 입어 미관말직微官末職이나마 벼슬을 하게 되었습니다. 예부터 나라님의 봉록을 받으면 나라님께 충성해야 한다는 말이 있습니다. 강호에서는 무엇보다 의리를 중요시하나, 나라의 공무를 집행할 때는 사사로운 정을 잊고 법에 따름으로써 나라님의 은혜에 보답해야 마땅합니다. 나랏일과 강호의 일이 서로 충돌한다면 이 유정풍의 입장은 몹시 곤란해집니다. 이에 이 유정풍, 오늘부터 무림에서 은퇴하고자 합니다. 이제 저는 더 이상 형산파의 제자가 아니며, 제 문하 제자들은 원한다면 다른 문파에 들 수 있습니다. 여러분을 이 자리에 모신 것은, 강호에 있는 동안 교분을 맺은 여러분이 증인이 되어주십사 했기 때문입니다. 앞으로도 여러분은 여전히 이 유정풍의 친구입니다. 허나 무림의 시시비비와 은원에 대해서라면 저는 더 이상 묻지도, 관여하지도 않을 것입니다."

말을 마친 그는 다시 포권을 하고 사방에 읍했다.

이미 예상한 말에 군웅들은 속으로 중얼거렸다.

'일심으로 관리 노릇만 하겠다는 말이구나. 사람마다 뜻이 다르니 강요할 일은 아니지. 어찌 되었건 나와 원한이 있는 것도 아니니 앞으로 무림에서 유정풍이라는 사람이 없어진들 무슨 상관인가.'

물론 다른 생각을 하는 사람도 있었다.

'형산파에 큰 손해로군. 형산파 장문인 막대 선생이 참석하지 않은

것도 화가 났기 때문이렷다.'

'근래 들어 오악검파가 강호에서 협의를 행하여 큰 존경을 받고 있는데 유정풍이 이런 일을 벌이다니, 모두들 대놓고 이러쿵저러쿵하지는 못해도 뒤에서는 비웃고 있겠지.'

남의 불행을 기뻐하는 사람들은 이렇게 생각하기도 했다.

'오악검파는 협의를 중요시한다고 떠들어대더니 꼴이 우습게 됐군. 벼슬 한자리 내준다는 말에 관리에게 넙죽 절하는 주제에 협의라는 말을 입에 담아?'

군웅들이 저마다 딴생각을 하는 동안 대청은 쥐죽은 듯 고요했다. 보통 이런 상황에서는 하객들이 분분히 몰려가 '천수를 누릴 일'이라는 둥 '최정상에 있을 때 물러나는 것이야말로 대단한 용기'라는 둥 '다시없는 결단'이라는 둥 축복을 비는 것이 정상인데, 대청을 가득 채운 하객들 중 누구 하나 입을 여는 사람이 없었다.

유정풍은 바깥쪽으로 몸을 돌리고 다시 외쳤다.

"제자 유정풍, 사부님의 은혜로 문하에 들어 무예를 익혔으나 형산파의 이름을 빛내는 데 아무 도움도 되지 못하여 부끄러울 따름입니다. 다행스럽게도 막대 사형이 본문을 이끌어주시니, 평범하고 재주 없는 이 몸 하나쯤 없어진들 무슨 대수겠습니까? 이제 제자는 금분세수하고 관직에 나아가나 벼슬길을 높이기 위해 사문의 무예를 쓰는 일은 결코 없을 것입니다. 강호의 시비와 은원, 문파 사이의 논쟁 또한 다시는 귀에 담지 않겠습니다. 이 맹세를 어길 시에는 이 검처럼 될 것입니다."

그는 장포 아래에서 검 한 자루를 꺼내 두 손으로 잡고 힘을 주었다.

검은 마치 가느다란 나뭇가지라도 되는 양 땡강 소리와 함께 쉽사리 둘로 부러졌다. 그가 부러진 검을 툭 던지자, 검 두 쪽은 바닥의 푸른 벽돌에 콱 박혔다.

이를 지켜본 사람들은 모두 입을 떡 벌렸다. 부러진 검이 벽돌에 박히면서 낸 소리로 보아 저 검은 황금도 무처럼 자를 수 있는 이기利器가 분명했다. 유정풍 같은 고수에게 평범한 강철 검을 손으로 부러뜨리는 것은 입에 올릴 가치도 없을 만큼 쉬웠으나, 날카로운 보검을 힘 한번 들이지 않고 두 동강 내는 것은 손가락에 상승의 공력을 싣지 않고서는 꿈도 꿀 수 없는 솜씨요, 무림의 일류고수만이 도달할 수 있는 경지였다. 부유하고 근심걱정 없는 생활을 누리는 부옹富翁처럼 둥글둥글한 그의 겉모습 뒤에 그만한 내공이 숨겨져 있다는 사실을, 그 누가 짐작이나 했을까?

문 선생이 한숨을 쉬며 중얼거렸다.

"아깝도다, 아까워!"

부러진 보검이 아깝다는 것일까, 유정풍 같은 고수가 관직에 나가는 것이 아깝다는 것일까?

유정풍은 아랑곳없이 미소를 지으며 소매를 걷고 황금 대야로 두 손을 뻗었다.

바로 그때, 대문 밖에서 누군가 크게 소리를 질렀다.

"잠깐!"

유정풍이 움찔 동작을 멈추고 외친 사람을 향해 고개를 돌렸다. 누런 적삼을 걸친 네 남자가 대문으로 들어왔다. 대청으로 들어선 그들이 양쪽으로 갈라서자, 이어서 똑같은 누런 적삼을 입은 키가 훌쩍 큰 남자가 고개를 뻣뻣이 들고 나타났다. 그의 손에는 오색의 비단 깃발이 높이 들려 있었는데, 그 깃발에는 진주와 보석이 주렁주렁 달려 움직일 때마다 휘황찬란한 빛을 발했다. 많은 사람들이 이 깃발을 알아보고 깜짝 놀랐다.

'오악검파 맹주의 영기슈旗다!'

키 큰 남자는 유정풍 앞으로 다가와 깃발을 높이 들며 말했다.

"유 사숙, 오악검파 좌 맹주의 명을 받들어 왔습니다. 금분세수를 잠시 미루라는 명입니다."

유정풍이 허리를 숙여 예를 갖췄다.

"맹주께서 무슨 이유로 그런 명령을 내리셨는가?"

"저는 명에 따라 움직일 뿐, 맹주의 뜻은 알지 못합니다. 부디 용서하십시오."

유정풍은 빙그레 웃었다.

"용서랄 것까지야. 자네는 천장송千丈松 사史 현질이 아닌가?"

웃는 얼굴이었지만 목소리는 약간 떨리고 있었다. 유정풍처럼 경험 많은 사람이 사소한 일로 쉽게 흔들릴 리 없으니, 이번 명령이 몹시 뜻밖인 것이 분명했다.

깃발을 든 남자는 바로 숭산파 제자인 천장송 사등달史登達이었다. 유정풍이 자신의 이름과 별호까지 기억해주자 기분이 좋아진 그는 살짝 허리를 숙여 인사했다.

"숭산 제자 사등달, 유 사숙님께 인사드립니다."

그는 몇 걸음 더 나아가 천문 진인과 악불군, 정일 사태에게도 예를 올렸다.

"숭산 문하 제자들이 사백님과 사숙님을 뵙습니다."

함께 온 남자들도 동시에 허리를 숙였다.

정일 사태가 흡족한 얼굴로 일어나 반례를 취했다.

"너희 사부가 나서서 금분세수를 막다니 더할 나위 없이 좋은 일이다. 왜 아니겠느냐? 우리같이 무예를 익힌 사람은 협의를 마음에 품고 자유롭게 강호를 누벼야 하는 법, 관직은 무슨 관직이란 말이냐? 허나 유 현제는 이미 마음의 결정을 내렸으니 이 늙은 비구니가 아무리 말해보았자 입만 아프지."

유정풍이 정중하게 대답했다.

"우리 오악검파가 결맹할 때, 함께 싸우며 무림의 정의를 수호하고 중대한 문제가 생기면 맹주의 명을 따르겠다 약속했지요. 저 오색 영기 또한 다섯 문파가 함께 만들었고, 영기를 맹주 대하듯 하기로 한 것 또한 사실입니다. 그러나 오늘 금분세수는 이 유정풍 개인의 일이고, 무림의 도의나 규칙을 어기거나 오악검파에 피해를 입히는 것도 아닙니다. 그러니 맹주의 명을 받을 일도 아니지요. 사 현질, 가서 자네 사부께 전하게. 유정풍은 명을 받들지 못하니 부디 용서해달라고 말일세."

말을 마친 그가 다시 황금 대야로 돌아섰다.

사등달이 훌쩍 몸을 날려 대야 앞을 막아서며 오른손에 든 깃발을 높이 올렸다.

"유 사숙님, 사부님께서는 반드시 금분세수를 미뤄야 한다고 신신당부하셨습니다. 사부님은 오악검파는 한집안과도 같고 모두 형제나 다름없으며, 이렇게 명을 내리시는 것 역시 오악검파를 위함이요, 무림의 정의를 수호함과 동시에 유 사숙님을 위한 일이기도 하다고 하셨습니다."

유정풍은 고개를 저었다.

"도무지 이해할 수가 없네. 오늘 금분세수에 대해서는 일찍이 숭산에 초대장을 보내 소식을 전했고, 따로 편지까지 써서 좌 사형께 알려드렸네. 좌 사형께서 다른 생각이 있으셨다면 어째서 미리 만류하지 않으셨나? 이제 와서 영기까지 보내 막는 것은 천하 영웅들 앞에서 이유정풍을 이랬다저랬다 하는 사람으로 만드는 셈이 아닌가? 강호의 형제들이 비웃을 일일세."

"사부님께서는 유 사숙님이 형산파의 굳건한 기둥이요, 의기가 하늘을 찌르는 대장부기에, 무림동도들이 흠모해마지않을 뿐 아니라 사부님 또한 깊이 탄복하고 계시다 하셨습니다. 그러니 무슨 일이 있어도 예를 갖추라 하시며 조금이라도 무례를 저지르면 엄벌을 내리겠다고 말씀하셨지요. 유 사숙님의 명성이 강호에 쟁쟁한데 누가 감히 허투루 굴겠습니까? 부디 마음 놓으십시오."

사등달의 말에 유정풍은 빙그레 웃었다.

"좌 맹주께서 칭찬이 지나치시구먼. 내 어찌 그런 말을 감당할 수 있겠나?"

두 사람이 한 치 양보 없이 대치하자 정일 사태가 중재에 나섰다.

"유 현제, 잠시 미룬들 어떤가? 이 자리에 모인 사람들은 모두 절친한 벗들인데 누가 자네를 비웃겠나? 만에 하나 앞뒤 분간 못하는 무리 한둘이 방자하게 떠들어댄다면 나부터 가만히 있지 않을 것일세."

말을 마친 그녀가 매서운 눈길로 사람들을 주욱 훑어보았다. 오악검파의 동문을 비웃을 용기가 있으면 어디 나서보라는 도발이었다.

유정풍은 고개를 끄덕였다.

"정일 사태께서도 그리 말씀하시니 금분세수는 내일 오시로 연기하겠습니다. 찾아와주신 친구분들께서는 부디 떠나지 마시고, 숭산파 제자들에게서 자초지종을 들을 때까지 하룻밤 더 형산에 머물러주시기 바랍니다."

그때 안채 쪽에서 높은 여자 목소리가 들려왔다.

"이봐요, 지금 뭐 하자는 거예요? 내가 누구랑 놀건 당신이 무슨 상관이냐고요?"

군웅들은 그 목소리를 알아듣고 멈칫했다. 다름 아니라 어제 여창해와 한바탕 언쟁을 벌인 소녀, 곡비연의 목소리였던 것이다. 어떤 남자가 대답했다.

"제멋대로 왔다갔다 하지 말고 가만히 좀 앉아 있으시오. 조금만 기다리면 보내주겠소."

"참 이상한 사람이네요. 여기가 당신 집이에요? 내가 언니와 후원으로 가겠다는데 당신이 뭔데 막아요?"

"좋소! 가고 싶으면 가시오. 하지만 유 낭자는 잠시 여기 남아 있어야 하오."

곡비연이 지지 않고 대꾸했다.

"유 언니는 당신을 보기만 해도 끔찍하대요. 썩 비켜요. 유 언니와 가까운 사이도 아니면서 왜 이래라저래라 하는 거예요?"

이어서 다른 여자의 목소리가 들려왔다.

"동생, 신경 쓰지 말고 가자."

"유 낭자, 잠시 기다려주시오."

유정풍은 들을수록 화가 치밀었다.

'얼마나 대담한 놈이기에 내 집에서 저리 행패를 부리는가? 감히 내 딸 청이에게 명령을 하다니.'

유정풍의 둘째 제자 미위의가 그 소리를 듣고 안채로 달려가 보니, 사매인 유청과 곡비연이 손을 잡고 안마당에 서 있고, 누런 적삼을 입은 한 청년이 두 팔을 활짝 벌리고 서서 앞을 막고 있었다. 청년의 차림새로 미루어 숭산파 제자라는 것을 알아차린 미위의는 은근히 부아가 치밀어 일부러 헛기침을 하며 나섰다.

"이보시오, 사형. 숭산파에서 오신 것 같은데 대청에 동문들과 함께 계셔야 하지 않소?"

청년은 조금도 주눅 들지 않고 대답했다.

"상관없소. 나는 유정풍의 식솔들이 단 한 사람도 빠져나가지 못하게 하라는 맹주의 명을 받았소."

목소리가 크지는 않았으나 말투가 어찌나 거만한지, 대청에 있는 군웅들마저 안색이 싹 변했다.

유정풍은 진노하여 사등달을 홱 돌아보았다.

"이게 어찌 된 일인가?"

"만 사제, 그만 나오게. 말을 조심해야지. 유 사숙님께서 이미 금분세수를 연기하기로 약속하셨네."

"예! 정말 다행입니다."

안채에 있던 청년이 대답하며 밖으로 나와 유정풍을 향해 허리를 숙였다.

"숭산파 제자 만등평萬登平, 유 사숙께 인사 올립니다."

유정풍은 노여움에 휩싸여 몸을 바르르 떨며 소리 높여 외쳤다.

"숭산파에서 몇 사람이나 왔는지 모두 나와보아라!"

그 말이 떨어지기 무섭게 지붕 위, 대문 밖, 대청 모퉁이, 후원 등 사방팔방에서 수십 명의 목소리가 쩌렁쩌렁 울려퍼졌다.

"숭산파 제자가 유 사숙께 인사 올립니다!"

수많은 사람들이 일제히 외치는 바람에 소리가 크기도 했지만, 그보다는 예상치 못한 숫자에 군웅들 모두 깜짝 놀랐다. 지붕 위 10여 명은 하나같이 누런 적삼을 입었으나, 대청에 있는 사람들은 각각 차림새가 다른 것으로 보아 일찌감치 사람들 틈에 섞여 남몰래 유정풍을 감시하고 있었던 것이 분명했다. 천 명이 넘는 손님들이 북새통을 이뤄 아무도 숭산파 제자들을 알아보지 못한 것이었다.

제일 먼저 분통을 터뜨린 사람은 다름 아닌 정일 사태였다.

"이… 이 무슨 짓들이냐? 이런 발칙한…!"

사등달이 설명했다.

"정일 사백님, 노여워 마십시오. 사부님께서는 무슨 수를 써서라도 유 사숙님께서 금분세수하는 것만큼은 막으라 명하셨습니다. 유 사숙님께서 명을 받들지 않으실까 두려워 부득이하게 무례를 범했습니다."

바로 그때, 안채에서 한 무리의 사람들이 우르르 쏟아져나왔다. 유정풍의 부인과 어린 두 아들, 그리고 일곱 명의 제자들이었는데, 숭산파 제자들이 한 명 한 명 뒤에 따라붙어 비수로 등을 겨누고 있었다.

유정풍이 큰 소리로 외쳤다.

"이 자리에 계신 여러분! 이 몸이 고집을 피우고자 하는 것이 아닙니다! 좌 사형께서 협박까지 서슴지 않는데 이에 굴복하면 어찌 고개를 들고 하늘을 대할 수 있겠습니까? 좌 사형이 이렇게까지 해서 이 몸의 금분세수를 막으려 하니… 허허, 이 유정풍, 목이 떨어지는 한이 있어도 뜻을 굽히지 않겠습니다.”

말을 마친 그가 황금 대야로 다가가자 사등달이 영기를 펼쳐 들고 가로막았다.

“멈추십시오!”

유정풍이 질풍같이 왼손을 내밀어 두 손가락으로 사등달의 눈을 찔러갔다. 사등달이 두 팔을 들어 막자, 유정풍은 왼손을 거두는 대신 오른손 손가락으로 똑같이 눈을 찔렀다. 사등달은 막을 방도가 없어 허둥지둥 뒷걸음질쳤다. 단 두 초식으로 그를 물리친 유정풍이 대야에 두 손을 뻗었다. 뒤에서 바람을 가르는 소리가 들리며 두 사람이 덤벼들었지만, 유정풍은 고개조차 돌리지 않고 왼발을 뒤로 힘껏 차올렸다. 퍽퍽 하는 소리와 함께 숭산파 제자들이 끈 떨어진 연처럼 저 멀리 날아갔다. 유정풍은 오른손을 웅크려 가까이 있는 숭산파 제자의 멱살을 움켜쥐고는 가뿐히 들어올려 사등달을 향해 내던졌다. 일련의 동작들이 마치 등에 눈이 달린 듯 한 치 어긋남이 없었고 움직임 역시 믿기지 않을 만큼 빨랐다. 과연 흔히 볼 수 없는 내가內家 고수의 솜씨다 웠다.

숭산파의 다른 제자들도 그 솜씨에 겁을 집어먹고 차마 달려들지 못했다.

유정풍의 아들 뒤에 서 있던 사람이 그때를 노리고 외쳤다.

“유 사숙님, 멈추지 않으시면 아드님을 해칠 수밖에 없습니다!”

유정풍이 아들 쪽을 흘낏 바라보더니 싸늘하게 내뱉었다.

"천하의 영웅들이 보고 있다. 감히 내 아들의 털끝 하나라도 건드리면 너희 숭산 제자들은 이 자리에서 남김없이 목숨을 버리게 될 것이다."

결코 헛된 위협이 아니었다. 숭산파 제자들이 정말로 어린아이를 해친다면, 장내의 군웅들이 분을 참지 못해 들고일어날 것이고 숭산파 제자들은 혐의를 피하기 어려울 터였다. 유정풍은 가차 없이 돌아서서 두 손을 대야에 넣었다.

이제는 아무도 그를 말릴 사람이 없을 것 같았다. 그러나 그의 손끝이 물에 닿으려는 순간, 가느다란 암기가 은광을 흩뿌리며 허공을 갈랐다. 유정풍이 재빨리 뒤로 물러나자 땡 소리를 내며 암기가 대야를 때렸다. 대야가 휘청하는가 싶더니 뎅그렁거리며 바닥에 나뒹굴었고, 그 안에 가득 담겼던 물은 고스란히 바닥에 쏟아지고 말았다. 그와 동시에 사람들의 시야에 누런빛이 언뜻 스치며 누군가 지붕에서 뛰어내렸다. 나타난 사람이 오른발로 뒤집힌 대야를 짓밟자 황금 대야는 순식간에 종잇장처럼 납작해졌다. 그 사람의 나이는 마흔 살가량, 중키에 보기 흉할 정도로 비쩍 마르고 입술 위에는 생쥐같이 양 갈래 수염이 자라 있었다.

"유 사형, 맹주의 명이 떨어졌으니 금분세수는 불가하오!"

유정풍은 포권을 하며 말하는 그를 바라보았다. 바로 숭산파 장문인 좌냉선左冷禪의 넷째 사제인 비빈費彬, '대숭양수大嵩陽手'라는 수법으로 무림에서 명성이 쟁쟁한 인물이었다. 숭산에서 자신의 금분세수를 막기 위해 어린 제자들뿐 아니라 비빈 같은 고수까지 보냈다고 생각하자 유정풍은 망설여졌다. 비빈의 발에 황금 대야가 뭉개져 금분세수를 강행할 수도 없는 판국에 끝까지 싸울 것인가, 아니면 잠시 모욕을 견뎌야 할 것인가?

'숭산파가 오악맹주의 영기를 지녔다고는 하나 이렇게 악착같이 밀어붙이면 이 자리에 있는 영웅호걸들이 모른 척할 리 없다.'

이렇게 생각한 유정풍은 두 손을 포개 들고 말했다.

"비 사형, 이곳까지 왕림하셨는데 술 한 잔도 하지 않으시고 지붕 위에 숨어 계시다니요. 이 무슨 고생이십니까? 숭산파 고수들이 여럿 오신 모양인데 이제 그만 모습을 보이십시오. 이 유정풍 한 사람 상대하는 데는 비 사형 한 분으로도 족하나, 여기 계신 영웅호걸 모두를 상대하기에는 아직 모자란 듯싶습니다."

비빈이 넉살 좋게 웃으며 말했다.

"유 사형, 어찌 이간질을 하시오? 설령 이 몸이 유 사형과 대적하러 왔다 한들, 방금 유 사형이 펼친 '소낙안식 小落雁式' 한 수조차 막지 못할 것이오. 숭산파는 형산파와 적을 질 뜻도 없고, 여기 계신 영웅들께 잘못을 저지를 생각도 일절 없소이다. 유 사형에게 미움을 사는 것 또한 원치 않소만, 천만 무림동도의 목숨이 달려 있기에 부디 금분세수를 멈추어주십사 부탁드리는 것뿐이오."

그 말에 대청 안의 군웅들은 더욱 어리둥절해했다.

'유정풍의 금분세수가 천만 무림동도의 목숨과 무슨 관계가 있다는 말이지?'

과연 유정풍이 즉각 반박했다.

"비 사형, 감당하기 어려운 말씀이군요. 이 유정풍은 형산파의 일개

범부凡夫에 불과합니다. 자식들은 아직 어리고, 문하에도 별반 내세울 것 없는 제자 몇 명이 전부라 강호에 영향력을 미치지도 못합니다. 그런데 이 몸의 일거수일투족이 어찌 무림 천만 동도의 목숨을 쥐락펴락한다는 말씀입니까?"

정일 사태가 또 끼어들었다.

"그러게 말이오. 솔직히 말하자면 빈니貧尼 또한 유 현제가 강호를 은퇴하고 변변치 못한 벼슬을 받는 것이 옳은 결정이라 생각지는 않지만, 사람에게는 각자 품은 뜻이 있기 마련이오. 벼슬자리에 올라 재물을 모으는 것이 좋으면 그리해야지. 백성을 괴롭히지 않고, 무림동도들과의 의리를 저버리지만 않는다면 억지로 막을 명분이 없소. 유현제가 무림동도들을 해칠 성품도 아니고."

"정일 사태께서는 불문의 가르침만 좇으시니 세상 사람들의 시커먼 속을 모르실 수밖에요. 이 엄청난 음모가 성공하면 셀 수 없이 많은 무림동도들이 죽어나갈 것입니다. 그뿐이겠습니까? 선량한 백성들마저 크나큰 피해를 입습니다. 생각해보십시오, 여러분. 형산파 유 셋째 나리는 강호에 명성이 쟁쟁한 영웅호걸이신데, 도대체 무슨 연유로 썩어빠진 관직에 스스로 발을 담그려 하겠습니까? 유 셋째 나리의 가산家産이 수만금이건만, 재물을 얻으려고 벼슬에 오르다니요? 분명 입에 올리기 어려운 사연이 있을 것입니다."

군웅들은 저도 모르게 고개를 끄덕였다.

'일리 있는 말이다. 그러잖아도 유정풍같이 올곧은 사람이 고작 말단 무관 자리 하나 때문에 은퇴한다는 것이 이상했는데….'

그러나 유정풍은 화를 내기는커녕 빙그레 웃었다.

"비 사형, 그럴싸한 말로 누명을 씌우시는군요. 숭산파의 다른 사형 분들도 그만 나오시지요!"

"좋소!"

동편과 서편 지붕에서 대답하는 소리가 들리고 누런 그림자가 휙 날 아들더니, 어느새 대청 앞에 두 사람이 나타났다. 조금 전 비빈이 펼친 것과 꼭 같은 경신법이었다. 동쪽에서 내려온 우람하고 살집이 붙은 사람은 숭산파 장문인의 둘째 사제인 탁탑수托塔手 정면丁勉이고, 그와 달리 비쩍 마르고 키가 큰 사람은 숭산파에서 셋째가는 선학수仙鶴手 육백陸柏이었다. 두 사람이 일제히 두 손을 포개 들고 말했다.

"유 사형, 그리고 여러분, 안녕하십니까."

정면과 육백은 무림에서 명성이 높았기 때문에 군웅들도 일어나 반례를 했다. 숭산파 고수들이 속속 모습을 드러내자, 모인 사람들은 이번 일이 쉽게 끝나지 않을 것이요, 유정풍이 큰 화를 입으리라 짐작 했다.

분개한 정일 사태가 나섰다.

"유 현제, 걱정 말게. 세상일이란 이치로써 따지는 법, 저쪽이 머릿 수를 믿고 우격다짐을 하면 태산파와 화산파, 항산파의 친구들이 보고 만 있기야 하겠나?"

유정풍은 쓴웃음을 지었다.

"정일 사태, 말씀드리기 부끄럽게도 이 모두가 형산파의 내부 형편 때문에 벌어진 일입니다. 그 일로 여러 친구들께 심려를 끼치다니 실 로 얼굴을 들 수가 없군요. 이제 확실히 알았습니다, 막 사형께서 숭산 파 좌 맹주께 제가 말을 듣지 않는다고 고발하신 거지요. 그래서 숭산파 사형들께서 죄를 물으러 오신 겁니다. 예, 좋습니다. 제가 막 사형께 예를 다하지 못했으니 잘못을 인정하고 막 사형께 용서를 빌면 되겠지요."

비빈의 시선이 대청의 좌우를 샅샅이 훑었다. 눈을 가늘게 뜨고 있었지만 번뜩이는 정광이 그의 깊은 내공을 고스란히 드러내 보여주었다.

"이 일이 막대 선생과 관계가 있다니, 그 무슨 말이오? 막대 선생, 부디 나와서 명확히 밝혀주십시오."

비빈의 말이 끝난 뒤에도 대청은 쥐죽은 듯 고요했고, 한참이 지나도 소상야우 막대 선생은 나타나지 않았다.

유정풍은 다시 쓴웃음을 지었다.

"우리 사형제 사이가 그리 좋지 못하다는 것을 강호 친구들이 대부분 알고 있으니 숨길 필요는 없겠지요. 이 몸은 집안에서 물려준 것이 있어 부유한 편이나 막 사형은 그렇지 않습니다. 친구도 어려우면 돕는 법인데 하물며 사형제를 모른 척하겠습니까? 허나 막 사형은 도움 받는 것을 몹시 싫어하여 저희 집에는 발조차 들여놓지 않으셨습니다. 벌써 몇 년째 서로 만나지도 않았는데, 오늘 이런 자리에 막 사형이 왕림하실 리 없지요. 이 몸이 불쾌해하는 까닭은 좌 맹주께서 한쪽의 말만 듣고 이렇게 많은 사형들을 보내, 이 몸뿐만 아니라 식솔들마저 죄인처럼 대했기 때문입니다. 별것도 아닌 일을 어찌 이리 크게 만드십니까?"

비빈이 고개를 돌려 사등달에게 명했다.

"영기를 들어라."

"예!"

사등달이 오악맹주의 영기를 높이 들고 옆에 서자, 비빈은 살벌한 목소리로 입을 열었다.

"유 사형, 오늘 일은 형산파 장문인 막대 선생과는 아무런 상관이 없으니 막대 선생을 끌어들일 필요 없소. 좌 맹주께서 우리에게 맡기신 일은 유 사형께 명확한 답을 받아오라는 것이었소. 유 사형은 어찌하여 마교 교주 동방불패와 남몰래 결탁하였소? 그와 함께 우리 오악검파와 무림동도들을 해치기 위해 무슨 음모를 꾸몄소?"

이 말이 떨어지기 무섭게 군웅들의 낯빛이 바뀌었다. 놀란 외침을 터뜨리는 사람도 많았다.

마교와 강호의 정파 영웅들은 결코 양립할 수 없는 관계였다. 피맺힌 원한을 쌓은 지 100년, 끊임없이 싸움을 치르면서 한 번은 마교가 또 한 번은 강호 정파가 번갈아 승리를 거머쥐며 끝내 승부를 가리지 못했고, 이 자리에 있는 천여 명의 군웅들 중 마교의 손에 해를 입거나, 부모 형제가 참살당하거나, 혹은 사부를 잃은 사람이 적어도 절반은 넘었다. 마교라는 말만 들어도 주먹을 부르쥐며 이를 가는 사람들이었다.

오악검파가 결맹을 한 가장 큰 이유도 마교에 대항하기 위함이었다. 마교는 사람이 많고 무공 또한 고강하여, 뛰어난 절기를 가진 명문 정파들도 혼자 힘으로는 당해내지 못했다. 특히 '당세에 제일가는 고수'라 불리는 마교 교주 동방불패는 '불패'라는 이름에 걸맞게 단 한 차례도 패한 적이 없었으니, 실로 무서운 상대였다. 유정풍이 마교와 결탁했다는 비빈의 질타가 사실이라면 이번 일은 강호 영웅들의 목숨과 직결되는 심각한 사안이었기에 유정풍을 향한 군웅들의 연민은 순식간에 식어버렸다.

유정풍이 어이없어하며 대답했다.

"이 유정풍, 살아생전 단 한 번도 마교 교주 동방불패를 본 적이 없소. 그런데 결탁이라니? 음모라니? 대체 그게 무슨 말이오?"

비빈은 대답 대신 셋째 사형 육백을 바라보았다. 육백이 가느다란 목소리로 말했다.

"유 사형, 온전히 사실만을 말씀하시지는 않은 것 같소이다. 마교에는 곡양曲洋이라는 호법 장로가 있는데, 혹 아시는지?"

그동안 평정을 유지하던 유정풍이었으나 '곡양'이라는 이름이 나오는 순간 안색이 싹 변해 입을 꾹 다물었다. 모습을 드러낸 후로 한마디도 하지 않던 뚱보 정면이 느닷없이 날카롭게 외쳤다.

"곡양을 아시오, 모르시오?"

귀청이 아플 정도로 쩌렁쩌렁한 목소리였다. 본디 체구가 우람한 그인지라 가슴을 펴고 우뚝 선 모습이 마치 하늘을 떠받치는 신령처럼 위압적이었다.

유정풍은 여전히 입술을 꼭 붙인 채 말이 없었고, 수천 개의 눈빛이 그의 얼굴로 쏟아졌다. 대답을 하건 하지 않건 결과는 똑같았다. 모두들 대답하지 않는 것은 묵인과 다름없다고 여겼기 때문이다.

한참이 지난 후에야 유정풍이 고개를 끄덕이며 말했다.

"그렇소! 나는 곡양 형님을 잘 아오. 단순히 아는 사이가 아니라 내 평생지기이자 가장 가까운 벗이오."

삽시간에 웅성거리는 소리가 대청을 가득 채웠다. 유정풍의 입에서 나온 말이 군웅들의 예측에서 한참 벗어났기 때문이었다. 딱 잡아떼고 부인하거나 곡양과 딱 한 번 마주친 적 있는 단순한 사이라고 해명할 줄 알았는데, 뜻밖에도 마교의 장로를 지기이자 가장 가까운 벗이라고 부르지 않는가.

비빈의 얼굴에 미소가 스쳤다.

"스스로 인정했으니 참으로 다행이오. 대장부는 자기가 한 일을 책임지는 법, 좌 맹주께서 두 가지 길을 열어주셨으니 그중 하나를 선택하시오."

유정풍은 비빈의 말을 들었는지 말았는지, 넋이 나간 얼굴로 천천히 자리에 앉아 오른손으로 주전자를 들고 술을 따르더니 느릿느릿 술잔을 입가로 가져갔다. 빳빳하게 아래로 늘어진 비단옷 소매는 가벼운 흔들림조차 없어서, 놀라우리만치 강인한 그의 의지력이 고스란히 엿보였다. 이토록 긴박한 순간에도 태연함을 잃지 않는 것은 담력과 무공이 상승의 경지에 오른 사람만이 할 수 있는 일이었고, 대청에 모인 군웅들은 그런 유정풍의 모습에 속으로 찬탄을 금치 못했다.

비빈이 낭랑하게 외쳤다.

"좌 맹주께서는 이렇게 말씀하셨소. 유정풍은 형산파에서 손꼽는 인재로서 한때의 실수로 적도와 어울려 길을 잘못 들었으니, 스스로 깊이 뉘우친다면 함께 협의를 행하던 친구로서 아량을 베풀어 새로운 길을 열어주겠다고 말이오. 유 사형께서 이 길을 택하고자 한다면, 한 달 안에 마교 장로 곡양을 죽이고 그 머리를 가져오시오. 그렇게만 한다면 과거의 일은 추궁하지 않고 계속 좋은 친구이자 형제로 남을 것이오."

군웅들은 고개를 끄덕였다. 정正과 사邪는 양립할 수 없는 것이 이치고, 마교의 방문좌도와 강호 협객들은 길에서 마주치기만 해도 죽자 살자 싸움을 벌이곤 했다. 그러니 좌 맹주가 곡양을 죽여 성의를 보이라고 한 것이 무리한 요구라고 할 수는 없었다.

그러나 유정풍은 쓸쓸하게 웃으며 말했다.

"곡 형님과는 처음 만났을 때부터 마치 오래 알고 지낸 사이 같았소. 10여 차례 만나 밤새 이야기를 나누는 동안 이따금씩 문파 간의 이견에 대해서 의견을 주고받았으나, 그럴 때마다 곡 형님은 한숨을 쉬시며 쌍방이 이렇게 싸우기만 하는 것은 서로에게 아무런 도움이 되지 못한다고 하셨소. 나와 곡 형님의 교분은 음률 때문이오. 곡 형님은 칠현금의 달인이고 나는 통소를 좋아하여, 만나면 대부분의 시간을 금을 뜯고 통소를 불며 보냈소. 강호나 무공에 대한 이야기는 입에 담은 적도 없소."

여기까지 말한 뒤 그는 빙그레 웃었다.

"믿어주지 않을지도 모르나, 이 유정풍의 좁은 식견으로 볼 때 당세에 칠현금 솜씨로 곡 형님을 따를 사람이 없고, 통소를 다루는 데는 나 역시 둘째가라면 서러워할 몸이오. 곡 형님이 비록 마교에 몸담고 있으나 칠현금 연주 소리를 들으면 그 고결한 성품과 탁 트인 마음씨를 알 수 있소. 이 유정풍은 곡 형님의 재주에 감탄했을 뿐 아니라 성품 또한 경모하고 있소. 일개 필부인 내가 어찌 그런 군자를 해칠 수 있겠소?"

군웅들은 들으면 들을수록 갈피를 잡을 수가 없었다. 유정풍과 곡양이 음률을 매개로 친구가 되었다니 뜻밖이기는 하나, 사실이 아니라 하기에는 유정풍의 해명이 몹시도 간곡했고 전혀 의심스러운 부분이 없었다. 생각해보면 강호에는 독특한 행동을 하는 사람이 허다했다. 여색에 빠지는 사람도 있는데, 음률을 탐닉하는 것쯤은 이상한 일도 아니었다. 특히 형산파를 잘 아는 사람들은 형산파의 역대 고수들이 모두 음률을 좋아했다는 사실을 알기에 저도 모르게 고개를 끄덕였다. 장문인 막대 선생도 소상야우라는 별호를 갖고 있을 만큼 무슨 일이 있어도 호금을 손에서 놓지 않아, '금중장검琴中藏劍 검발금음劍發琴音'이라고도 불리지 않는가? 그러니 유정풍이 통소를 불다 곡양과 가까워졌다는 말도 억지는 아니었다.

비빈이 말했다.

"음률 때문에 마두魔頭 곡양과 어울렸다는 사실은 좌 맹주께서도 잘 알고 계시오. 좌 맹주께서는 마교 놈들은 겉모습이 어떻든 음흉한 마음을 품고 있다 하셨소. 근래 우리 오악검파가 세력을 크게 불려 상대하기 어렵게 되자 마교는 우리를 깨뜨리고 이간질하기 위해 온갖 수단을 동원하고 있소. 재물로 꼬드기거나 미인계를 쓰기도 했는데, 유 사형같이 근엄하고 올바른 분은 취향을 공략해야 한다는 생각에 음률에 뛰어난 곡양을 보낸 것이오. 정신 차리시오, 유 사형. 마교가 해친 우리 형제들이 대체 몇이오? 어찌하여 적들의 흉계에 빠져 이렇듯 앞을 보지 못하시오?"

정일 사태도 나섰다.

"아무렴, 비 현제의 말이 맞네. 마교가 무서운 것은 독랄한 무공 때문이 아니라 그 교활한 계략 때문이지. 유 현제, 자네 같은 정인군자가 비열한 소인배의 속임수에 넘어간 것이 무에 그리 부끄러운 일이겠나? 한시라도 빨리 마두 곡양을 단칼에 베어 깨끗이 끝내세나. 우리 오악검파는 한집안이나 마찬가지인데, 간악한 마교 무리들의 도발에 틈이 벌어져서야 되겠나?"

천문 진인도 고개를 끄덕였다.

"유 사제, 군자의 과오는 일식과 같아 훤히 드러나보이는 것이니 과오를 깨닫고 고치면 그보다 더 좋은 일이 없다 했네. 그 곡양이라는 마두를 죽이기만 하면, 협의를 따르는 사람들 모두가 엄지를 높이 치켜세우며 '형산파의 유정풍은 과연 선악善惡을 분별할 줄 아는 호남아'라고 칭찬할 것이고, 자네 친구인 우리에게도 큰 영광이 될 걸세."

유정풍은 그 말에 대답하지 않고 악불군에게 시선을 던졌다.

"악 사형, 사형은 시비곡직是非曲直을 꿰뚫어보시는 군자입니다. 이곳에 계신 영웅들께서 벗을 배신하라며 이 유정풍을 압박하는데 악 사형께서는 어찌 생각하십니까?"

악불군은 고개를 설레설레 저었다.

"유 현제, 진실한 벗이라면 그 벗을 위해 옆구리에 칼을 맞아도 눈 하나 깜짝하지 않는 것이 이 무림에 몸담은 우리가 할 일일세. 허나 마교의 곡양이라는 자는 웃는 얼굴 뒤로 날카로운 칼을 버리고, 듣기 좋은 말 속에 가시를 숨겨 자네와 가까워지려고 술수를 부렸으니, 그자야말로 세상에서 가장 무서운 적일세. 그자 때문에 유 현제의 명성이 땅에 떨어지고 집안이 쓰러지게 생겼으니 그 못된 속마음이 어떤지 말해 무엇 하겠나? 그런 자를 벗으로 여긴다면 '벗'이라는 말을 더럽히는 일이 아니겠나? 옛사람들은 대의멸친大義滅親도 마다하지 않았는데, 하물며 벗이라 할 수도 없는 간악한 대마두를 죽이는 데 어찌 망설이는가?"

청산유수와도 같은 그의 말에 군웅들은 갈채를 보내며 저마다 한마디씩 했다.

"악 선생의 말씀이 옳소. 벗에게는 의리를 지켜야 하지만 적은 한시바삐 처단해야 마땅하오. 그런 자들에게 의리를 따질 일이 어디 있소?"

유정풍은 한숨을 쉬며 웅성거리는 소리가 잦아들기를 기다렸다가 천천히 입을 열었다.

"이 몸은 곡 형님과 교분을 맺는 순간부터 이런 날이 올 줄 짐작했습니다. 최근의 정세를 보면 머지않아 우리 오악검파와 마교가 대대적인 충돌을 벌일 것이 자명했습니다. 한쪽은 동맹을 맺은 사형제들이요, 다른 쪽은 절친한 벗이니, 도저히 한쪽을 편들 수가 없어 금분세수라는 하책下策을 선택한 것입니다. 무림에서 은퇴하고 다시는 강호의 은원을 따지지 않겠다고 선언하면 그 싸움에서 벗어날 수 있으리라 기대했던 것이지요. 돈을 들여 하잘것없는 무관 자리를 산 일이 내심 부끄러웠으나, 사람들의 이목을 가리기 위해 어쩔 수 없었습니다. 그런데 좌 맹주께서 이리 신통하게도 제 마음을 훤히 들여다보고 계셨군요. 이 유정풍이 고심하여 짜낸 계책도 그분만은 속이지 못한 모양입니다."

유정풍의 해명에 군웅들은 마침내 깨달았다.

'그렇구나. 유정풍이 갑작스레 금분세수를 결심한 데는 저런 사정이 있었던 거야. 어쩐지… 형산파의 손꼽는 고수가 그깟 말단 관직 하나에 넙죽 엎드릴 리가 없다 싶었지.'

사람들은 역시 자기 생각이 맞았다며 고개를 끄덕였다.

비빈과 정면, 육백 세 사람은 남몰래 으쓱하며 서로 눈짓을 주고받왔다.

'좌 사형이 네놈의 간계를 간파하지 않았더라면 바라던 대로 되었겠지.'

유정풍의 말이 이어졌다.

"마교와 강호의 협객들이 서로 싸우고 죽인 지 100년이라는 세월이 흘렀습니다. 그 오랜 세월 복잡하게 얽힌 원한은 단순히 누가 옳고 누가 그르다고 말할 수 있는 문제가 아닙니다. 이 유정풍은 그 피비린내 나는 싸움에서 물러나 산간에 은거하여 퉁소나 불고 아들을 가르치며 평범한 백성으로 살고자 합니다. 이 바람 속에 본문의 문규를 어기거나 오악검파의 맹약을 저버리려는 뜻은 추호도 없다고 자부할 수 있습니다."

비빈이 냉소를 지으며 대꾸했다.

"모든 사람이 유 사형같이 위급한 순간에 발을 빼고 달아난다면, 마교에게 이 강호를 고스란히 내주는 것이나 마찬가지 아니겠소? 유 사형이야 은거해 이 싸움을 모른 척한다지만 마두 곡양은 무슨 속셈을 품고 있는지 누가 알겠소?"

유정풍은 빙그레 웃었다.

"곡 형님은 일찍이 제 앞에서 마교 조사들을 향해 나아가 훗날 마교와 강호 정파 사이에 어떤 충돌이 벌어져도 결코 끼어들지 않겠다고 단단히 맹세하셨습니다. 우리가 건드리지 않는다면 곡 형님 역시 아무도 해치지 않을 것입니다!"

비빈은 여전히 냉소를 띤 채 되물었다.

"건드리지 않으면 해치지 않겠다? 참 그럴싸한 말이군! 그렇다면 강호 협객들이 그를 건드리면 어떻게 되는 거요?"

"가능한 한 끝까지 참으며 싸움을 피할 것이고, 오해와 원한을 풀수 있도록 최선을 다하실 것입니다. 그러잖아도 오늘 아침 곡 형님께서 사람을 보내 알려주셨는데, 화산파 제자 영호충이 해를 입어 사경을 헤매고 있기에 그를 구해주었다고 합니다."

그 말에 군웅들의 낯빛이 또 한 번 바뀌었다. 특히 화산파와 항산파, 그리고 청성파 사람들은 저희끼리 수군거리기 시작했다. 화산파의 악영산이 참지 못하고 소리쳐 물었다.

"유 사숙님, 저희 대사형은 어디 계세요? 정말… 정말… 그 마두… 아니, 그 선배께서 구해주셨나요?"

"곡 형님께서 하신 말씀이니 거짓일 리 없다. 나중에 영호 현질을 만나면 직접 물어보아라."

비빈은 냉소를 터뜨렸다.

"놀랄 일도 아니오. 마교 놈들이 우리를 갈라놓기 위해서 무슨 일이든 못하겠소? 수단 방법을 가리지 않고 유 사형을 끌어들였듯 화산파 제자 역시 호의를 베푸는 척하며 끌어들이려는 것이오. 영호충이 그 호의에 감격하여 은혜를 갚으려 한다면 우리 오악검파에 또 한 명의 반도叛徒가 생기는 셈이오."

그가 악불군을 돌아보았다.

"악 사형, 예를 든 것뿐이니 부디 탓하지 마십시오."

악불군은 빙그레 웃었다.

"그럴 리가 있겠소."

유정풍이 눈썹을 치키며 의연하게 물었다.

"비 사형, 또 한 명의 반도라니, '또'라는 말이 무슨 뜻입니까?"

비빈은 냉소를 흘리며 비아냥거렸다.

"삼척동자도 알 만한 일을 구태여 내 입으로 말해야겠소?"

"허, 이 유정풍이 본 파의 반도라는 말씀이군요. 이 몸이 벗을 사귀는 것은 사사로운 문제로, 제삼자가 이래라저래라 할 일이 아닙니다. 유정풍은 사문을 욕되게 할 뜻도 없고, 형산파를 배신할 뜻도 없으니 반도라는 말은 거두십시오."

유정풍은 본디 공손하고 예의 발랐으며, 명문가 출신답게 귀티가 나고 선비처럼 조용한 편이었다. 그런데 지금은 평소와 달리 당당하고 기개 넘치는 태도로 맞서고 있는 것이었다. 이렇게 불리한 상황에서도 비빈의 날카로운 입담을 떳떳하게 받아넘기는 그의 담력에 군웅들은 감탄하지 않을 수 없었다.

비빈이 지지 않고 말했다.

"듣자하니 유 사형은 첫 번째 길을 선택하지 않을 모양이구려. 그 간악한 마두 곡양을 결코 죽이지 않겠다는 뜻이오?"

"좌 맹주의 명이 있었다면, 비 사형도 망설이지 말고 이 자리에서 우리 가족들을 죽이십시오!"

"뭘 믿고 그리 나오는지 모르겠소만, 천하 영웅들이 유 사형의 손님으로 와 있다 하여 우리 오악검파가 쉽사리 물러날 것이라 생각지는 마시오."

그는 사등달에게 손짓을 했다.

"이리 오너라!"

"예!"

사등달이 가까이 다가가자 비빈은 그의 손에서 오색 영기를 받아 높이 쳐들며 외쳤다.

"유정풍은 들어라! 좌 맹주의 명이니, 한 달 안에 곡양을 죽이지 않으면 오악검파는 후환을 뿌리 뽑기 위해 사정 봐주지 않고 문호를 정리할 것이다. 다시 한번 돌이킬 기회를 주겠다!"

유정풍은 처연하게 웃음을 지었다.

"이 몸은 벗을 사귈 때 속을 터놓고 진심을 다하는 것을 가장 중요하게 생각합니다. 그런데 어찌 나 하나 살자고 벗을 해칠 수 있겠습니까? 좌 맹주께서 용서하지 않겠다 하시면 이 유정풍 혼자 맞서 싸울 수도 없습니다. 숭산파는 벌써부터 준비를 해온 모양이니 아마 이 몸이 들어갈 관도 벌써 사두었겠군요. 어차피 결심한 일이니 어서 손을 쓰시지요. 대체 언제까지 기다리실 겁니까?"

그러자 비빈은 영기를 휘두르며 낭랑하게 말했다.

"태산파 천문 사형, 화산파 악 사형, 항산파 정일 사태, 그리고 형산파의 여러 사형제와 사질들, 좌 맹주의 분부입니다. 예로부터 정과 사는 양립할 수 없다고 했습니다. 마교와 우리 오악검파의 원한은 바다보다 깊어 같은 하늘 아래 살 수 없습니다. 유정풍은 도적을 가까이하고 원수에게 투항했으니, 오악검파의 동도들은 무릇 힘을 합쳐 처단해야 할 것입니다. 명을 받들 자는 왼편에 서십시오."

천문 진인이 벌떡 일어나 유정풍에게 눈길 한 번 주지 않고 성큼성큼 왼쪽으로 걸어갔다. 오래전, 사부가 마교의 여자 장로에게 목숨을 잃은 뒤로 천문 진인은 마교에 대해 뼈에 사무치는 원한을 품고 있었다. 그가 왼쪽으로 가자 문하 제자들도 모두 뒤를 따랐다.

악불군도 일어섰다.

"유 현제, 고개만 끄덕여주시오. 그렇게만 해준다면 이 악불군이 현제 대신 곡양을 처리하리다, 어떻소? 현제의 입으로 대장부는 벗을 저버릴 수 없다 하지 않았소? 설마하니 이 세상에서 곡양 한 사람만 진정한 벗이고, 우리 오악검파와 이 자리에 계신 수많은 영웅호걸들은 벗도 아니라는 말이오? 여기 수천 명의 무림동도들은 현제가 금분세수한다는 소식을 듣고 천 리도 멀다 않고 달려와 진심으로 축하해주었는데, 이 또한 깊은 정이 아니겠소? 일가노소의 목숨과 오악검파 사형제들 간의 은정, 수천 무림동도들과의 교분을 다 합치면 곡양 한 사람만 못하다고는 할 수 없지 않소?"

유정풍은 천천히 고개를 저었다.

"악 사형, 사형은 식자識者시니 대장부가 하지 말아야 할 일을 잘 아실 겁니다. 고마우신 말씀에 감격할 따름이나, 곡 형님을 죽이라는 명령은 절대로 받아들일 수 없습니다. 누군가 저에게 악 사형을 죽이라고 하거나, 혹은 이 자리에 있는 친구들을 죽이라고 해도 마찬가지입니다. 이 유정풍, 집안이 풍비박산 날망정 결코 그 말을 따르지 않을 것입니다. 곡 형님이 저의 가장 가까운 벗이라는 말은 진심입니다만, 그렇다고 악 사형이 제 벗이 아니라는 뜻은 아닙니다. 만에 하나 곡 형님이 저에게 오악검파의 친구를 죽이라는 말을 한 번이라도 하셨다면 결코 벗으로 여기지 않았을 것입니다."

그의 말이 너무나도 진실하여 듣는 사람들은 모두 안색이 어두워졌다. 강호에서 으뜸으로 꼽는 것이 바로 의리 아니던가? 유정풍이 곡양과의 우정을 이렇게까지 중요하게 생각하는 것을 보자 강호의 호걸들은 마교와의 교분은 잘못이라고 생각하면서도 속으로는 그 태도를 칭찬해마지않았다.

악불군은 가만히 탄식했다.

"유 현제, 그 말은 틀렸소. 벗과의 의리를 소중히 여기는 것은 감탄할 일이나, 정과 사를 구별하지 못하고 옳고 그름을 따지지 않는 것은 크나큰 잘못이오. 마교는 잔악한 일을 일삼으며 강호의 정인군자와 무고한 백성들을 해치는 자들이오. 음률로 의기투합했다고 일가노소의 목숨마저 버리는 것은 의리를 잘못 이해한 것이라오."

유정풍은 담담하게 웃으며 대답했다.

"악 사형은 음률을 즐기지 않으시니 이 아우의 마음을 이해하지 못하십니다. 말과 글은 거짓으로 꾸며낼 수 있으나 악기 소리는 곧 마음의 소리이므로 결코 거짓을 담을 수 없습니다. 통소와 칠현금으로 합주를 하는 동안 이 아우와 곡 형님은 서로 마음이 통했습니다. 집안 식솔들의 목숨을 걸고 말씀드리건대, 곡 형님이 비록 마교의 사람이나 그 마음에 사악함은 단 한 치도 없습니다."

악불군은 장탄식을 하며 천문 진인 옆으로 걸어갔다. 노덕낙, 악영산, 육대유 등 제자들도 뒤를 따랐다.

정일 사태가 유정풍을 바라보며 물었다.

"내 이제 자네를 유 현제라 불러야 하나, 아니면 유정풍이라 불러야 하나?"

유정풍은 쓴웃음을 지으며 대답했다.

"이 유정풍의 목숨이 경각에 달렸으니, 앞으로 사태께서 저를 부르실 일은 없을 겁니다."

"아미타불!"

정일 사태는 합장을 한 뒤 천천히 악불군 옆으로 걸어갔다.

"악업이 깊고도 무겁구나. 죄악이로다, 죄악이야!"

그녀의 문하 제자들도 역시 자리를 옮겼다.

비빈이 말했다.

"유정풍 한 사람이 벌인 일이니 다른 사람들은 무관하다. 형산파 제자 중에 반도를 따르기 싫은 사람도 왼편에 서라."

순간 대청이 잠시 숙연해지더니 한 젊은이가 무겁게 말했다.

"유 사숙님, 죄송합니다."

서른 명 남짓의 형산파 제자들이 항산파 여승들 옆으로 갔다. 모두 유정풍의 사질들이었고 제자는 없었다. 유정풍과 같은 항렬의 사람들은 오늘 이 자리에 없었다.

"유정풍의 제자들 또한 왼편에 서라."

비빈이 또 말하자, 향대년이 당당하게 대답했다.

"우리는 사부님의 은혜를 입었으니 의를 저버릴 수 없습니다. 사부님과 운명을 함께하겠습니다."

유정풍의 눈가에 뜨거운 눈물이 고였다.

"오냐, 좋구나! 대년아, 그 한마디면 이 사부는 충분하다. 너희도 저쪽으로 가거라. 곡 형님은 이 사부의 벗이니 너희와는 아무 관계가 없다."

챙 하는 소리와 함께 미위의가 검을 빼들었다.

"우리는 오악검파의 적이 아니나 이제는 죽음의 길만이 남았소. 사부님을 해치려면 나부터 죽이시오."

그는 그렇게 말하며 유정풍 앞을 가로막았다. 이를 본 정면이 왼손을 들자 쉭 하는 소리와 함께 은빛 광선이 쏘아졌고, 깜짝 놀란 유정풍은 앞에 선 미위의의 어깨를 힘껏 밀쳤다. 내력이 가득 실린 힘에 미위의가 하릴없이 왼쪽으로 밀려나자 은빛 광선은 유정풍의 가슴으로 날아들었다.

향대년이 사부를 보호하기 위해 몸을 훌쩍 날렸다. 순간 묵직한 비명 소리와 함께 은침이 향대년의 심장을 꿰뚫었고, 그는 그 자리에서 절명하고 말았다.

유정풍은 왼팔로 제자의 시신을 안아 일으켜 코에 손을 가져갔다. 제자의 숨이 끊어진 것을 확인한 유정풍은 정면을 돌아보며 매섭게 외쳤다.

"정면! 감히 내 제자를 죽이다니! 숭산파가 먼저 시작한 일이다!"

정면은 살벌한 목소리로 맞받았다.

"그렇다, 내가 먼저 공격했다. 어쩔 테냐?"

유정풍은 향대년의 시체를 안아 올려 정면을 향해 던지는 자세를 취했다. 정면은 형산파가 내공에 강하다는 사실을 떠올리고, 형산파 일류고수인 유정풍의 공격을 쉽사리 막아낼 수 없으리라 생각하여 재빨리 내공을 끌어모았다. 시체를 받자마자 되던져 유정풍을 가로막을 심산이었다. 그러나 유정풍은 시체를 던질 것처럼 하다가 갑작스레 몸을 날려 거리를 좁히면서 양손을 살짝 들어 비빈의 가슴팍으로 향대년의 시체를 들이밀었다. 몹시도 빠르고 예측을 벗어난 움직임이었기 때문에, 비빈은 반사적으로 쌍장을 내밀어 시체를 가로막았다. 바로 그때, 양쪽 옆구리가 뜨끔했다. 어느 틈에 유정풍에게 혈도를 짚힌 것이었다.

단번에 비빈을 제압한 유정풍은 왼손을 뻗어 그가 든 오악영기를 빼앗는 한편, 오른손으로 검을 뽑아 그의 목을 겨누고 왼쪽 팔꿈치로 등에 자리한 혈도 세 곳을 짚었다. 이 때문에 안고 있던 향대년의 시체는 어쩔 수 없이 땅에 놓아야 했다. 그의 동작은 거침없이 날래고 변화가 몹시 빨라, 옆에서 보는 사람들마저 비빈이 그의 손에 잡히고 오악영기를 빼앗긴 다음에야 유정풍이 펼친 수법이 형산파의 절기인 '백변천환형산운무십삼식百變千幻衡山雲霧十三式'이라는 사실을 알 수 있었다. 이 자리에 있는 사람들 대부분 그 명성을 익히 들었으나 눈앞에서 그 위력을 본 것은 처음이었다.

악불군은 사부에게 들은 이야기를 떠올렸다.

백변천환형산운무십삼식은 오래전 형산파의 고수가 창안한 초식으로, 그 고수는 본래 강호를 떠돌며 변희법變戲法(손을 빠르게 움직여 만들어내는 눈속임)으로 생계를 꾸리던 사람이었다. 변희법이란 성동격서聲東擊西와 허허실실虛虛實實의 원리를 이용해 사람들의 눈을 속이는 수법인데, 나이가 들고 무공이 점점 높아질수록 그의 변희법 기술 또한 나날이 발전했고, 변희법을 펼칠 때 내공을 이용해 관중들 중 감탄하지 않는 사람이 없을 정도였다. 그 후, 그는 변희법을 무공에 접목해 변화가 무궁한 각양각색의 초식들을 만들어냈다. 장난기가 많았던 그는 그저 재미있는 놀이쯤으로 생각하고 초식을 만들었으나, 의외로 그 초식이 후대에 전해져 형산파 삼대 절기 중 하나가 된 것이었다. 하지만 이 무공은 변화가 많고 복잡하나, 적과 맞설 때는 그다지 쓸모가 없었다. 고수가 싸울 때는 경계 수위를 높이고 온몸을 철저히 보호하기 마련이라 눈속임이 많은 초식은 효용성이 크지 않았기 때문이었다. 따라서 형산파는 이 무공을 그리 중요하게 여기지 않았고, 제자들이 허황된 움직임에 빠져 기초를 닦는 일에 소홀하게 될까 염려하여 특출하게 날쌔고 민첩한 제자가 아니면 굳이 전수하지 않았다.

점잖고 말수 적은 유정풍은 사부에게 이 무공을 전수받고도 지금껏 한 번도 사용하지 않았다가, 위급한 순간 펼침으로써 명성이 자자하고 실력 또한 결코 그의 아래가 아닌 대숭양수 비빈을 단번에 제압한 것이었다.

그는 오악검파의 영기를 높이 들고 오른손에 든 검으로 비빈의 목을 겨눈 채 무겁게 입을 열었다.

"정 사형, 육 사형, 이 유정풍이 오악영기를 빼앗았으나 두 분을 협박하려는 것은 아닙니다. 다만 부탁이 있습니다."

정면과 육백은 똑같은 생각을 하며 서로를 마주 보았다.

'비 사제가 놈의 손에 잡혀 있으니 일단 말이나 들어보자.'

정면이 입을 열었다.

"무슨 부탁이오?"

"좌 맹주께 청해주십시오. 이 유정풍은 식솔들을 데리고 은거하여 다시는 무림의 일에 나서지 않으려 하니 허락해달라고 말입니다. 앞으로는 곡양 형님과도 만나지 않고 여기 계신 사형들과 친구들과도… 영원히 작별하겠습니다. 가족들과 제자들을 데리고 멀리 해외로 떠나, 살아 있는 동안에는 결코 중원에 발을 들이지 않을 것입니다."

정면은 잠시 망설였다.

"나와 육 사제가 결정할 수 있는 문제가 아니오. 좌 사형께 말씀드리고 명을 받아야 하오."

"이 자리에는 태산파와 화산파의 장문인들이 계시고 항산파 장문인의 대리인 정일 사태도 계십니다. 그 외에도 여러 영웅호걸들이 증인이 되어주실 것입니다."

유정풍의 시선이 사람들의 얼굴을 하나하나 훑었다.

"이 유정풍, 여러 친구분들께 부탁드립니다. 부디 이 유정풍이 벗과의 의리를 지키고 가족과 제자들의 목숨을 보존할 수 있도록 도와주십시오."

내유외강內柔外剛형인 정일 사태는 성미는 불같아도 속마음은 누구보다도 자상했다.

이번에도 그녀가 제일 먼저 나섰다.

"좋은 제안일세. 그리하면 서로 틈이 벌어지지도 않겠군. 정 사형, 육 사형, 그렇게 해줍시다. 앞으로 마교와 왕래하지도 않고 멀리 중원을 떠나겠다니 없는 사람 셈 치면 되는데 구태여 살겁殺劫을 쌓을 필요가 없지 않소?"

천문 진인도 고개를 끄덕이며 찬성했다.

"나도 그리 생각하오. 악 현제의 의중은 어떻소?"

"유 현제의 입에서 나온 말은 틀림이 없소. 저리 말한 이상 약속을 지킬 테니 믿어도 되오. 자자, 이제 무기는 거두고 화해하십시다. 유현제, 이제 그만 비 현제를 풀어주고 화해주나 드시오. 내일 아침 가족과 제자들을 데리고 형산성을 떠나면 모두 끝나오!"

그러나 육백이 반대했다.

"태산파와 화산파 장문인들께서 그리 말씀하시고, 정일 사태도 유정풍을 적극 지지하시니 우리가 무슨 자격으로 거스를 수 있겠습니까? 그렇지만 비 사제가 유정풍의 암산에 당했으니, 우리가 이대로 유정풍의 말을 들어주면 세상 사람들이 숭산파가 유정풍의 위협을 이기지 못해 꼬리를 감추고 물러갔다고 떠들 것입니다. 그런 소문이 퍼지면 숭산파의 체면이 어찌 되겠습니까?"

정일 사태가 대꾸했다.

"유 현제는 숭산파에게 부탁을 했지 위협은 하지 않았소. 꼬리를 감추고 물러간 사람은 유정풍이지 숭산파가 아니란 말이오. 하물며 숭산파는 유정풍의 제자 한 명을 죽이지 않았소?"

육백은 코웃음을 쳤다.

"적수狄修, 준비해라."

"예!"

숭산파 제자 적수가 대답한 뒤 손에 든 단검을 유정풍의 큰아들의 등에 가져갔다.

육백이 말했다.

"유정풍, 부탁을 하려거든 우리와 함께 숭산으로 가서 좌 맹주께 직접 말하시오. 우리는 명을 받고 나온 처지라 마음대로 결정할 수 없소. 당장 영기를 돌려주고 비 사제를 풀어주시오."

유정풍은 쓸쓸히 웃으며 아들을 바라보았다.

"얘야, 죽음이 두려우냐?"

유 공자는 당당하게 대답했다.

"소자는 아버지의 말씀을 따르겠습니다. 두렵지 않습니다!"

"그래, 장하구나!"

"죽여라!"

육백의 명령이 떨어지자 적수의 단검이 유 공자의 등을 뚫고 심장을 찔렀다. 단검이 빠져나오자 유 공자는 앞으로 푹 고꾸라졌고 꿰뚫린 등에서는 새빨간 피가 분수처럼 솟구쳤다. 유 부인이 비명을 지르며 아들의 시체 위로 쓰러졌다.

육백이 다시 한번 외쳤다.

"죽여라!"

적수의 손이 높이 올라갔다가 내려가자 단검이 유 부인의 등을 꿰뚫었다.

정일 사태가 노발대발했다.

"이 짐승 같은 놈!"

파공성과 함께 그녀의 일장이 적수에게 날아들자, 정면이 재빨리 앞을 가로막으며 일장을 격출隔出했다. 두 손바닥이 마주치는 순간 정일 사태는 비틀비틀 뒤로 세 걸음 물러났다. 가슴이 울컥하면서 목구멍으로 핏덩이가 올라왔지만, 호승심이 강한 그녀는 억지로 핏덩이를 꿀꺽 삼켰다.

정면이 싱글싱글 웃으며 말했다.

"양보해주어 고맙소!"

본래 장법은 정일 사태의 특기가 아니었다. 더욱이 상대가 한참 어린 적수였기 때문에 혹시라도 목숨을 해칠까 봐 전력을 다하지 않았는데, 갑자기 정면이 끼어들어 십성의 공력으로 맞섰으니 당해낼 방도가 없었다. 손이 마주치는 순간에야 이를 깨닫고 공력을 더 끌어올리려 했으나 이미 늦은 뒤라, 산을 무너뜨릴 듯이 쏟아지는 정면의 장력에 그만 내상을 입고 만 것이다.

대로한 정일 사태는 두 번째 공격을 위해 내공을 끌어올렸지만, 단전이 찌르는 듯이 아파오자 내상이 가볍지 않다는 것을 깨달았다. 그녀는 어쩔 수 없이 손을 휘저으며 노한 음성으로 내뱉었다.

"그만 가자!"

정일 사태가 망설임 없이 문밖으로 사라지자 여승들도 모두 따라나갔다.

"계속해라!"

육백이 외치자 숭산파 제자 두 명이 단검을 휘둘러 유정풍의 제자 둘을 찔러 죽였다.

"유정풍의 제자들은 들어라! 살고 싶으면 당장 무릎 꿇고 용서를 빌어라. 유정풍의 잘못을 고하면 죽음은 면할 것이다."

육백의 말에 유정풍의 딸 유청이 화를 참지 못하고 비난했다.

"이 간악한 놈들, 너희 숭산파가 마교보다 천 배, 만 배는 더 악독하구나!"

"죽여라!"

명이 떨어지고 만등평이 검을 높이 들었다. 검은 곧 아래로 떨어지며 유청의 오른쪽 어깨부터 허리까지 길게 베었다. 사등달 등도 각자 검을 휘둘러 이미 혈도가 제압된 유정풍의 직계 제자들을 남김없이 도륙屠戮했다.

대청에 모인 군웅들은 평생 칼과 검 속에서 살아왔지만 이토록 참혹한 도륙 장면을 목격하자 놀라 가슴이 쿵쿵 뛰었다. 일부 선배 영웅들이 만류하려고도 했으나, 숭산파의 행동이 너무나도 빨라 잠깐 머뭇거리는 사이 시체가 잔뜩 쌓였다. 이제 군웅들은 상황에 맞춰 생각을 바꿔야 했다.

정사正邪는 양립할 수 없는 법이요, 숭산파 역시 유정풍에게 사사로운 원한이 있어서가 아니라 마교를 상대하기 위해 하는 행동이니, 비록 잔인하긴 해도 나무랄 일만은 아니었다. 더구나 지금 숭산파가 상황을 장악했고, 항산파 정일 사태는 상처를 입고 떠났으며, 천문 진인과 악불군 등의 고수들은 모르는 척 입을 다물고 있었다. 따지고 보면이번 일은 오악검파의 내부 문제였다. 괜히 다른 사람들이 끼어들어 주장을 내세웠다가는 살신지화殺身之禍를 피하기 어려우니 몸을 아끼는 편이 낫다는 생각이 드는 것도 무리는 아니었다.

그때쯤, 유정풍의 가족과 제자들 중에는 유정풍이 가장 아끼는 열다섯 살 막내아들 유근劉芹만 남아 있었다.

육백이 사등달에게 물었다.

"그 아이가 용서를 빌었느냐? 용서를 빌지 않으면 먼저 코를 베고그다음 귀를 자르고 눈알을 뽑아 끊임없이 고통을 주도록 해라."

"예!"

사등달은 시원스레 대답한 뒤 유근에게 돌아섰다.

"용서를 빌겠느냐?"

유근은 얼굴이 하얗게 질린 채 온몸을 벌벌 떨었다. 유정풍이 말했다.

"애야, 네 형님과 누님이 얼마나 의연했는지 보았지? 죽으면 그뿐인데 두려울 것이 어디 있느냐?"

유근은 덜덜 떨리는 목소리로 대답했다.

"하, 하지만 아버지… 저들이… 제 코를 베… 베고 눈을… 눈을 파낸다고…."

유정풍은 큰 소리로 웃었다.

"일이 이 지경이 되었는데도 저들이 우리를 놓아줄 것 같으냐?"

"아버지, 곡 아저씨를… 죽이겠다고… 약속….”

그의 말이 끝나기도 전에 유정풍이 버럭 화를 냈다.

"허튼소리 마라! 못난 놈, 그걸 말이라고 하느냐?"

사등달은 검을 들어 유근의 코앞에서 요리조리 흔들었다.

"꼬마야, 어서 무릎 꿇고 빌지 않으면 이 검이 가만있지 않을 것이다. 하나, 둘….”

셋을 세기도 전에 유근이 떨리는 몸으로 털썩 무릎을 꿇으며 애원했다.

"사, 살려주세요….”

육백이 만족스레 웃음을 터뜨렸다.

"잘했다. 너를 용서하는 것은 어렵지 않지. 하지만 천하 영웅들 앞에서 유정풍의 잘못을 질타해야 한다.”

유근의 시선이 아버지를 향했다. 겁에 질린 눈동자에는 애원의 빛이 넘실거리고 있었다.

그동안 놀라우리만치 침착했던 유정풍이었다. 아내와 아들딸이 눈앞에서 죽어나가는데도 얼굴 근육 한번 꿈틀하지 않던 그였건만, 이 순간만큼은 분노를 억누를 수 없어 목청껏 소리를 질렀다.

"네 이놈! 네 어머니 앞에서 부끄럽지도 않으냐?"

유근은 피가 흥건한 바닥에 누운 어머니와 형님, 누님의 시체를 차례로 돌아본 뒤 눈앞에서 흔들리고 있는 사등달의 검에 시선을 고정했다.

무시무시하고 참혹한 장면에 혼이 달아날 것처럼 놀란 그는 육백을 향해 애원했다.

"제발 살려주세요. 아버지도… 아버지도 살려주세요."

"네 아버지는 마교의 악인과 결탁했다. 그 행동이 옳으냐, 그르냐?"

육백이 묻자 유근이 기어드는 소리로 대답했다.

"옳… 옳지 않아요!"

"그런 사람은 죽어야 할까, 살아야 할까?"

유근은 입을 떼지 못하고 고개를 푹 숙였다. 육백이 사등달에게 명했다.

"이 녀석이 말을 하지 않으니 단칼에 죽여라."

"예!"

육백이 겁주기 위해 한 말이라는 것을 잘 아는 사등달이 검을 들어 내리치는 시늉을 했다.

예상대로 유근이 황급히 외쳤다.

"주, 죽어야 해요!"

"잘했다! 앞으로 너는 형산파의 사람도 아니고 유정풍의 아들도 아니다. 네 목숨은 살려주마."

꿇어앉은 유근은 두려움 때문에 다리가 풀려 일어설 수조차 없었다. 이 모든 것을 지켜본 군웅들은 그의 수치스러운 행동을 보다못해 혀를 차며 고개를 돌렸다.

유정풍이 장탄식을 하고 말했다.

"육백, 네가 이겼다!"

그는 왼손을 휘둘러 육백에게 오악영기를 던지면서 오른발로 비빈을 걷어차 풀어주었다.

"이 유정풍, 스스로 끝낼 테니 더 이상 인명을 해치지 마라."

말을 마친 그가 오른손으로 검을 들고 자기 목을 찌르려고 했다.

바로 그때, 처마 위로 까만 그림자 하나가 날아들었다. 그림자는 바람처럼 가볍고 빠른 동작으로 유정풍의 손목을 낚아챈 후 외쳤다.

"군자의 복수는 10년이 걸려도 늦지 않다 했네. 가세!"

그림자가 오른손을 뒤로 돌려 춤추듯 원을 그리며 유정풍을 끌고 밖으로 달려갔다.

"곡 형님…!"

유정풍이 놀란 목소리로 입을 열었다. 그의 입에서 '곡 형님'이라는 말이 나오자 군웅들은 저 흑의인이 바로 마교의 장로 곡양이라는 것을 알아차리고 깜짝 놀랐다.

"아무 말 말게!"

곡양이 소리치며 걸음을 더욱 빨리했다. 그러나 세 걸음도 가기 전에 정면과 육백이 각각 쌍장을 휘두르며 두 사람의 등을 공격했다.

"어서 가게!"

곡양은 유정풍을 재촉해 힘껏 등을 떠밀면서, 내공으로 등을 보호하며 정면과 육백 두 고수의 날선 공격을 고스란히 맞았다. 퍽 하는 둔탁한 소리가 들리더니 곡양의 몸이 힘없이 바깥으로 날아갔고 곧이어 입에서 선혈을 울컥 토했다.

그와 동시에 그가 손을 휘두르자, 새까만 침이 검은 비처럼 수없이 쏟아졌다.

"흑혈신침黑血神針이다, 피해라!"

정면이 황급히 외치며 옆으로 몸을 날렸고, 군웅들도 저 새까만 침이 이름도 유명한 마교의 흑혈신침이라는 것을 깨닫고 화들짝 놀라 이리저리 피하기 시작했다. 짧은 순간, 대청 안은 '아차', '으악' 하는 비명들로 시끌시끌해졌다. 그러나 북적이는 사람들로 피할 곳이 마땅치 않았고, 흑혈신침 또한 빠르고 개수가 많아 적지 않은 사람들이 독침을 맞을 수밖에 없었다. 그 혼란한 와중에 곡양과 유정풍은 어느새 저 멀리 달아났다.

笑傲江湖

곡보

7

― 바위 뒤에서 세 사람의 그림자가 돌아나왔다. 흐르는 구름이 달빛을 가리고
밤하늘은 어두컴컴하여 보이는 것이라고는 그중 두 사람은 키가 크고 나머지
한 사람은 키가 작다는 것뿐이었다. 키 큰 사람 둘은 남자였고 작은 사람은 여
자였다. 그들은 서두르지 않는 걸음걸이로 커다란 바위 곁에 다가와 앉았다.

영호충은 검에 찔리고 장력에 맞아 상처가 무거웠으나, 한창 나이의 팔팔한 몸과 탄탄한 내공에 항산파의 영약인 천향단속교와 백운웅담환의 효험이 더해져, 폭포 가에서 하루 밤낮 푹 쉬자 상처는 거의 아물었다. 그동안 그는 오로지 수박으로 연명해야 했다. 의림에게 물고기나 토끼를 잡아와 달라 부탁했지만 그녀는 고집스레 고개를 저었다. 관세음보살의 보우를 받아 구사일생 목숨을 구했으니, 몇 년간 채식을 하며 그 은혜에 보답하지는 못할망정 살생은 절대 있을 수 없는 일이라는 것이 의림의 주장이었다. 영호충은 꽉 막힌 그녀가 답답했지만 억지로 시킬 수도 없는 노릇이었다.

어느 날 저녁, 두 사람은 바위에 등을 기대고 덤불 위를 날아다니는 반딧불이를 구경했다. 별빛이라도 되는 양 허공을 점점이 수놓는 반딧불이가 황홀할 정도로 아름다웠다.

넋을 잃고 바라보던 영호충이 말했다.

"재작년 여름에는 반딧불이 수천 마리를 잡았소. 망사 주머니를 여럿 만들어 반딧불이를 나누어 넣고 방에 매달았더니 방이 환해져서 아주 멋있었지."

"소사매가 잡아달라고 했군요?"

그의 성격상 손수 주머니를 만들었을 리 없다고 짐작한 의림이 묻자 영호충은 빙그레 웃었다.

"똑똑하구려. 어떻게 듣자마자 소사매가 시킨 것을 알았소?"

의림도 따라 미소를 지었다.

"사형은 성미가 급해서 반딧불이를 수천 마리나 잡는 일은 엄두도 못 내셨을 거예요. 그래서… 나중에 반딧불이를 어찌하셨나요?"

"사매가 가져가 침상에 매달더니, 침상 주변이 별처럼 반짝거려 마치 하늘 한가운데 누워 있는 것 같다고 했소. 눈을 뜨면 사방에 별이 떠 있다며 무척 좋아하더구려."

"소사매는 장난이 많은 분이군요. 그의 사형도 마찬가지고요. 소사매가 별을 따달라 했어도 사형은 아마 '그러마'고 하셨을 거예요."

영호충은 껄껄 웃었다.

"실은 반딧불이를 잡은 이유도 그 별 때문이었소. 그날 밤 소사매와 함께 밤바람을 쐬는데 하늘에 뜬 별이 유난히 환하게 반짝이더구려. 그것을 본 소사매가 갑자기 한숨을 푹 쉬며 이렇게 말했소. '안타깝게도 벌써 자러 가야 할 시간이네요. 밖에서 잘 수 있다면 얼마나 좋을까요? 한밤중에 눈을 뜨면 하늘 가득 별들이 나를 향해 눈을 깜빡이며 인사를 하겠죠. 아아, 그럼 얼마나 멋있을까? 하지만 어머니가 허락하지 않으실 거예요.' 그래서 나는 소사매를 달랬소. '반딧불이를 잡아다 모기장 안에 풀어두면 별처럼 보이지 않을까?' 하고 말이오."

의림은 살짝 고개를 끄덕였다.

"이제 보니 사형의 발상이었군요."

영호충은 빙그레 웃으며 말을 이었다.

"망사 주머니는 소사매의 생각이었소. '반딧불이가 날아다니다 얼굴에 앉기라도 하면 어떡해요, 징그럽게. 참, 좋은 생각이 났어요! 망사로 주머니를 만들고 그 안에 반딧불이를 넣는 거예요!'라고 말이오. 그렇게 해서 소사매는 망사 주머니를 만들고 나는 반딧불이를 잡았지. 장장 하루 밤낮을 그 일에 투자했는데, 아쉽게도 재미는 하룻밤뿐이었소. 다음 날 반딧불이가 모두 죽어버렸으니까."

의림은 깜짝 놀라 떨리는 목소리로 물었다.

"수천 마리나 되는 반딧불이를 모두 죽게 내버려두었어요? 어쩜…어쩜 그런…."

"너무 잔인하다는 말이겠지? 하긴 사매는 불문의 제자니 양심의 속삭임이 우리보다 크겠지. 하지만 본래 반딧불이는 날씨가 추워지면 죽게 되어 있소. 기껏해야 죽음을 며칠 앞당겼을 뿐이지 않소?"

의림은 한동안 묵묵히 생각에 잠겼다가 비로소 입을 열었다.

"사실 세상 사람들 또한 매한가지지요. 어떤 사람은 일찍 죽고 어떤 사람은 늦게 죽지만, 이른 죽음이든 늦은 죽음이든 결국은 죽음이니까요. 인생은 무상하고 괴로운 것이에요. 부처님은 사람이라면 누구든 생로병사의 괴로움을 벗어던질 수 없다 하셨어요. 하지만 깨달음을 얻어 윤회에서 해탈하는 것이 어디 말처럼 쉽겠어요?"

"옳은 말이오. 그러니 사매도 규칙이니 계율이니 하는 것에 얽매여 살생은 불가하다는 둥 도둑질은 죄악이라는 둥 괴로워할 필요 없소. 부처님이 그런 일까지 일일이 간여하다가는 바빠서 쓰러지실 거요."

의림은 무엇이라 대답해야 좋을지 몰라 입을 다물었다. 바로 그때, 왼편 산자락 위로 별똥별이 쐐액 지나가며 어두운 하늘에 길고 긴 꼬리를 남겼다. 의림이 말했다.

"의정儀淨 사저는 별똥별을 보고 옷고름을 묶으며 속으로 소원을 비는 사람들이 있다고 하셨어요. 만약 별똥별이 사라지기 전에 옷고름을 다 묶으면 그 소원이 이루어진다던데, 정말 그럴까요?"

"모르겠소. 한번 해봅시다. 그렇게 손이 빠를 것 같지는 않지만."

영호충은 웃으며 대답하고 옷고름을 잡았다.

"사매도 미리 준비하시오. 아차 했을 때는 늦소."

의림도 그를 따라 옷고름을 잡고 까마득한 하늘을 바라보았다. 여름밤은 유달리 별똥별이 많았다. 금방 별똥별 하나가 하늘을 갈랐지만 너무 빨라 의림이 손가락 하나 까딱하기도 전에 사라지고 말았다. 의림은 포옥 한숨을 쉬고는 좀 더 기다렸다. 두 번째 별똥별이 서쪽에서 동쪽으로 길게 꼬리를 늘이며 나타났다. 의림은 재빠르게 움직여 매듭을 지었다.

"잘했소, 정말 잘했소! 성공했군! 관세음보살님이 보우하사 반드시 소원을 이루게 될 거요."

영호충이 기뻐하며 말했지만 의림은 도리어 한숨을 쉬었다.

"매듭을 짓느라 소원 비는 것을 깜빡했어요."

영호충은 웃음을 터뜨렸다.

"그럼 미리 생각해두시오. 속으로 외고 있다 보면 매듭 때문에 소원을 잊어버리지는 않을 테니까."

의림은 옷고름을 잡으며 속으로 중얼거렸다.

'무슨 소원을 빌지? 무슨 소원을…?'

영호충을 흘끗 바라보는 그녀의 두 뺨이 발갛게 달아올랐다. 의림이 수줍어하며 고개를 돌리는데 그때 마침 별똥별 몇 개가 잇달아 하늘을 가로질렀다. 영호충이 마구 소리를 질러댔다.

"또 나타났소! 오오, 아주 길군! 다 했소? 이번에도 실패요?"

의림의 마음은 꼬인 실타래처럼 복잡했다. 마음 한구석 깊은 곳에서는 간절히 바라는 소원이 있었으나, 남몰래 그 소원을 떠올리는 것조차 커다란 용기가 필요했고 하물며 관세음보살에게 소리 내어 빈다는 것은 꿈도 꾸지 못할 일이었다. 심장이 콩닥콩닥 뛰고, 표현할 길 없는 두려움과 말할 수 없는 기쁨이 번갈아 몸을 휘감았다. 다시금 영호충의 목소리가 귓가에 들려왔다.

"소원을 정했소?"

의림은 마음속으로 속삭였다.

'무슨 소원을 빌어야 하지? 무슨 소원을…?'

그 순간 또 하나의 별똥별이 하늘 한 자락을 수놓았다. 의림은 마치 넋이 나간 사람처럼 멍한 눈길로 하늘을 올려다보았다. 영호충이 웃으며 말했다.

"무슨 소원을 빌었는지 내가 맞혀보겠소."

"아, 아니에요. 그러지 마세요."

"뭘 그리 당황하는 거요? 어디 세 번 만에 맞힐 수 있는지 없는지 봅시다."

의림이 벌떡 일어났다.

"자꾸 그러시면 가버릴 거예요."

영호충은 큰 소리로 웃음을 터뜨렸다.

"알았소, 알았소. 안 하리다. 하하하, 항산파의 장문인이 되고 싶다 하여 그리 부끄러워할 필요는 없지 않소?"

의림은 어리둥절했다.

'내… 내가 항산파 장문인이 되려 한다고? 그런 생각은 한 번도 해 보지 않았어…. 나 같은 사람이 어떻게 장문인이 되겠어?'

문득 아득히 먼 곳에서 떵떵거리는 소리가 바람을 타고 들려왔다. 누군가 칠현금을 타는 소리였다. 영호충과 의림은 뜻밖의 소리에 당황해 서로 마주 보았다.

"이 황량한 산골짜기에서 누가 금을 타는 거지?"

면면히 이어지는 금 소리는 황량하고 스산한 장소에 어울리지 않게 우아하기까지 했다. 잠시 후 금의 운율 사이로 부드러운 퉁소 소리가 섞이기 시작했다. 칠현금 소리는 평화로우면서 치우침이 없었고, 그 속으로 가닥가닥 스며드는 고요하고도 맑은 퉁소 소리 덕분에 더욱 심금을 울렸다. 금과 퉁소 소리는 물음과 대답을 반복하는 듯 끊임없이 이어지며 점점 그들에게 가까워졌다. 영호충은 의림에게 다가가 나지막이 속삭였다.

"어딘가 이상한 연주요. 우리에게 불리한 상황이 될지도 모르니 무슨 일이 있어도 절대 소리를 내지 마시오."

의림은 가만히 고개를 끄덕였다.

금 소리는 점점 높아지는 반면 퉁소 소리는 점차 낮아졌으나, 가느다란 거미줄이 바람에 흩날리며 끊어질 듯 끊어질 듯 하면서도 끈끈히 이어지듯 듣는 사람의 마음을 강하게 사로잡았다.

곧이어 바위 뒤에서 세 사람의 그림자가 돌아나왔다. 흐르는 구름이 달빛을 가리고 밤하늘은 어두컴컴해, 보이는 것이라고는 그중 두 사람은 키가 크고 나머지 한 사람은 키가 작다는 것뿐이었다. 키 큰 사람 둘은 남자였고 작은 사람은 여자였다. 그들은 서두르지 않는 걸음걸이로 커다란 바위 곁에 다가와 앉았다. 한 남자는 금을 타고 다른 남자는 퉁소를 불었다. 여자는 금을 타는 남자 옆에 섰다. 바위 뒤에 몸을 웅크린 영호충은 그들에게 들킬까 두려워 고개조차 내밀지 못하고 숨죽여 동태를 살폈다. 금과 퉁소의 선율은 높아졌다 낮아졌다를 반복하며 조화롭게 어우러졌다.

'폭포가 옆에 있어 물소리가 시끄러운데도 저 가녀린 연주 소리를 가리지 못하는 것을 보면 저 두 사람의 내공이 무척 깊겠구나. 아아, 그랬군. 구태여 여기까지 와서 연주를 하는 까닭도 이곳에 폭포가 있기 때문이지, 우리와는 아무 상관없는 일이었어.'

이렇게 생각하자 영호충은 곧 안심이 되었다.

갑자기 땡땡거리는 금 소리에 살의殺意가 실리기 시작했다. 그러나 퉁소 소리는 여전히 부드럽고 우아하여 마치 흥분한 금을 달래듯 차분하게 울려퍼졌다. 잠시 후 금 소리 또한 부드러움을 되찾았고, 두 악기는 높은 소리를 냈다가 나지막이 가라앉으며 느닷없이 곡조를 확 바꿨다. 이 곡조는 마치 칠현금 일고여덟 개와 퉁소 일고여덟 개가 동시에 연주하는 것 같았다. 금과 퉁소 소리는 몹시도 복잡하고 변화무쌍했으나, 음절 하나하나마다 높낮이나 가락이 조화를 이뤄 듣는 사람의 마음을 뒤흔들어놓았다. 몰래 듣고 있던 영호충마저 피가 들끓는 것 같아 저도 모르게 스르르 일어났다. 얼마쯤 지나자 금과 퉁소의 합주는 또 한 번 곡조를 바꿨다. 퉁소 소리가 주 선율이 되고 칠현금은 땡땡거리며 반주를 하기 시작한 것이다. 퉁소 소리는 점점 높아지고, 그에 따라 영호충의 마음은 이유도 없이 쓸쓸한 기분으로 뒤덮였다.

옆에 있던 의림은 숫제 눈물을 뚝뚝 흘리고 있었다. 별안간 때댕 하는 날카로운 소리와 함께 금 소리가 멈췄다. 통소 소리 역시 바로 그쳤다. 사위는 삽시간에 정적에 잠기고 하늘 위로 둥실 떠오른 밝은 달만이 삐죽 솟은 나무 그림자를 땅에 그리고 있을 뿐이었다.

느릿느릿한 말소리가 정적을 깨뜨렸다.

"유 현제, 오늘 우리 목숨도 끝인가 보이. 이 어리석은 형이 때를 맞추지 못해 자네 식솔과 제자들마저 희생되다니, 마음이 심히 불안하고 부끄러우이."

그러자 다른 사람이 조용히 대답했다.

"형님과 저 사이에 그 무슨 말씀입니까…."

그 목소리를 알아들은 의림이 영호충의 귀에 속삭였다.

"유정풍 사숙님이에요."

두 사람은 바로 형산성에서 빠져나온 유정풍과 곡양이었다. 유정풍의 집에서 벌어진 사건을 통 모르는 영호충과 의림은 유정풍이 이런 황량한 곳에 나타난 사실에도 놀랐지만, 목숨이 다했다느니 식솔과 제자들이 희생되었다느니 하는 이야기에 경악을 금치 못했다.

유정풍의 말소리가 이어졌다.

"사람은 누구나 죽는 법, 살아생전 지기를 얻었으니 죽어도 여한이 없습니다."

"허나 자네 통소 소리에는 아직 여한이 묻어 있네그려. 막내아드님이 죽음이 두려운 나머지 자네의 명성을 더럽혔기 때문인가?"

그 말에 유정풍은 장탄식을 했다.

"곡 형님께서 추측하신 대로입니다. 평소 근이 그 아이를 애지중지하여 자주 훈계하지는 않았으나, 그토록 배짱 없는 약골로 자랐을 줄 이야…."

"배짱이 있으면 어떻고 없으면 어떤가. 100년 후에는 모두 한 줌 흙이 될 테니 다를 것도 없지. 이 어리석은 형은 일찍부터 지붕 위에 숨어 있었다네. 미리 나섰어야 했네만, 자네가 나 때문에 오악검파의 친구들과 싸우는 것을 원치 않았기에 발이 떨어지지 않았지. 더욱이 내 자네 앞에서 결코 강호의 협객들을 해치지 않겠노라 굳게 맹세하지 않았는가? 한데 미적거리는 사이 오악검파의 맹주라는 숭산파가 그리 잔인한 짓을 할 줄은 정말 몰랐으이."

유정풍은 한동안 말이 없다가 다시금 한숨을 푹 쉬었다.

"그런 속된 무리가 어찌 음률로 마음을 주고받는 고아한 풍격을 알겠습니까? 으레 속세의 잣대를 들이밀어, 제가 형님과 가까이 지내면 오악검파나 강호 협객들에게 불리하리라 예단한 것이지요. 아아, 이해하지 못해 그리한 것이니 탓할 일도 아닙니다. 곡 형님, 대추혈을 맞으셨는데 심맥은 괜찮으십니까?"

"괜찮지 않다네. 숭산파의 내공은 과연 위력적이더군. 내 등을 때렸을 뿐인데 내력이 뻗어나가 자네 심맥까지 뒤흔들어놓다니. 자네마저 피해를 입을 줄 알았으면 흑혈신침을 쓰지 말 걸 그랬네. 아무런 도움도 안 되는데 공연히 무고한 사람들만 해치지 않았나. 그나마 다행스럽게도 침에 독을 바르지는 않았다네."

'흑혈신침'이라는 말에 영호충은 가슴이 철렁했다.

'설마 마교의 고수란 말인가? 유 사숙님께서 마교의 사람과 교분을 맺다니?'

유정풍은 가볍게 웃음을 터뜨렸다.

"허나 덕분에 마지막으로 합주를 할 수 있었지요. 오늘이 지나면 이 세상에서 다시는 이런 금과 통소의 합주를 들을 수 없을 것입니다."

곡양은 장탄식을 하며 대답했다.

"그 옛날 혜강嵇康(삼국시대 위나라의 유명한 사상가이자 음악가)은 형장에 올랐을 때 금을 쓰다듬으며 다시는 〈광릉산廣陵散〉이 세상에 울릴 일이 없다며 탄식했지. 허허, 〈광릉산〉도 절묘하지만 우리가 만든 이 〈소오강호곡〉만 하겠나? 허나 그때 혜강의 심정은 지금 우리와 다르지 않았을 거야."

유정풍이 웃으며 말했다.

"조금 전만 해도 달관한 듯 말씀하시더니 어찌 또 집착하십니까? 오늘 밤의 합주로 이 〈소오강호곡〉을 아낌없이 쏟아냈으니 아쉬울 것도 없습니다. 세상에 이 곡이 존재했고 형님과 제가 함께 연주해냈으니 그것으로 족하지 않습니까?"

"자네 말이 옳으이."

곡양은 웃으며 손뼉을 쳤지만, 잠시 후 또 한숨을 푹 내쉬었다. 유정풍이 물었다.

"형님, 어찌 그러십니까? 아, 혼자 남을 비비가 걱정이 되어 그러시겠지요."

의림은 눈을 동그랗게 떴다.

'비비? 설마 그 비비 낭자일까?'

예상대로 곡비연의 목소리가 들려왔다.

"할아버지, 걱정 말고 유 할아버지와 함께 마음 편히 쉬세요. 다 나으신 다음에 숭산파에 가서 그 못된 놈들을 모조리 도륙해 돌아가신 분들의 복수를 해야죠!"

바로 그때, 골짜기 너머에서 늘어지는 웃음소리가 들려왔고, 그 웃음소리가 끝나기도 전에 검은 그림자 하나가 푸른빛을 번뜩이며 휙 날아와 곡양과 유정풍 앞에 섰다. 날카로운 검을 든 그 사람은 바로 숭산파 대숭양수 비빈이었다.

비빈이 피식 냉소를 지으며 말했다.

"머리에 피도 안 마른 계집애가 입 한번 맵구나. 오냐, 우리 숭산파를 도륙하겠다고? 그게 네 마음대로 될 것 같으냐?"

유정풍이 벌떡 일어났다.

"비빈, 너는 이미 우리 가족을 몰살했고 이 유정풍 또한 네 사형의 장력에 당해 목숨을 잃을 지경에 처했다. 이 이상 무얼 바라느냐?"

비빈은 큰 소리로 웃으며 오만하게 말했다.

"저 계집애가 한 말을 빌리자면, 이 몸 또한 모조리 도륙해야 마음이 놓이겠소. 꼬마, 너부터 죽여주마!"

의림이 영호충에게 속삭였다.

"비비와 그 할아버지가 사형을 구했어요. 그러니 어떻게든 저들을 구해야 해요."

영호충 역시 그녀가 일깨우기 전부터 목숨을 구해준 은혜에 보답할 궁리를 하던 참이었다. 그러나 상대는 숭산파의 고수였다. 그 자신은 중상을 입어 나선다 해도 당해낼 방도가 없었고, 무엇보다 곡양은 화산파가 줄곧 적대시해온 마교의 인물이라 쉽사리 구할 결심이 서지 않았던 것이다.

유정풍의 목소리가 귀를 때렸다.

"비빈, 네놈 또한 명문정파에서 제법 이름 있는 사람이 아니냐? 우리 두 사람이 네놈 손에 떨어진 이상 죽이든 살리든 두말하지 않겠으나, 어린아이를 괴롭히는 것은 영웅호걸의 도리가 아니다! 비비, 어서 가거라!"

"할아버지들과 같이 죽겠어요. 혼자 살아남기 싫어요!"

곡비연이 단호하게 외쳤다.

"어서 가, 어서! 어른들의 일에 너 같은 어린아이가 끼어들어 어쩌겠다는 거냐?"

"싫어요!"

곡비연은 흐느끼며 허리춤에서 단검 두 자루를 꺼내 유정풍 앞을 가로막았다.

"비빈! 유 할아버지께서 너를 불쌍히 여겨 살려주었는데, 은혜를 원수로 갚다니 부끄럽지도 않아?"

곡비연이 호통을 치자 비빈은 서늘한 목소리로 말했다.

"버릇없는 계집! 네 입으로 우리 숭산파를 도륙하겠다고 하지 않았느냐? 설마하니 이 어르신께서 그런 일이 벌어지도록 가만히 보고 있으리라 생각했느냐?"

"어서 가라지 않느냐!"

유정풍이 초조하게 말하며 곡비연의 팔을 잡아당겼다. 그러나 숭산파의 내공에 심맥이 끊어진 데다 〈소오강호곡〉을 연주하느라 심신이 모두 지쳐 손에 힘이 들어가지 않았다. 곡비연이 살짝 뿌리치자 그의 손은 힘없이 떨어졌고, 그와 동시에 퍼런빛이 번쩍이며 비빈의 검이 날아들었다.

곡비연은 왼손에 든 단검으로 막으며 연이어 오른손에 든 단검을 찔렀다. 비빈이 피식 웃더니 검을 빙글 돌려 곡비연의 오른손 단검을 쩡 하고 내리쳤다. 곡비연은 어깨를 찌르는 듯한 전율과 손아귀가 찢어지는 듯한 통증에 그만 단검을 놓치고 말았다. 비빈의 검이 비스듬히 날아오르자 또다시 쩡 소리가 나며 곡비연의 왼손 단검마저 몇 장 밖으로 빙글빙글 날아갔다. 비빈은 검으로 그녀의 목을 겨누며 곡양을 향해 보란 듯이 웃었다.

"곡 장로, 우선 손녀의 왼쪽 눈부터 뽑고 그다음에 코를 자르겠소. 그리고 양쪽 귀를…."

그 순간, 곡비연이 카랑카랑하게 소리를 지르며 검을 향해 몸을 던졌다. 비빈이 번개처럼 검을 거두고 왼손 둘째 손가락으로 곡비연의 혈도를 힘껏 찌르자, 그녀는 휘청거리며 바닥으로 나뒹굴었다.

비빈이 껄껄 웃으며 말했다.

"온갖 악행을 저지른 사마외도들을 쉽사리 죽여줄 수야 없지. 이미 말한 대로 왼쪽 눈부터 뽑아주마."

그가 검을 높이 들었다가 내리찍으려는 순간, 뒤에서 누군가 큰 소리로 외쳤다.

"잠깐!"

비빈은 화들짝 놀라 황급히 뒤돌아서며 방어 자세를 취했다. 영호충과 의림은 일찍부터 바위 뒤에 숨어 꼼짝도 하지 않았기 때문에 비빈의 무공으로도 누군가 있다는 사실을 전혀 알지 못했다. 만약 두 사람이 나중에 이곳에 나타났다면 금세 알아차렸을 것이나, 전부터 숨어 있었던 제삼자의 느닷없는 출현에 깜짝 놀라는 것이 당연했다.

환한 달빛 아래 젊은 남자가 양손을 허리에 대고 걸어나오는 모습이 보였다.

"누구냐?"

비빈이 날카롭게 물었다.

"화산파 영호충이 비 사숙께 인사드립니다."

그렇게 말하며 허리를 숙여 인사하는 영호충은 똑바로 서 있지도 못해 자꾸만 휘청거렸다. 비빈은 고개를 끄덕였다.

"그만 되었다! 악 사형의 대제자가 여기서 무얼 하느냐?"

"청성파 제자에게 상처를 입어 요양하던 중인데 다행히 이렇게 사숙님을 뵙게 되었습니다."

비빈은 코웃음을 쳤다.

"마침 잘 왔다. 이 계집애는 사악한 마교 무리니 응당 주살해야 하나, 내 손으로 처리하면 어린아이를 괴롭혔다는 말을 듣기 십상이니, 네가 처리하거라."

그가 곡비연을 가리키며 말하자 영호충은 고개를 저었다.

"그 아이의 할아버지는 형산파 유 사숙님의 친구고, 따지고 보면 저 또한 그 아이보다 나이가 많습니다. 제가 그 아이를 죽이면 화산파가 어린아이를 괴롭힌다는 소문이 강호에 쫙 퍼져 고상하지 못한 평을 듣게 되겠지요. 더욱이 곡 선배님과 유 사숙님 모두 중상을 입으셨는데 그런 분들 앞에서 후손을 괴롭히는 것은 영웅호걸이 할 일이 아닌 듯합니다. 화산파는 결단코 그런 일을 할 수 없으니 부디 용서해주십시오."

그의 말뜻은 명료했다. 화산파가 경멸하는 일을 숭산파가 저지른다면 숭산파는 화산파보다 한참 못 미치는 문파가 되는 셈이었다. 비빈은 눈썹을 치켜세우며 흉악한 표정을 지었다.

"네놈 역시 저 마교 놈들과 작당을 했구나. 옳다, 유정풍에게 듣자니 저 간악한 곡양이 네놈을 치료하고 목숨을 구해주었다지? 당당한 화산파의 제자가 이리도 빨리 마교에 홀릴 줄이야!"

그의 손에 들린 검이 바르르 떨리며 한광을 뿜어냈다. 마치 당장 영호충을 찌르지 못해 안달이라도 난 것 같았다.

유정풍이 나섰다.

"영호 현질, 자네는 아무 상관없으니 이 혼탁한 싸움에 끼어들지 말고 어서 떠나게. 그래야 자네 사부가 곤란해지지 않네."

영호충은 시원스레 웃으며 대답했다.

"유 사숙님, 저희 같은 강호의 협객은 협의를 중요시하여 사마외도와는 같은 하늘을 이고 살 수 없다 했습니다. 여기서 협의가 무슨 뜻입니까? 중상을 입은 사람을 괴롭히는 것이 협의입니까? 무고한 어린아이를 잔인하게 죽이는 것이 협의입니까? 그런 짓을 저지르는 자가 사마외도와 다를 것이 무엇입니까?"

듣고 있던 곡양이 한숨을 쉬며 말을 받았다.

"그런 짓은 우리 일월교日月敎 사람들도 꺼린다네. 영호 형제, 그만 갈 길을 가게나. 숭산파가 기어코 그런 짓을 하고 싶다 하니 소원 풀이하게 내버려둠세."

영호충은 웃음 섞인 목소리로 대답했다.

"가지 않겠습니다. 대숭양수 비 대협은 강호에 쟁쟁한 명성을 날리는 숭산파의 손꼽는 영웅이십니다. 그저 놀래주려고 하신 말씀이지, 정말로 그런 낯부끄러운 짓을 하실 리 없지요. 비 사숙님은 결코 그런 분이 아닙니다."

말을 마친 그는 두 손으로 가슴을 감싸안으며 뒤에 있는 소나무에 등을 기댔다.

비빈은 살기를 풀풀 날리며 흉악한 웃음을 지어 보였다.

"그런 말로 달래면 내가 저 요망한 놈들을 놓아줄 줄 아느냐? 흐흐흐, 꿈도 야무지구나. 네놈이 마교에 투신한 이상, 마교 놈 셋을 죽이나 넷을 죽이나 이 비빈에게는 아무 차이도 없다."

그가 겁주려는 듯한 걸음으로 다가섰다. 영호충은 그 흉악한 얼굴에 흠칫 놀랐으나 내색하지 않고 해결책을 찾으려고 재빨리 머리를 굴렸다.

"비 사숙, 저마저 죽여 없앨 참이십니까?"

"똑똑하구나. 바로 그 뜻이다."

비빈이 말하며 다시 한 걸음 다가섰다.

바로 그때, 바위 뒤에서 묘령의 여승이 튀어나와 앞을 가로막았다.

"비 사숙님, 가없는 고해苦海에서도 돌아보면 피안彼岸이 있다고 했습니다. 지금은 악한 마음을 품고 계시나 아직 행동으로 옮기지는 않으셨으니 지금이라도 돌아서기에 늦지 않았습니다."

다름 아닌 의림이었다.

영호충이 남들 눈에 띄지 않도록 숨어 있으라고 신신당부를 했음에도, 그가 위험에 처하자 이것저것 따질 겨를도 없이 뛰쳐나온 것이었다. 그녀는 좋은 말로 비빈을 만류할 수 있으리라 여기고 있었다.

비빈도 퍽 놀랐는지 당황한 목소리로 물었다.

"너는 항산파 제자가 아니냐? 그런데 어째서 그런 곳에 숨어 있었던 것이냐?"

의림은 얼굴을 붉히며 우물쭈물했다.

"그… 그건…."

혈도를 짚혀 옴짝달싹할 수 없었지만 혀만은 자유로운 곡비연이 큰 소리로 의림을 불렀다.

"의림 언니, 영호 오라버니와 함께 있을 줄 알았어요. 예상대로 영호 오라버니의 상처를 다 치료해주었군요. 하지만… 하지만 우린 어차피 다 죽을 거예요."

의림이 고개를 저으며 대답했다.

"아니에요. 비 사숙님은 무림에서 누구나 알아주는 영웅호걸이신걸요. 그러니 결코 중상을 입은 사람과 낭자 같은 어린 여자아이를 죽이실 리 없어요."

곡비연은 보란 듯이 코웃음을 쳤다.

"저자가 과연 대단한 영웅호걸일까요?"

"숭산파는 오악검파의 맹주고 강호 협객들의 본보기이기도 해요. 그러니 무슨 일이건 협의를 우선시하여 처리할 거예요."

진심으로 한 말이지만 비빈의 귀에는 비꼬는 소리처럼 들렸다.

'잡초를 뽑으려면 뿌리까지 뽑아야 하는 법, 저놈들 중 단 한 명이라도 살려 보내면 이 비빈의 명성이 땅에 떨어지겠구나. 비록 사악한 마교의 무리라고는 하나, 영웅호걸답지 않게 다친 자나 어린아이를 처참히 죽였다는 소문이 퍼지면 경멸을 당할 것이 자명하다.'

이렇게 생각한 비빈은 검을 치켜들어 의림을 겨눴다.

"너는 중상을 입지 않았고 힘없는 어린아이도 아니니, 너를 죽이는 것은 괜찮겠지?"

의림은 깜짝 놀라 주춤주춤 물러났다.

"저… 저를… 저를요? 어… 어째서 저를…?"

"너는 간악한 마교 놈과 언니 동생 하며 가까이 지냈으니 한패나 다름이 없다. 내 어찌 그런 너를 살려두겠느냐?"

비빈은 말을 끝내기 무섭게 대뜸 몸을 날려 의림을 찔러갔다.

영호충이 황급히 의림의 앞을 가로막으며 외쳤다.

"사매, 어서 가시오! 가서 사매의 사부님을 모셔오시오!"

멀리 있는 물로 가까운 불을 끌 수 없다는 사실을 그도 잘 알고 있었다. 의림에게 구원군을 청해오라고 한 것은 단지 그녀를 살리기 위한 임시방편에 불과했다.

비빈이 검을 휘둘러 영호충의 오른쪽 옆구리를 찔렀고, 영호충은 몸을 비스듬히 돌려 피했다. 비빈의 검이 잇달아 쉭쉭 소리를 내며 세 번이나 찔러오자 영호충은 곧 위태로운 상황에 빠졌다. 다급해진 의림이 부러진 검을 뽑아 비빈의 어깻죽지를 찌르며 소리를 질렀다.

"영호 사형, 몸도 성치 않으시니 어서 물러나세요!"

비빈은 큰 소리로 웃어댔다.

"여승 주제에 다정하기도 하지! 젊고 잘생긴 남자를 보더니 앞뒤 분간을 못하는구나."

그의 검이 똑바로 날아들어 쩡 하며 의림의 검을 때렸다. 그 순간, 의림이 든 부러진 검은 주인의 손을 벗어나 저 멀리 날아가버렸다. 비빈이 의림의 심장을 노리고 검을 내질렀다.

그가 처치해야 할 사람은 모두 다섯. 비록 저항할 힘도 없는 자들이었으나 한 치 앞도 보기 힘든 어두운 밤중이라 단 한 명이라도 빠져나간다면 크나큰 후환이 될 터였다. 그 때문에 비빈은 사정없이 살수를 쓸 수밖에 없었다.

영호충이 있는 힘껏 몸을 날리며 왼손 손가락으로 비빈의 눈을 찔렀다. 비빈은 이를 피하기 위해 발을 굴러 뒤로 멀찍이 물러나며, 검을 회수하는 틈을 타 그의 왼쪽 어깨에 기다랗게 검흔劍痕을 새겼다.

영호충은 사력을 다해 의림을 구해냈으나 끝내 기진맥진해 쓰러질 듯 휘청거렸다. 의림이 달려와 그를 부축하며 목멘 소리로 말했다.

"차라리 다 함께 죽이라고 해요!"

영호충은 숨을 헐떡이며 그녀를 돌아보았다.

"어, 어서… 가시오….."

"이 바보 멍청이! 아직도 그 마음을 모르겠어요? 오라버니와 함께 죽고 싶다는…!"

보다못한 곡비연이 깔깔거리며 소리쳤다. 그러나 그 말이 끝나기도 전에 비빈의 검이 날아들어 그녀의 명치를 푹 찔렀다.

곡양과 유정풍, 영호충, 그리고 의림은 일제히 비명을 질렀다.

비빈이 흉측한 미소를 지으며 영호충과 의림을 향해 느릿느릿 걸음을 옮겼다. 검에서 새빨간 핏방울이 뚝뚝 떨어졌다.

영호충은 충격에 빠졌다.

'정… 정말로 어린아이를 죽이다니 이렇게 악독할 수가! 이제 내 목숨도 끝장이다. 그런데 의림 사매는 어째서 나와 함께 죽겠다는 걸까?

내가 한 번 구해준 적이 있지만 사매도 내 목숨을 구해주었으니 진 빚은 갚은 셈이야. 예전부터 알던 사이도 아니고 단순히 오악검파의 사형매에 불과한데, 아무리 강호에서 도의가 중요하다 해도 목숨까지 내던지려 하다니⋯. 항산파 제자들이 이렇게까지 의리를 중요시하는 것을 보면 정일 사태는 실로 대단한 분이구나. 이것 참, 나와 나란히 죽는 사람이 소사매가 아니라 의림 사매라니⋯. 소사매는⋯ 지금 무얼 하고 있을까?'

흉악하게 일그러진 비빈의 얼굴이 점점 가까워지는 것을 보며, 영호충은 보일 듯 말 듯한 미소와 함께 한숨을 푹 쉬고 눈을 감았다.

갑자기 아련한 호금 소리가 귓가를 간질였다. 쓸쓸하고 구성진 호금 소리는 탄식인 듯 흐느낌인 듯 가늘게 이어졌고, 떨리는 선율 위로 끊어질 듯 끊어질 듯 이어지는 음절은 마치 나뭇잎 위로 툭툭 떨어지는 가랑비 같았다. 영호충은 이상한 생각에 눈을 번쩍 떴다.

비빈 역시 심장이 덜컹했다.

'소상야우 막대 선생이다!'

호금 소리가 점차 을씨년스러워지는데도 막대 선생은 끝끝내 모습을 드러내지 않았다. 마침내 견디다못한 비빈이 외쳤다.

"막대 선생, 그만 나오시지요!"

돌연 호금 소리가 뚝 끊기고, 소나무 뒤에서 비쩍 마른 사람이 걸어나왔다. 오랫동안 소상야우 막대 선생의 이름을 들어왔으나 직접 만나본 적은 한 번도 없는 영호충이었다. 뜻밖에도 처량한 달빛 아래로 드러난 막대 선생은 장작처럼 야위고 뼈만 앙상해 지금 당장 쓰러져 죽어도 전혀 이상할 것 없는 병자나 다름없는 모습이었다. 강호를 떠르르 울리는 형산파의 장문인이 이렇게 볼품없는 모습일 줄 누가 상상이나 했을까?

막대 선생은 왼손에 호금을 쥔 채 비빈을 향해서 두 손을 포개 보였다.

"비 사형, 좌 맹주께서는 무탈하시오?"

비빈은 악의가 없는 그의 표정을 보자 평소 유정풍과 사이가 나쁘다는 소문을 떠올리고 안도하며 대답했다.

"신경 써주셔서 감사합니다. 사형께서는 잘 계십니다. 귀 파의 유정풍이 마교의 무리와 교분을 맺어 우리 오악검파에 불리한 짓을 꾸미고 있습니다. 이를 어찌해야겠습니까?"

막대 선생은 느릿느릿 유정풍에게 다가가 서슬 퍼런 목소리로 외쳤다.

"죽여야지!"

이 말이 떨어지는 순간, 그의 수중에 얇고 좁은 검 한 자루가 서늘한 빛을 번뜩이며 나타나 비빈의 가슴을 향해 똑바로 날아들었다. 예측할 수 없을 만큼 빠른 손놀림에 꿈결처럼 환상적인 움직임, 다름 아닌 백변천환형산운무십삼식의 절초絶招였다. 유정풍의 집에서 한 번 이 초식을 맛보았던 비빈은 또다시 같은 공격을 받자 질겁해 황망히 뒤로 물러났다. 앞자락이 날카로운 검에 찌익 소리를 내며 길게 찢어지고, 명치께에도 상처가 났다. 심각한 부상은 아니었으나 그는 경악과 분노에 휩싸여 기세가 크게 꺾였다.

비빈은 즉각 검을 휘둘렀지만, 선기를 잡은 막대 선생은 반격할 틈을 주지 않고 잇달아 공격을 퍼부었다. 좁고 얇은 검은 교활한 뱀처럼 영활하게 몸을 틀며 비빈의 검광을 뚫었고, 비빈은 호통 한 번 치지 못한 채 연거푸 뒤로 물러나야 했다. 곡양과 유정풍, 영호충은 신출귀몰하게 변화하는 막대 선생의 검초에 현기증을 느끼고 놀라움을 감추지 못했다. 수십 년간 막대 선생과 동문수학한 유정풍도 사형의 검술이 저토록 높은 경지에 이르렀다는 사실을 전혀 모르고 있었다.

새빨간 핏방울이 기다란 검신劍身을 따라 또르르 흘러내렸다. 비빈은 이리 뛰고 저리 피하며 필사적으로 대항했으나 끝끝내 막대 선생의 검을 피하지 못했고, 두 사람 사이로 아롱지는 핏방울은 점점 더 늘어나 새빨간 연무를 이뤘다. 마침내 비빈이 비명을 토해내며 훌쩍 날아올랐다. 막대 선생은 두 걸음 물러나 검을 호금에 집어넣은 뒤 몸을 돌려 자리를 떴다. 그가 사라진 소나무 뒤로 쓸쓸한 〈소상야우〉 곡조가 차츰차츰 멀어져갔다.

날아올랐던 비빈의 몸은 곧 바닥에 나동그라졌다. 가슴에 난 상처에서는 피 한 줄기가 분수처럼 솟아나고 있었다. 막대 선생과의 격전에서 숭산파 내력을 송두리째 끌어올린 덕에, 검을 맞은 후에도 채 거둬들이지 못한 내력이 핏줄기를 힘차게 뿜어내고 있었던 것이다. 실로 괴이하고도 무시무시한 광경이었다.

의림은 영호충이 쓰러지지 않게 부축하면서 그 광경에 심장이 두근거려 떨리는 목소리로 속삭였다.

"괜찮으세요, 영호 사형?"

곡양의 탄식이 힘없이 골짜기를 울렸다.

"유 현제, 사형과 사이가 나쁘다더니, 그 사형이 위기에 처한 자네를 구해주다니 뜻밖일세그려.”

“사형은 성정이 괴팍하여 그 속을 들여다보기가 참으로 어렵습니다. 제가 사형과 불목한 이유는 재물 때문이 아니라 아무래도 성격이 맞지 않았기 때문이지요.”

곡양은 설레설레 고개를 저었다.

“자네 사형의 검법은 절묘하나, 호금 솜씨는 아직 세속의 티를 씻어내지 못했으이. 너무 처량하고 절로 눈물을 자아내는 연주가 아닌가.”

“예, 사형의 연주는 늘 저렇게 극적이고 슬픔을 띱니다. 훌륭한 글은 즐거우면서도 지나치지 않고, 애처로우면서도 괴로워하지 않는다 하였듯, 좋은 음악 또한 그렇지 않겠습니까? 때문에 저는 여태껏 사형의 연주를 멀리해왔습니다.”

영호충은 어리둥절했다.

‘저 두 사람은 정말로 음악에 푹 빠졌군. 생사의 고비에서도 곡조가 너무 처량하다느니 세속적이라느니 하는 이야기를 하다니… 막대 사백님께서 제때 도착해 목숨을 구해주셨기 망정이지….’

유정풍의 말이 이어졌다.

“허나 검법과 무공에 있어서는 저는 결단코 사형을 따를 수 없습니다. 평소 사형에게 무례하게 굴곤 했는데 지금 생각해보니 부끄러워 얼굴을 들 수가 없습니다.”

곡양은 고개를 끄덕였다.

“형산파 장문인은 과연 명불허전일세.”

그는 영호충을 돌아보며 말을 건넸다.

“형제는 내 손녀를 구하기 위해 나서주었으니 보기 드문 협골이군.

내 부탁이 하나 있는데 들어주겠나?"

영호충은 자세를 바로잡으며 대답했다.

"결국 곡 낭자를 구하지 못해 부끄럽습니다. 선배님께서 명하신 일은 반드시 따르겠습니다."

곡양은 유정풍을 흘끗 바라보았다.

"나와 유 현제는 음률에 취해 수년간 공을 들여 〈소오강호곡〉이라는 곡을 지었는데, 천고에 다시없을 신비로운 곡이라 자부하네. 앞으로 이 세상에 제2의 곡양이 나타난들 제2의 유정풍은 없을 것이요, 제2의 유정풍이 나타난들 제2의 곡양은 없을 걸세. 설령 제2의 곡양과 유정풍이 나타나더라도 같은 시대에 태어나 교분을 맺으리라는 보장도 없지. 음률에 정통하고 내공 또한 뛰어난 두 사람이 한마음이 되어 이런 곡을 짓는 일은 천 년에 한 번 있을까 말까 한 일이지. 이 곡이 실전失傳되면 나와 유 현제는 구천에서도 통탄을 금치 못할 것일세."

여기까지 말한 그는 품에서 서책 한 권을 꺼내 내밀었다.

"이것이 바로 〈소오강호곡〉의 금과 통소 곡보曲譜라네. 우리 두 사람이 쏟은 심혈을 생각해서라도 부디 형제가 전승자를 찾아 이 곡보를 전해주게나."

유정풍도 말했다.

"이 〈소오강호곡〉이 세상에 전해질 수만 있다면 나와 곡 형님은 죽어서도 여한이 없네."

영호충은 허리를 숙이고 곡양의 손에서 곡보를 받아 품속 깊숙이 갈무리했다.

"반드시 그리하겠습니다. 걱정하지 마십시오."

사실 그는 곡양이 무척 어렵고 힘든 일을 부탁하리라 생각했다. 그 일 때문에 사문의 규율을 어기거나 정파의 동료들에게 죄를 지어야 할지도 몰라 우려하면서도 차마 거절하기가 어려워 난감해하던 차였는데, 금과 통소를 연주할 사람을 찾아달라는 단순한 부탁을 듣자 안도의 숨을 내쉬었다.

유정풍이 그런 그를 보며 말했다.

"영호 현질, 그 곡에는 우리 두 사람의 필생의 심혈뿐 아니라 옛사람의 넋도 담겨 있다네. 〈소오강호곡〉의 금곡 대부분은 진나라 사람 혜강의 〈광릉산〉을 곡 형님께서 편곡하여 넣은 것이지."

곡양은 그 일이 몹시 자랑스러운 듯 빙그레 웃었다.

"혜강이 죽은 후 〈광릉산〉은 실전되었다고 알려졌는데, 내 무슨 수로 그 곡보를 얻었다 생각하나?"

'음률에는 까막눈이나 다름없는 내가 그런 것을 알리라 생각하는 걸까?'

영호충은 쓸쓸하게 웃으며 대답했다.

"부디 선배님께서 알려주십시오."

곡양이 웃으며 대답했다.

"혜강 그 사람, 퍽 재미있는 인물이었다네. 사서에는 그가 '글이 힘차고 아름다워, 노장老莊(노자와 장자 또는 그 철학)을 따르면서도 강직하고 협의가 있다'고 기록되어 있네. 내 취향에 꼭 맞는 성격이지. 당시 고관대작이던 종회鍾會(삼국시대 위나라의 명장)가 그를 흠모하여 찾아왔으나 혜강은 쇠를 두들기며 눈길 한 번 주지 않았다네. 민망해진 종회가 돌아서서 떠나려 하자 혜강이 물었지. '무엇을 듣고 와서 무엇을 보고 가시오?' 그러자 종회는 '들을 것을 듣고 와서 볼 것을 보고 가오'라고 대답했네. 종회라는 작자는 제법 영리한 구석이 있었지만 도량이 몹시 좁아 그 일을 마음에 품었다가 사마소司馬昭(당시 위나라 최고 권력자)에게 험담을 했고, 사마소는 혜강을 죽여버렸다네. 혜강은 형을 받기 전 금을 뜯어 곡을 연주했네. 실로 대범한 행동이었지. 허나 '앞으로 〈광릉산〉은 사라지는구나'라는 그의 마지막 말은 곧 잊히고 말았지. 사실 그 곡은 혜강이 지은 것이 아닐세. 혜강은 진나라 사람이고 진나라 때부터 그 곡이 실전되었다면 진나라 전에는 있지 않았겠나?"

영호충은 무슨 말인지 알아들을 수가 없었다.

"진나라 전이라니요?"

"들어보게! 나는 〈광릉산〉이 사라졌다는 혜강의 말을 인정할 수가 없어 서한西漢과 동한東漢 두 왕조의 황제와 대신들의 분묘를 발굴하기 시작했네. 통틀어 고분 스물아홉 기를 파내어 마침내 채옹蔡邕(후한 시대 문학가)의 묘에서 〈광릉산〉 곡보를 발견했다네."

곡양은 흐뭇한 듯 껄껄 웃었지만, 영호충은 식은땀을 흘렸다.

'곡보 하나를 얻기 위해 스물아홉 곳의 분묘를 뒤지다니….'

곡양이 말을 이었다.

"형제, 명문정파의 대제자인 자네에게 이런 부탁을 해서는 안 되지만, 상황이 급박하여 어쩔 도리가 없었네. 너무 탓하지 말게나. 〈광릉산〉은 섭정聶政(춘추전국시대의 자객)이 한나라 왕을 찌른 고사를 노래하는 곡일세. 무척 길어서 우리 〈소오강호곡〉에는 그중 가장 빼어난 부분만 가져왔고, 유 현제는 섭정의 손윗누이가 동생의 시신을 매장하는 광경을 퉁소 곡으로 덧붙였지. 섭정과 형가荊軻(춘추전국시대의 자객) 같이 강직하고 의로운 사람들이 바로 우리 강호인들의 선조일세. 내가 이 곡을 자네에게 맡긴 이유 또한 협의로 가득한 자네 마음을 보았기 때문일세."

"과찬이십니다!"

영호충은 다시금 허리를 숙였다.

곡양은 웃음을 거두고 어두운 얼굴로 유정풍을 돌아보았다.

"유 현제, 그만 가세나."

"예!"

유정풍이 대답하며 손을 내밀자 두 사람은 손을 맞잡고 큰 소리로 웃음을 터뜨렸다. 두 사람의 몸속을 휘휘 돌던 내력이 경맥을 탁 끊는 순간, 그들은 스르르 눈을 감았다.

"곡 선배님! 유 사숙님!"

영호충은 놀란 목소리로 외치며 두 사람의 코앞으로 손을 가져갔다. 숨은 이미 멎어 있었다.

의림도 놀라 물었다.

"도, 돌아가셨어요?"

영호충은 고개를 끄덕였다.

"사매, 어서 이 시체를 묻읍시다. 누가 보면 소란에 휘말릴지도 모르오. 비빈이 막대 선생의 손에 죽었다는 사실은 무슨 일이 있어도 입 밖에 내지 마시오."

영호충은 여기까지 말한 뒤 소리를 죽였다.

"만에 하나 소문이 나면 우리가 발설했다는 것을 아는 막대 선생이 어찌 나올지 모르오."

"알겠어요. 그런데 사부님께서 하문하시면 어쩌지요?"

"아무에게도 말해서는 안 되오. 그랬다가 막대 선생과 사매의 사부님이 검을 맞대기라도 하면 큰일이잖소?"

조금 전 목격한 막대 선생의 검법을 떠올린 의림은 저도 모르게 몸을 부르르 떨며 고개를 저었다.

"아무에게도 말하지 않겠어요."

영호충은 천천히 몸을 숙여 비빈의 검을 주워들고 비빈의 시체를 10여 차례 찔렀다. 의림이 보다못해 말했다.

"영호 사형, 아무리 미워도 그렇지, 죽은 사람을 그리 잔인하게 대할 필요는 없지 않겠어요?"

영호충은 고개를 저었다.

"막대 선생의 검은 좁고 얇소. 검에 정통한 사람이라면 비 사숙의 상처만 보고 단번에 누구 짓인지 알아차릴 거요. 미워서 이러는 것이 아니라 단서를 찾지 못하도록 상처를 망가뜨리는 거요."

의림은 한숨을 쉬었다.

'강호에는 궤계가 넘치는구나. 정말… 정말이지 어려워.'

그녀는 영호충이 검을 놓고 돌멩이를 주워 비빈의 시체 위에 쌓는 것을 보고 황급히 말했다.

"그렇게 움직이시면 안 돼요. 제가 할 테니 앉아서 쉬세요."

그러고는 돌멩이를 주워 살그머니 비빈의 몸에 올려놓았다. 시체가 고통을 느끼기라도 할까 봐 염려되는 모양이었다.

유정풍 등 나머지 사람들의 시체도 돌멩이를 모아 매장한 뒤, 그녀는 곡비연의 돌무덤을 바라보며 중얼거렸다.

"곡 낭자, 나만 아니었다면 이런 일을 당하지도 않았겠지요. 부디 승천하여 내세에는 남자로 태어나세요. 공덕을 쌓고 복을 지으면 서방 극락세계로 갈 수 있어요. 나무아미타불 관세음보살…."

바위에 기대앉은 영호충도 자기 목숨을 구해준 곡비연이 어린 나이에 무고한 죽음을 당한 사실에 마음이 아파 견딜 수가 없었다. 한 번도 부처를 믿은 적이 없는 그지만 이 순간만큼은 저도 모르게 의림을 따라 '나무아미타불' 하고 읊조렸다.

잠시 쉰 다음 통증이 다소 가라앉자, 영호충은 품에서 〈소오강호곡〉 곡보를 꺼내 펼쳤다. 그러나 책은 온통 알아볼 수 없는 괴상한 기호로 가득했다. 그가 아는 글자에도 한계가 있었지만, 칠현금 곡보는 본래 괴상한 글자로 이루어져 있는 데다 오래되고 심오한 글이 많아 도무지 읽어내려갈 수가 없었다. 그는 책을 덮고 다시 품에 넣으며 하늘을 향해 긴긴 탄식을 내뱉었다.

'유 사숙님께서는 벗 하나 때문에 가족까지 잃으셨어. 교분을 맺은 사람이 마교 장로이기는 하나 진심을 주고받으며 의리를 지켰으니 당당한 사내대장부로서 부끄러울 일은 아니지. 아니, 오히려 탄복할 일이야. 유 사숙님은 오늘 금분세수하고 무림에서 은퇴할 예정이셨는데 어쩌다 숭산파와 대립하게 되셨을까?'

그때, 북서쪽 구석에서 푸른 섬광이 번뜩이는 광경이 눈에 들어왔다. 몹시 낯익은 움직임으로 보아 화산파의 고수가 누군가와 싸우는 것 같았다.

"사매, 잠시 기다리시오. 금방 다녀오겠소."

돌무덤을 쌓느라 푸른 섬광을 보지 못한 의림은 그가 볼일이 급한 줄 알고 고개를 끄덕였다. 영호충은 나뭇가지를 지팡이 삼아 일어나다가 무슨 생각을 했는지 비빈의 검을 주워 허리춤에 꽂고 섬광이 번쩍이는 곳으로 향했다. 얼마쯤 가자 예상대로 무기 부딪는 소리가 들려왔다. 긴박하게 울리는 쇳소리로 보아 무척 격렬한 싸움이었다.

'설마 사부님께서? 이렇게 오래 싸우는 것을 보면 상대도 고수가 분명하군.'

그는 몸을 웅크리고 천천히 거리를 좁혔다. 검이 날카롭게 부딪치는 소리가 점점 가까워지자 그는 커다란 나무 뒤에 몸을 숨기고 슬며시 앞을 내다보았다. 휘황한 달빛 아래 유생 차림을 한 사람이 검을 움켜쥐고 단정하게 서 있었다. 바로 사부인 악불군이었다. 몸집이 왜소한 도인이 어지러울 만큼 빠른 속도로 사부의 주위를 뱅뱅 돌며 손에 든 검을 이리저리 내지르는 중이었는데, 손놀림이 어찌나 빠른지 한 바퀴 돌 때마다 검이 10여 번이나 사부를 위협했다. 그는 다름 아닌 청성파 장문인 여창해였다.

우연히 사부가 청성파 장문인과 싸우는 모습을 목격한 영호충은 절로 흥분에 휩싸였다. 사부는 여느 때처럼 한가롭고 우아했다. 여창해의 검이 날아들 때마다 가볍게 손을 휘둘러 막았고, 여창해가 뒤로 돌아가도 몸을 돌릴 생각조차 하지 않고 검으로 등을 보호하기만 했다. 여창해의 공격이 점점 빨라져도 악불군은 오로지 수비에만 전념했다. 영호충은 속으로 감탄을 터뜨렸다.

'역시 무림에서 군자검으로 통하는 사부님답게 우아하고 기품이 있

으시구나. 싸움을 하셔도 난폭한 기색 하나 없으시니….'

잠시 더 지켜보던 그는 고개를 끄덕였다.

'저토록 여유로우실 수 있는 것은 단순히 품격이 높기 때문이 아니라 그만큼 무공이 높기 때문이야.'

악불군은 검을 뽑는 일이 극히 드물었다. 영호충이 본 것은 사모님과 비무를 할 때나 제자들을 가르칠 때였는데, 시범으로 보여주었을 뿐 지금 같은 진짜 싸움은 아니었다. 여창해의 검이 뿜어내는 높고 날카로운 파공성을 들어보면 그의 검에 얼마나 강한 힘이 실려 있는지 쉬이 짐작할 만했다. 영호충은 손에 식은땀을 쥐었다.

'청성파는 별것 아니라고 깔봤는데 저 도사의 솜씨는 보통이 아니군. 중상을 입지 않았더라도 절대 저 도사의 상대는 못 되겠구나. 다음에 마주치면 일찌감치 달아나는 것이 상책이겠어.'

시간이 흐를수록 여창해의 움직임은 더욱 빨라져 이제는 푸른 그림자가 악불군을 휘감아도는 것만 보였다. 검이 부딪는 간격도 점점 줄어들어 땡땡땡 하고 끊어지던 소리가 이제는 숫제 음악처럼 면면하게 이어졌다.

'저 검이 내게 날아들었다면 아마 일검도 당해내지 못하고 온몸에 10여 군데나 구멍이 뚫렸겠지. 저 도사가 전백광보다 한 수 높구나.'

여전히 공세를 취하지 않는 사부를 보자 슬며시 걱정이 되었다.

'저 도사의 검법도 어마어마하구나. 사부님이 자칫 실수라도 하면 패배하실지도….'

별안간 쨍그랑하는 소리가 귀를 때리고 여창해가 화살처럼 빠르게 몇 장 뒤로 물러나더니 똑바로 섰다. 그의 검은 어느새 검집에 들어가 있었다. 영호충이 놀라 사부를 쳐다보니, 사부 역시 검을 넣고 아무 말 없이 그 자리에 우뚝 서 있었다. 너무나 갑작스러운 변화에 승부를 읽지 못한 영호충은 둘 중 누가 내상을 입었는지 몰라 애를 태웠다.

두 사람은 한참 동안 그렇게 서 있었다. 얼마쯤 시간이 흐른 다음에야 여창해가 쌀쌀하게 콧방귀를 뀌며 입을 열었다.

"좋소. 다음에 봅시다!"

그의 몸이 오른쪽으로 휙 날아가자 악불군이 큰 소리로 외쳤다.

"기다리시오, 여 관주! 임진남 부부는 어찌 되었소?"

악불군의 몸도 표표히 날아올라 뒤를 쫓았다. 그의 음성이 잦아들기도 전에 두 사람의 모습은 자취를 감추고 말았다. 그 몇 마디에서 사부가 여창해를 이겼다는 것을 짐작한 영호충은 몹시 기뻤다. 그러나 중상을 입은 몸으로 이곳까지 오느라 기진맥진해 뒤를 쫓을 수는 없었다.

'저 두 사람의 경공이라면 벌써 수십 장 밖으로 날아갔을 테니 내 힘으로는 어림없지.'

나뭇가지를 짚고 의림에게 돌아가려는데, 문득 왼편 수풀 저편에서 참혹한 비명 소리가 날카롭게 공기를 갈랐다. 몹시도 처절한 목소리였다. 영호충은 화들짝 놀라 수풀 쪽으로 걸음을 옮겼다. 울창한 나무 사이로 사당처럼 보이는 누런 담벼락이 어렴풋이 보였다. 그는 동문 사형제가 청성파 제자와 싸우다 상처를 입은 것이 아닐까 싶어 서둘러 그쪽으로 향했다.

사당에서 몇 장 떨어진 곳에 이르자 노쇠하고 날카로운 목소리가 들려왔다.

"〈벽사검보〉는 어디에 있느냐? 사실대로 털어놓으면 내가 대신 청성파를 주멸하고 너희 부부의 복수를 해주겠다."

군옥원에 누워 있을 때 벽 너머에서 들은 적이 있는 음성이었다. 바로 새북명타 목고봉의 목소리였다.

'사부님께서 임진남 부부의 행방을 찾고 계신데, 어떻게 목고봉의 손에?'

영호충이 어리둥절해하는 사이 어떤 남자가 대답했다.

"〈벽사검보〉가 대체 무슨 말이오? 우리 임씨 가문의 벽사검법은 대대로 구전으로만 전해지고 비급 같은 것은 존재하지 않소."

영호충은 바짝 귀를 기울였다.

'저 사람은 임 사제의 아버지인 복위표국 총표두 임진남이겠군.'

"이 몸을 대신해 복수를 해준다면 그저 감격할 따름이오. 하지만 청성파 여창해는 서슴지 않고 불의를 저질렀으니 훗날 그 보응을 받게 될 것이오. 귀하가 주멸하지 않아도 또 다른 영웅호걸의 검 아래 쓰러질 것이 틀림없소."

목고봉은 피식 웃었다.

"오냐, 끝내 말하지 않겠다는 거지? 이 새북명타가 누군지 들어보기는 했느냐?"

"목 대협의 이름이 강호에 쟁쟁한데 어찌 모르겠소?"

"좋다, 아주 좋아! 이 꼽추의 이름이 강호에 쟁쟁한지는 모르지만, 잔인하고 단 한 번도 선심을 베푼 적 없다는 사실은 들어 알고 있겠지."

"목 대협이 이 몸을 핍박하리라는 것은 이미 예상했소. 우리 임씨 가문에는 〈벽사검보〉가 없으나, 설령 있다손 치더라도 협박을 당한다고 쉽사리 내줄 수는 없소. 이 임진남, 청성파의 손에 붙잡힌 이래 매일같이 잔혹한 고문을 당했소. 내 비록 무공은 얕으나 뼈대만큼은 튼튼하오."

"옳거니, 옳거니!"

사당 밖에서 엿듣던 영호충은 고개를 갸웃했다.

'옳거니? 뭐가 좋아서 옳거니라는 걸까? 아, 알겠다. 그런 뜻이구나!'

예상대로 목고봉이 말을 이었다.

"뼈대가 튼튼해서 고문을 잘 견딘 덕분에 그 쪼그만 청성파 땡도사가 아무리 을러도 입을 열지 않았으렷다? 만약 너희 집안에 〈벽사검보〉가 없다면 털어놓을 이야기가 없어 입을 다물 수밖에 없고, 그렇다면 뼈대가 튼튼하다느니 하고 뻗댈 필요도 없었을 거다. 그 말인즉, 네게 〈벽사검보〉가 있지만 절대 말하지 않겠다는 말이구나."

목고봉은 잠시 말을 끊었다가 한숨을 푹 쉬며 계속했다.

"쯧쯧, 어리석기는. 대체 어째서 죽어도 그 비급을 내놓지 않겠다는 거냐? 지금 네게는 한 푼어치도 쓸모없는 것이 바로 그 비급이다. 보아하니 그 비급에 적힌 것은 비루하고 저열한 검법이겠구나. 그러니 네가 청성파의 제자 몇 놈조차 물리치지 못한 게 아니냐? 그딴 무공이라면 입에 담을 가치도 없지!"

"그렇소. 〈벽사검보〉 같은 것은 존재하지도 않지만, 존재한다 해도 형편없고 어설픈 검법이라 우리 식구 목숨조차 지켜주지 못했으니 목 대협의 눈에 찰 리 만무하오."

목고봉은 킬킬 웃었다.

"나야 그저 궁금해서 그러는 거지. 그 쪼그만 도사가 제자를 대거

동원하여 너를 쓰러뜨린 데는 반드시 그만한 이유가 있지 않겠느냐? 그 비급에 적힌 검법이 지극히 뛰어난데도 네 자질이 우둔해서 깨우치지 못한 바람에 패가망신하고 조상의 이름을 더럽혔는지 어찌 알까? 어서 내놓아라. 이 꼽추 어르신께서 너희 벽사검법의 오묘한 점을 찾아내 천하 영웅들에게 알리면 너희 집안의 명성에도 크나큰 이득이 되지 않겠느냐?"

"목 대협의 호의는 깊이 새기겠소. 원한다면 내 몸을 샅샅이 뒤져 〈벽사검보〉가 있는지 살펴보셔도 좋소."

"그래봤자 헛수고 아니겠느냐. 청성파에 붙잡힌 동안 그놈들이 뒤져도 열 번은 뒤져보았겠지. 이봐, 왜 이리 어리석은 거냐, 응?"

"이 몸은 확실히 어리석은 사람이오. 목 대협이 가르쳐주지 않아도 잘 아오."

"아니, 모를걸. 어쩌면 임 부인은 다를지도 모르지. 아들을 아끼는 마음은 어미가 아비보다 강한 법이니까."

임 부인이 놀란 목소리로 물었다.

"무슨 말이에요? 우리 평이가 무슨 상관이죠? 어떻게 된 거예요? 그… 그 아이는 어디에…?"

"임평지 그 아이는 눈치가 빠르고 영리해서 이 꼽추의 마음에 쏙 들더구먼. 제법 보는 눈이 있는 녀석이라 이 꼽추 어르신의 무공을 보자마자 제자가 되겠다고 했지."

"우리집 아이가 목 대협을 사부로 모시게 되다니 복이 많은 모양이오. 우리 부부는 고문으로 중상을 입어 목숨을 부지하지 못할 것이오. 그러니 마지막으로 한 번 만나볼 수 있도록 그 아이를 불러주면 감사하겠소."

임진남의 말에 목고봉은 히죽 웃었다.

"부모의 임종을 지키는 것은 인지상정이니 그 아이를 부르는 것은 어렵지 않다."

"평이는 어디에 있죠? 목 대협, 제발 부탁이니 그 아이를 불러주세요. 그 은혜는 평생 잊지 않겠어요."

"오냐, 불러주마. 허나 이 목고봉은 평생 심부름을 한 적이 없다. 아들을 데려오는 것이야 식은 죽 먹기지만, 그전에 〈벽사검보〉가 어디 있는지부터 말해라."

임진남은 탄식을 터뜨렸다.

"목 대협이 믿지 않으니 난들 어쩌겠소? 죽음을 앞두고 마지막으로 아들을 보고 싶은 우리 부부의 바람도 이뤄지기 어렵겠구려. 정말 〈벽사검보〉가 있다면 목 대협이 묻지 않아도 아들에게 전해달라며 맡겼을 것이오."

"그렇지. 그러니 네가 우둔하다는 거다. 너는 이미 심맥이 끊겨 내가 건드리지 않아도 곧 죽을 목숨이다. 죽어도 비급의 소재를 밝히지 않으려는 이유가 무엇일꼬? 당연히 너희 집안의 무공을 지키기 위해서겠지. 하지만 네가 죽고 나면 임씨 가문에는 임평지 그 아이밖에 남지 않는데 그 아이마저 죽으면 세상에 〈벽사검보〉가 있어도 익힐 후손이 없으니 무슨 쓸모가 있겠느냐?"

임 부인이 비명을 질렀다.

"그 아이는… 그 아이는 잘 있는 거죠?"

"물론 지금은 무사하다. 〈벽사검보〉가 있는 곳을 알려주면 내가 찾아다가 반드시 그 아이에게 전해주마. 그 아이가 이해하지 못하는 부분도 내가 가르쳐주겠다. 평생 벽사검법을 익히고도 무슨 까닭인지 제대로 알지도 못하는 아비처럼은 되지 말아야지. 그러는 편이 그 아이가 장풍에 내장이 터져 죽는 것보다야 훨씬 낫지 않으냐?"

그 말과 함께 우당탕하는 소리가 들리는 것으로 보아 목고봉이 장풍으로 사당 안에 있는 물건을 깨뜨린 모양이었다.

"어… 어떻게 그 아이를 죽일 생각을…."

임 부인이 놀란 목소리로 더듬더듬 말했으나 목고봉은 보란 듯이 웃었다.

"임평지는 내 제자다. 내가 살라면 살고 죽으라면 죽는 거지. 언제든 내가 장풍을 날려 죽이겠다 마음먹으면 그 자리에 고꾸라지는 수밖에."

우당탕 쾅쾅 하며 또 다른 물건들이 그의 손에 깨지고 부서졌다.

임진남이 말했다.

"부인, 걱정 마시오. 우리 아들은 저자 손에 없소. 정말 그 아이를 잡았다면 벌써 이곳으로 데려와 우리를 위협했을 거요."

목고봉은 낄낄 웃어댔다.

"어리석다 어리석다 했더니 정말 어리석은 말만 하는구나. 이 새북명타에게 네 아들을 죽이는 일쯤이야 파리 한 마리 잡는 것처럼 쉽다. 지금 당장 내 손에 없다고 그 녀석을 죽이지 못할 것 같으냐?"

"여보, 저 사람이 정말 평이를 괴롭히면…."

"그래, 네 말처럼 너희 부부는 살아날 희망이 없으니 제사를 지내줄 자식은 하나 살려두는 것이 좋지 않겠느냐?"

그러나 임진남은 껄껄 웃었다.

"부인, 저 꼽추에게 〈벽사검보〉가 있는 곳을 알려주면 어떻게 될 것 같소? 아마 제일 먼저 그 비급을 찾으러 갈 것이고, 그다음에는 우리 아들을 죽일 것이오. 우리가 말하지 않으면 저 꼽추는 비급을 얻기 위해서라도 평이를 살려둘 수밖에 없소. 평이가 입을 열지 않는 동안에는 손가락 하나 까딱하지 못할 거요. 그 도리를 모르겠소?"

"당신 말이 옳아요. 네 이놈, 어서 우리 부부를 죽여라!"

여기까지 들은 영호충은 목고봉을 향한 분노로 가슴이 불타올랐다. 이대로 두면 임진남 부부의 목숨이 위험하다는 생각이 들자 그는 재빨리 목소리를 가다듬어 외쳤다.

"목 선배님, 화산파 제자 영호충이 사부님의 명을 받들어 찾아왔습니다. 사부님께서 급히 상의할 일이 있어 선배님을 청하십니다."

홧김에 임진남의 정수리를 내리치려던 목고봉은 그 외침 소리에 놀라 우뚝 동작을 멈췄다. 아무에게나 한 수 접어주는 성격은 아니지만 화산파 장문인 악불군에게는 어느 정도 두려움을 느끼고 있던 그가 아니던가? 특히 군옥원 밖에서 악불군의 자하신공 맛을 톡톡히 본 이후로는 더욱 그랬다. 임진남 부부를 협박하는 일을 명문정파가 보아넘길 리 없는 데다 악불군이 사당 밖에서 그 장면을 지켜봤다고 생각하자 불안감이 엄습했다.

'악불군이 상의를 하자고? 흥, 듣기 좋게 꾸며대지만 사실은 비웃으며 망신을 주려는 거겠지. 호걸은 물러날 때를 알아야 하는 법, 재빨리 내빼는 것이 최선이다.'

목고봉은 일부러 아무렇지 않은 듯 대답했다.

"이 몸은 긴요한 일이 있어 그럴 시간이 없다. 언제 시간이 나면 새 북으로 놀러 오시라고 너희 사부에게 전하거라. 이 목고봉이 방을 깨 끗이 치워두고 기다리겠다고."

그 말과 동시에 발을 굴러 마당으로 빠져나간 그는 왼발로 땅을 살 짝 밟아 가볍게 지붕 위로 올라섰다. 그리고 악불군이 막아설까 두려 워 곧바로 연기처럼 사당 뒤편으로 자취를 감췄다.

그가 달아나는 소리에 영호충은 속으로 웃음을 감출 수가 없었다.

'저 꼽추가 사부님을 저토록 두려워할 줄이야… 만에 하나 저렇게 물러나지 않고 꼬치꼬치 따졌다면 몹시 위험했을 텐데.'

그는 나뭇가지를 짚고 안으로 들어갔다. 촛불 하나 없이 어두컴컴 한 사당 안에는 한 쌍의 남녀가 쓰러지다시피 서로에게 기대 있었다. 영호충은 그들을 향해 허리를 숙이며 말했다.

"저는 화산파 제자 영호충입니다. 평지 사제도 사부님의 문하에 들 었으니, 동문 사형제로서 임 백부님과 백모님께 인사 올립니다."

임진남이 기쁜 목소리로 말했다.

"소협少俠, 이렇게 예의 차릴 것 없소. 우리 부부는 중상을 입어 반례 를 할 수 없으니 부디 용서하시오. 그래, 우리 아들이 정말 화산파 악 대협의 제자가 되었소?"

감격한 나머지 마지막 한마디는 미세하게 떨리고 있었다. 무림에서 악불군의 명성은 여창해보다 훨씬 높았다. 여창해에게는 호감을 얻기 위해 매년 선물을 보냈으나, 악불군 같은 오악검파의 장문인은 손이 닿지 않는 높은 사람이라는 생각에 선물을 보낼 엄두조차 내지 못한 임진남이었다. 게다가 목고봉같이 흉악한 자도 화산파라는 말을 듣자마자 줄행랑을 놓지 않았는가? 아들이 그런 화산파 문하에 들어갔다니 기뻐서 춤이라도 출 일이었다.

영호충이 공손히 대답했다.

"그렇습니다. 저 목고봉은 아드님을 억지로 제자로 삼으려 했으나 아드님이 끝내 거부하자 해치려고 했습니다. 마침 사부님께서 그 광경을 목격해 구해주셨고, 아드님은 문하에 거두어달라고 간절히 애원했습니다. 사부님께서는 아드님의 진심과 뛰어난 재목을 보고 승낙하셨지요. 조금 전에 사부님이 여창해와 대결하셨는데 여창해가 져서 달아나자 두 분의 행방을 물으며 쫓아가셨습니다. 두 분이 이곳에 계신 줄은 전혀 몰랐습니다."

"아무쪼록… 평이가 빨리 와주었으면 좋으련만…. 조금만 지체해도… 너무 늦을 텐데…."

힘겹게 말을 잇는 임진남을 보자 영호충은 그의 생명이 꺼져가는 것을 알고 황급히 말했다.

"백부님, 말씀을 아끼십시오. 사부님께서 여창해를 혼내주신 뒤 곧 오실 겁니다. 두 분을 구할 방법이 분명 있을 겁니다."

임진남은 쓴웃음을 지으며 두 눈을 감았다. 잠시 후 그가 나지막한 소리로 말했다.

"영호 소협, 나는… 나는 틀렸소. 다행히 평이가 화산파 문하에 들었으니 더 이상 바랄 것이 없구려. 부디… 부디 그 아이를 잘 보살펴주시오."

"안심하십시오, 백부님. 우리 사형제들은 친형제나 다름없이 지냅니다. 마땅히 임 사제를 잘 돌보겠습니다."

"영호 소협의 크나큰 은혜, 우리 부부는 죽어서도 결코 잊지 않을 거예요."

"두 분, 말씀은 그만하시고 기력을 아끼십시오."

임진남이 숨을 헐떡이며 끊어질 듯 말 듯 말했다.

"그 아이에게 전⋯ 전해주시오. 복주 향양항向陽巷 옛 저택에 보관된 물건은 우리⋯ 우리 집안의 가보니 반드시⋯ 반드시 잘 보관하라고⋯. 허나 증조부이신 원도공은 그 물건이 무궁무진한 화를 불러올 터라 임가의 자손은 절대 펼쳐보지 말라는 유훈을 남기셨소. 이 또한⋯ 명심하라고 해주시오."

영호충은 고개를 끄덕였다.

"예, 반드시 그렇게 전하겠습니다."

"고⋯ 고맙⋯."

임진남은 '고맙다'는 말조차 끝맺지 못하고 숨을 거뒀다. 그 몸으로 여태껏 버틸 수 있었던 것은 오로지 아들을 만나 이 말을 전하기 위해서였다. 그러나 영호충이 대신 전해주겠다 약속했고, 아들이 더할 나위 없는 사문을 얻기까지 했으니 마음 편히 떠날 수 있었던 것이다.

임 부인이 조용히 입을 열었다.

"영호 소협⋯ 우리 아이에게 부모의 원한을⋯ 잊지 말라고 전해주어요."

말을 마친 그녀는 사당 기둥으로 이어진 돌계단에 힘껏 머리를 박았다. 본래 상처가 무거웠던 그녀는 그 충격으로 절명하고 말았다.

영호충은 깊이 탄식했다.

'여창해와 목고봉이 〈벽사검보〉를 내놓으라며 그렇게 으름장을 놓아도 끝끝내 입을 열지 않던 분이건만, 죽음이 다가오자 결국 내게 털어놓을 수밖에 없었구나. 혹여 내가 비급을 훔칠까 봐 '무궁무진한 화를 불러오니 절대 펼쳐보지 말라'는 말까지 덧붙이셨군. 하, 이 영호충을 남의 비급이나 훔쳐볼 사람으로 여기다니….'

너무 지쳐 더 이상 생각할 여유가 없었던 그는 기둥에 기대앉아 눈을 감고 휴식을 취했다.

한참 시간이 흐른 뒤 사당 밖에서 악불군의 목소리가 들려왔다.

"저 사당 안으로 들어가보자."

그 목소리에 영호충은 눈을 번쩍 떴다.

"사부님, 사부님!"

"아니, 충이냐?"

"예, 접니다!"

영호충은 기둥을 잡고 힘겹게 몸을 일으켰다. 어느새 여명이 밝아오고 있었다. 악불군은 일곱째 제자 도균과 여덟째 제자 영백라를 데리고 사당으로 들어왔다. 임씨 부부의 시체를 발견한 그가 눈을 찌푸리며 물었다.

"임 총표두 부부냐?"

"그렇습니다!"

영호충은 목고봉이 그들을 협박하는 것을 보고 사부의 이름을 빌려 쫓아낸 일과 임씨 부부가 중상을 견디지 못하고 죽은 일을 소상히 보고한 뒤, 임진남의 유언을 사부에게만 들리도록 속삭였다.

악불군이 낮은 소리로 중얼거렸다.

"음, 여창해가 적지 않은 죄업을 쌓았건만 공연히 헛수고만 한 셈이구나."

"사부님, 그 난쟁이가 잘못을 인정했습니까?"

"여 관주의 움직임이 무척 빨라 한참을 쫓아도 따라잡지 못하고 거리가 벌어지기만 했다. 확실히 청성파의 경공은 우리 화산파보다 한수 위다."

영호충은 피식 웃었다.

"하지만 그 난쟁이의 검법은 사부님보다 몇 수 뒤지지요. 결국 삼십육계 줄행랑을 놓지 않았습니까? 청성파의 엉거주춤 줄행랑 솜씨야 본래 다른 문파들보다 한수 위니까요."

악불군이 얼굴을 굳히며 꾸짖었다.

"충아, 그렇게 경박하고 진지하지 못해서야 어찌 사제와 사매들의 모범이 되겠느냐?"

영호충은 고개를 돌려 도균과 영백라를 향해 혀를 쑥 내밀어 보이면서도 큰 소리로 대답했다.

"예, 잘못했습니다!"

도균과 영백라는 사부 앞이라 소리 내 웃지도 못했다.

악불군이 타일렀다.

"대답만 하면 될 일을, 혀는 왜 내미느냐? 내 말이 우스우냐?"

"아닙니다!"

어려서부터 악불군의 손에 자란 영호충은 사부를 아버지처럼 가깝게 여기고 있어서, 존경하고 두려워하면서도 거리낌이 없었다. 그가 싱글싱글 웃으며 물었다.

"사부님, 제가 혀를 내민 것은 어떻게 아셨습니까?"

악불군은 코웃음을 쳤다.

"귀밑 근육이 움직이는데 혀를 내민 것이 아니면 무엇이겠느냐? 세상 두려운 줄 모르고 나부대더니 이번에 혼쭐이 났구나! 그래, 상처는 괜찮으냐?"

"예, 많이 좋아졌습니다."

영호충은 그렇게 대답한 뒤 덧붙였다.

"혼쭐이 났지만 요령도 배웠지요!"

"요령밖에 모르는 네가 더 배울 요령이 남았더냐?"

악불군은 또 한 번 코웃음을 치면서 품에서 화전포火箭炮를 꺼내 마당으로 나갔다. 화접자를 흔들어 불을 붙이고 화전포를 던지자, 화전포는 하늘 높이 솟아올라 펑 하고 폭발했다. 불꽃은 은빛 꼬리를 그리며 한참을 허공에 머물다가 서서히 기울더니 땅에서 10여 장쯤 떨어진 곳에서 점점이 흩어졌다. 화산파 장문인이 문인들을 소집하는 신호였다.

밥 한 끼 먹을 시간이 지나자, 사당으로 다가오는 발소리가 울리고 곧이어 고근명의 목소리가 들려왔다.

"사부님, 여기 계십니까?"

"오냐, 사당 안에 있다."

고근명은 사당으로 들어와 허리를 숙였다.

"사부님!"

인사를 한 뒤 옆에 있는 영호충을 발견한 그는 몹시 기뻐했다.

"대사형, 몸은 괜찮으십니까? 중상을 입으셨다고 해서 다들 걱정이 이만저만이 아니었습니다."

영호충은 빙그레 웃었다.

"목숨이 질겨 이번에도 살아났다."

그러는 사이 또 하나의 발소리가 멀리서부터 다가왔다. 이번에는 노덕낙과 육대유였다. 육대유는 영호충을 보자 사부에게 인사하는 것마저 잊고 와락 달려들어 껴안으며 펄쩍펄쩍 뛰었다. 세 번째 제자 양발과 네 번째 제자 시대자도 차례차례 모습을 드러냈고, 얼마쯤 지나서는 악불군의 딸 악영산도 갓 입문한 임평지와 함께 나타났다.

부모의 시체를 목도한 임평지는 그 앞에 털썩 엎드려 대성통곡했고, 동문들 역시 슬픔을 감추지 못했다. 영호충이 무사한 것을 확인하고 기뻐해야 할 악영산도 슬픔에 빠진 임평지의 모습에 차마 큰 소리를 내지 못하고 살그머니 옆으로 다가가 그의 오른손을 잡으며 속삭였다.

"괜… 괜찮아요?"

"괜찮아!"

요 며칠 대사형 때문에 애를 태웠던 악영산은 그를 만나자 더 이상 쌓였던 감정을 억누르지 못하고 그의 옷자락을 끌어당기며 왁 울음을 터뜨렸다.

영호충이 그런 그녀의 어깨를 토닥이며 속삭였다.

"왜 그래, 소사매? 누가 괴롭혔어? 내가 혼내줘야겠군!"

악영산은 대답도 없이 흐느끼기만 했다. 한참을 울고 나서야 겨우 마음이 가라앉자, 그녀는 영호충의 옷자락으로 눈물을 닦으며 말했다.

"살아 있었군요… 살아 있었어!"

영호충이 고개를 설레설레 저으며 말했다.

"그럼, 살아 있지!"

"대사형이 청성파 여창해의 장풍을 맞았다고 해서… 그 사람의 최심장推心掌은 피 한 방울 흘리지 않고 사람을 죽인다고요. 몇 사람이나 그렇게 죽이는 걸 내 눈으로 똑똑히 봤어요. 그 말을 듣고 너무, 너무 놀라서…."

가슴 졸이며 애태우던 날들이 떠오르자 그녀의 눈에는 또다시 눈물이 송송 맺혔다.

영호충이 미소를 지으며 말했다.

"다행히 정면으로 맞지는 않았어. 여창해가 사부님께 패해 꽁지 빠지게 달아나는 모습이 일품이었는데, 소사매가 못 봐서 아쉽군."

"그 일은 절대 다른 사람 앞에서 꺼내지 마라."

악불군이 명하자 영호충과 제자들은 입을 모아 그러겠다고 대답했다.

악영산은 눈물로 흐려진 눈으로 영호충을 살폈다. 핏기 하나 없는 초췌한 얼굴을 보자 안쓰러워 견딜 수가 없었다.

"대사형, 이번에는… 정말 위험했어요. 화산에 돌아가면 푹 쉬셔야겠어요."

악불군이 여전히 부모의 시체 앞에 엎드려 흐느끼는 임평지를 향해 말했다.

"평아, 그만 울음을 그쳐라. 부모님의 시신을 수습하고 장례를 치르는 것이 먼저다."

"예, 사부님!"

임평지는 억지로 몸을 일으켰지만 피에 젖은 어머니의 얼굴을 보자 또다시 눈시울이 촉촉이 젖었다. 그는 목멘 소리로 말했다.

"아버지, 어머니. 돌아가시기 전에 마지막으로 뵙지도 못하고… 남기실 말조차 듣지 못했습니다."

영호충이 나섰다.

"임 사제, 영존과 영당께서 세상을 뜨실 때 내가 곁에 있었네. 두 분께서는 자네를 잘 보살펴달라고 당부하셨는데 당연한 도리니 말할 필요도 없겠지. 그 외에도 자네에게 전해달라는 말이 있었네."

임평지는 그를 향해 허리를 숙였다.

"대사형, 아버지 어머니께서 돌아가실 때 대사형께서 임종을 지키셨군요. 곁에 아무도 없이 쓸쓸하게 떠나시지 않아 정말 다행입니다. 정말… 정말 감사드립니다."

"영존과 영당은 청성파 놈들에게 잔인한 고문을 당하셨다네. 〈벽사검보〉의 소재를 밝히라고 핍박을 당하면서도 끝내 굽히지 않아 결국 심맥이 끊어지고 말았지. 그 후에는 또 목고봉이 두 분을 협박했네. 목고봉은 본래 저열한 소인배니 그렇다 쳐도, 여창해는 일파의 종주로서 그토록 비열한 짓을 했으니 천하 영웅들의 지탄을 받아도 할 말이 없을 거야."

"이 원한을 갚지 않으면 저는 짐승만도 못한 자식입니다!"

임평지는 이를 악물고 부르짖으며, 주먹으로 사당 기둥을 힘껏 때렸다.

악영산이 달랬다.

"임 사제, 나 때문에 벌어진 일이니 나중에 복수할 때 이 사저도 반드시 도울게."

"감사합니다, 사저."

지켜보던 악불군이 한숨을 쉬며 말했다.

"우리 화산파는 '누군가 건드리지 않는 한 먼저 싸움을 걸지 않는다'는 마음으로, 불구대천의 원수인 마교를 제외하면 무림의 각문각파와 좋은 관계를 유지해왔다. 허나 오늘부터 청성파와는… 휴… 안타깝지만 어쩌겠느냐. 강호에 발을 들인 이상 모든 사람과 사이좋게 지내기가 쉬운 일은 아니지."

노덕낙이 임평지에게 말을 건넸다.

"임 사제, 이번 재앙은 자네가 여창해의 아들을 혼내주었기 때문이 아니라, 여창해가 자네 집안의 가전 무공인 〈벽사검보〉를 얻기 위해 벌인 일이네. 오래전 청성파의 장문인 장청자가 사제의 증조부이신 원도공의 벽사검법 아래 패한 뒤로 재앙이 뿌리를 내린 것이라네."

"그래, 남을 이기고자 하는 것은 무림인으로서 피할 수 없는 욕망이다. 뛰어난 비급이 있다는 소문이 나면 사실인지 거짓인지 확인해보지도 않고 목숨을 걸고 빼앗으려 들지. 사실 여 관주나 새북명타처럼 무공이 고강한 사람이 네 집안의 비급을 탐낼 필요가 없거늘…."

"사부님, 저희 집안에는 그런 비급이 없습니다. 72로 벽사검법은 아버지께서 친히 구결을 알려주시고 똑똑히 기억하라고만 하셨습니다. 설사 비급이 있어 남들에게 알려지는 것을 꺼렸다 한들 제게까지 숨기실 이유가 없지 않습니까?"

임평지의 말에 악불군은 고개를 끄덕였다.

"나는 본래부터 그런 비급이 있다고 믿지 않았다. 만약 있었다면 여창해는 네 아버지의 적수가 되지 못했을 테니, 그것이야말로 명확한

증거가 아니겠느냐."

"임 사제, 영존께서 남기신 유언은 복주…."

영호충이 입을 열자 악불군이 곧 손을 들어 막았다.

"평이의 아버지가 남긴 말씀이니 저 아이에게만 전하거라. 다른 사람들은 들을 필요가 없다."

"예."

"덕낙, 근명, 너희는 형산성으로 가서 관 두 개를 사오너라."

그들은 임진남 부부의 시체를 수습한 뒤, 인부를 고용해 관을 물가로 옮기고 커다란 배에 실어 다 함께 북쪽으로 올라갔다. 예서豫西에 이르자 일행은 배에서 내려 육로로 길을 잡았다. 영호충은 커다란 수레에 누워 상처를 돌봤고, 덕분에 몸 상태는 나날이 좋아졌다.

채 하루도 되지 않아 일행은 화산 옥녀봉에 도달했다. 산이 높고 봉우리가 험해, 임진남 부부의 관은 장례를 치를 때까지 산기슭 자그마한 사당에 잠시 두기로 했다. 고근명과 육대유가 먼저 봉우리에 올라 도착 소식을 전했고, 남아 있던 스무 명 남짓의 화산파 제자들이 봉우리에서 내려와 사부를 맞이했다. 임평지가 둘러보니, 대부분의 제자들은 서른을 넘겼고 가장 어린 사람은 겨우 열대여섯밖에 되지 않았다. 제자들 중 여섯 명은 여자였는데, 악영산을 보자마자 깔깔 웃으며 재잘재잘 수다를 떨었다. 노덕낙이 한 사람 한 사람 임평지에게 소개시켜주었다. 화산파는 입문 순서에 따라 서열을 정했기 때문에 임평지는 나이가 가장 어린 서기舒奇에게도 사형이라 불러야 했다. 예외를 두는 사람은 노덕낙과 악영산뿐이었다. 입문은 늦었지만 나이가 너무 많은 노덕낙은 서기 같은 어린아이를 사형이라고 부르기 어색해 둘째 제자가 되었고, 악불군의 딸인 악영산은 입문 순서를 따지기가 애매해 나이로 서열을 정하기로 했던 것이다. 악영산은 임평지보다 한두 살 어렸으나 꼭 사저가 되겠다고 고집을 부리는 바람에 임평지가 그녀를 사저라 부르게 되었다.

오악五嶽 중에서도 화산은 산세가 매우 험준해 무공을 모르는 평범한 사람은 오르기가 쉽지 않았다.

임평지는 사형들과 사저의 뒤를 따라 열심히 걸었으나 반나절을 애쓴 다음에야 겨우 봉우리에 오를 수 있었다. 가파른 산길과 울창한 나무 뒤로 새들이 쩍쩍 울어대고 시냇물이 졸졸 흐르는 평지 위에 석회를 바른 커다란 건물 서너 채가 언덕에 기대듯이 비스듬히 서 있었다.

중년의 고운 부인이 나긋나긋 다가오자 악영산이 그 품에 뛰어들며 외쳤다.

"어머니, 사제가 한 명 늘었어요!"

그녀는 생글생글 웃으며 손가락으로 임평지를 가리켰다.

임평지는 사모인 영중칙寧中則이 본래 사부의 동문 사매였고, 검술 또한 사부보다 못하지 않다는 사실을 사형들에게 들어 알고 있었다. 그는 황급히 나아가 머리를 조아렸다.

"제자 임평지가 사모님께 인사 올립니다."

악 부인은 자상한 미소를 지었다.

"그래, 일어나렴. 어서 일어나래도."

그녀는 임평지를 일으키면서 악불군을 향해 웃으며 말했다.

"하산할 때마다 보물들을 가지고 오셔야만 성에 차시는 분 아닌가요? 이번에는 적어도 서너 명은 데리고 오실 줄 알았는데 한 명뿐이라니요?"

악불군도 허허 웃었다.

"당신이 늘 말하지 않았소. 제자는 양보다 질이라고 말이오. 이 아이가 어떻소?"

"외모가 너무 준수해서 무예를 익힐 자질 같지는 않군요. 당신을 따라 사서오경四書五經이나 익히다가 과거를 치러 장원급제를 하는 편이 빠르겠어요."

그 말에 임평지는 얼굴을 확 붉혔다.

'사모님은 내가 너무 연약하게 생겼다고 얕보시는구나. 무시당하지 않으려면 반드시 열심히 배우고 익혀 사형들 못지않은 고수가 되어야겠어.'

그런 그의 마음도 모른 채 악불군이 웃으며 말했다.

"그도 좋구려. 화산파에서 장원이 나오면 길이길이 미담으로 남지 않겠소."

악 부인은 영호충에게 시선을 던졌다.

"또 누구와 싸우다 다쳤구나? 얼굴이 그게 뭐니? 많이 다쳤니?"

영호충은 싱글싱글 웃으며 대답했다.

"이제 다 나았습니다. 명줄이 질긴 덕에 겨우 살았지, 다시는 사모님을 뵙지 못할 뻔했지요."

악 부인은 눈으로 그를 흘겼다.

"뛰는 자 위에 나는 자 있다는 사실을 뼈저리게 느꼈다면 좋겠구나. 져보니 어떠니? 인정할 만하던?"

"전백광의 쾌도는 정말 막기 어려웠습니다. 사모님께서 상대하는 법을 가르쳐주세요."

악 부인은 전백광이라는 이름을 듣자 얼굴에 희색을 띠며 고개를 끄덕였다.

"아아, 전백광 그 악당이었구나. 그럼 되었다. 난 또 네가 쓸데없는 사고를 친 줄 알았구나. 그래, 그자의 쾌도가 얼마나 빨랐지? 차근차근 연구하다 보면 다음번에는 이길 수 있을 거야."

오는 길에 영호충은 사부에게 수차례나 전백광의 쾌도를 깨뜨릴 방법을 물었지만, 악불군은 화산에 돌아가서 사모에게 물으라는 말만 반복했다. 과연 전백광 이야기를 꺼내자 악 부인은 몹시 기뻐했다.

일행은 악불군이 머무는 유소불위헌有所不爲軒으로 들어가 각자가 겪은 이야기를 나눴다. 여섯 명의 여제자들은 악영산에게서 복주와 형산에서 겪은 일을 들으며 몹시 부러워했다. 육대유는 사제들 앞에서 허풍을 섞어가며 대사형이 전백광과 싸우고 나인걸을 죽인 이야기를 떠들어댔는데, 군데군데 과장이 섞여 마치 전백광이 대사형의 손에 여지없이 참패한 것처럼 들릴 정도였다. 사람들은 다 함께 간식을 먹고 차를 마셨다.

악 부인은 영호충에게 전백광의 도법을 흉내 내게 한 다음 그가 어떻게 반격했는지 물었다. 영호충은 웃으며 말했다.

"전백광 그자는 정말 대단한 도법을 지녔습니다. 당시 저는 눈앞이 어질어질해서 그저 막기에만 급급했는데 반격할 틈이 어디 있었겠습니까?"

"반격할 수도 없었다면 필시 고약한 궤계를 써서 속였겠구나."

어려서부터 제 손으로 키웠으니 영호충의 성정을 모를 그녀가 아니었다.

영호충은 얼굴을 붉히며 씨익 웃었다.

"동굴 안에서 싸울 때는 항산파 사매가 떠났기 때문에 마음이 놓여 온 힘을 다해 싸울 수 있었습니다. 하지만 싸운 지 얼마 되지 않아 전백광이 쾌도를 펼치기 시작했지요. 두어 번 정도 막고 보니 이제 끝장이구나 싶었지만 보란 듯이 껄껄 웃었습니다. 그러자 전백광은 칼을 거두고 묻더군요. '뭐가 우습지? 설마 내 비사주석飛沙走石 십삼식을 막을 수 있다 생각하는 것이냐?' 저는 웃으며 말했습니다. '명성 자자한 전백광이 우리 화산파에서 쫓겨난 사람이었다니 뜻밖이오. 참으로 재미있구려! 하긴, 자질이 변변치 못하니 축출당해도 할 말이 없겠지.' 전백광은 화를 냈습니다. '내가 화산파에서 쫓겨나다니, 무슨 개방귀 같은 소리냐? 이 전백광, 오로지 혼자 힘으로 무공을 깨우쳤는데 화산파는 무슨 얼어 죽을 화산파냐?' 그래서 제가 그랬습니다. '당신의 도법은 모두 십삼식이오, 그렇지 않소? 비사주석이라는 이름은 아무것이나 갖다 붙였겠지. 사부님과 사모님께서 그 도법을 깨뜨리는 것을 본 적이 있는데, 사모님께서 수를 놓다가 영감을 얻어 만드신 초식이라 했소. 우리 화산에 옥녀봉이라는 봉우리가 있다는 것을 아시오?' '화산 옥녀봉을 모르는 사람이 어디 있느냐? 그래서?' '사모님께서 창안하신 것은 검법이고, 이름은 옥녀금침십삼검玉女金針十三劍이오. 그중에는 천침인선穿針引線, 천의무봉天衣無縫, 야수원앙夜繡鴛鴦이라는 초식이 있소.' 저는 그렇게 주워섬기면서 손가락으로 수를 세었습니다. '방금 당신이 쓴 도법은 사모님께서 창안하신 검법 제8초인 직녀천사織女

穿梭를 변화시킨 것이오. 당당한 대장부가 사모님의 나긋나긋한 동작으로 꽃같이 어여쁜 직녀가 베틀 앞에 앉아 섬섬옥수로 북을 이리저리 움직이는 흉내를 내는데 어찌 우습지 않겠소…'"

그의 말이 끝나기도 전에 악영산과 여제자들이 까르르 웃음을 터뜨렸다. 악불군 역시 빙긋 웃으며 꾸중했다.

"허, 또 허튼소리를 했구나!"

악 부인도 입을 삐죽였다.

"입을 함부로 놀리는 것도 모자라 사모까지 끌어들여? 곤장을 맞아야 정신을 차리겠구나."

영호충은 실실 웃으며 말을 이었다.

"모르시는 말씀입니다, 사모님. 전백광은 자부심이 강해 자기 도법이 사모님이 만든 검법과 유사하고 움직임이 여자 같다는 말을 듣자, 명확히 밝히지 않고서는 배겨나지 못해 저를 살려둔 겁니다. 그자는 열세 초식을 느릿느릿 펼치며 물었지요. '이것을 네 사모님이 만들었단 말이냐?' 저는 일부러 의미심장하게 웃으며 속으로 그 초식들을 외우고, 전백광이 초식을 모두 펼친 뒤에야 말했지요. '약간 다른 부분도 있지만 대체로 비슷하오. 대체 어떻게 화산파의 검법을 훔쳐 배웠소? 참 신기한 일이군.' 전백광은 버럭 화를 냈습니다. '내 도법을 당해낼 재간이 없으니 괴상한 언변으로 시간을 끌려는 수작인 걸 내 모를 줄 아느냐? 너희 화산파에 정말 이런 도법이 있으면 어디 펼쳐보아라. 얼마나 대단한지 봐주마.' 저는 이렇게 말했습니다. '본 파는 칼이 아니라 검을 쓰는 문파요. 게다가 사모님의 옥녀금침검은 여제자에게만 전하기 때문에 나는 배운 적이 없소. 당당한 남아대장부가 어찌 아녀

자들이나 쓰는 검법을 배우겠소? 무림 친구들의 웃음거리가 되고 싶지 않다면야.' 전백광은 길길이 날뛰었지요. '웃음거리가 되어도 좋다! 내 반드시 화산파에 그런 무공 따위는 없다는 것을 증명해야겠다. 노덕낙, 이 어르신은 호걸다운 네놈을 존중하여 통쾌하게 쾌도로 죽여주려는 것이니 함부로 입을 놀려 모욕하지 마라.'"

"부끄러움도 모르는 악당 같으니. 누가 그런 자의 존중을 받고 싶대요? 놀림 당해도 싸요."

악영산이 가소롭다는 듯 끼어들었다.

"하지만 당시 내가 그 옥녀금침검을 보여주지 않으면 목숨이 위태로운 상황이었어. 그래서 그가 펼친 도법에 이상야릇한 동작을 섞어 펼쳐 보였지."

영호충의 말에 악영산은 까르르 웃음을 터뜨렸다.

"그 이상야릇한 초식이 제법 그럴듯했나요?"

"평소 소사매의 검법을 질릴 정도로 보았으니 흉내 내는 것쯤이야 대수겠어?"

"아아, 그러니까 제 검법이 이상야릇하다는 말이군요? 흥, 앞으로 사흘 동안은 아는 척도 하지 않을래요."

내내 말이 없던 악 부인이 그제야 입을 열었다.

"산아, 대사형에게 검을 주렴."

악영산이 차고 있던 검을 뽑아 빙글빙글 돌린 뒤 영호충에게 건넸다.

"자요, 어머니께서 사형이 이상야릇한 검법을 펼치는 모습이 보고 싶으시대요."

"충아, 산이의 말은 신경 쓰지 말고 그때 어떻게 했는지 똑바로 펼쳐보아라."

영호충은 사모가 전백광의 도법을 궁금해하는 것을 알고 검을 받아 사부와 사모를 향해 허리를 숙이며 예를 차렸다.

"사부님, 사모님, 전백광의 도법을 시연해보겠습니다."

악불군이 고개를 끄덕였다.

육대유가 임평지에게 속삭였다.

"임 사제, 우리 화산파에서는 후배가 선배 앞에서 무예를 펼칠 때는 반드시 저렇게 보고해야 해."

"그렇군요. 알려주셔서 감사합니다, 여섯째 사형."

영호충은 싱글벙글 웃는 얼굴로 늘어지게 하품을 한 다음, 기지개를 켜듯 느릿느릿 두 팔을 들어올렸다. 그러다가 별안간 오른손을 휙 떨치며 연달아 삼검三劍을 찔렀다. 번개처럼 빠른 동작에 절로 쉭쉭 소리가 났다. 제자들은 깜짝 놀랐고, 몇몇 여제자들은 약속이나 한 듯 '꺄악' 하고 비명을 질렀다. 영호충이 펼치는 검법은 얼핏 보기에는 잡스럽고 절도가 없는 것 같았지만, 악불군과 악 부인의 눈에는 10여 개의 초식이 똑똑히 보였다. 베고, 찌르고, 찍고, 깎는 동작 하나하나가 매섭고 흉악하면서도 정확했다. 영호충은 갑작스레 검을 거두고 사부와 사모에게 다시 한번 허리를 숙였다.

악영산이 실망한 소리로 외쳤다.

"벌써 끝이에요?"

악 부인이 고개를 끄덕였다.

"그래, 그 정도는 빨라야지. 이 쾌도에는 초식마다 서너 개의 변화가 담겨 있어 십삼식이라 해도 눈 깜짝할 사이 마흔 번의 초식을 펼치는 것과 같다. 정말이지 세상에 보기 드문 쾌도로구나."

"전백광 그자는 제자보다 훨씬 더 빨리 펼쳤습니다."

악 부인과 악불군은 서로 눈짓을 주고받으며 속으로 감탄했다.

악영산이 꼬치꼬치 따졌다.

"대사형, 방금 그 검법은 전혀 이상야릇하지 않잖아요."

"며칠간 전백광의 쾌도만 되뇌었더니 속도가 붙어서 그래. 당시 동굴에서 시연했을 때는 이렇게 빠르지도 못했고, 비슷하지만 다르게 보이기 위해서 여자 같은 동작을 많이 섞었기 때문에 더 느렸지."

악영산이 까르르 웃었다.

"여자 같은 동작은 어떤 거였어요? 어서 보여줘요!"

악 부인이 몸을 돌려 옆에 있던 제자의 검을 뽑으며 영호충에게 말했다.

"쾌도를 펼쳐라!"

"예!"

쉬익 하는 파공성과 함께 검이 악 부인을 휘감았다. 검날이 그녀의 뒤로 돌아가 허리를 찌르자 악영산이 놀라 소리를 질렀다.

"어머니, 조심하세요!"

악 부인은 퉁기듯이 옆으로 몸을 날리며 뒤에서 찔러오는 검은 아랑곳하지 않고 곧장 영호충의 가슴팍을 노렸다. 그녀의 동작 역시 비할 데 없이 날렵했다. 악영산은 또다시 놀라 소리쳤다.

"대사형, 조심해요!"

영호충도 공격을 막는 대신 반격을 시도했다.

"사모님, 전백광은 더 빠릅니다."

악 부인이 쉬쉬쉭 세 번 검을 찔렀고 영호충도 똑같이 세 번을 반격했다. 두 사람은 빠름에 빠름으로 대항하며 수비 한 번 없이 오로지 공격 일변도로만 검을 휘둘렀다. 눈 깜짝할 사이 그들은 20여 초를 주고받았다.

임평지는 눈이 휘둥그레졌다.

'대사형은 평소 행동은 경박하지만 무공은 굉장하구나. 이제부터 한시도 쉬지 않고 노력해야만 사형들을 따라갈 수 있겠어.'

그때 악 부인의 검이 쐐액 하고 영호충의 목으로 날아들었다. 영호충은 피하지 못했지만 당당하게 말했다.

"그자라면 막았습니다."

"오냐!"

악 부인이 검을 살짝 흔들며 거뒀다. 그러나 몇 초 후 그녀의 검끝은 또다시 영호충의 심장에 닿았다.

"이번에도 막았습니다."

그 말인즉, 자신은 막지 못하지만 전백광의 도법은 훨씬 빨라 이 공격 또한 막을 수 있다는 뜻이었다.

두 사람의 속도는 점점 더 빨라졌다. 영호충은 '막았다'는 말을 할 겨를조차 없어 악 부인의 검에 제압될 때마다 고개를 저어 이것으로는 전백광을 죽일 수 없다는 뜻을 전했다. 악 부인의 검이 신들린 듯 춤을 추더니 느닷없이 날카로운 소리를 내며 영호충의 몸을 친친 휘감고 매섭게 찔렀다. 은광이 현기증을 일으킬 정도로 어지럽게 번쩍였다. 환상 같은 검광 속에서 갑자기 검날이 휙 튀어나와 영호충의 심장을 찔러갔다. 그야말로 번개 같은 속도요 천둥 같은 위세였다. 영호충은 깜짝 놀라 외쳤다.

"사모님!"

악 부인의 검날은 이미 그의 옷자락을 찢어놓고 있었다. 악 부인이 질풍같이 오른손을 내밀었고 검자루가 영호충의 가슴에 부딪쳤다. 검신이 영호충의 몸을 뚫고 들어갔는지 완전히 사라지고 자루만 보였다.

악영산이 비명을 질렀다.

"어머니!"

바로 그때, 쟁쟁쟁쟁, 날카로운 소리가 방 안에 가득 울려퍼지고, 산산조각 난 검이 영호충의 발치로 후두둑 떨어졌다.

악 부인은 생긋 웃으며 손을 거뒀다. 그녀가 들었던 검은 자루만 덩그러니 남아 있었다.

악불군이 웃으며 말했다.

"사매, 사매의 내력이 이렇게까지 증진한 줄은 몰랐소. 나마저 속였구려."

그들 부부는 동문 사형매로, 젊을 때부터 사용해온 호칭이 입에 붙어 혼인한 뒤에도 여전히 사형, 사매라 부르고 있었다.

악 부인도 생긋 웃으며 대답했다.

"과찬이에요, 대사형. 이런 하찮은 재주가 뭐 그리 대단하겠어요."

영호충은 바닥에 떨어진 검 조각들을 쳐다보며 놀란 가슴을 달랬다. 검을 찌를 때 사모는 분명 전력을 다했다. 내력이 실리지 않은 검이 그렇게 빠를 리 없기 때문이다. 그러나 검날이 그의 피부에 닿는 순간 힘찬 내력이 갑자기 물러가고 똑바로 뻗어나오던 힘은 사방으로 퍼져 순식간에 기다란 검을 마디마디 부러뜨린 것이다. 입신의 경지에 이른 그 교묘한 내력 운용 솜씨에 영호충은 혀를 내두를 수밖에 없었다.

"전백광의 도법이 아무리 빨라도 결코 사모님의 검을 피하지 못했을 겁니다."

임평지는 영호충의 옷 여기저기에 구멍이 뚫린 것을 보고 속으로 깜짝 놀랐다.

'저것이 모두 사모님의 검 때문에 생긴 구멍이구나. 세상에 저렇게 놀라운 검술이 있다니…. 반드시 저 검술을 배워 부모님의 복수를 할 테다. 청성파와 목고봉은 우리 집안의 〈벽사검보〉에 혈안이 되었지만 솔직히 벽사검법은 사모님의 검법에 비하면 아무것도 아니야!'

악 부인은 몹시 즐거운 목소리로 말했다.

"충아, 이 검법으로 전백광을 제압할 수 있다면 열심히 배우도록 해라. 내가 가르쳐주마."

"감사합니다, 사모님."

"어머니, 저도 배울래요."

악영산이 끼어들었지만 악 부인은 고개를 저었다.

"너는 내공이 부족해 아직은 배울 수 없단다."

악영산은 인정할 수 없는 듯 입을 삐죽였다.

"대사형의 내공도 저보다 얼마 높지 않단 말이에요. 왜 대사형은 되는데 저는 안 된다는 거예요?"

악 부인은 말없이 미소만 지어 보였다. 악영산은 아버지의 소맷자락을 잡아당기며 우겼다.

"아버지, 방금 그 검법을 깨뜨릴 방법을 가르쳐주세요. 대사형이 저 검법으로 저를 괴롭히면 어떡해요?"

악불군은 웃으며 고개를 설레설레 저었다.

"네 어머니의 검법은 '무쌍무대 영씨일검無雙無對寧氏一劍'이다. 천하 무적인데 내 어찌 파해법을 알겠느냐?"

악 부인은 피식 웃었다.

"무슨 그런 말씀을 하세요? 저를 띄워주느라 하신 말씀이면 상관없 지만, 혹여 남들이 들으면 배꼽을 잡고 비웃겠어요."

방금 그 검법은 임기응변으로 만들어낸 것이나, 화산파의 내공과 검법의 정수에 지혜가 더해져 비할 데 없이 위력적이었다. 갓 만들어 진 검법이라 이름이 없으니 악불군은 본디 이를 '악 부인 무적검'이라 부르려 했으나, 악 부인은 자부심이 강해 혼인한 뒤에도 '악 부인'보다 는 '영 여협'이라고 불리는 것을 좋아한다는 사실이 떠올랐다. '영 여 협'이라는 호칭은 그녀 자신의 능력을 존중하는 뜻이지만, '악 부인'이 라는 호칭은 명성이 자자한 남편의 덕을 보는 것 같았기 때문이었다. 부인의 마음을 헤아린 악불군이 '무쌍무대 영씨일검'이라는 이름을 지어주자, 그녀는 겉으로는 핀잔을 주면서도 속으로는 몹시 마음에 들 어 글공부를 한 남편이 듣기 좋은 이름을 지어주었다며 기뻐했다.

"아버지, 아버지는 언제쯤 '무비무적 악가십검無比無敵岳家十劍'을 만 들어 딸에게 전수하실 거예요? 그래야 딸이 대사형과 대등하게 싸울 텐데."

악불군은 고개를 저으며 웃었다.

"안 된다. 아버지는 네 어머니처럼 총명하지 못해서 새로운 초식을 만드는 것은 꿈도 꾸지 못할 일이다!"

악영산은 아버지의 귓가에 속삭였다.

"못 하시는 것이 아니라 어머니가 두려워서 안 하시는 거잖아요!"

악불군은 껄껄 웃으며 딸의 뺨을 꼬집었다.

"허튼소리 말아라."

"산아, 아버지를 귀찮게 하지 말려무나. 덕낙, 가서 임 사제가 본 파 사조들의 영위를 참배할 수 있도록 향을 준비하게."

"예, 사모님!"

노덕낙이 나가고 얼마 지나지 않아 준비가 되었다는 소식이 오자, 악불군은 제자들을 이끌고 후당으로 향했다. 임평지는 대들보 위에 '이기어검以氣取劍'이라 쓰인 편액이 걸려 있고, 양쪽 벽에 긴 검이 매달려 장중하게 꾸며진 사당을 둘러보았다. 검집이 거무스레하고 자루에 달린 술도 오래되고 낡아, 화산파 역대 종사들이 사용한 검임을 짐작할 수 있었다.

'화산파가 무림에서 이토록 높은 명성을 누리는 것은 역대 종사들의 검 아래 사악한 자들이 셀 수 없이 죽어갔기 때문이겠지.'

악불군이 제사상 앞에 꿇어앉아 네 번 절을 올린 뒤 축수를 올렸다.

"제자 악불군, 오늘 복주 출신 임평지를 제자로 삼습니다. 하늘에 계신 선조들이시여, 아무쪼록 임평지가 열심히 배우고 익히며, 몸가짐을 바르게 하고 본 파의 문규를 엄수하여 화산파의 명예를 떨어뜨리지 않도록 보살펴주십시오."

사부의 말을 들은 임평지는 눈치 빠르게 공손한 자세로 바닥에 꿇어앉았다.

악불군이 일어나 엄숙한 목소리로 선언했다.

"임평지, 너는 이제 화산파의 제자가 되었으니 반드시 문규를 철저히 따라야 한다. 만약 어길 시에는 사건의 경중을 가려 처벌할 것이며, 큰 죄를 지을 시에는 사정없이 처단할 것이다. 본 파는 수백 년간 이어져온 유래 깊은 문파며 무공 또한 다른 문파들보다 뛰어나나, 일시적인 강약과 승패는 중요하지 않다. 진정으로 중요한 것은 본 파 제자 모두가 한마음으로 사문의 명예를 귀중히 여기는 일이다. 이 말 명심하도록 해라."

"예, 사부님의 말씀 똑똑히 새기겠습니다."

"영호충, 임평지가 마음 깊이 새길 수 있도록 본 파의 문규를 낭송하거라."

"예. 임 사제, 잘 듣게. 첫째, 스승을 기만하고 조상을 능멸하거나 윗사람에게 불경하지 말 것. 둘째, 힘을 믿고 약자를 핍박하거나 무고한 자를 괴롭히지 말 것. 셋째, 색을 밝히고 간음하거나 부녀자를 희롱하지 말 것. 넷째, 동문을 질투하거나 서로 해치지 말 것. 다섯째, 이익을 위해 의를 저버리거나 재물을 탐하지 말 것. 여섯째, 자존망대하여 무림동도들에게 미움을 사지 말 것. 일곱째, 악당과 교분을 맺거나 요사한 자들과 결탁하지 말 것. 이것이 화산파의 일곱 가지 규율일세. 본 파의 제자라면 반드시 지켜야 하네."

"예, 대사형께서 일러주신 화산파의 규율을 명심하고 반드시 준수하도록 노력하겠습니다."

악불군이 미소를 지으며 말했다.

"그래, 이제 끝났구나. 본 파는 다른 문파와 달리 규율이 조목조목

많지는 않다. 이 일곱 가지만 굳게 지키며, 무엇보다 인의를 중시하는 정인군자가 된다면 사부와 사모 모두 만족할 것이다.”

“예, 사부님!”

임평지는 다시금 사부와 사모를 향해 절을 올리고, 사형과 사저들에게도 엎드려 예를 갖췄다.

악불군이 말했다.

“평아, 우선 너희 부모님을 안장하여 아들로서 할 도리를 다해야지. 그다음 본 파의 기본 무공을 전수해주마.”

임평지는 뜨거운 눈물로 얼굴을 적시며 바닥에 엎드렸다.

“감사합니다, 사부님, 사모님.”

악불군이 손을 뻗어 그런 그를 붙잡으며 다정하게 달랬다.

“본 파의 제자들은 한 가족처럼 지내며 무슨 일이건 서로 기쁨과 슬픔을 나누느니라. 앞으로는 이렇게 예를 차리지 마라.”

임평지를 일으켜 세운 악불군이 고개를 돌려 영호충을 아래위로 훑어보더니 한참 만에야 다시 입을 열었다.

“충아, 이번 여행길에 네가 어긴 규율이 몇 가지나 되느냐?”

영호충은 흠칫했다. 평소 제자들에게 무척 친절하고 자상한 사부지만, 문규를 어기면 누구보다 엄격하고 무서웠다. 그는 재빨리 제사상 앞에 꿇어앉으며 고백했다.

“잘못했습니다. 사부님과 사모님의 가르침을 잊고 자존망대하여 무림동도들에게 미움을 사지 말라는 여섯 번째 계율을 어기고 형양성 회안루에서 청성파 나인걸을 죽였습니다.”

악불군은 준엄한 얼굴로 코웃음을 쳤다.

악영산이 나섰다.

"아버지, 나인걸이 먼저 대사형을 괴롭혔어요. 그때 대사형은 전백광과 혈전을 치러 중상을 입은 상태였는데, 나인걸이 그 틈을 타 괴롭힌 거라고요. 그런데 어떻게 가만히 있겠어요?"

"너는 나서지 마라. 이 모든 것이 지난날 충이가 청성파 제자 둘을 걷어찼기 때문에 벌어진 일이다. 예전에 그런 일이 없었다면 나인걸이 무엇 때문에 충이를 괴롭히려 했겠느냐?"

"대사형이 청성파 제자를 걷어찬 일은 벌써 곤장 서른 대를 때려 혼내셨잖아요. 이미 청산한 벌을 다시 따지시는 건 옳지 않아요. 대사형은 중상을 입어서 곤장을 견뎌낼 수 없단 말이에요."

악불군은 딸을 노려보며 무섭게 꾸짖었다.

"본 파의 규율을 논하는 자리다! 너 역시 화산파의 제자인데 어디서 함부로 끼어드느냐!"

아버지에게 호된 꾸지람을 들은 적이 거의 없는 악영산은 억울함을 참지 못해 당장 울음을 터뜨릴 것처럼 눈시울이 빨개졌다. 평소라면 악불군이 어떻게 나오든 악 부인이 다정하게 달래주었지만, 지금은 악불군이 장문인으로서 문호를 다스리는 중이었기 때문에 악 부인도 모른 척했다.

악불군은 영호충에게 말했다.

"나인걸이 위기를 틈타 망신을 주려 할 때 너는 죽어도 굴하지 않았으니 남아대장부로서 의당 할 행동이었다. 허나 어찌하여 '여승을 보면 재수 옴 붙는다'느니 하는 말로 항산파에 무례를 저질렀느냐? 이 사부 또한 여승 만나기를 두려워한다 했겠다?"

그 말에 울먹거리던 악영산이 그만 참지 못하고 푸하하 웃음을 터뜨렸다.

"아버지도 참!"

악불군은 딸을 향해 손을 내저었지만, 조금 전처럼 엄한 표정은 아니었다.

영호충이 말했다.

"그때는 항산파의 사매를 빨리 떠나보내기 위해 어쩔 수 없었습니다. 저는 전백광의 적수가 되지 못해 항산파 사매를 구할 방도가 없는데, 그 사매는 의리를 저버릴 수 없다며 도무지 가려고 하지 않으니 그런 말을 할 수밖에 없었습니다. 물론 그 말이 항산파의 사백님과 사숙님 귀에 들어갔다면 지극히 무례한 짓을 저지른 것이 맞습니다."

"의림 사질을 구하려 한 그 마음은 장하다. 허나 할 말이 있고 못할 말이 있는 법이거늘, 하필이면 그런 말을 했느냐? 이는 네가 평소 경박하게 행동해왔기 때문이다. 이번 일은 오악검파 모두가 알게 되었으니, 훗날 사람들은 뒤에서 네가 정인군자가 아니라고 수군대며 이 사부가 잘못 가르쳤다 탓할 것이다."

"제가 잘못했습니다, 사부님."

"군옥원에서 요양한 일도 부득이하여 그랬다고는 하나, 의림 사질과 마교의 계집아이를 이불 속에 숨기고 기루의 여자라며 청성파 여관주를 속였으니, 그것이 얼마나 위험한 일인지 모르느냐? 만에 하나 발각되면 우리 화산파의 명성은 물론이고 수백 년을 이어져온 항산파의 명예 또한 땅에 떨어지고 말았을 것이다. 훗날 무슨 낯으로 그들을 대할 생각이었더냐?"

영호충은 등에 식은땀이 흐르는 것을 느끼며 떨리는 소리로 대답했다.

"저도 나중에야 그런 생각이 들었습니다. 사부님께서 알고 계실 줄은 몰랐습니다."

"마교의 곡양이 너를 군옥원에 데려가 치료했다는 것은 나중에 알았다만, 그 손녀와 의림 사질이 이불 속으로 들어갈 때만 해도 나는 이미 바깥에 있었다."

"제가 그렇게 품행 나쁜 무뢰배가 아니라는 것을 아셨으니 천만다행입니다."

악불군이 목소리를 높였다.

"네가 정말로 기루에서 기녀를 끼고 놀았더라면 진작 그 목을 쳤을 것이다. 어찌 지금껏 살려두었겠느냐?"

"예, 잘 압니다."

악불군의 표정이 점점 더 굳어졌다. 그는 잠시 제자를 노려보다가 다시 말했다.

"그 계집아이가 마교 사람이라는 것을 알면서 어찌하여 단칼에 죽이지 않았느냐? 비록 그 할아비가 네 목숨을 구해주었다고는 하나, 사악한 마교가 은혜를 평계로 우리 오악검파를 갈라놓으려는 수작임이 명백하거늘 영리한 네가 그걸 몰랐단 말이냐? 그가 네 목숨을 구해주었지만 그 속에는 크나큰 음모가 숨겨져 있다. 유정풍같이 올바르고 재주 많은 사람도 현혹되어 끝내 패가망신하지 않았더냐? 마교의 교활하고 음험한 계략을 네 눈으로 똑똑히 보았을 텐데, 형산에서 화산까지 오는 동안 네가 마교를 질타하는 말은 단 한마디도 듣지 못했다.

충아, 아무래도 그자가 네 목숨을 구해주어 옳고 그름을 판별하는 데 혼란이 온 모양이구나. 이 일은 앞으로 네가 강호에서 올바로 자리를 잡느냐 아니냐가 달린 중대한 문제다. 우리 화산파의 일곱 번째 문규가 바로 그것이니, 결코 혼란에 빠져서는 아니 된다."

영호충은 곡양과 유정풍의 합주를 들었던 황량한 산골짜기의 밤을 떠올렸다. 그때의 곡양은 결코 나쁜 마음을 품고 유정풍을 해치려는 모습이 아니었다.

악불군은 망설이는 제자의 얼굴을 보고 그가 훈계를 완전히 받아들이지 못하는 것을 알아차렸다.

"충아, 이 일에 우리 화산파의 흥망성쇠가 달려 있고, 네 평생의 안위와 성패도 달려 있다. 그러니 이 사부 앞에서는 한 치의 거짓도 말해서는 안 된다. 묻겠다. 앞으로 마교의 사람을 만나면 원수처럼 증오하며 주저 없이 처단하겠느냐?"

영호충은 멍하니 사부를 올려다보았다. 복잡한 생각들이 머릿속을 어지럽게 맴돌았다.

'앞으로 마교 사람을 만나면 불문곡직하고 찔러 죽일 수 있을까? 만약 곡 노선배나 곡비연이 살아 있다면 그들 역시 죽일 수 있을까?'

도저히 판단이 서지 않아 쉽사리 대답할 수가 없었다.

한참 동안 제자를 주시하던 악불군은 그가 끝내 대답하지 못하자 장탄식을 했다.

"지금 대답을 강요해봤자 아무 소용없겠구나. 너는 우리 화산파의 명예를 크게 실추시켰다. 다만 용감하게 나서서 항산파의 의림 사질을 구한 일은 큰 공이니 형을 감해주마. 1년간 면벽面壁 수행하며 이번 일을 곰곰이 생각해보아라."

영호충은 공손히 허리를 숙였다.

"예, 기꺼이 벌을 받겠습니다."

"1년 동안이나요? 하루에 몇 시진 동안 면벽해야 하나요?"

악영산이 놀란 목소리로 묻자 악불군은 고개를 저었다.

"몇 시진이라니? 먹고 자는 시간을 제외하고 매일 아침부터 밤까지 면벽하며 반성해야 한다."

"그럴 수는 없어요! 그러다 답답해서 죽어버리면 어떡해요? 대소변도 보지 말라는 말씀이세요?"

"여자아이 말투가 어찌 그 모양이니?"

악 부인이 꾸짖었다.

악불군은 흔들림 없이 말했다.

"면벽 수행 1년은 그리 드문 일이 아니다. 지난날 네 조사祖師도 과오를 저질러 옥녀봉에서 3년하고도 여섯 달간 면벽하며 봉우리에서 단 한 발짝도 내려오지 못하셨다."

악영산은 혀를 날름거리며 대꾸했다.

"그럼 1년은 아주 가벼운 벌이게요? 하지만 대사형이 '여승만 보면 재수 옴 붙는다'고 한 건 항산파 사저를 구하고자 하는 마음에 한 말이지 나쁜 의도가 아니었다고요!"

"그렇기 때문에 1년으로 감해준 것이다. 조금이라도 나쁜 의도가 있었다면 내 손으로 혀를 뽑아냈을 것이다."

"산아, 아버지 말씀을 들으려무나. 대사형이 옥녀봉에서 면벽하는 동안 찾아가 수다 떨 생각도 하지 말고. 아버지께서 다 생각이 있어서 대사형을 훈련시키시려는데 괜히 방해를 놓아서야 되겠니?"

악 부인이 달랬지만 악영산은 여전히 불퉁거렸다.

"사람을 옥녀봉에 가둬놓고 훈련이라고요? 말동무도 되어주지 말라면, 외로울 때 누구에게 심사를 털어놓으라는 말씀이에요? 저도 그래요. 그동안 누구하고 연검을 해요?"

"네가 가서 수다를 떨면 그게 무슨 면벽이고 수행이겠니? 이곳에도 사형들과 사저들이 많이 있으니 연검할 사람은 얼마든지 있단다."

악영산은 잠시 고민하다가 다시 물었다.

"그럼 대사형은 뭘 먹어요? 1년 동안이나 봉우리에서 내려오지 못하면 굶어 죽을 텐데요?"

악 부인은 웃음을 터뜨렸다.

"걱정도 많구나. 당연히 사람을 보내 음식을 가져다줘야지."

笑傲江湖

면벽

8

영호충은 초조한 마음에 그녀의 왼쪽 소매를 붙잡았다.
악영산은 대뜸 화를 냈다.
"놓아요!"
그녀가 힘껏 팔을 빼는 바람에 소맷부리가 찌익 찢어지고 백설 같은 팔이 훤히
드러났다.

그날 저녁, 영호충은 사부와 사모, 그리고 여러 사제, 사매들과 작별
한 다음, 검 한 자루만 들고 옥녀봉 꼭대기 절벽으로 올라갔다.

　절벽에는 동굴이 하나 있었는데, 바로 문규를 어긴 화산파 역대 제
자들이 벌을 받는 곳이었다. 풀 한 포기 자라지 않는 척박한 곳이라 나
무는 말할 것도 없고, 깎아지른 절벽과 동굴 외에는 아무것도 없었다.
본디 화산은 초목이 무성하고 경관 또한 수려하기로 유명했지만 이
절벽만큼은 예외여서, 예로부터 옥녀玉女의 비녀에 달린 진주라고 불
렸다. 화산파의 조사가 제자를 벌주는 장소로 삼은 이유도 수풀이 없
으니 벌레나 새가 살지 않아 면벽하는 제자들이 잡념에 빠지지 않고
반성하기에 꼭 맞는 환경이었기 때문이었다.

　동굴로 들어간 영호충은 맨들맨들한 바위를 발견하고 생각에 잠
겼다.

　'수백 년간 수많은 선배들이 이 자리에 앉았으니 닳고 닳아 이렇게
맨들맨들해졌구나. 화산파 첫째가는 골칫거리인 영호충이 아니면 이
바위에 올 사람이 또 어디 있을까? 사부님께서 오늘에야 여기로 보내
신 것만 해도 큰 아량을 베푸신 거지.'

　그는 커다란 바위를 매만지며 말했다.

　"바위야, 바위야. 그동안 많이 외로웠겠구나. 오늘부터는 이 영호충

이 친구가 되어주마."

바위에 앉아 한 자 거리에서 벽을 바라보니, 벽 왼편에 '풍청양風淸揚'이라는 큼직한 글씨가 보였다. 날카로운 물건으로 새긴 글씨는 우아하면서도 힘이 넘쳤고, 홈의 깊이도 반 치나 되었다.

'풍청양은 누굴까? 여기서 벌을 받았던 본 파의 선배님 같은데…. 참, 사부님은 '불不' 자 항렬이고 사조님은 '청淸' 자 항렬이니 풍청양이라는 분은 태사백太師伯(사조의 사형)이나 태사숙太師叔(사조의 사제)이시겠구나. 힘이 넘치고 비범한 필체를 보니 무공도 대단하셨을 텐데, 어째서 사부님과 사모님은 한 번도 이분 이야기를 하지 않으셨을까? 아무래도 일찍 세상을 뜨신 모양이야.'

그는 눈을 감고 반 시진가량 좌선을 한 뒤 일어나서 산책을 하다가 다시 동굴로 들어가 면벽했다.

'앞으로 마교 사람을 만나면 잘잘못을 따지지 않고 다짜고짜 죽여야 하나? 마교에는 좋은 사람이 단 한 사람도 없을까? 하긴, 좋은 사람이 무엇 하러 마교에 들어가겠어? 설사 잠시 혼란에 빠져 길을 잘못 들었다 해도 곧 깨닫고 빠져나오면 되는데 여태 남아 있다는 것은 그 요사한 무리들과 한편이 되어 세상을 음해하려는 마음이 있다는 뜻이겠지.'

문득 머릿속에 여러 가지 장면들이 떠올랐다. 하나같이 사부와 사모, 강호의 선배들로부터 들은 흉악무도한 마교의 악행들이었다. 강서江西 지방 우于 노권사의 일가 스물세 명은 마교의 손에 붙잡혀 산 채로 나무에 못 박혔다. 세 살 먹은 어린아이조차 화를 피하지 못했고, 우 노권사의 두 아들은 사흘 밤낮을 시름시름 앓다가 끝내 목숨을 잃었다. 제남濟南에서는 용봉도龍鳳刀의 장문인 조등괴趙登魁가 며느리를 얻는 날, 마당 가득 귀빈을 모시고 축하연을 벌이고 있는데 마교 사람이 난입하여 축하랍시고 신혼부부의 머리를 베었다. 한양漢陽의 학郝 노영웅 칠순 잔치에 각지의 영웅호걸들이 축하하러 모였을 때도 마찬가지였다. 마교는 잔치가 벌어지는 곳에 화약을 묻어놓고 불을 당겼다. 갑작스러운 폭발에 죽거나 다친 사람들이 부지기수요, 태산파의 기紀 사숙도 난리통에 팔 하나를 잃었다. 기 사숙이 직접 한 이야기니 절대 거짓일 리 없었다.

이런 일들과 함께 2년 전 정주鄭州의 큰길에서 숭산파의 손孫 사숙을 만난 장면도 떠올랐다. 그때 손 사숙은 양팔과 양다리가 모두 잘리고 두 눈이 뽑힌 채 미친 듯이 소리를 지르고 있었다.

"마교 놈들이 나를 이 꼴로 만들었다. 반드시 복수할 테다! 반드시!"

마침 숭산파 사람들이 달려왔으나 손 사숙의 상태는 너무도 위중하여 치료할 방도조차 없었다. 그의 얼굴에 자리한 텅 빈 눈구멍에서 시뻘건 피가 줄줄 흐르던 모습이 떠오르자 영호충은 오싹 소름이 끼쳤다.

'마교 놈들이 그렇게나 악독하니 곡양이 나를 구해준 데도 흑심이 있었던 게 분명해. 사부님께서 앞으로 마교 사람을 만나면 죽일 수 있겠느냐 물으셨을 때 대체 무엇 때문에 망설였을까? 당연히 그 자리에서 찔러 죽여야 마땅한 것을.'

여기까지 생각하자 마음이 훨씬 편해졌다. 그는 휘파람을 불며 동굴을 나와 가뿐하게 공중제비를 돌며 허공으로 날아올랐다. 다시 땅에 내려서 중심을 잡고 눈을 떠보니, 두 발은 벼랑에서 겨우 두 자 정도 떨어진 아슬아슬한 위치에 놓여 있었다. 날아오를 때 약간만 더 힘을 썼더라면 천길만길 떨어져 형체를 알아보기도 힘들게 짓이겨졌으리

라. 물론 그는 눈을 감고 공중제비를 돌 때부터 이미 셈을 해두고 있었다. 마교 사람을 만나면 그 자리에서 죽이리라 마음먹는 순간 근심거리가 사라져 즐거운 마음에 위험한 장난을 해본 것뿐이었다.

'이 정도 담력으로는 아직 멀었다. 최소한 한 자 정도는 더 나갔어야 하는데.'

그가 속으로 중얼거리는데, 갑자기 뒤에서 손뼉 치는 소리가 들려왔다.

"대사형, 대단해요!"

다름 아닌 악영산의 목소리였다. 영호충이 기뻐하며 돌아보니, 악영산이 음식을 담은 바구니를 들고 생글생글 웃으며 바라보고 있었다.

"대사형, 식사 가져왔어요."

그녀는 바구니를 내려놓고 동굴로 들어가더니 빙그르르 몸을 돌려 바위에 앉았다.

"눈 감고 공중제비를 도는 거, 정말 재미있을 것 같아요. 나도 해볼래요."

자신에게조차 위험천만한 장난을 그보다 무공이 낮은 악영산이 하겠다는 말에 영호충은 등에 식은땀이 흘렀다. 만에 하나 힘 조절에 실패하면 돌이킬 수 없는 일이 벌어질 것이 분명하지만, 신이 난 악영산을 말리기는 하늘의 별 따기보다 어려웠다. 그는 하는 수 없이 벼랑 가장자리에 서서 만일에 대비했다.

악영산은 오로지 대사형에게 이기려는 마음으로 가만히 거리를 가늠한 뒤 발을 굴렀다. 그녀의 몸이 훌쩍 떠올라 경쾌하게 공중제비를 돌며 벼랑을 향해 날아갔다. 영호충이 뛴 거리보다 더 멀리 가기 위해 힘을 잔뜩 주었는데, 내려설 때가 되자 더럭 겁이 나 눈을 떴더니 깊이 모를 낭떠러지가 시커멓게 입을 벌리고 있었다! 그녀는 놀라 비명을 질렀다. 영호충이 재빨리 그녀의 왼팔을 붙잡아 힘껏 끌어당겼다. 악영산은 벼랑에서 불과 한 자도 떨어지지 않은 곳에 가까스로 발을 디뎠다. 확실히 영호충보다 멀리 뛴 셈이었다. 그녀는 놀란 가슴을 진정시키며 까르르 웃었다.

"대사형 제가 더 멀리 뛰었죠?"

영호충은 놀라 하얗게 질린 그녀의 얼굴을 보고 일부러 웃으며 등을 토닥였다.

"이런 장난은 오늘이 마지막이다. 사부님과 사모님 귀에 들어가면 꾸지람은 말할 것도 없고 1년 더 면벽하라고 하실지도 몰라."

악영산은 마음을 가라앉히고 벼랑에서 물러난 뒤 생글거리며 말했다.

"그럼 저도 같이 벌을 받죠, 뭐. 둘이 함께 면벽 수행하면 얼마나 재미있겠어요? 매일매일 누가 멀리 뛰나 시합도 하고요."

"매일매일 둘이 함께?"

영호충은 동굴 쪽을 흘끗 돌아보았다. 어쩐지 가슴이 설렜다.

'1년 동안 저 동굴에서 밤낮 소사매와 함께 지낸다면 신선도 부럽지 않을 텐데… 에이, 말도 안 되는 소리지!'

그는 그런 생각을 털어내며 말했다.

"아마도 소사매는 정기당正氣堂에서 면벽하라고 하시겠지. 그럼 우리는 1년 동안 만날 수도 없어."

"불공평해요. 어째서 대사형은 여기서 놀아도 되고, 저는 정기당에

간혀야 하는 거예요?"

악영산은 툴툴거렸지만, 부모님이 이 절벽에서 대사형과 단둘이 있도록 내버려둘 리 없다는 사실을 잘 알기에 곧 화제를 바꿨다.

"대사형, 사실 어머니는 식사 당번으로 육후아를 보내려 하셨어요. 그래서 제가 육후아에게 그랬지요. '여섯째 사형, 매일매일 사과애思過崖를 오르락내리락하면 아무리 원숭이라 해도 무척 고될 거예요. 그래서 제가 돕기로 했으니 고마운 줄 아세요.' 육후아는 '사모님이 시키신 일인데 게으름을 피울 수야 없지. 게다가 대사형은 내게 베푸신 것이 많아. 1년 동안 식사를 나르며 매일같이 얼굴을 볼 수 있는데 고될 일이 어디 있어?'라고 하지 뭐예요? 참 나쁘죠?"

영호충은 웃음을 터뜨렸다.

"틀린 말도 아니지."

"또 뭐라는 줄 아세요? '그간 대사형에게 무공을 배우려 할 때마다 소사매가 방해한 적이 몇 번인지 알아? 매번 쪼르르 달려와 나를 쫓아내고 대사형에게 말도 못 붙이게 했잖아.' 제가 언제 그랬어요, 대사형? 정말이지 말 지어내는 데는 선수라니까요. 그리고는 '이제부터 1년간 사과애를 드나들며 대사형을 만날 수 있는 사람은 오직 나뿐이라고. 소사매는 꿈도 꾸지 마' 하는 거예요. 제가 펄쩍 뛰며 화를 냈지만 쳐다보지도 않았다고요. 그래서…"

"그래서… 검이라도 뽑아 혼내줬군?"

"아니에요, 화가 나서 울어버렸어요. 그랬더니 싹싹 빌며 바구니를 내밀었어요."

영호충은 올망졸망한 악영산의 이목구비를 살폈다. 눈물로 발갛게 부은 눈자위를 보자 가슴이 뭉클했다.

'나를 이렇게까지 생각해주다니…. 이런 소사매를 위해서라면 백 번 죽으라 해도 죽을 수 있어.'

악영산은 바구니를 열고 음식이 담긴 접시 두 개와 젓가락 두 벌을 꺼냈다.

"어째서 젓가락이 두 벌이지?"

"저도 같이 먹으려고요. 자, 보세요, 이게 뭘까요?"

악영산이 생글생글 웃으며 조그마한 술호리병을 꺼내 보였다. 술을 목숨처럼 아끼는 영호충은 이를 보자마자 벌떡 일어나 과장스레 읍했다.

"아이고, 고맙소. 정말 고맙소이다! 이 몸, 1년 동안 술 한 방울도 입에 대지 못할까 걱정이었다오."

악영산은 마개를 뽑아 영호충에게 건넸다.

"많지는 않고, 매일 딱 이 정도만 가져다드릴게요. 이보다 많으면 어머니가 눈치채실 거예요."

영호충은 호리병에 든 술을 천천히 음미하며 마신 다음 식사를 했다. 화산파 규칙에 따르면 사과애에서 면벽 수행 중에는 육식을 금해야 했으므로, 영호충을 위한 음식은 채소볶음 한 접시와 두부 한 접시가 전부였다. 하지만 대사형과 환난을 함께한다는 생각에 들뜬 악영산에게는 마치 꿀맛 같았다. 식사가 끝난 뒤에도 그녀는 이런저런 잡담으로 반 시진을 더 지체한 후 날이 어둑어둑해진 뒤에야 그릇을 챙겨 절벽을 내려갔다.

그 후로 악영산은 매일 저녁나절 음식을 가지고 올라와 함께 식사를 했고, 영호충은 다음 날 점심까지 그 음식으로 요기를 했다. 비록 혼자였지만 조금도 외롭지 않았다. 깨어나면 앉아서 운기행공運氣行功하며 사부에게 배운 기공과 검법을 복습하고, 전백광의 쾌도와 사모가 창안한 '무쌍무대 영씨일검'을 되풀이해 떠올려보곤 했다. 영씨일검은 단 일식一式에 불과했으나 화산파 기공과 검법의 정수가 담겨 있었다. 이 검법을 익히기에는 자신의 내공이 아직 부족하다는 사실을 익히 아는 영호충은 억지를 부리려다 도리어 그르칠까 두려워, 서두르지 않고 하루하루 열심히 힘을 쏟았다. 덕분에 면벽하고 반성하라는 처벌과는 달리 면벽할 시간도, 반성할 시간도 없이 악영산과 잡담을 나누는 저녁 시간을 제외하고는 오로지 연공에만 몰두했다.

그렇게 두 달이 흐르자 화산 꼭대기의 날씨는 점점 추워졌다. 악 부인은 영호충이 입을 솜옷을 지어 육대유에게 들려 보냈다. 그날은 아침부터 북풍이 무섭게 울부짖었고 오후쯤 되자 눈이 펑펑 내렸다.

영호충은 무겁게 내려앉은 뭉게구름을 바라보았다. 눈발이 쉽게 사그라질 것 같지 않았다.

'산길이 험한데 해거름까지 눈이 내리면 무척 미끄럽겠구나. 소사매가 오지 말아야 할 텐데.'

그러나 그에게는 정기당에 소식을 전할 방도가 없었다. 초조한 마음에 사부와 사모가 바깥 상황을 살피고 외출 금지령을 내렸기만을 빌었다.

'소사매가 여섯째 사제 대신 식사를 가져오는 것을 두 분이 모르실리 없다. 그저 눈감아주시는 거지. 이런 날씨에 절벽을 오르다가 실족

하면 목숨을 부지하기 어려우니 틀림없이 올라오지 못하게 하실 거야.'

그는 해거름이 되기를 눈이 빠지게 기다리며 시시때때로 아래를 내려다보았다. 하늘이 거뭇거뭇 어두워질 때까지 악영산이 나타나지 않자 다소 안심이 되었다.

'날이 밝으면 여섯째 사제가 식사를 가져오겠지. 아무쪼록 소사매가 위험한 행동을 하지 않았기를….'

그런데 그가 동굴 쪽으로 돌아서는 순간, 아래로 이어진 산길에서 자박자박하는 발소리가 들리고 악영산의 목소리가 절벽에 울려퍼졌다.

"대사형! 대사형…!"

영호충은 놀랍고 기뻐 후다닥 절벽으로 달려갔다. 희뿌옇게 흩날리는 솜털 같은 눈송이 사이로 악영산이 위태위태하게 절벽을 오르고 있었다. 사부의 명 때문에 절벽에서 한 걸음도 벗어날 수 없는 영호충은 아쉬운 대로 팔을 쭉 내밀었다. 악영산의 왼손이 그의 오른손에 닿자, 그는 그 손을 꽉 잡고 있는 힘껏 위로 끌어올렸다. 하늘 끝자락에 어렴풋이 남은 석양이 눈을 잔뜩 뒤집어쓴 악영산의 모습을 비췄다. 머리카락은 눈에 젖어 하얗고, 왼뺨은 불룩하니 붓고 생채기가 나 아직도 피가 흐르고 있었다.

"어… 어쩌다가…."

악영산은 울음을 터뜨릴 것처럼 입을 삐죽였다.

"미끄러지는 바람에 바구니를 골짜기에 떨어뜨리고 말았어요. 오늘… 오늘 저녁은 굶어야 해요."

영호충은 안쓰러우면서도 감격에 겨워 소맷자락으로 상처를 닦아주며 다정하게 말했다.

"소사매, 길이 이렇게 미끄러우면 올라오지 말았어야지."

"대사형이 배고플까 봐 걱정이 돼서… 그리고… 보고 싶었단 말이에요."

"혹여 사고라도 나면 내가 무슨 낯으로 사부님과 사모님을 뵙겠어?"

악영산이 생긋 웃었다.

"왜 그렇게 안절부절못하세요? 이렇게 무사하잖아요! 하지만 멍청하게 거의 다 와서 찬합과 술병을 떨어뜨리고 말았어요."

"소사매만 무사하다면 열흘쯤 굶어도 아무 상관없어."

"산길을 오른 지 반 시진 만에 걸을 수도 없을 만큼 길이 미끄러워지지 뭐예요. 안간힘을 써서 뛰어올랐는데, 소나무 다섯 그루가 있는 비탈길에 들어서는 순간 정말 낭떠러지로 떨어지는 줄 알았어요."

"소사매, 앞으로 다시는 나 때문에 위험을 자초하지 않겠다고 약속해. 소사매가 낭떠러지로 떨어졌으면 나도 따라서 뛰어내렸을 거야."

악영산의 두 눈에 기쁨이 출렁였다.

"대사형, 그럴 필요까지는 없어요. 식사를 가져다주려고 왔다가 미끄러진 건 다 제 잘못이에요. 그런데 왜 대사형이 이렇게 미안해해요?"

영호충은 천천히 고개를 저었다.

"미안해서 그러는 게 아니야. 만약 여섯째 사제가 식사를 가져오다가 낭떠러지에 떨어져 목숨을 잃었다면 어땠을까? 그래도 내가 따라서 뛰어내렸을까?"

그는 연신 고개를 가로저으며 말을 이었다.

"분명 정성을 다해 여섯째 사제의 부모님을 봉양하고 가족을 보살피겠지. 하지만 결코 따라 죽지는 않을 거야."

악영산은 숨을 죽였다.

"하지만 내가 죽으면 따라 죽을 거예요?"

"그래. 소사매가 내게 식사를 가져오다가 사고를 당했기 때문이 아니야. 다른 사람에게 가져다주다 사고가 났어도 나는 똑같이 따라 죽었을 거야."

악영산이 가슴 가득 차오르는 부드러운 애정을 느끼고, 목멘 소리로 대사형을 부르며 그의 두 손을 꽉 잡았다. 영호충은 팔을 한껏 벌려 그녀를 끌어안고 싶었지만 용기가 나지 않았다. 두 사람은 아무런 말도, 아무런 움직임도 없이 서로를 지그시 바라보았다. 부드럽게 얽히는 눈빛 사이로 펑펑 쏟아지는 새하얀 눈이 그들의 머리와 어깨 위에 쌓이고 또 쌓였다. 그렇게 두 사람은 선 자리에서 눈사람이 되어버릴 것만 같았다.

아주 오랜 시간이 흐른 뒤에야 영호충이 비로소 입을 열었다.

"혼자 내려가지는 못할 텐데, 사부님이나 사모님께서 소사매가 여기 온 줄 아실까? 제일 좋은 방법은 누군가 와서 데려가는 것인데."

"오늘 아침 일찍 숭산파 좌 맹주의 전갈이 왔어요. 급히 상의할 일이 있다고 해서 아버지와 어머니는 바로 하산하셨어요."

"다른 사람들은? 소사매가 여기 왔다는 것을 아는 사람이 없어?"

악영산은 생글생글 웃었다.

"없어요, 아무도. 둘째 사형과 셋째 사형, 넷째 사형, 그리고 육후아는 아버지를 따라 숭산으로 떠났으니 내가 대사형을 만나러 온 걸 아는 사람은 없어요. 육후아가 있었으면 자기가 오겠다고 우겼을 거예요. 참! 산을 오를 때 임평지와 마주치긴 했는데, 함부로 떠들면 내일 단단히 혼내주겠다고 으름장을 놓았어요."

"아이고, 사저가 무섭긴 무섭구나."

영호충이 웃음을 터뜨리며 과장된 몸짓을 했다. 악영산도 따라 웃었다.

"당연하잖아요. 이런 것도 못하면 사저가 되어 뭐 하게요? 대사형이야 모두들 '대사형, 대사형' 하며 벌벌 떠니 만년 사매인 제 마음을 어떻게 알겠어요?"

두 사람은 한바탕 웃음을 터뜨렸다.

"그럼 오늘은 못 내려가겠구나. 하는 수 없지. 동굴에서 하룻밤 묵고 내일 아침에 내려가는 수밖에."

영호충은 대뜸 악영산의 손을 잡고 동굴로 들어갔다.

좁디좁은 동굴은 두 사람이 들어가자 몸을 움직일 공간조차 없었다. 둘은 마주 보고 앉아 이런저런 이야기꽃을 피웠다. 시간이 흐르면서 악영산의 목소리가 차츰차츰 잦아들더니 마침내 완전히 끊겨 곤히 잠들었다.

영호충은 악영산이 고뿔에 걸리지 않도록 입고 있던 솜옷을 벗어 덮어주었다. 동굴 밖 희디흰 눈이 잠든 그녀의 얼굴을 아스라이 비쳤다. 영호충은 그 얼굴을 들여다보며 속으로 다짐했다.

'소사매는 내게 정말 잘해주는구나. 이런 소사매를 위해서라면 기꺼이 이 한 몸 바칠 거야.'

그는 턱을 괴고 생각에 잠겼다. 어려서 부모를 잃고 사부와 사모의 보살핌 아래 자란 그였다. 사부와 사모는 그를 친아들처럼 사랑해주었고, 그는 당연하게 화산파 장문인의 대제자가 되었다. 입문 시기도 빨랐거니와 무공 또한 또래 사제들이 따를 수 없을 만큼 높아 언젠가는 사부의 뒤를 이어 화산파를 다스리게 될 것이 분명했다. 소사매 역시 그에게 잘해주었고 사부는 갚을 수 없을 만큼 크나큰 은혜를 베풀었다. 천성적으로 활발하고 구속받는 것을 싫어하는 그는 문규를 어겨 꾸지람을 듣기 일쑤였지만, 사부와 사모의 기대가 무거운 만큼 그동안의 잘못을 뉘우치고 고치리라 다짐했다. 그러지 않으면 사부와 사모에게 죄스러울 뿐만 아니라 소사매를 대할 낯도 없었다.

그는 보일 듯 말 듯 팔락이는 악영산의 고운 머리카락을 넋 놓고 응시했다. 그때 갑자기 악영산이 중얼거렸다.

"임 사제, 말 안 들을래? 이리 와, 혼내줄 테니!"

영호충은 흠칫하며 그녀의 얼굴을 살폈으나, 눈을 감고 몸을 뒤척이며 고르게 숨을 쉬는 모습으로 보아 단순한 잠꼬대라는 것을 깨닫고 피식 웃음을 지었다.

'사저가 되더니 아주 기세가 대단해졌군. 꿈에서까지 야단을 치다니, 그동안 임 사제가 이리저리 불려다니며 곤욕을 치렀겠는걸.'

영호충은 밤새 뜬눈으로 그녀의 곁을 지켰다. 악영산은 몹시 고단했던지 다음 날 날이 훤히 밝은 뒤에야 깨어났다. 빙그레 웃으며 지켜보고 있는 영호충을 보자, 그녀는 하품을 하고 마주 미소를 지어 보였다.

"일찍 일어났네요."

영호충은 한숨도 자지 않았다는 말은 하지 않고 웃으며 되물었다.

"무슨 꿈을 꾸었기에 임 사제를 혼내주려고 했어?"

악영산은 고개를 갸웃했다.

"내가 잠꼬대를 했어요?"

"임 사제가 무슨 잘못을 하던?"

악영산은 까르르 웃었다.

"꿈인걸요, 뭐. 설마 제가 그 녀석을 정말 때렸을까 봐요?"

"꿈은 생각의 반영이라고 했어. 평소에 임 사제를 혼내주겠다고 단단히 벼르고 있으니 그렇게 꿈에 나타난 거야."

악영산은 입을 삐죽였다.

"그 녀석은 정말 쓸모가 없어요. 입문 검법만 석 달째 배우는 중인데 아직 제대로 흉내도 못 내요. 그러면서 부지런하기는 또 얼마나 부지런한지 밤낮 연공만 해대니, 가르치는 사람은 복장이 터진다니까요. 그런 녀석을 혼내주려면 벼를 것도 없어요. 그냥 검을 뽑아 휘두르기만 하면 되는걸요, 뭐."

그녀가 오른손으로 검법을 펼치는 시늉을 하자 영호충은 빙그레 웃었다.

"백운출수白雲出岫로군. 임 사제는 끝장이겠는걸."

악영산이 킥킥거렸다.

"내가 정말 백운출수를 펼치면 그 녀석의 머리는 땅에 나뒹굴고 말거예요."

"사제의 검법에 문제가 있으면 사저로서 응당 일깨워주고 지도해줘야지, 다짜고짜 칼춤을 춰 죽여서야 되겠어? 앞으로 사부님께서 데려오시는 제자들은 모두 소사매의 사제야. 사부님께서 제자 100명을 거두셨는데 소사매가 99명을 죽여버리면 어떻게 되겠어?"

악영산은 벽을 잡고 일어나며 활짝 핀 꽃처럼 아름답게 웃었다.

"대사형 말이 맞아요. 99명만 죽이고 나머지 한 사람은 살려둬야겠어요. 모두 죽여버리면 누가 날 사저라고 부르겠어요?"

"99명을 죽이고 나면, 남은 한 명은 걸음아 날 살려라 달아날 테니 사저라고 불러줄 사람이 없기는 마찬가지야."

"그러면 대사형을 닦달해서 사저라고 부르라고 할 거예요."

"부르는 것쯤은 어렵지 않지. 하지만 나까지 죽일 거야?"

"말을 잘 들으면 살려두지만, 그러지 않으면 죽일 거예요."

"아이고, 소사매. 제발 살려줘."

어느새 폭설이 그치고 해가 말끔한 얼굴을 드러냈다. 영호충은 악영산이 사라진 것을 알아차린 사람들이 이상한 소문이라도 낼까 봐 어서 내려가라고 채근했다. 하지만 악영산은 떠나기 아쉬워했다.

"조금 더 놀다 갈래요. 아버지 어머니도 안 계셔서 심심하단 말이에요."

"착한 소사매, 내 말 들어. 이 대사형이 여기 있는 동안 충영검법을 더 생각해냈으니 절벽에서 내려가면 폭포에 가서 같이 연습하자."

영호충은 악영산을 달래 겨우 돌려보냈다.

그날 저녁, 고근명이 식사를 가져와 악영산이 고뿔에 걸리는 바람에 열이 나서 누워 있다는 소식을 전했다. 그 상태에서도 대사형이 마음에 걸려 고근명에게 식사를 가져다주라고 부탁했다는 것이었다. 술 한 병 꼭 챙기라는 말도 함께였다. 영호충은 깜짝 놀라 걱정에 휩싸였다. 당장 달려내려가 병간호를 하고 싶은데 그럴 수 없다는 사실을 견딜 수가 없었다. 이틀가량 굶었지만 목이 메어 밥이 넘어가지 않았다. 대사형과 소사매가 둘도 없이 사이가 좋다는 것을 잘 아는 고근명은 소사매가 아프다는 소식을 듣자마자 근심에 빠진 대사형을 달랬다.

"대사형, 너무 걱정 마세요. 어제 폭설이 내렸는데 놀기 좋아하는 소사매가 눈장난을 하다가 그렇게 되었을 겁니다. 무공을 익힌 몸이니 고뿔쯤이야 약 한 첩 먹으면 금방 나을 거예요."

하지만 예상과 달리 악영산의 열은 열흘이 지나도 가시지 않았다. 악불군 부부가 돌아와 내공으로 찬 기운을 몰아내주고 나서야 겨우 호전되었고, 다시 사과애에 오른 것은 그로부터 또 열흘이 지난 후였다.

한참 만에 마주 선 두 사람은 만감이 교차하여 서로의 얼굴을 살폈다. 수척해진 영호충을 보고 악영산이 놀라 물었다.

"대사형, 대사형도 아프셨어요? 어쩜 이렇게 야위셨어요?"

영호충은 고개를 저었다.

"아팠던 건 아니야. 하지만… 네가…."

악영산은 그의 마음을 깨닫고 왈칵 울음을 터뜨렸다.

"내… 내 걱정을 하느라 이렇게 초췌해졌군요. 대사형, 난 이제 괜찮아요."

영호충이 그녀의 손을 잡고 가라앉은 목소리로 말했다.

"그동안 소사매가 무사히 나타나기만을 기도하면서 밤낮 이 산길만 바라봤어…. 감사하게도 결국 이렇게 왔구나."

"하지만 난 매일 대사형을 본걸요."

"날 보았다고?"

"그래요, 앓는 동안 눈만 감으면 대사형이 보였어요. 하루는 열이 올라 몸이 펄펄 끓었는데, 내가 내내 헛소리를 하며 대사형과 이야기를 나눴대요. 대사형, 그날 밤 내가 대사형과 함께 있었던 걸 어머니는 아세요."

영호충은 얼굴이 벌게지고 가슴이 쿵쾅거렸다.

"사모님께서 화를 내지 않으셨니?"

"그러시진 않았어요. 하지만…."

악영산은 대답하다 말고 두 뺨에 홍조를 띠며 고개를 숙였다. 영호충이 초조해하며 물었다.

"하지만?"

"말 안 할래요."

수줍어하는 그녀의 모습에 영호충은 심장이 마구 뛰었지만 억지로 가라앉혔다.

"소사매, 겨우 병이 나았는데 이런 곳에 오면 안 돼. 좋아졌다는 소식은 들었어. 다섯째와 여섯째 사제가 음식을 가져올 때마다 소사매의 상태를 전해주었으니까."

"그런데 얼굴이 왜 그래요?"

영호충은 빙긋 웃었다.

"소사매의 병이 나으면 나도 다시 살이 붙겠지."

"사실대로 말해봐요. 그동안 식사는 하신 거예요? 육후아에게 들으니 술만 마시고 밥에는 입도 대지 않았다고 하던데. 어째서… 어째서 그렇게 몸을 혹사하세요?"

악영산의 눈시울이 빨개졌다.

"무슨 소리야? 소사매도 알다시피 육후아는 늘 3푼 정도 과장해서 말하니 그런 말은 들을 필요 없어. 내가 왜 식사를 거르겠어?"

그때 찬바람이 불어 악영산이 몸을 바르르 떨었다. 엄동설한의 계절, 사방이 훤히 뚫린 절벽 위에는 몸을 가려줄 나무 한 그루도 없었다. 화산 봉우리는 겨울이면 늘 쌀쌀했지만, 특히 이 사과애는 견디기 힘들 만큼 추웠다. 영호충은 가여운 마음에 소사매를 품에 안아 따뜻하게 해주고 싶었지만, 사부와 사모를 떠올리자 절로 팔이 움츠러들었다.

"소사매, 아직 몸이 낫지 않았으니 찬바람을 쐬면 안 돼. 어서 내려가. 날이 풀리고 몸도 건강해지면 그때 다시 오면 돼."

"춥지 않아요. 날마다 바람이 쌩쌩 불거나 눈이 펑펑 내리는데, 날이 풀리길 기다렸다가는 언제 올 수 있을지 모른다고요."

"그러다 또다시 병이 나면 어쩌려고? 그러면 나는… 나도….'"

악영산은 수척한 그의 얼굴을 빤히 바라보았다.

'내가 또 병이 나면 대사형도 쓰러지고 말 거야. 이곳에는 병간호를 해줄 사람도 없으니 그러면 큰일이잖아.'

그래서 순순히 고개를 끄덕였다.

"알겠어요, 내려갈게요. 대사형도 몸조심하셔야 해요. 술은 너무 많이 마시지 말고 세끼 꼬박꼬박 챙겨드세요. 대사형의 건강이 나빠져 몸보신을 해야 하니 계속 채소만 먹으면 안 된다고 아버지께 말씀드릴게요."

영호충은 미소를 지었다.

"사과애에서는 채식을 하는 게 규칙이니 어길 수는 없어. 소사매가 건강한 걸 봤으니, 사흘 안에 다시 살이 오를 거야. 걱정 말고 조심해서 내려가, 우리 누이."

악영산은 정이 담뿍 담긴 눈으로 얼굴을 붉히며 속삭였다.

"방금 뭐라고 불렀어요?"

영호충은 쑥스러워 재빨리 말을 바꿨다.

"별 생각 없이 말이 튀어나왔어. 나무라지 마, 소사매."

"나무라긴요? 그렇게 부르는 게 좋아요."

영호충은 마음이 따뜻해져 저도 모르게 그녀를 안으려다가 멈칫했다.

'이렇게 잘해주는데 나도 당연히 소사매를 존중해야 해. 함부로 대하는 건 옳지 않아.'

그는 재빨리 돌아서며 부드럽게 말했다.

"천천히 조심해서 내려가. 평소처럼 단숨에 뛰어내려갈 생각 말고, 지치면 쉬어야 해."

"알았어요!"

악영산은 몸을 돌려 산길로 걸어갔다.

영호충은 점점 멀어지는 그녀의 발소리에 귀를 기울이다가 그쪽으로 고개를 돌렸다. 마침 악영산도 몇 장 밖에서 걸음을 멈추고 가만히 그를 돌아보고 있었다. 네 개의 눈동자가 마주치고 한참 동안 서로를 응시했다.

영호충이 외쳤다.

"조심해서 가!"

"네!"

밝게 대답한 악영산이 마침내 몸을 돌려 절벽 아래로 사라졌다.

이날, 영호충은 평생 느낀 적 없는 기쁨을 맛보았다. 바위 위에 앉아 저도 모르게 싱글싱글 웃던 그는 갑자기 목이 터져라 소리를 질렀다.

"기쁘다! 정말로 기쁘다!"

우렁찬 외침 소리가 산골짜기가 덜덜 떨리도록 메아리쳤다.

다음 날에는 또 눈이 내렸고, 예상대로 악영산은 찾아오지 않았다. 영호충은 육대유를 통해 악영산이 빠르게 회복되어 나날이 건강해지고 있다는 소식을 듣고 무척 기뻐했다.

스무 날이 지난 뒤, 악영산이 바구니를 들고 올라왔다. 말없이 영호충의 얼굴을 살피던 그녀가 생긋 웃으며 말했다.

"거짓말은 아니었네요. 살이 붙었어요."

영호충도 그녀의 두 뺨에 발갛게 혈색이 돌아온 것을 보고 마주 웃었다.

"너도 많이 좋아졌구나. 건강해진 모습을 보니 다행이다."

"대사형의 식사 배달을 하겠다고 매일같이 우겼지만, 어머니가 허락하시지 않았어요. 아직 날씨가 춥고 습도도 높으니 사과애에 가는 건 목숨을 내놓는 것과 다름없다 하시면서요. 대사형은 밤낮 이 추운 곳에 있어서 병이 났을지도 모른다고 했더니, 대사형은 내공이 높아서 나와는 다르대요. 어머니께 칭찬을 들으니 기분 좋죠?"

영호충은 웃으며 고개를 끄덕였다.

"사부님과 사모님이 그립구나. 두 분은 잘 계시지? 어서 빨리 1년이 지나 두 분을 뵈었으면 좋겠어."

"어제는 어머니와 함께 하루 종일 종자粽子(대나무 잎으로 찹쌀을 싸서 찐 음식)를 만들었어요. 대사형에게도 몇 개 가져오고 싶었는데, 오늘 어머니께서 바구니를 건네며 먼저 말씀하시지 뭐예요. '종자 한 바구니 챙겼으니 충이에게 가져다주렴' 하고요. 정말 뜻밖이었어요."

영호충은 코끝이 시큰했다.

'사모님께서 나를 정말 아껴주시는구나.'

"막 쪄서 아직 따뜻해요. 잎을 벗겨드릴 테니 드세요."

악영산은 바구니를 들고 동굴로 들어가 종자를 감은 끈을 풀고 대나무 잎을 벗겼다.

향긋한 냄새를 맡은 영호충은 악영산이 잎을 벗긴 종자를 내밀자 얼른 받아 입에 넣었다. 채소만 넣어 만들었지만 풀버섯, 표고버섯, 두부즙, 연밥, 콩을 섞어 산뜻하고 맛이 있었다.

"풀버섯은 그저께 소림자小林子와 함께 캔 것이고…."

"소림자라니?"

악영산은 까르르 웃었다.

"아, 임 사제 말이에요. 요즘에는 소림자라고 부르고 있어요. 그저께 나를 찾아와 동쪽 산기슭 소나무 아래에 풀버섯이 자라고 있다면서 함께 캐러 가자는 거예요. 겨우 반 광주리밖에 못 캤지만, 양은 적어도 맛은 좋아요. 그렇죠?"

"그래. 하마터면 혀까지 삼킬 뻔했어. 소사매, 이제는 임 사제를 혼내주지 않는 모양이지?"

"그럴 리가 있겠어요? 말을 안 들으면 혼을 내야죠. 하지만 요즘은 아주 착하게 굴어서 별로 나무랄 일이 없어요. 연검도 열심히 하니 실력이 늘면 칭찬해주기도 하고요. '오호, 소림자! 이번 건 아주 괜찮았어. 어제보다 훨씬 나은걸! 하지만 아직 멀었으니 더 열심히 해! 자, 다시!' 이렇게요. 후훗!"

"소사매가 검술까지 가르쳐주는구나?"

"그럼요! 소림자는 복건성 말씨가 강해서 사형들과 사저들이 잘 알아듣지 못하는데, 나는 복주에 가본 적이 있어 조금은 알아들으니 아버지께서 틈날 때 가르쳐주라고 하셨어요. 대사형을 보러 오지 못해 심심하고 답답하던 차에 몇 번 가르쳐주었죠. 소림자도 멍청이는 아닌지 제법 빨리 배워요."

영호충은 미소를 지었다.

"우리 사저께서 사부 노릇까지 겸하고 계셨군! 그러니 가엾은 소림자가 말을 들을 수밖에."

"말을 아주 잘 듣는 건 아니에요. 어제 같이 꿩을 잡으러 가자고 했더니 거절했다니까요. 백홍관일白虹貫日과 천신도현天紳倒懸을 완벽하게 익히지 못해서 연습을 해야 한다나요."

영호충은 눈을 찡그렸다.

"화산에 온 지 고작 몇 달밖에 안 되는데 벌써 백홍관일과 천신도현까지 배웠어? 소사매, 우리 화산검법은 서두르지 말고 착실하게 하나하나 배워야 해."

"아무렇게나 가르치는 건 아니니 걱정 마세요. 소림자는 지는 걸 싫어해서 밤낮없이 연검만 해요. 수다를 떨려고 해도 두어 마디만 하고는 다시 검법 얘기를 꺼낸다니까요. 남들은 석 달 동안 배우는 검법을 소림자는 보름 만에 다 배웠어요. 놀러 가자고 하면 시원시원하게 따라온 적이 없어요."

묵묵히 듣기만 하던 영호충은 어쩐지 기분이 착 가라앉아, 반쯤 먹은 종자만 멍하니 쳐다보았다.

악영산이 그런 그의 소맷부리를 잡아당겼다.

"대사형, 정말 혀까지 삼키셨어요? 왜 말이 없어요?"

영호충은 화들짝 놀라 허둥지둥 종자를 입에 밀어넣었다. 향기롭고 산뜻했지만 입에 달라붙어 좀처럼 삼킬 수가 없었다. 악영산이 손가락질을 하며 웃어댔다.

"그렇게 급하게 먹으니 그렇죠."

영호충은 쓴웃음을 지으며 어떻게든 종자를 삼키려 애쓰며 속으로 중얼거렸다.

'내가 왜 이러지? 소사매는 노는 것을 좋아하는 소녀야. 내가 이곳을 떠날 수 없으니 임 사제와 어울리는 것도 당연한데, 이렇게 투협한 생각을 하다니!'

이런 생각을 하자 곧 마음이 편해졌다.

"이 종자는 소사매가 만들었군. 너무 진득진득해서 혀와 이가 한데 달라붙잖아."

악영산은 배꼽을 잡고 웃었다.

"가엾어라, 이런 감옥에 갇혀 있더니 음식도 제대로 못 삼키게 되었군요."

그로부터 열흘이 지나 다시 사과애를 찾은 악영산은 밥과 술 외에 조그마한 바구니를 하나 더 들고 있었다. 바구니 안에는 잣과 밤이 들어 있었다.

본디 영호충은 그녀가 오기만을 목이 빠져라 기다렸다. 그동안 식사를 가져온 육대유에게 물으니 이상야릇한 표정을 지으며 부자연스레 얼버무리려고 했고, 그 때문에 더럭 의심이 들었다. 아무리 캐물어도 적절한 단서를 얻지 못해 초조해하는 그를 육대유가 달랬다.

"소사매는 다 나았어요. 매일 연공도 열심히 해요. 사부님께서 대사형의 수련을 방해할까 봐 소사매를 이곳에 보내시지 않는 것 같아요."

밤낮없이 오매불망 기다리던 악영산이 나타났으니 그의 기쁨은 이루 말할 수 없었다. 악영산은 원기왕성했고, 앓기 전보다 눈에 띄게 아름다워져 있었다.

'다 나았는데 왜 이렇게 오랜만에 왔을까? 혹시 사부님이나 사모님이 허락지 않으셔서….'

영호충의 눈빛에서 곤혹스러움을 읽은 악영산이 갑자기 얼굴을 붉히며 물었다.

"대사형, 오랜만에 왔다고 섭섭해하시는 건 아니죠?"

"그럴 리가? 사부님과 사모님께서 오지 못하게 하시니 어쩔 수 없지. 안 그래?"

"맞아요. 어머니께 새로운 검법을 배우는 중이에요. 변화가 많고 복잡해서 대사형과 수다를 떨면 집중이 흩어져서 배우기 어렵대요."

"무슨 검법이야?"

"맞혀봐요!"

"양오검 養吾劍?"

"아니에요."

"그럼 희이검 希夷劍?"

악영산은 고개를 가로저었다.

"틀렸어요."

"설마 숙녀검 淑女劍은 아니겠지?"

악영산은 장난스레 혀를 쏙 내밀었다.

"그건 어머니의 절기잖아요. 난 아직 숙녀검을 배울 자격이 없다고요. 지금 배우는 건 말이죠, 바로 '옥녀검玉女劍 십구식'이에요!"

한껏 자랑스러워하는 목소리였다.

영호충도 다소 놀란 표정으로 되물었다.

"옥녀검 십구식이라고? 그래, 확실히 복잡한 검법이긴 하지."

마음 한구석에 남아 있던 의문이 씻은 듯 사라졌다. 옥녀검은 열아홉 초식밖에 없으나, 초식 하나하나에 변화가 많아 정확히 외우지 않으면 단 1초도 완전하게 펼칠 수가 없었던 것이다. 사부는 옥녀검을 두고 이런 말도 했다.

"옥녀검 십구식의 요지는 변화와 기묘함에 있고, 이는 본 파가 중요하게 여기는 이기어검과는 다르다. 체력이 약한 여제자들은 강한 적을 만나면 교묘한 검법으로 적을 제압해야 하니 이런 검법을 익히는 것이 좋다만, 남자들은 그럴 필요가 없다."

그래서 영호충은 옥녀검을 배우지 않았다.

악영산의 공력으로는 아직 옥녀검을 배울 시기가 아니었다. 사부와 사모는 제자들 앞에서 이 검법을 보여준 적이 있다. 사부는 각문각파의 검법을 바꿔가며 공격했지만 사모는 시종일관 옥녀검 십구식만으로 공격을 막는데, 놀랍게도 이 열아홉 가지 초식은 다양한 검법에 속한 수백 가지의 초식과 맞서면서도 전혀 밀리지 않았다. 제자들은 눈이 휘둥그레져서 감탄을 터뜨렸고, 악영산은 당장 배우겠다고 어머니를 졸라댔다. 그때 악 부인은 이렇게 말했다.

"너는 아직 어리고 공력이 부족해서 배울 수 없단다. 게다가 생각할 것이 많고 머리를 복잡하게 만드는 검법이기 때문에 스무 살이 넘어서 배우는 것이 좋아. 이 검법은 다른 문파의 검법을 제압하는 데 그 목적이 있으니, 네가 이 검법을 익혀 사형이나 사저들과 대련하다 보면 우리 화산검법을 꺾는 방법만 습득하게 될 거야. 충이는 잡다하게 배운 것이 많고 다른 문파의 검법도 많이 알고 있으니, 나중에 충이와 대련하며 익히렴."

그 후로 2년 가까운 시간이 흐르도록 대련 이야기가 나온 적이 없는데, 뜻밖에도 사모가 벌써 소사매에게 옥녀검을 가르치기 시작한 것이다.

"설마하니 사부님께서 틈을 내 소사매와 대련해주시는 건가?"

옥녀검은 초식에 얽매이기보다는 임기응변이 중요하고, 상대의 초식을 깨뜨리는 것이 목적이었다. 화산파에서 다른 문파의 검법을 할 줄 아는 사람은 악불군과 영호충뿐이었으니, 악영산이 지금 옥녀검 십구식을 익히려면 악불군이 직접 대련을 해주어야만 했다.

악영산은 또다시 얼굴을 붉히며 쭈뼛쭈뼛 대답했다.

"아버지는 그럴 틈이 없으세요. 대련을 해주는 사람은 소림자예요."

영호충은 의아해하며 되물었다.

"임 사제? 임 사제가 다른 검법을 알아?"

"가전 검법인 벽사검법이 있잖아요. 아버지 말씀이… 벽사검법은 비록 위력은 약하지만 초식 변화가 독특해서 배울 것이 많대요. 그래서 벽사검법부터 깨뜨리면서 옥녀검을 익히라고 하셨어요."

영호충은 그제야 고개를 끄덕였다.

"그랬군."

"대사형, 기분이 안 좋으세요?"

"아니, 그럴 리가? 소사매가 우리 화산파의 상승 검법을 배우게 되었는데 기쁘면 기뻤지, 기분이 안 좋을 이유가 없지 않아?"

"하지만 표정이 안 좋아 보여요."

영호충은 억지로 웃음을 지으며 물었다.

"어디까지 배웠지?"

악영산은 대답하지 않고 그를 물끄러미 바라보다가 한참 만에야 입을 열었다.

"참, 어머니께서 대사형과 대련하라고 하셨는데 소림자가 대신하니까 기분이 나쁜 거예요, 그렇죠? 하지만 대사형, 대사형은 사과애에서 내려올 수가 없고, 나는 하루빨리 옥녀검을 익히고 싶어요. 대사형의 유금이 풀릴 때까지 기다릴 수가 없었어요."

영호충은 보란 듯이 껄껄 웃었다.

"어린애 같은 말을 하는구나. 모두 동문인데 누구와 대련하든 무슨 상관이야."

그는 잠시 뜸을 들였다가 히죽거리며 덧붙였다.

"그래, 내 잘 알지. 소사매가 나와 함께 있는 것보다 임 사제와 대련하는 것을 더 좋아한다는 거 말이야."

악영산이 얼굴을 붉히며 항변했다.

"이상한 말 마세요! 대사형에 비해 소림자의 실력은 정말 형편없어요. 그런 사람과 대련해봤자 뭐가 좋겠어요?"

'하긴, 임 사제는 입문한 지 몇 달 되지 않았으니 아무리 이해가 빨라도 아직 눈에 띄는 결과는 없겠지.'

이렇게 생각한 영호충은 악영산에게 말했다.

"물론 좋은 점이 많지. 꼼짝도 못하게 밀어붙일 수 있으니 대련할 때마다 속이 시원하지 않아?"

악영산은 까르르 웃음을 터뜨렸다

"그 어설픈 벽사검법으로 반격이나 제대로 할 것 같아요?"

영호충은 악영산이 이기는 것을 무척 좋아한다는 것을 잘 알고 있었다. 무공이 낮은 임평지와 대련할 때면 새로 익힌 검법을 자유자재로 펼치며 우위를 차지할 수 있을 테니 그야말로 꼭 어울리는 상대였다. 그런 생각을 하자 울적하던 기분은 어디론가 사라졌다.

"어디, 몇 초 겨뤄볼까? 소사매의 옥녀검이 얼마나 대단한지 구경해야겠는걸."

악영산은 신이 나서 손뼉을 쳤다.

"좋아요, 좋아! 사실… 그것 때문에 여기까지 온 거예요…."

그녀는 부끄러운 듯 생긋 웃으며 검을 뽑았다.

"새로 배운 검법을 자랑하려고 왔구나. 좋아, 시작해봐!"

"대사형의 검법은 늘 나보다 뛰어났지만, 이제 뽐낼 시간도 얼마 남지 않았어요. 이 옥녀검을 익히고 나면 다시는 그런 모욕을 당하지 않을 거예요."

"내가 언제 소사매를 모욕했다는 거야? 누명 씌우지 마."

악영산은 검을 똑바로 세우며 말했다.

"빨리 검을 뽑으세요!"

"급할 것 없지!"

영호충은 왼손으로 검결을 짚으며 오른손을 쑥 내밀었다.

"청성파의 송풍검법 중 송도여뢰松濤如雷다!"

그리고 손바닥을 검처럼 세워 악영산의 어깨를 찔렀다. 악영산이 비스듬히 물러나며 검으로 그의 손을 막았다.

"조심하세요!"

"신경 쓰지 말고 공격해. 막을 수 없을 것 같으면 바로 검을 뽑을 테니까."

악영산은 분한 목소리로 외쳤다.

"맨손으로 내 옥녀검 십구식을 막겠다고요?"

"아직 완전히 습득하지 못했으니까. 완전히 익힌 후라면 맨손으로는 상대가 안 되겠지."

사실 며칠 동안 고되게 옥녀검을 배운 악영산은 자신의 검술이 크게 증진했다고 믿어 강호 일류고수와 마주쳐도 지지 않으리라 자부하고 있었다. 열흘간 사과애에 발길을 끊은 이유도 꼭꼭 숨겼다가 영호충을 깜짝 놀라게 해주기 위해서였는데, 뜻밖에 영호충이 얕보듯이 맨손으로 상대하겠다고 하자 절로 얼굴이 굳어졌다.

"검에 찔려도 원망하지 마세요. 아버지와 어머니께 고자질해도 안 돼요."

영호충은 빙그레 웃었다.

"당연히 그래야지. 전력을 다해 펼쳐봐. 봐주겠다는 생각을 하면 진짜 실력이 나오지 않아."

말이 끝나기 무섭게 그의 왼손이 공기를 가르며 짓쳐왔다.

"받아라!"

악영산은 깜짝 놀랐다.

"뭐… 뭐예요? 왼손도 검이에요?"

영호충의 이 초식이 진짜 검이었다면, 악영산의 어깨에 상처를 내고 말았을 것이다. 영호충이 웃으며 대답했다.

"청성파에는 쌍검을 쓰는 사람도 있다."

"맞아요! 청성파 제자가 쌍검을 차고 있는 모습을 본 적 있는데 깜빡했군요. 자, 가요!"

악영산이 마음을 가다듬고 다시 검을 찔렀다. 표홀하게 움직이는 검날을 보니 옥녀검 중에서도 상승의 초식인 것 같았다. 영호충이 웃으며 찬탄을 터뜨렸다.

"훌륭해. 하지만 조금 느린 것 같군."

"느려요? 조금만 더 빨랐으면 사형의 팔이 떨어져나갔을 거예요!"

"그래? 어디 한번 베어봐."

영호충은 여전히 여유만만하게 웃으며 악영산의 왼팔을 향해 오른손을 뻗었다.

악영산은 골이 난 채로 바람처럼 검을 휘둘러 며칠 동안 익히고 또 익힌 옥녀검을 하나하나 펼쳐냈다. 십구식의 검법 중에서 완벽하게 외운 것은 겨우 아홉 식밖에 되지 않았고, 그중에서도 정확하게 펼칠 수 있는 것은 여섯 식에 불과했다. 하지만 그 여섯 가지만으로도 위력은 충분했다. 검날이 날아드는 곳마다 영호충은 정면으로 맞서지 못하고 멀찌감치 물러나야 했다. 영호충은 악영산의 주위를 빙빙 돌며 틈날 때마다 반격을 시도했지만 매번 날카로운 검법에 밀려났다. 한 번은 황급히 뒤로 빠지다가 돌벽 위로 뾰족 튀어나온 돌멩이에 등을 세게 찔리기도 했다.

악영산은 득의양양하게 웃었다.

"이래도 검을 안 뽑을 거예요?"

영호충은 여전히 웃으며 말했다.

"아직 멀었어."

그는 악영산이 옥녀검을 모두 펼치도록 유도했다. 몇 번 싸워보니 그녀가 여섯 가지 검법만 반복해서 쓰는 것을 알 수 있었다. 약점을 파악한 그는 갑작스레 한 걸음 다가서며 오른손을 휘둘렀다.

"송풍검법의 절초다, 조심해!"

언뜻 보기에도 힘이 잔뜩 실려 있었다. 악영산은 정수리를 내리찍는 손을 막기 위해 재빨리 검을 들어올렸다. 바로 영호충이 원하던 움직임이었다. 그는 질풍같이 왼손을 뻗어 가운뎃손가락으로 검신을 힘껏 퉁겼다. 땡 하는 맑은 소리가 들리는 순간, 악영산은 손아귀가 찢어지는 듯이 아파 그만 검을 놓치고 말았다. 손을 벗어난 검은 빙글빙글 돌며 산골짜기 아래로 곤두박질쳤다.

악영산은 하얗게 질린 얼굴로 아무 말 없이 영호충을 바라보았다. 입술을 꼭 깨문 채.

"아이쿠!"

영호충은 비명을 지르며 절벽 가장자리로 달려갔지만, 검은 이미 천길만길 낭떠러지 아래로 모습을 감춘 뒤였다. 푸른 빛줄기가 흩날리는 옷자락처럼 계곡 사이에 언뜻 비쳤지만, 영호충이 시선을 모아 살폈을 때에는 더 이상 보이지 않았다. 가슴이 쿵쾅거리기 시작했다.

'왜 그랬지? 대체 왜 그랬을까? 소사매와 수백 번도 넘게 비검을 했지만 늘 양보만 했지, 이렇게 사정없이 공격한 적은 한 번도 없었어. 그런데 오늘은 어째서⋯. 나는 왜 자꾸만 이상해지는 것일까?'

악영산은 골짜기 쪽으로 시선을 흘끗 던지며 외쳤다.

"저 검… 저 검은…!"

영호충은 또 한 번 움찔했다. 소사매의 검은 쇠를 무처럼 자를 수 있는 명검으로 벽수검碧水劍이라는 이름을 갖고 있었다. 3년 전 사부가 절강성 용천龍泉에서 얻은 검인데, 소사매는 보자마자 마음을 빼앗겨 자기가 갖겠다고 몇 차례나 애걸했다. 사부는 그 바람을 끝내 모른 척하다가 올해 소사매의 열여덟 살 생일에 깜짝 선물로 내주었다. 그 아끼는 검을 낭떠러지로 날려보내 다시는 찾을 수 없게 만들었으니, 확실히 크나큰 잘못이 아닐 수 없었다.

악영산은 눈물을 글썽이며 발을 동동 구르다가 휙 몸을 돌려 산길로 달려갔다.

"소사매!"

영호충이 불렀지만, 악영산은 돌아보지도 않고 산길을 달려내려갔다. 영호충은 산길 가장자리까지 쫓아가 붙잡으려고 손을 뻗었지만, 손가락이 소매에 닿는 순간 움츠러들고 말았다. 악영산은 눈길 한 번 주지 않고 사라졌다.

영호충은 답답한 마음을 금할 길이 없었다.

'예전에는 소사매가 무엇을 하든 다 받아주었는데, 오늘은 어쩌자고 저 보검을 날려버렸을까? 혹시 사모님께서 소사매에게 옥녀검을 전수해준 일이 질투라도 난 것인가? 아니, 아니야. 절대 그런 게 아니야. 옥녀검 십구식은 본래 화산파 여제자들을 위한 검법이고, 소사매가 그 검법을 배워 실력이 늘면 내게도 기쁜 일이야. 아아, 아무래도 이곳에 너무 오래 혼자 있다 보니 성질이 난폭해진 모양이군. 소사매가 내일 또 오면 진심으로 사과해야지. 그래, 비검을 해서 소사매의 검에 한 번 찔리는 게 제일 좋겠어. 피가 많이 나면 소사매도 미안한 마음에 더는 화를 내지 않겠지.'

그날 밤은 통 잠이 오지 않았다. 그는 바위 위에 가부좌를 틀고 앉아 운기행공을 시도했으나, 마음이 불안해 억지로 진행할 수가 없었다. 아스라한 달빛이 동굴 입구로 들어와 돌벽을 비스듬히 비쳤다. 영호충은 벽에 새겨진 '풍청양'이라는 글자를 뚫어져라 바라보다가, 손가락을 내밀어 움푹 들어간 글자를 한 획 한 획 따라 쓰기 시작했다.

별안간 눈앞이 살짝 어두워지며 그림자가 벽에 드리웠다. 영호충은 화들짝 놀라 옆에 놓아둔 검을 움켜쥐고는 채 뽑지도 못한 채 뒤를 향해 힘껏 찔렀다. 그러나 도중에 생각이 바뀌어 우뚝 멈추며 기쁜 소리로 외쳤다.

"소사매?"

찌르던 힘을 억지로 거둬들이면서 돌아보니, 뜻밖에도 동굴 입구에서 한 장가량 떨어진 곳에 한 남자가 서 있었다. 마른 몸집에 푸른 장포를 걸치고, 얼굴 역시 푸른 천으로 가려 두 눈만 드러낸 채였다. 영호충으로서는 한 번도 본 적이 없는 사람이었다.

"누구시오?"

영호충이 일갈하며 동굴을 나가 검을 뽑았다.

그 사람은 대답 없이 오른손을 내밀더니 연이어 두 번 오른쪽을 내리치는 시늉을 했다. 바로 낮에 악영산이 펼쳤던 옥녀검의 두 초식이었다. 영호충은 호기심이 치솟아 물었다.

"혹시 본 파의 선배십니까?"

바로 그 순간, 보이지 않는 힘이 질풍처럼 얼굴로 날아들었다. 영호충은 생각할 틈도 없이 검을 휘둘렀으나 곧 왼쪽 어깨에 따끔한 통증을 느꼈다. 그자의 손에 맞은 것이 분명했지만, 아무래도 내공은 쓰지 않은 것 같았다. 영호충은 몹시 이상한 생각이 들어 재빨리 왼쪽으로 미끄러지듯 움직였다. 그 사람은 따라오지 않고 손바닥을 검으로 삼아 순식간에 옥녀검 십구식 중 여섯 식을 사용해 빠르게 수십 초를 펼쳐냈다. 수십 초가 마치 1초 같았으니, 그 빠르기는 실로 상상할 수도 없을 정도였다. 그가 쓰는 초식은 악영산이 영호충에게 펼쳤던 것과 똑같았다. 영호충은 달빛을 빌려 그 모습을 똑똑히 보면서도 대체 어떻게 수십 초를 마치 1초처럼 펼칠 수 있는지 알 수가 없었다. 그는 저도 모르게 입을 떡 벌리고 그 자리에 굳은 채 푸른 장포를 입은 남자를 쳐다보았다.

그 남자는 긴 소맷자락을 펄럭이며 돌아서서 절벽 뒤로 사라졌다.

멀뚱히 바라보던 영호충은 그제야 정신을 차리고 외쳤다.

"선배님, 선배님!"

미친 듯이 절벽 뒤로 달려갔지만 새하얀 달빛만 땅을 비추고 있을 뿐, 사람 그림자는 찾을 수 없었다.

영호충은 찬 숨을 들이마시며 생각했다.

'어, 누굴까? 저런 식으로 옥녀검을 펼친다면 저 손아귀에서 검을 퉁겨내기란 결코 쉽지 않을 거야. 오히려 언제 팔이 잘릴지 몰라 조마조마하겠지. 팔뿐일까? 찌르고 싶은 곳은 어디든 찌르고, 베고 싶은 곳은 모조리 베어버릴 수 있을걸. 저 여섯 가지 검법 앞에서 이 영호충은 그물에 걸린 물고기나 다름없어. 이제 보니 정말 엄청난 위력을 가진

검법이었구나.'

그는 저도 모르게 고개를 설레설레 저었다.

'아니, 저것은 검법 자체의 위력이 아니라 그 사람이 검법을 펼치는 방법에서 비롯된 힘이다. 저런 식으로 검을 쓰면 아무리 평범한 초식이라도 함부로 상대할 수 없겠지. 대체 누굴까? 어쩌다 이 화산에 올라왔을까?'

한참 동안 머리를 쥐어짜도 이렇다 할 단서는 떠오르지 않았다. 사부와 사모는 저 사람의 내력을 아실 테니, 내일 소사매가 오면 물어봐 달라고 하는 수밖에 없었다.

그러나 다음 날, 악영산은 사과애를 찾아오지 않았다. 사흘째, 그리고 나흘째 되는 날도 마찬가지였다. 그렇게 열여드레가 지난 뒤에야 마침내 그녀가 육대유와 함께 모습을 드러냈다. 열흘하고도 여드레 동안 밤낮으로 그녀만 그리던 영호충은 하고 싶은 말이 산더미 같았지만, 육대유가 옆에 있는 바람에 아무 말도 할 수가 없었다.

식사를 마치자, 영호충의 마음을 읽은 육대유가 말했다.

"대사형, 소사매와 오랜만에 만났으니 좀 더 이야기 나눠요. 제가 바구니를 가지고 먼저 내려갈게요."

"육후아, 어딜 도망치려고요? 함께 왔으면 함께 가야죠."

악영산이 까르르 웃으며 일어났다. 영호충이 재빨리 만류했다.

"소사매, 할 말이 있어."

"좋아요. 대사형이 할 말이 있다 하시니, 여섯째 사형도 같이 훈계를 듣자고요."

영호충은 고개를 저었다.

"훈계를 하려는 것이 아니야. 그 벽수검은…."

악영산이 불쑥 말을 끊었다.

"어머니께 말씀드렸어요. 옥녀검을 연습하다가 그만 실수로 산골짜기에 떨어뜨렸다고요. 엉엉 울었더니 어머니는 야단을 치시기는커녕 따뜻하게 달래주셨어요. 다음에 더 좋은 검을 구해주시겠대요. 이미 지난 일을 무엇 하러 꺼내고 그러세요?"

그녀는 두 손을 내저으며 생긋 웃었다.

그녀가 그렇게 나올수록 영호충은 더욱 불안했다.

"면벽 기한을 채우고 내려가면 강호로 나가서 반드시 더 좋은 검을 구해줄게."

악영산은 미소를 지었다.

"동문 사형매 사이에 검 한 자루쯤으로 뭘 그래요? 게다가 그 검은 제가 떨어뜨린 거예요. 제 실력이 모자라서 벌어진 일인데 누구 탓을 하겠어요. 옛말에 '모수죄인 승수죄천'이라고 하잖아요!"

그녀가 깔깔거리며 웃음을 터뜨리자 영호충은 어리둥절했다.

"뭐라고?"

"아아, 대사형은 모르겠네요. 소림자가 '모사재인 성사재천謀事在人成事在天'이라는 말을 입에 달고 사는데, 발음이 고르지 못해서 마치 '모수죄인 승수죄천'이라고 하는 것처럼 들린다니까요. 그래서 늘 이렇게 놀려주곤 해요. 후후훗!"

영호충은 쓴웃음을 지었다.

'요전에 소사매와 옥녀검을 연습할 때 나는 왜 청성파의 송풍검법으로 상대했을까? 혹시 나도 모르게 임 사제의 벽사검법을 이기려던 마음이 있었던 건 아니었을까? 복위표국은 청성파의 손에 온전히 무너졌으니, 그런 식으로 임 사제를 조롱할 생각이었나? 내가 어쩌다 이렇게 졸렬해졌을까?'

그런 그의 머릿속에 형산에서 있었던 일이 떠올랐다.

'형산 군옥원에서 여창해의 손에 죽을 뻔했을 때, 임 사제가 용기 있게 나서서 젊은이를 괴롭히지 말라고 외친 덕분에 무사할 수 있었지. 따지고 보면 임 사제는 내 은인이야.'

이런 생각이 들자 그는 몹시 부끄러워 한숨을 푹 쉬며 말했다.

"임 사제는 자질도 있고 총명할 뿐 아니라 부지런하고 소사매의 지도까지 받았으니 실력이 크게 늘었겠구나. 나도 사과애를 벗어날 수만 있다면 받은 은혜를 갚을 겸 연검을 도와주었을 텐데."

악영산이 고운 눈썹을 찡그렸다.

"대사형이 소림자에게 은혜를 입었다고요? 그런 이야기는 들은 적 없는데."

"직접 말하지야 않겠지."

영호충은 군옥원에서 있었던 일을 상세히 이야기해주었다. 넋을 놓고 듣고 있던 악영산은 고개를 끄덕이며 말했다.

"어쩐지… 아버지는 소림자의 의기 넘치는 모습을 보고 새북명타의 손에서 구해내셨대요. 내 눈에는 바보 같기만 했는데, 이제 보니 대사형을 구해주려고 나선 적도 있었군요."

그렇게 말한 그녀는 갑자기 '풋' 하고 웃음을 터뜨렸다.

"실력도 없으면서 화산파의 대사형을 구하고, 보잘것없는 소녀를 위해 청성파 장문인의 아들을 죽이기까지 했으니, 이 두 가지 일만 해도 무렵에 소문이 자자할 만해요. 하지만 불공평한 일을 참지 못하는 우리의 영웅, 임평지 대협의 무공이 고작 그 정도일 줄 누가 알겠어요? 후후훗!"

"무공은 연마하면 되지만, 협의심은 타고나는 거야. 인품은 거기서 정해지는 거지."

영호충의 말에 악영산은 생긋 웃었다.

"아버지와 어머니도 소림자를 그렇게 평하셨어요. 대사형, 소림자에게는 말이죠, 협의심 말고도 대사형과 비슷한 점이 하나 더 있어요."

"그래? 설마 임 사제도 성깔이 고약한가?"

악영산은 까르르 웃었다.

"오기 말이에요, 오기! 둘 다 아주 오만하잖아요."

육대유가 끼어들었다.

"대사형은 화산파 제자들의 우두머리니 오만할 수밖에 없지만, 그 임가 녀석은 뭘 믿고 그렇게 오만한 거야?"

임평지에 대한 적의가 가득 담긴 목소리였다. 영호충은 그 목소리에 놀라 물었다.

"어이, 육후아. 임 사제가 무슨 잘못이라도 했느냐?"

"특별히 잘못한 건 없지만, 사형제들 모두 녀석의 작태를 아니꼬워한다고요."

육대유가 씩씩거리며 말하자 악영산이 눈을 동그랗게 떴다.

"왜 그래요, 여섯째 사형? 어째서 소림자 이야기만 나오면 눈에 불을 켜세요? 소림자는 사제잖아요. 사형으로서 마땅히 양보하고 보살펴줘야죠."

육후아는 코웃음을 쳤다.

"분수를 잘 지키면 모를까, 안 그러면 누구보다 먼저 이 육후아가 가만있지 않을 거야."

"대체 소림자가 무슨 분수를 안 지켰다는 거예요?"

"그… 그 녀석이… 그러니까…."

악영산의 질문에 육대유는 같은 말만 반복하며 우물쭈물했다.

"그러니까 뭐예요? 우물쭈물하지 말고 말해보라니까요."

"제발이지 내 눈이 삐어서 잘못 보았기를 바랄 뿐이야!"

그러자 악영산은 뺨을 살짝 물들이며 입을 다물었다.

육대유가 씩씩거리며 돌아서자 악영산은 말없이 그를 따라 절벽을 내려갔다.

영호충은 길가에 서서 두 사람의 뒷모습이 산골짜기로 사라질 때까지 멍청하게 바라보았다. 문득 골짜기 뒤에서 흥얼거리는 악영산의 노랫소리가 들려왔다. 무척 경쾌하고 즐거운 곡조였다. 어려서부터 그녀와 함께 자란 영호충은 그녀가 흥얼거리는 노래를 수없이 들었지만, 이 노래는 생전 처음 듣는 곡이었다. 악영산은 평소 섬서 지방의 민가를 즐겨 불렀고, 섬서의 곡답게 길게 빼는 끝소리가 산골짜기에 아른아른 메아리치곤 했다. 그런데 지금 이 곡은 통통 튀는 물방울처럼 음절이 똑똑 끊어졌다. 영호충은 가만히 귀를 기울였다. '자매들, 산에 올라 차를 따자'라는 노랫말이 들렸지만 발음이 독특해서 대충 짐작만 할 수 있을 뿐이었다.

'소사매가 새 노래를 배웠구나. 아주 듣기 좋은걸! 다음에 내려가면 처음부터 들려달라고 해야지.'

이렇게 생각하기 무섭게, 영호충은 망치로 가슴을 힘껏 두드려맞는 것 같았다.

'저건 복건의 민요구나! 임 사제에게 배운 거야!'

그날 밤도 복잡한 심사 때문에 좀처럼 잠이 오지 않았다. 경쾌하고 발랄하지만 발음을 알아듣기 힘들었던 악영산의 노랫소리가 끊임없이 귓가에 맴돌았다. 그는 몇 번이고 스스로를 원망했다.

'영호충, 이 멍청아! 소탈하고 자유로운 네가 노래 한 곡 때문에 이렇게 전전반측하다니, 남아대장부로서 부끄러운 줄 알아라!'

그러면 안 된다는 것을 알면서도, 악영산이 부른 복건성 민요는 끝내 귓가에서 흩어지지 않았다. 그는 고통에 겨워 검을 뽑아 들고 돌벽을 마구 때렸다. 단전에서 내력이 용솟음치며 검으로 쏟아져들어가자, 그는 곧바로 악 부인의 '무쌍무대 영씨일검'을 펼쳤다. 쐐액 하는 소리와 함께 검은 자루만 남기고 벽에 콱 박혔다.

영호충은 깜짝 놀랐다. 그동안 무공이 크게 늘었다고 자부했지만 아직 검으로 돌벽을 꿰뚫을 정도는 결코 아니었던 것이다. 상상할 수도 없이 정순하고 두터운 내공을 검에 실어야만 나무를 꿰뚫듯 손쉽게 돌을 꿰뚫을 수 있고, 이는 사부나 사모조차 아직 이르지 못한 경지였다. 어리둥절해하며 검자루를 힘껏 끌어당겼더니 이상한 느낌이 손에 전해져왔다. 놀랍게도 이 돌벽의 두께는 겨우 두 치 혹은 세 치 정도로 몹시 얇았고, 그 안쪽에 텅 빈 공간이 자리하고 있었던 것이다.

영호충은 호기심이 일어 다시 한번 검을 찔러보았지만 이번에는 검이 뚝 부러지고 말았다. 내공이 받쳐주지 않아 세 치 두께의 돌조차 꿰뚫지 못한 것이었다. 그는 욕설을 내뱉으며 밖으로 나가 큼직한 돌덩이를 구해 온 힘을 다해 벽을 내리쳤다. 벽 안쪽에서 전해지는 웅웅대는 소리로 보아 제법 널찍한 공간이 있는 모양이었다. 그는 다시 한번 힘주어 벽을 내리쳤다. 돌덩이는 우당탕 쾅쾅 하며 벽을 부수고 반대편 바닥으로 떨어져 데굴데굴 굴렀다.

벽 뒤로 또 다른 동굴을 발견한 영호충은 언제 그랬냐 싶게 복잡하던 마음을 홀홀 털어버리고 우르르 달려가 다른 돌덩이를 구해왔다. 몇 번 더 내리치자 벽에 머리를 들이밀 수 있을 만큼 커다란 구멍이 뚫렸다. 그는 돌덩이를 휘둘러 구멍을 더 크게 만든 후 횃불을 들고 안으로 들어갔다. 안에는 좁다란 길이 나 있었는데, 아래를 내려다보는 순간 발치에 엎드린 해골을 발견하고 등골이 오싹했다.

실로 예상 밖의 광경이었다. 그는 혼미해지는 정신을 가다듬었다.

'혹시 옛사람의 무덤일까? 아니야, 무덤이라면 똑바로 누워 있어야 할 텐데 엎드려 있으니 이 좁은 통로가 무덤일 리는 없어.'

그는 몸을 숙이고 해골을 자세히 살폈다. 옷이 썩고 해져 허연 뼈가 훤히 드러났고, 옆에는 커다란 도끼 두 자루가 놓여 있었다. 픽 좋은 도끼였는지, 횃불에 반사된 날에서 여전히 서늘한 빛이 흘러나왔다.

영호충은 도끼 한 자루를 들어보았다. 묵직한 것이 족히 40근은 나갈 것 같았다. 도끼로 벽을 내리치자 쩍 하는 소리와 함께 커다란 구멍이 뻥 뚫렸다.

'무시무시할 정도로 날카롭군. 필시 어떤 무림 선배가 사용하던 무기였겠지.'

영호충은 놀란 마음을 다독이며 벽을 자세히 들여다보았다. 도끼를 내리친 곳은 칼로 두부를 자른 듯 맨들맨들했는데, 그 주변 역시 똑같이 도끼질을 한 흔적이 가득했다. 그는 영문을 몰라 어리둥절한 채 횃불로 벽을 비추며 한 걸음 한 걸음 나아갔다. 이어지는 도끼 자국을 한참 따라가던 그는 별안간 정신이 번쩍 들어 저도 모르게 식은땀을 흘렸다.

'이 길은 저 선배님이 도끼질로 만든 것이었어. 그래, 이 절벽에 갇히자 도끼로 산을 깎아 탈출하려 했는데, 거의 다 와서 기운이 꺾여 목숨을 잃으신 거야. 출구까지 겨우 몇 치밖에 남지 않았는데, 참으로 안타까운 운명이구나.'

10여 장을 더 걸어도 끝이 보이지 않자 영호충은 속으로 감탄하지 않을 수 없었다.

'이렇게 긴 통로를 뚫다니, 의지가 굳건하고 무공 또한 무척 높았겠지. 세상에 보기 드문 분이군.'

몇 발짝 더 나아가자 바닥에 쓰러진 해골 두 구가 보였다. 하나는 벽에 기대앉아 있고, 다른 하나는 몸을 잔뜩 웅크린 모습이었다.

'산에 갇힌 사람이 한 명은 아니었나 보군.'

그는 해골들을 살피며 생각했다.

'이곳은 우리 화산파의 주요 거점이니 다른 문파 사람들이 들어왔을 리 없다. 그렇다면 이 해골들은 문규를 어겨 이곳에 갇혀 죽은 본파의 선배님들일까?'

또다시 몇 장을 걸어 통로를 따라 왼쪽으로 굽이돌자 거대한 동굴이 나타났다. 족히 천 명은 들어갈 수 있는 공간이었는데, 이곳에도 일곱 구의 해골들이 앉거나 누운 자세로 쓰러져 있었고 그 옆에는 하나

같이 무기가 놓여 있었다. 철패鐵牌 한 쌍과 판관필 한 쌍, 철곤, 구리 봉이 하나씩 있고, 뇌진당雷震鐺같이 생긴 무기와 뾰족한 가시가 가득한 삼첨양인도三尖兩刃刀, 칼 같기도 하고 검 같기도 한 이상야릇한 무기도 보였다.

'이런 외문병기(검과 칼 같은 일반적인 무기 외의 것을 의미)나 도끼를 쓰는 사람은 우리 화산파의 제자일 리 없어.'

멀지 않은 곳에 검 10여 자루가 떨어져 있었다. 다가가 한 자루 주워보니, 보통 검보다 길이가 짧고 날은 두 배 가까이 두꺼워 묵직했다.

'태산파에서 쓰는 검이군.'

일부 검들은 가벼우면서 탄성이 있고 검끝이 몹시 날카로워, 한때 숭산파의 선배들이 사용했던 검이라는 것을 알 수 있었다. 나머지 세 자루는 길이나 무게로 보아 화산파에서 쓰는 검이 분명했다.

그는 점점 더 갈피를 잡을 수가 없었다.

'오악검파의 무기들이 한곳에… 대체 어찌 된 일이지?'

횃불로 동굴 벽을 비춰보니 오른쪽 끝, 바닥에서 몇 장 떨어진 곳에 불쑥 튀어나온 바위가 보였다. 바위 아래 벽에는 커다랗게 글자가 새겨져 있었다.

'오악검파는 부끄러움조차 모르는 하류배들이다. 비무로 승리를 얻지 못하니 비겁하게 흉계를 꾸며 우리를 해쳤다.'

두 줄로 이루어진 글귀는 글자 하나마다 크기가 한 자 정도 되고, 날카로운 무기로 새겼는지 깊이도 몇 치나 되었다. 다만 휘갈겨쓴 것처럼 획 마무리가 깔끔하지 못해 몹시 긴박한 상황에서 새긴 것임을 짐작할 수 있었다. 이 글귀 옆에도 조그만 글자들이 무수하게 새겨져 있었는데, 하나같이 '비열한 무뢰배', '몰염치한 자들', '무능한 겁쟁이'라는 욕설과 저주였다. 이를 본 영호충은 화가 치밀었다.

'이제 보니 우리 오악검파에게 붙잡힌 무리들이었구나. 분통은 터지는데 풀 곳이 없으니 이렇게 벽에 욕을 새겼겠지. 이런 행위야말로 부끄러움도 모르는 비열한 짓인 줄 모르고….'

그는 속으로 욕을 퍼부었다.

'그나저나 어떤 자들일까? 오악검파의 적이라면 정의로운 사람들은 아닐 텐데.'

그는 횃불을 들고 벽을 찬찬히 살피다가 또 다른 글귀를 발견했다.

'범송范松과 조학趙鶴, 이곳에서 항산파 검법을 깨뜨리다.'

이 글귀 옆에는 사람의 동작을 그린 그림으로 가득했다. 두 사람이 짝을 이뤄 한 명은 검을, 다른 한 명은 도끼를 휘두르고 있는데, 도끼를 든 사람이 검을 든 사람의 검법을 깨뜨리는 모습이 분명했다. 대강 추려도 최소한 500~600개는 되는 그림이었다.

그 옆에는 또 이렇게 쓰여 있었다.

'장승풍張乘風과 장승운張乘雲 화산파 검법을 완전히 깨뜨리다.'

영호충은 버럭 화가 났다.

'수치도 모르는 놈들, 정말 안하무인이군! 우리 화산파 검법은 정교하고 오묘하여 막을 수 있는 사람이 손꼽을 정도로 적은데, 감히 깨뜨리다는 표현을 쓰다니? 그것도 완전히 깨뜨려?'

그는 묵직한 태산파의 검을 주워들고 내공을 주입해 힘껏 내리쳤다. 쩡 하는 맑은 소리와 함께 불꽃이 튀며 '완전히'라는 글자가 망가졌다. 그렇지만 내리치는 순간 벽이 몹시 단단하다는 사실을 알고 놀라지 않을 수 없었다. 이런 돌 위에 글을 새기고 그림을 그리는 일은, 제아무리 날카로운 무기를 가졌다 해도 결코 쉬운 일이 아니었던 것이다.

그는 정신을 가다듬고 옆에 그려진 그림을 살폈다. 검을 든 사람은 획 몇 번으로 대충 간략하게 표현되었지만, 자세만 보아도 화산파의 입문 검법 초식인 유봉래의有鳳來儀라는 것을 명확히 알 수 있었다. 나는 듯 가볍고 민첩한 초식이었다. 맞서 싸우는 사람은 쭉 뻗은 무기를 들었는데, 곤봉인지 창인지는 확실치 않았으나 무기 끝이 상대방의 검 끝을 똑바로 가리키며 이상하고 서툰 자세를 취하고 있었다. 영호충은 냉소를 터뜨렸다.

'본 파의 유봉래의에는 다섯 가지 변초變招가 숨겨져 있는데, 이깟 서툰 초식으로 깨뜨리겠다고?'

하지만 그림 속 자세를 자세히 보면, 서투름 속에서도 끊임없이 계속되는 어떤 흐름이 있었다. 유봉래의에는 다섯 가지 변초가 있지만, 그림 속 곤봉에는 예닐곱 가지의 변초가 있어 유봉래의가 어떻게 변화하든 충분히 대응할 수 있었다.

영호충은 그 간결한 그림을 뚫어져라 바라보며 놀라움을 금치 못했다.

'유봉래의는 지극히 평범하지만 변초의 위력이 강하기 때문에 사전에 알고 막거나 피하는 게 상책이지, 억지로 깨뜨리려 하면 큰 화를 입게 된다. 하지만 이런 방식이라면 확실히 깨뜨릴 수 있겠구나. 이, 이럴 수가….'

보면 볼수록 놀라움은 감탄으로 변하고, 마음속 깊은 곳에서는 두려움이 스멀스멀 올라왔다.

영호충은 모든 것을 잊은 채 그림 속 두 사람의 움직임을 노려보았다. 시간이 얼마나 흘렀을까, 별안간 오른손이 후끈후끈해서 쳐다보니, 횃불이 완전히 타들어가 불꽃이 손을 날름거리고 있었다. 그는 황급히 횃불을 내던졌다.

'횃불이 없으니 완전 칠흑이군.'

그는 허둥지둥 본래 동굴로 나가 장작으로 쓸 소나무 가지 10여 개를 챙겼다. 그러고는 다시 뒤쪽 동굴로 돌아와 횃불을 켜고 그림을 살폈다.

'곤봉을 쓰는 사람의 내공이 본 파 제자와 비등하다면 본 파의 제자는 상처를 입을 것이 뻔해. 만에 하나 상대방의 내공이 조금이라도 강하면 본 파 제자는 단 2초 만에 목숨을 잃겠군. 유봉래의는 확실히… 확실히 저 곤봉에 깨어졌구나. 이제 유봉래의를 쓰기는 틀렸어!'

그는 고개를 돌려 두 번째 그림을 바라보았다. 검을 든 사람이 창송영객蒼松迎客을 펼치고 있는 것을 보자 정신이 번쩍 들었다. 이 초식을 온전히 익히느라 장장 한 달을 보냈을 만큼 그에게는 적과 맞서 싸울 때 몹시 유용한 절초였던 것이다. 그는 내심 흥분하면서도 이 초식이 깨어질까 두려운 마음으로 곤봉을 든 사람을 바라보았다. 그자는 곤봉을 다섯 개나 들고 검을 든 사람의 아랫도리 다섯 군데를 찌르고 있었다.

'어째서 곤봉이 다섯 개지?'

영호충은 어리둥절했지만, 그 자세를 자세히 살피고는 곧 깨달았다.

'다섯 개가 아니구나. 단번에 상대방의 아랫도리를 다섯 번 찌른 거야. 하지만 아무리 빠른들 상대방도 똑같이 빠를 수 있으니 반드시 다섯

191

번을 찌를 수 있다는 보장은 없어. 역시 창송영객은 깨뜨리지 못했군.'

괜히 우쭐했지만 그것도 잠시, 곧 이런 생각이 들었다.

'같은 곳을 연속 다섯 번을 찌르는 것이 아니라 저 다섯 곳 중 한 곳을 찌르면 어떻게 피할까?'

그는 화산파의 검을 들고 창송영객을 펼친 뒤 꼼꼼하게 그림을 살폈다. 상대방이 곤봉으로 찌를 때 그 방향을 정확히 알면 대항할 방법이 있지만, 다섯 곳 중 임의의 한 곳을 찌른다면 이미 휘두른 검을 거둬 막을 여유가 없었다. 혹여 먼저 상대를 찔러 죽일 수 있다면 모를까, 그렇지 않으면 반드시 아랫도리 중 어딘가를 맞을 수밖에 없었다. 상대가 고수라면 단 일검으로 그 목숨을 취하기가 과연 생각처럼 쉬울까? 어깨를 낮추고 미끄러지듯 들어오는 자세를 볼 때 간발의 차이로 검을 피할 수 있을 것 같았다. 그렇게 피한 뒤 반격을 하면 그는 결코 피할 방도가 없었다. 화산파의 절초인 창송영객도 이렇게 깨어지고야 마는가?

영호충은 이 초식으로 승리를 거머쥐었던 세 번의 싸움을 떠올렸다. 그때 상대방이 이 벽에 그려진 그림을 보고 똑같은 방식으로 반격했더라면, 무기가 곤봉이든 창이든 간에 그 아래에서 무참하게 죽거나 중상을 입었을 것이고, 세상에 영호충이라는 사람은 존재하지 않았으리라.

생각하면 할수록 가슴이 두근거리고 이마에 식은땀이 송골송골 맺혔다.

"아니야, 그럴 리가 없어! 창송영객이 이렇게 허무하게 깨어진다면 사부님께서 모르셨을 리가 없어! 분명 내게 알려주었을 거야!"

하지만 공허한 외침이었다. 이 초식의 요결을 누구보다 열심히 연습하고 체득한 그였기에, 곤봉을 든 사람의 공격이 얼마나 매서운지 절실히 느낄 수 있었다. 그림에서는 짧디짧은 선 다섯 개에 불과했으나 그 선 하나하나가 마치 다리뼈와 정강이뼈를 사정없이 때려대는 것 같았다. 그는 정말로 다리에 통증을 느껴 저도 모르게 바닥에 주저 앉았다.

겨우 일어나 다시금 시선을 돌리자, 벽에 그려진 초식은 하나같이 화산파의 절초들이었고 상대방은 교묘하고 잔인하기 그지없는 초식으로 그 절초를 깨뜨리고 있었다. 하나씩 하나씩 살펴볼 때마다 지독한 두려움이 그의 심장을 휘감았다. '무변낙목無邊落木'이라는 초식에 이르자 뜻밖에도 곤봉을 든 사람은 기운 없이 흐느적거리며 수세를 취했다. 이 장면을 본 영호충은 저도 모르게 안도의 숨을 내쉬었다.

'그럼 그렇지. 이 초식은 깨뜨리지 못했구나.'

작년 섣달그믐날, 사부는 펑펑 쏟아지는 눈발에 흥이 올라 제자들을 불러모아 검법을 가르쳤다. 그날 가장 마지막에 펼친 것이 바로 이 무변낙목이었는데, 그 속도가 어찌나 빠른지 번쩍이는 검광이 마치 허공에 흩날리는 눈송이 같았다. 사모마저 손뼉을 치며 갈채를 보냈다.

"사형, 그 초식만큼은 정말 대단해요. 사형이 화산파 장문인이 되신 것도 당연한 일이군요."

사부는 웃으며 대답했다.

"화산파를 다스리는 일은 힘이 아니라 덕에 있소. 초식 하나를 완벽하게 펼친다고 해서 장문인이 되는 것이 아니라오."

"어머나, 부끄러운 줄도 모르고 그런 말씀을? 설마 사형의 덕망이 저보다 낫다는 거예요?"

사모가 농을 걸자 사부는 빙그레 웃을 뿐 아무 말도 하지 않았다. 자부심이 강한 사모는 감탄을 하는 일이 거의 없었고, 특히 사부에게 이기기를 좋아했다. 그런 사모마저 탄복할 정도였으니 이 무변낙목이 얼마나 위력적인지는 말하지 않아도 알 만했다. 그 후 사부는 이 초식의 이름이 당시唐詩에서 따온 것이라며 그 시를 읊었는데, 솔직히 그 내용은 잘 기억나지 않았다. 대강 수천 그루 나무에 자라난 잎사귀가 우수수 떨어지듯이 이 검법 또한 사방팔방을 완전하게 제압할 수 있다는 뜻이라고 했던 것 같다.

영호충은 재차 곤봉을 든 사람을 살폈다. 얻어맞을까 두려운 듯 잔뜩 움츠린 모습이 몹시 우스꽝스러웠다. 영호충은 큰 소리로 웃으려다가 별안간 그 자리에 얼어붙었다. 등에서 식은땀이 흐르고 솜털이 바짝 곤두섰다. 그는 눈 한 번 깜짝이지 않고 그림에 그려진 곤봉을 응시했다. 보면 볼수록 그 곤봉의 위치가 더할 나위 없이 완벽하다는 생각이 들었다. 무변낙목은 여러 번 검을 찌르게 되는데, 그중 아홉 번째, 열 번째, 열한 번째, 열두 번째가 바로 그 곤봉을 찌르게 되어 있었다. 언뜻 보기에는 서투르게 곤봉을 내민 것처럼 보여도 그 위치는 지극히 오묘했고, 겉모습은 약해 보여도 실제로는 힘이 넘쳤다. '정靜으로 동動을 제압하고 우둔함으로 교묘함을 다스린다'는 의미가 바로 이 동작에 명쾌하게 담겨 있었다.

일순, 영호충은 화산파의 무공에 대해 자신감을 완전히 잃고 말았다. 노력 끝에 사부처럼 노화순청爐火純靑(어떤 분야에서 최고의 경지에 이름)의 검술을 익힌들 저런 사람을 만나면 속수무책으로 방어조차 제대로 할 수 없는데, 그런 검술을 배워 무슨 소용이란 말인가? 화산파의 검법이 정말 그렇게도 약한 것인가?

이 동굴 안의 해골들은 썩어 문드러진 지 오래여서 최소한 30~40년은 지난 것 같았다. 하지만 오악검파는 지금까지 강호에 군림해왔고, 그 검법이 깨어졌다는 소문이 들린 적은 단 한 번도 없었다. 그렇다고 해서 이 동굴 벽에 새겨진 그림이 탁상공론에 불과하다고 치부하기는 어려웠다. 숭산파나 태산파의 검법은 차치하더라도, 화산파의 검법이라면 누구보다 잘 알고 있었기 때문에 상대가 이런 식으로 나오면 여지없이 패배하리라는 사실을 부인할 방법이 없었다.

영호충은 혈도를 짚인 사람처럼 꼼짝도 할 수 없었다. 머릿속에 여러가지 생각들이 꼬리에 꼬리를 물고 나타났다 스러져갔다. 그렇게 얼마나 긴 시간이 흘렀을까? 갑자기 누군가 외치는 소리가 들려왔다.

"대사형, 대사형! 어디 계세요?"

영호충은 흠칫 놀라 황급히 몸을 일으켜 기나긴 통로를 지나 본래의 동굴로 돌아왔다. 육대유가 동굴 밖에서 절벽을 향해 소리쳐 부르고 있었다. 영호충은 살며시 동굴을 나가 절벽 뒤의 커다란 바위로 숨어든 후 가부좌를 틀고 앉아 대답했다.

"여기서 좌선 중이다. 무슨 일이냐?"

육대유가 그 소리를 듣고 달려와 기쁜 목소리로 말했다.

"여기 계셨군요! 식사를 가져왔어요."

새벽부터 동굴의 벽화를 보느라 시간 가는 줄을 몰랐는데, 어느덧 오후가 되어 있었던 것이다. 영호충이 묵는 동굴은 죄를 반성하며 수행하는 곳이라 육대유는 함부로 들어올 수 없었다. 하지만 워낙 좁은 곳이라 입구에서도 안이 훤히 보였고, 영호충이 그곳에 없는 것을 확인하자 곧 그를 찾아 절벽을 뒤졌던 것이다.

영호충은 육대유의 오른쪽 뺨에 약초가 붙어 있는 것을 보고 깜짝 놀랐다. 파란 잎 사이로 어렴풋이 피가 배어나오는 것을 보면 꽤 심한 상처를 입은 모양이었다.

"아니, 어쩌다 그렇게 된 거냐?"

"오늘 아침 연검 중에 검을 거두다가 실수로 얼굴을 베었어요. 저는 정말 멍청하다니까요!"

영호충은 분하고 창피해하는 그의 표정을 보고 다른 사정이 있다는 것을 짐작했다.

"여섯째 사제, 대체 어쩌다 그런 상처를 입은 거냐? 나까지 속일 작정이냐?"

육대유는 분해서 씩씩거렸다.

"대사형, 속이려는 게 아니에요. 말하면 대사형 기분이 상할까 봐 그러는 거라고요."

"그렇게 만든 사람이 누구냐?"

영호충은 의아해하며 물었다. 화산파 제자들은 언제나 사이가 좋아 한 번도 다툰 적이 없었다. 그렇다면 누군가 쳐들어오기라도 한 것일까?

"오늘 아침 임 사제와 대련을 했어요. 그 녀석이 갓 배운 유봉래의를 펼쳤는데 얕보다가 그만 이렇게 된 거예요."

"사형제끼리 대련하다 실수하는 것은 늘 있는 일이다. 화를 낼 일도 아니지. 임 사제는 입문한 지 얼마 되지 않아 움직임이 서투니 이해해 줘야겠지만, 그렇다고 너무 얕봐서도 안 된다. 유봉래의가 위력은 약하지만, 그래도 상대할 때는 조심해야지."

"맞아요. 하지만 정말… 정말 뜻밖이었어요. 그 녀석이 입문한 지 몇 달 만에 유봉래의를 터득했을 줄은 꿈에도 몰랐다고요. 저는 입문한 지 5년째에 겨우 사부님께 배운 초식인데 말이에요."

영호충도 멈칫했다. 임평지가 입문한 지 몇 달 만에 유봉래의를 배웠다면 확실히 진도가 너무 빨랐다. 천성적으로 자질이 뛰어나고 총명하지 않고서야, 기초부터 튼튼히 하지 않으면 훗날 연공에 더욱 방해가 될 터였다. 사부가 어째서 이렇게 급하게 검법을 전수하는지 알 수 없는 노릇이었다.

육대유가 계속 말했다.

"녀석이 예상치 못하게 유봉래의를 펼치는 바람에 놀라 이렇게 당한 건데… 소사매는 옆에서 손뼉까지 치며 '육후아, 내 제자도 못 이기면서… 앞으로 내 앞에서 영웅 행세일랑 마세요!' 하고 놀리더군요. 임평지 그 녀석이 아차 싶었는지 상처를 싸매주겠다고 다가왔다가 제 발길에 나동그라졌는데, 소사매는 아주 펄펄 뛰면서 '육후아, 좋은 마음으로 다가간 사람을 그렇게 때리면 어떡해요? 진 게 부끄러워서 그래요?' 하고 소리쳤어요. 아시겠어요, 대사형? 소사매가 몰래 그 초식을 가르쳐준 거라고요."

그 순간 영호충은 심장을 칼로 도려내듯 고통스러웠다. 유봉래의라는 초식은 익히기가 여간 어렵지 않았다. 다섯 가지의 변초가 복잡하고 미묘할 뿐 아니라 요결도 다양해, 임평지에게 이 초식을 가르치려면 적잖은 시간과 노력을 들여야만 했다. 사과애에 오지 않은 그 많은 날들을, 악영산은 종일 임평지와 함께 보냈던 것이다. 악영산은 활발하고 놀기를 좋아해 같은 내용을 끈질기게 반복하는 방식을 견디지 못했다. 호승심이 강한 편이어서 배울 때는 그나마 참고 노력했지만, 누군가를 세심하게 지도해줄 성격은 결코 아니었던 것이다. 그런데 변화가 복잡한 유봉래의를 임평지에게 가르쳤다니, 그를 향한 관심과 애정을 충분히 짐작할 만했다.

한참 후에야 겨우 평정을 되찾은 영호충이 조용히 물었다.

"어쩌다가 임 사제와 대련하게 되었느냐?"

"소사매가 어제 제가 대사형 앞에서 한 이야기가 마음에 들지 않았는지 종알종알 잔소리를 늘어놓더니, 오늘 아침 일찍부터 임 사제와 대련하라며 질질 끌고 가지 뭐예요? 저야 별 생각 없이 그러마고 했지요. 소사매가 남몰래 그 녀석에게 몇 가지 절초를 가르친 줄 제가 무슨 수로 알았겠어요? 얕보다가 그 녀석의 흉계에 당한 거라고요."

일은 점점 더 확실해졌다. 그동안 악영산과 임평지가 몹시 가까워졌고, 영호충을 숭배하는 육대유가 이 모습을 보다못해 날카롭게 비꼰 것이 분명했다. 심지어 대놓고 임평지를 조롱했어도 이상하지 않을 일이었다.

"네가 임 사제를 여러 번 괴롭혔구나, 안 그러냐?"

육대유는 여전히 씩씩거렸다.

"얼굴만 곱상한 비열한 자식! 욕을 먹어도 싸요! 그 녀석은 저를 무서워해요. 욕을 퍼부어도 대꾸 한 번 못하더니 한동안은 저를 보기만 해도 쪼르르 달아나더라고요. 그런데… 그런데 그렇게 음험한 짓을 할줄이야! 흥, 제깟 놈이 잘나봤자 얼마나 잘났다고? 소사매가 도와주지않았다면 그 녀석이 무슨 수로 저를 이기겠어요?"

영호충은 말로 표현하기 힘든 씁쓸한 기분에 휩싸여 저도 모르게동굴에서 본 유봉래의의 파해법을 떠올렸다. 나뭇가지를 주워들어 대강 흉내를 내며 육대유에게 이 초식을 가르쳐줄까 했지만, 금세 생각을 고쳐먹었다.

'여섯째 사제는 임 사제를 무척 싫어하니 분명 이 초식으로 중상을입히겠지. 사부님과 사모님이 연유를 캐물으면 우리 두 사람 다 큰 벌을 받을 거야. 절대 그런 일이 있어서는 안 돼.'

그는 곧 나뭇가지를 내려놓고 말했다.

"한 번 당하면 배우는 것도 있기 마련이지. 앞으로는 속지 않으면된다. 사형제 간에 대련하다가 생긴 일은 마음에 둘 필요 없다."

"알겠습니다. 하지만 대사형, 저야 그렇다 치고 대사형은… 대사형은 괜찮으시겠어요?"

육대유가 악영산에 대한 이야기를 꺼내자, 영호충은 가슴이 찢어지는 듯 아파 저도 모르게 얼굴 근육이 꿈틀했다. 육대유도 그 말이 대사형의 상처를 후벼팠다는 것을 알았는지 황급히 사과했다.

"죄… 죄송해요."

영호충이 그런 그의 손을 잡으며 천천히 말했다.

"아니다. 나도 괜찮을 리 없지. 다만…"

그는 한참 동안 말을 잇지 못했다.

"여섯째 사제, 이 일은 다시는 꺼내지 마라."

"예! 대사형, 제게 유봉래의를 실제로 가르쳐준 사람은 대사형이잖아요. 녀석을 얕보다가 당했으니, 반드시 열심히 연습해서 대사형이 강한지, 소사매가 강한지 그 녀석에게 똑똑히 가르쳐주겠어요."

영호충은 쓸쓸한 미소를 지었다.

"유봉래의… 후, 사실 그건 아무것도 아니야."

낙심한 영호충의 표정을 본 육대유는 소사매가 냉담하게 굴어 실의에 빠진 줄로만 알고 더는 캐묻지 않았다. 그는 영호충과 함께 반주를 한 뒤 그릇을 챙겨 절벽을 내려갔다.

영호충은 눈을 감고 마음을 가라앉힌 후, 횃불을 들고 다시 안쪽 동굴로 돌아갔다. 처음에는 악영산이 임평지에게 검법을 전수한 일이 자꾸 떠올라 좀처럼 그림에 집중할 수가 없었다. 단순하게 묘사된 사람들이 악영산과 임평지가 되어, 한 명은 가르치고 한 명은 배우며 친밀하게 구는 것만 같았다. 눈앞에 임평지의 준수한 얼굴이 어른거려 저도 모르게 한숨이 나왔다.

'임 사제는 나보다 열 배는 준수해. 나이도 훨씬 어려서 소사매보다 겨우 한 살밖에 많지 않으니 말도 잘 통하겠지.'

바로 그때, 벽의 그림 중 하나가 눈에 들어왔다. 검을 든 사람의 자세나 검을 찌르는 방향이 악 부인의 '무쌍무대 영씨일검'을 빼다박은 것 같아 영호충은 화들짝 놀랐다.

'사모님의 저 초식은 임기응변으로 만들어낸 것인데, 어떻게 여기 그려져 있지? 정말 이상한 일이군.'

하지만 자세히 살펴보니 악 부인이 만든 초식과는 크게 달랐다. 벽에 그려진 초식은 힘이 실리고 움직임이 소박해 남자가 펼칠 만한 동작이었고, 1초에 정확히 한 번만 검을 찌르는 방식이어서 수많은 변초가 숨겨진 악 부인의 초식과는 사뭇 달랐던 것이다. 다만 단순하기 때문에 훨씬 날카로운 구석이 있었다.

영호충은 저도 모르게 고개를 끄덕였다.

'사모님이 창안하신 초식도 알고 보니 선배님들의 검법에서 나온 것이구나. 이상한 일도 아니지. 모두 화산검법의 기본 도리로부터 파생된 초식이니까. 두 분의 공력과 깨달음이 비슷하다 보니 대동소이한 초식이 나온 거야. 그렇다면 여기 그려진 초식들 중에 사부님과 사모님조차 모르시는 초식이 많이 있다는 말인데…. 설마 사부님마저 본 파의 상승 검법들을 다 배우지 못하신 것일까?'

그림 속의 상대방은 곤봉을 똑바로 뻗어내 검과 곤봉이 완전한 일직선이 되도록 그 끝을 검끝에 맞대고 있었다.

곧게 뻗은 두 개의 무기를 본 순간 영호충은 저도 모르게 비명을 질렀다.

"큰일 났군!"

손에서 횃불이 툭 떨어져 동굴 안은 순식간에 어둠에 잠겼다. 영호충은 강렬한 두려움에 휩싸였다.

"이걸 어쩐다? 어떻게 해야 하나?"

그는 똑똑히 알고 있었다. 검과 곤봉이 똑바로 마주쳐 전력을 쏟아내면, 곤봉은 단단하고 검은 무르니 검이 부러질 것은 당연한 이치였다. 양쪽 모두 이 초식 뒤에 변초가 계속 이어지기 때문에 곤봉은 승세를 타고 똑바로 짓쳐나갈 수 있는 반면, 검은 힘을 거두지 못하고 도리어 자신을 공격하게 되니 피할 방법이 없었다.

그의 머릿속에 또 다른 생각이 스쳤다.

'정말 피할 수 없을까? 꼭 그렇지는 않아. 어차피 검은 부러졌으니 곤봉이 날아들면 부러진 검을 버리고 재빨리 엎드리면 피할 수 있어. 하지만 사부님이나 사모님같이 높은 자리에 계신 검술의 대가가 그런 자세를 취하려 하실까? 죽기보다 못한 굴욕일 텐데… 아아, 졌구나! 완전한 패배다!'

그는 우울한 기분으로 한참을 서 있다가 부싯돌을 주워 횃불을 밝혀 돌벽을 비췄다. 벽에 그려진 초식들은 갈수록 신비하고 정묘해졌고, 마지막 수십 개는 실로 변화무쌍하고 비할 데 없이 오묘했다. 그러나 검초가 아무리 훌륭해도 상대의 곤봉은 그보다 더 날카롭고 무섭게 검을 제압했다. 화산파 검법 마지막 그림에는 검을 쓰던 사람이 검을 내던지고 곤봉을 든 사람 앞에 무릎을 꿇고 있었다. 제일 처음 영호충의 가슴을 채웠던 분노는 씻은 듯이 사라지고 슬픔이 그 자리를 대신했다. 곤봉을 쓰는 사람의 초식은 너무나 오만하고 야박했지만, 화산파 검법을 완전히 깨뜨렸다는 것만은 부인할 수 없는 사실이었다.

그날 밤 영호충은 그 동굴 안을 몇 번이나 맴돌았는지 모른다. 태어나서 지금껏 이런 충격을 느낀 것은 이번이 처음이었다.

'화산파는 오악검파의 하나로서, 오랫동안 명문정파로 이름을 날렸다. 그런데 본 파의 무공이 저렇게 무참히 깨어지다니… 저 벽에 그려진 초식 중 사부님과 사모님이 모르는 것만 해도 최소한 100개는 될 텐데, 두 분조차 익히지 못한 그 고명한 초식들을 익힌들 무슨 소용이 있을까? 파해법을 아는 상대를 만나면 본 파 최강의 고수조차 검을 내던지고 패배를 인정할 수밖에 없는데…. 패배를 인정하기 싫으면 자결

해야겠지.'

이리저리 서성거리며 애를 태우는 사이 횃불이 꺼졌지만 그 사실조차 인식하지 못했다. 또 얼마쯤 시간이 지난 후에야 그는 다시 횃불을 켜고 꿇어앉은 사람을 바라보았다. 생각하면 할수록 분이 차올라 검을 주워들고 힘껏 벽을 찔렀다. 그러나 검끝이 벽에 닿는 순간 우뚝 멈추고 말았다.

'대장부는 무슨 일이든 정정당당히 임해야 해. 패배를 받아들일 줄 알아야 진정한 대장부라 할 수 있다. 우리 화산파의 검법이 이것밖에 안 되는데 이렇게 부인해본들 무슨 소용이겠어?'

그는 검을 내던지고 길게 탄식했다.

동굴 벽에는 그 외에도 숭산파, 형산파, 태산파, 항산파의 검법을 깨뜨리는 그림으로 가득했다. 검법이 끝날 때마다 검을 쓰는 사람은 무릎 꿇고 패배를 선언하고 있었다. 오랫동안 사부를 따른 영호충은 보고 들은 것이 많아, 다른 문파의 검법 또한 완벽하게는 아니어도 대강의 요결은 알고 있었다. 돌벽에 그려진 그들의 검법은 하나같이 날카롭고 위력적이었지만, 결국에는 상대방의 움직임에 깨지고 말았다.

그는 놀라면서도 의혹이 일었다.

'범송과 조학, 장승풍과 장승운. 저들은 대체 어떤 사람일까? 이렇게 심혈을 기울여 오악검파의 검법을 깨뜨리는 방법을 새겼는데도, 어째서 무림에서는 그 이름조차 전해지지 않았지? 반면 우리 오악검파는 어떻게 지금까지 명성을 지킬 수 있었을까?'

오악검파가 지금처럼 강호에 우뚝 설 수 있었던 이유가 속임수를 썼거나 운이 좋았기 때문이라는 생각이 머리를 가득 채웠다. 수천에 이르는 오악검파의 선배와 제자들이 무림에서 존중을 받는 것도 오직 이 동굴에 그려진 그림이 밖으로 새어나가지 않았기 때문이었다. 별안 간 그는 이상한 욕망에 사로잡혔다.

'도끼로 이 벽에 그려진 그림을 깨끗이 망가뜨리면 어떨까? 그럼 이 초식들은 세상에서 사라지고 오악검파의 명성도 지킬 수 있어. 그리고 이 동굴을 발견하지 않은 셈 치면 돼.'

그는 돌아서서 커다란 도끼를 움켜쥐었다. 그러나 다시 벽으로 돌 아와 기기묘묘한 초식들을 마주하자 도저히 도끼를 휘두를 수가 없었 다. 한참 동안 신음하며 망설이던 그는 이윽고 큰 소리로 외쳤다.

"이 영호충이 이따위 비열한 짓을 할쏘냐?"

그 순간, 푸른 장포를 입고 얼굴을 가린 사람이 떠올랐다.

'그 사람의 놀라운 검술도 이 그림들과 밀접하게 이어져 있을 것이 다. 그는 누굴까? 대체 누구일까?'

영호충은 원래의 동굴로 돌아와 반나절 동안 끙끙대다가 다시 안쪽 동굴에 들어가 그림을 살폈다. 이런 식으로 양쪽 동굴을 왔다갔다 한 것이 몇 차례인지 셀 수조차 없었다. 날이 점점 어두워지자 산길 쪽에 서 발소리가 들리고 바구니를 든 악영산이 나타났다. 영호충은 무척 기뻐하며 마중을 나갔다.

"소사매!"

목소리가 떨리고 있었다.

악영산은 대답 없이 절벽으로 올라와 바위 위에 바구니를 쿵 내려 놓은 뒤, 그에게는 눈길조차 주지 않고 돌아섰다. 다급해진 영호충이 그녀를 불렀다.

"소사매! 소사매, 왜 그래?"

악영산은 코웃음을 치며 오른발을 굴러 아래로 휙 뛰어내렸다. 영호충이 목이 터져라 불렀지만 그녀는 대답은커녕 돌아보지도 않았다. 영호충은 당황해 어쩔 줄을 몰랐다. 바구니를 열어보니 흰 쌀밥과 채소 요리 두 접시가 놓여 있었지만 그녀가 늘 챙기던 술병은 보이지 않았다. 그는 멍하니 바구니를 들여다보았다.

밥을 먹으려고 애를 쓰고 또 썼지만, 입이 바짝바짝 말라 도무지 삼킬 수가 없었다. 그는 어쩔 수 없이 젓가락을 내려놓았다.

'소사매가 내게 화가 났으면 식사를 가져올 리 없다… 하지만 한마디도 하지 않고 쳐다보지도 않은 걸 보면 화가 난 게 분명한데… 여섯째 사제가 아파서 어쩔 수 없이 식사를 가져온 걸까? 아니지, 여섯째 사제가 아프면 다섯째 사제나 일곱째 사제도 있는데 어째서 소사매가 가져왔지?'

온갖 상상이 머리를 어지럽히고 악영산의 마음을 헤아리기 바빠 동굴에 그려진 그림은 어느덧 그의 머릿속에서 저만치 사라졌다.

다음 날 해거름 무렵 악영산이 또다시 식사를 가져왔다. 이번에도 눈길 한 번 주지 않고 말도 걸지 않았고, 대신 절벽을 내려가는 동안 큰 소리로 복건성 민요를 불렀다. 영호충은 칼로 난도질하는 것처럼 가슴이 아팠다.

'화가 나서 일부러 나를 괴롭히려는 것이구나…'

셋째 날에도 악영산은 또다시 바구니를 쿵 내려놓고 돌아섰다. 영호충은 더 이상 참을 수가 없어 재빨리 그녀를 불러세웠다.

"소사매, 잠깐만. 할 말이 있어."

악영산이 돌아섰다.

"말해보세요."

영호충은 꽁꽁 얼어붙은 듯 미소조차 없는 그녀의 얼굴을 보며 머뭇머뭇 입을 열었다.

"그게… 그게…."

"그게 뭐요?"

"나… 나는…."

평소에는 그토록 호방하고 말솜씨도 좋은 그가 지금은 단 한마디도 꺼내지 못하고 있었다. 악영산은 차갑게 내뱉었다.

"할 말이 없으면 갈래요."

그녀가 홱 돌아서자, 영호충은 초조해 어쩔 줄 몰랐다. 이대로 가버리면 내일에나 다시 만날 텐데, 지금 이 말을 하지 못하면 밤새도록 괴로운 마음을 달랠 자신이 없었다. 하물며 저런 표정을 짓고 있으니 내일 반드시 오리라는 보장도 없었다. 어쩌면 한 달 후에나 나타날지도 몰랐다.

그는 초조한 마음에 그녀의 왼쪽 소매를 붙잡았다. 악영산은 대뜸 화를 냈다.

"놓아요!"

그녀가 힘껏 팔을 빼는 바람에 소맷부리가 찌익 찢어지고 백설 같은 팔이 훤히 드러났다. 악영산은 부끄럽고 화가 나 얼굴이 새빨개졌다. 무예를 배우는 강호인인지라 여염집 여자들처럼 자잘한 예절에 구애받지는 않았지만, 그래도 갑작스레 맨살을 드러내는 것은 난처하기 그지없는 일이었다.

"이… 이런 무례한!"

그녀가 비명을 지르자 영호충은 다급히 손을 내저었다.

"미… 미안해, 소사매. 일부러 그런 게 아니야."

악영산은 오른쪽 소매로 왼팔을 가리며 매정하게 외쳤다.

"대체 무슨 말을 하고 싶은 거예요?"

"영문을 몰라서 그래. 대체 내게 왜 이러는 거야? 내가 잘못한 일이 있으면 차라리… 차라리 검으로 나를 찔러. 소사매에게 죄를 지었다면 난… 난 죽어도 억울하지 않아."

악영산은 냉소를 터뜨렸다.

"대사형이나 되는 분이 내게 무슨 잘못을 했겠어요? 검으로 찌르라고요? 훗, 나는 사매라고요. 대사형이 나를 때리지만 않아도 고마워해야 할 일인데 감히 어떻게 그래요?"

"생각하고 또 생각했지만 대체 내가 소사매에게 뭘 잘못했는지 모르겠어."

악영산은 파르르 떨며 외쳤다.

"모른다고요? 육후아더러 아버지 어머니께 고자질하라고 해놓고 모르긴 뭘 몰라요?"

영호충은 눈을 휘둥그레 떴다.

"내가 여섯째 사제를 시켜 고자질을 해? 무… 무얼 말이야?"

"아버지와 어머니가 나를 아끼셔서 내 이야기를 해봤자 소용없다는 것을 알고 비겁하게…. 흥, 아직도 모르는 척하는군요?"

영호충은 여기까지 듣고서야 짚이는 데가 있어 저도 모르게 쓴웃음을 지었다.

"여섯째 사제가 임 사제와 대련하다가 상처를 입은 사실을 사부님과 사모님이 아시고 임 사제를 나무라셨군. 그렇지?"

그는 더욱 마음이 아팠다.

'임 사제가 야단을 맞았다고 내게 이렇게 화를 내는 것이었군.'

악영산이 그런 그를 노려보며 말했다.

"사형제끼리 대련하다 보면 다칠 수도 있죠! 일부러 그런 것도 아닌데 아버지는 육후아 편만 들며 소림자를 호되게 야단치셨어요! 소림자는 아직 공력이 부족해 유봉래의 같은 초식을 배울 때가 아니라시며 저더러 다시는 소림자에게 검법을 가르치지 말라고 하셨다고요! 그래요, 잘하셨어요. 대사형이 이겼어요! 하… 하지만 난… 다시는 대사형을 아는 척하지 않을 거예요, 영원히!"

영원히 모른 척하겠다는 말은 평소 그녀가 영호충과 장난칠 때 늘 하던 말이었다. 언제나 눈을 반짝이고 미소를 지으며 말했기 때문에 정말 그러리라고 느낀 적은 단 한 번도 없었다. 그런데 오늘 그녀의 표정은 너무도 진지했고 말투에도 단호한 결심이 짙게 묻어 있었다.

영호충은 한 걸음 다가서며 입을 열었다.

"소사매, 난…."

고자질하라고 시킨 적이 없다고 말할 참이었지만 생각이 바뀌었다.

'양심에 대고 절대로 그런 짓을 하지 않았다고 자부하면 그만이지, 이렇게까지 애걸해야 하나?'

그가 입을 다물자 악영산이 되물었다.

"뭐예요?"

영호충은 고개를 저었다.

"아무것도 아니야! 사부님이 소사매에게 임 사제를 가르치지 말라고 한 것은 별로 대수로운 일도 아닌데 어째서 이렇게까지 화를 내는지 모르겠어."

악영산은 얼굴이 새빨개졌다.

"당연히 화가 나죠! 내가 소림자와 함께 있지 않으면 사과애를 찾아올 거라는 못된 생각을 한 거잖아요. 흥! 평생, 영원히, 절대로 아는 척하지 않을 거예요!"

그녀는 오른발을 힘껏 굴러 절벽을 내려갔다. 이번에는 영호충도 붙잡을 용기가 나지 않았다. 괴로워하는 그의 귓가에 산골짜기에 울리는 맑디맑은 노랫소리가 들려왔다. 복건성의 민요였다. 영호충은 절벽 가장자리까지 걸어가 아래를 굽어보았다. 호리호리한 악영산의 그림자가 산골짜기 저편으로 한들한들 사라지고 있었다. 왼쪽 어깨를 오른손으로 가린 모습을 보자 걱정이 밀려왔다.

'내가 소매를 찢었으니 혹여 사부님이나 사모님께 고자질이라도 하면 어떡하지? 두 분께서 내가 소사매에게 무례한 짓을 했다고 여기시면…. 만에 하나 소문이라도 나면 사제와 사매들이 손가락질할 텐데 견딜 수 있을까?'

하지만 곧 오기가 치솟았다.

'정말 무례를 저지른 것도 아닌데, 남들이 어떻게 생각하든 무슨 상관이야?'

그러나 임평지에게 검법을 가르치지 못하게 되었다고 이토록 화를 내는 악영산을 떠올리자 괴로움과 쓸쓸함을 달랠 길이 없었다. 처음에는 이렇게 위로해보기도 했다.

'소사매는 아직 어리고 활발해서 내가 여기 갇혀 있는 동안 놀 사람이 없어 답답했던 거야. 그래서 나이가 비슷한 임 사제와 어울렸을 뿐 다른 생각은 없었겠지.'

이런 생각도 들었다.

'우리는 함께 자라서 남들보다 훨씬 정이 깊어. 임 사제는 화산에 온 지 겨우 몇 달밖에 되지 않았으니 누가 더 정이 깊은지는 말할 필요도 없지.'

하지만 아무리 위로해도 괴로운 마음은 가시지 않았다.

그날 밤, 그는 마음을 달랠 수가 없어 절벽으로 나갔다가 동굴로 들어오기를 수없이 반복했다. 이튿날도 마찬가지였다. 악영산 생각이 머리를 가득 채워 안쪽 동굴의 그림도, 어느 날 밤 갑작스레 나타났던 청포인靑袍人도 까맣게 잊어버렸다.

저녁이 되자 이번에는 육대유가 식사를 가져왔다. 그는 바구니를 바위에 놓고 그릇을 꺼내며 말했다.

"대사형, 식사하세요."

영호충은 대답하고 앉아 젓가락을 들었지만 도저히 음식이 넘어가지 않았다. 멍하니 바깥을 내다보다가 천천히 젓가락을 내려놓자 육대유가 물었다.

"대사형, 안색이 좋지 않아요. 어디 편찮으세요?"

영호충은 고개를 저었다.

"아무것도 아니다."

"이 풀버섯 좀 드세요. 대사형 드리려고 어제 제가 직접 캤다고요."

영호충은 그 호의를 거절하지 못하고 풀버섯 하나를 입에 넣었다.

"맛있구나."

분명 상큼하고 맛있는 버섯이었지만 영호충은 그 맛을 느낄 수가 없었다.

육대유가 싱글싱글 웃으며 말했다.

"대사형, 좋은 소식이 있어요. 사부님과 사모님이 이틀 전부터 소사매가 소림자를 가르치지 못하게 하셨어요."

영호충은 쌀쌀하게 대답했다.

"검으로 임 사제를 이기지 못한다고 사부님께 고자질을 한 거냐?"

육대유는 펄쩍 뛰었다.

"무슨 말씀이세요, 제가 소림자를 이기지 못한다니요? 그게 아니라 그저 대사형을…."

그가 억울한 듯 해명하려다 입을 꾹 다물었다.

영호충도 잘 알고 있었다. 임평지가 유봉래의로 허를 찔러 육대유에게 상처를 입혔다고는 해도, 입문한 지 오래된 육대유를 이길 수는 없었다. 육대유가 사부에게 고자질을 한 이유는 오로지 영호충 자신을 위해서였다. 그는 문득 이런 생각이 들었다.

'이제 보니 사제와 사매들은 소사매와 나 사이가 예전 같지 않다는 것을 알고 있었구나…. 그래서 나를 동정하고 있었던 거야. 결국 나와 가까운 육대유가 도와주러 나선 것이고. 허, 대장부로 태어나 이런 동정을 받을 줄이야!'

별안간 화가 머리끝까지 치민 그는 벌떡 일어나 밥그릇과 젓가락을 낭떠러지로 힘껏 집어던지며 외쳤다.

"누가 너더러 그런 짓을 하랬느냐, 누가?"

육대유는 화들짝 놀랐다. 언제나 대사형을 존경해온 그는 한 번도 이렇게 화를 내는 대사형을 본 적이 없어 당황하고 어쩔 줄을 몰라 했다. 그는 주춤주춤 뒤로 물러나며 중얼거렸다.

"대사형, 대… 대사형…."

영호충은 그가 가져온 음식을 모조리 내던지고도 화가 식지 않아, 손에 잡히는 대로 돌멩이를 마구 던졌다.

"대사형, 제가 잘못했습니다. 저… 저를 혼내주세요."

돌멩이를 집어들던 영호충이 그 말을 듣고 홱 돌아서서 무섭게 외쳤다.

"네가 무슨 잘못이 있느냐?"

육대유는 더욱 놀라 움찔 물러나며 우물거렸다.

"저… 저도 모르겠습니다!"

영호충은 장탄식을 하며 들고 있던 돌멩이를 멀리 내던졌다. 그리고 육대유의 두 손을 움켜쥐며 따뜻하게 말했다.

"미안하다, 여섯째 사제. 마음이 답답해서 그런 것이지, 여섯째 사제와는 아무 상관없는 일이다."

육대유는 겨우 안도했다.

"내려가서 식사를 다시 가져올게요."

영호충은 고개를 가로저었다.

"아니, 괜찮아. 먹고 싶지 않다."

육대유는 어제 보낸 음식도 고스란히 남아 있는 것을 보고 걱정스러운 표정을 지었다.

"대사형, 어제도 식사를 안 하셨어요?"

영호충은 억지로 미소를 지어 보였다.

"신경 쓰지 마라. 입맛이 없어서 그런 것뿐이니까."

육대유는 이러쿵저러쿵 따지지 못하고 내려갔다가, 다음 날 미시_{未時}(13~15시)가 되기도 전에 음식을 들고 사과애로 올라왔다.

'오늘은 술도 큰 병으로 챙기고 맛있는 요리도 있으니 반드시 식사를 하시게 해야지.'

그러나 동굴 안 바위 위에 잠든 영호충은 몹시 초췌해져 있었다. 육대유는 하룻밤 만에 그런 모습이 된 사실에 놀라움을 감추지 못했다.

"대사형, 이게 뭔지 보세요."

그가 술병을 꺼내 흔들며 말했다. 마개를 뽑자 동굴 가득 향긋한 술 냄새가 퍼졌다.

영호충은 대뜸 술병을 빼앗아 벌컥벌컥 마셨다.

"음, 나쁘지 않군."

그 말을 듣자 육대유도 기분이 좋아졌다.

"밥도 퍼드릴게요."

"아니, 생각 없다."

"한 그릇만 드세요."

육대유가 그릇에 밥을 꾹꾹 눌러담아 내밀자 영호충은 호의를 받아들일 수밖에 없었다.

"그래, 술을 다 마시고 나서 먹지."

그러나 결국 영호충은 밥그릇에 손도 대지 않았다. 다음 날 육대유가 식사를 가져왔을 때 밥이 그득한 그릇은 바위 위에 덩그러니 놓여 있고 영호충은 바닥에서 잠들어 있었다. 뺨이 벌겋게 달아오른 모습에 놀라 이마를 짚어보니 열이 펄펄 끓었다. 육대유는 걱정스레 그를 불렀다.

"대사형, 괜찮으세요?"

"술… 술, 술을 줘!"

육대유는 술을 가져왔지만 차마 내놓지 못하고 시원한 물 한 그릇을 입가로 가져갔다. 영호충이 일어나 물이 가득 담긴 대접을 싹 비우고는 외쳤다.

"좋은 술이군! 훌륭해!"

그러고는 또다시 벌렁 드러누워 계속 중얼거렸다.

"좋은 술이야… 좋은 술…."

육대유는 그의 병세가 심각하다는 것을 깨닫고 발을 동동 굴렀지만 하필 사부와 사모는 아침 일찍부터 급한 일로 하산하고 없었다. 그는 어쩔 수 없이 나는 듯 절벽을 내려가 노덕낙 등 사형들에게 소식을 전했다. 엄격한 악불군은 매일 식사를 가져다주는 일 외에는 아무도 사과애에 올라가지 못하게 했으나, 병이 난 지금 병문안을 가는 것까지 허락하지 않을 리 없었다. 그럼에도 불구하고 제자들은 다 함께 갈 엄두를 내지 못하고 상의 끝에 나누어 방문하기로 결정했고, 제일 먼저 노덕낙과 양발이 올라갔다.

육대유는 악영산에게도 알렸지만, 아직 화가 가시지 않은 그녀는 차갑게 대꾸했다.

"대사형처럼 내공이 깊은 사람이 병에 걸릴 리가 없어요. 내가 속을 줄 알아요?"

영호충의 병세는 매우 위중해 나흘 밤낮 내리 혼수상태였다. 육대유는 악영산에게 한 번만 대사형을 만나달라고 애원했다. 여차하면 무릎이라도 꿇을 기색이었다. 그제야 사실이라는 것을 깨달은 악영산은 초조하게 육대유를 따라 절벽을 올라갔다. 영호충은 양쪽 뺨이 움푹 패고 수염이 덥수룩하게 자라 말쑥하고 시원시원한 본래 모습은 온데 간데없었다. 악영산은 미안한 마음이 들어 그의 곁으로 다가가 부드럽게 말을 건넸다.

"대사형, 나 왔어요. 화내지 마세요, 네?"

영호충은 몽롱한 표정으로 눈을 떠 그녀를 바라보았지만, 눈동자가 흐리멍덩하여 알아보는 것 같지 않았다.

"대사형, 나예요. 날 모르겠어요?"

영호충은 그래도 멍하니 바라보기만 하다가 한참 뒤 눈을 감고 잠들었다. 그리고 육대유와 악영산이 떠날 때까지 깨어나지 않았다.

그의 병세는 한 달이 지난 뒤에야 차차 호전되었다. 그 한 달 동안 악영산은 세 차례 사과애를 찾았다.

두 번째 방문했을 때는 영호충이 다소 정신을 차린 덕분에 그녀를 보자 몹시 기뻐했고, 세 번째에는 일어나 앉아 그녀가 가져온 간식까지 먹었다.

그러나 그날을 마지막으로 그녀는 다시 오지 않았다. 일어나 걸을 수 있게 된 날부터 영호충은 매일같이 절벽 끝에서 소사매의 모습만 기다렸지만, 보이는 것이라곤 쓸쓸한 산자락과 종종걸음으로 올라오는 육대유의 구부정한 모습뿐이었다.

笑傲江湖

손님

9

─ 영호충이 허리에 찬 검집에 손을 가져가며 안다시피 몸을 웅크렸다.
그리고 짓쳐오는 악 부인의 검과 일자가 되도록 검집을 정확하게 들어올렸다.
철커덕하는 소리와 함께 악 부인의 검이 검집으로 쑥 들어갔다.

이날도 영호충은 절벽 위에 서서 아래를 내려다보았다. 여느 때와 달리 빠른 속도로 산길을 올라오는 두 사람이 시야에 들어왔다. 앞장 선 사람은 치맛자락을 휘날리는 여자였다. 가파른 산길을 거침없이 오르는 것으로 보아 경공술이 무척 뛰어난 사람들 같았다. 시선을 모아 자세히 살폈더니, 놀랍게도 사부와 사모였다. 영호충은 기쁜 마음에 큰 소리로 외쳐 불렀다.

"사부님! 사모님!"

악불군과 악 부인은 눈 깜짝할 사이 절벽 위로 올라왔다. 악 부인의 손에는 음식이 담긴 바구니가 들려 있었다. 화산파의 오랜 문규에 따르면, 제자가 죄를 지어 면벽 수행할 때에는 식사를 나르는 동문 사형제 외에는 그 누구도 사과애에 올라 이야기를 나누는 것이 금지되어 있었다. 설령 죄를 지은 사람의 제자라 해도 사부에게 문안을 여쭐 수 없었다. 그런데 악불군 부부가 몸소 여기까지 왔으니, 영호충은 기쁨을 숨기지 못하고 우르르 달려가 그 발치에 엎드려 악불군의 두 다리를 부여잡았다.

"사부님, 사모님! 뵙고 싶어 죽는 줄 알았습니다."

악불군은 보일락 말락 눈을 찌푸렸다. 그는 이 제자가 솔직하고 자제력이 약하다는 사실을 익히 알았고, 이런 성격이 화산파의 상승 기공을 익히는 데 큰 걸림돌로 작용한다는 사실이 우려스러웠다. 그들 부부는 절벽에 오르기 전부터 영호충이 병이 난 이유를 알고 있었다. 제자들이 우물쭈물 얼버무렸으나 여러 사람에게 들은 이야기를 종합해보면 악영산 때문에 벌어진 일임을 추측할 수 있었던 것이다. 그들은 딸을 불러 자세히 물었고, 민망한 얼굴로 더듬더듬 말하는 딸의 이야기를 통해 확실히 알게 되었다. 그런 사실도 달갑지 않았는데, 여전히 감정에 휘둘리는 영호충의 모습을 직접 보자 사과애에서 반년여를 지내면서도 자신을 다스리는 법을 전혀 깨닫지 못한 사실이 심히 못마땅했다.

악 부인이 영호충을 부축해 일으켰다. 생기 넘치던 지난날의 모습은 간데없고 수척하게 마른 얼굴을 보자 그녀는 애처로운 마음에 부드럽게 말했다.

"충아, 우리는 막 관외에서 돌아왔단다. 큰 병을 앓았다는 소식을 들었는데, 이제 좀 괜찮니?"

영호충은 가슴이 뜨거워져 하마터면 눈물을 흘릴 뻔했다.

"이제 다 나았습니다, 사부님, 사모님. 멀리 다녀오시느라 피곤하실 텐데, 오시자마자 이렇게… 이렇게 저를 만나러 와주셨군요."

어렵사리 말을 끝맺고 나자 감정이 북받쳐 목이 메었다. 그는 고개를 돌리고 글썽해진 눈물을 닦았다.

악 부인은 바구니에서 인삼탕 한 그릇을 꺼냈다.

"관외 야산에서 캔 인삼으로 끓였단다. 허약해진 몸에는 이보다 좋은 게 없으니 어서 마시려무나."

영호충은 천 리 먼 길 관외에서 돌아온 사부와 사모가 그곳에서 구한 인삼을 제일 먼저 자신에게 준다는 사실에 또 한 번 감동해 손까지 덜덜 떨렸다. 이 때문에 그릇을 받아들다가 약간 쏟자, 악 부인이 직접 그릇을 들고 그에게 먹여주었다.

영호충은 얼른 인삼탕 한 그릇을 싹 비우고 고개를 숙였다.

"감사합니다, 사부님, 사모님."

악불군이 손을 뻗어 그의 맥을 짚었다. 급박한 현활弦滑(한의학에서 말하는 맥상脈像으로 현맥은 주로 간에 문제가 있을 때, 활맥은 소화불량이나 열감 등이 있을 때 나타남)이 잡히고, 내공은 예전보다 크게 퇴보해 있었다. 그는 더욱 못마땅했다.

"병은 나았군!"

차갑게 내뱉은 그가 잠시 생각하다 다시 입을 열었다.

"충아, 사과애에서 몇 달 지내는 동안 도대체 무슨 일이 있었지? 어찌하여 내공이 늘지 않고 도리어 퇴보했느냐?"

영호충은 고개를 숙였다.

"죄송합니다. 용서해주십시오."

악 부인은 미소를 지었다.

"병을 앓았으니 몸이 전만 못한 것은 당연한 일이에요. 설마 병이 날 때마다 무공이 강해지기를 바라시는 건가요?"

악불군은 설레설레 고개를 저었다.

"체력이 아니라 내공 수위를 측정해본 것이오. 이는 병을 앓은 것과는 무관하오. 본 파의 기공은 다른 문파와 달리 열심히 수련하면 잠든 동안에도 끊임없이 증진하기 마련이오. 하물며 충이는 10년 넘게 기공을 익히지 않았소? 외상을 입지 않는 한 앓을 일도 없건만, 결국…

결국 칠정육욕七情六欲을 끊지 못해 이리 된 것이오."

악 부인도 남편의 말이 옳다는 것을 알고 영호충을 달랬다.

"충아, 네 사부님이 늘 말씀하시듯 기공과 검법은 열심히 수련해야 한단다. 너를 이 사과애에 보내 홀로 수련하게 한 까닭도 벌을 주고자 해서가 아니라, 바깥세상의 영향을 받지 않으면 1년 안에 기공과 검술이 크게 진보하리라 기대했기 때문이야. 그런데… 이렇게….'

영호충은 황공한 마음에 고개를 푹 숙였다.

"잘못했습니다. 오늘부터라도 열심히 연공하겠습니다."

"무림에 변고가 늘어나고 있다. 나와 네 사모는 최근 세상 곳곳을 분주하게 돌아다니며 제거하기 힘든 골칫거리를 많이 보았다. 좀 더 시간이 지나면 반드시 큰 화가 일어날 터라 실로 마음이 불안하다."

악불군은 잠시 뜸을 들였다가 다시 말했다.

"너는 본 파의 대제자다. 나도, 네 사모도 네게 거는 기대가 크다. 언젠가 네가 우리와 어려움을 나누고 재앙을 막아 화산파의 이름을 길이길이 빛내주기를 바란다. 그런데 너는 사사로운 남녀의 정에 얽매여 무예를 익히기는커녕 연공을 등한시하고 있으니, 참으로 실망스럽구나."

영호충은 사부의 얼굴에 어린 근심을 읽고 부끄러움과 두려움이 샘솟아 황급히 바닥에 엎드리며 말했다.

"사부님과 사모님의 기대를 저버리다니, 제가… 제가 죽을죄를 지었습니다."

악불군이 팔을 뻗어 그를 일으키며 빙그레 웃었다.

"잘못을 알았으니 되었다. 보름 뒤에 다시 와서 검법을 시험하겠다."

그가 손을 놓고 돌아서자 영호충이 급히 외쳤다.

"사부님, 드릴 말씀이…."

안쪽 동굴에 그려진 그림과 청포인에 대해 물어볼 생각이었으나, 악불군은 손을 휘휘 내저으며 내려가버렸다. 악 부인이 나지막이 말했다.

"보름 동안 열심히 검법을 익히렴. 네 장래에 큰 영향을 미칠 일이니 결코 소홀히 해서는 안 된다."

"예, 사모님…."

영호충은 또다시 이야기를 꺼내려 했지만 악 부인은 웃으며 악불군의 뒷모습을 가리키더니 똑같이 손을 내저으며 재빨리 남편을 따라갔다.

영호충은 혼자 중얼거렸다.

"장래에 큰 영향을 미칠 테니 소홀히 하지 말라고? 왜 그런 말씀을…? 게다가 사부님이 가신 후에야 몰래 귀띔해주시다니…. 혹시, 혹시…?"

갑작스레 뇌리를 스치는 생각에 영호충은 심장이 쿵쿵 뛰고 얼굴이 벌겋게 달아올랐다. 차마 깊이 생각할 용기가 나지 않았지만, 그럼에도 불구하고 마음속 깊은 곳에서는 희망이 뭉게뭉게 피어올랐다.

'혹시 내가 소사매 때문에 병이 난 걸 아시고 나와 소사매를 짝지어주시려는 건 아닐까? 기공이든 검법이든 열심히 익혀 사부님의 뒤를 이을 수 있다면 말이야…. 사부님은 확실한 말씀이 없으셨지만, 사모님은 날 친아들처럼 여겨 살며시 귀띔해주신 게 분명해. 그 외에 내 장래에 큰 영향을 미칠 일이 또 어디 있겠어?'

이런 생각을 하자 갑자기 온몸에 힘이 솟았다. 그는 검을 들고 사부가 전수해준 검법 중 가장 심오한 초식들을 하나하나 펼치기 시작했다. 그러나 안쪽 동굴의 벽화가 뇌리에 새겨져 무슨 초식을 펼치든 자연스레 이를 깨뜨리는 방법이 떠올라 도중에 멈출 수밖에 없었다.

'오늘은 사부님과 사모님께 동굴 벽화에 대해 말씀드릴 틈이 없었지만, 보름 후에 다시 오시면 반드시 말씀드려야겠다. 두 분이 보시면 분명 이 수많은 의혹을 풀어주시겠지.'

악 부인의 말은 영호충을 크게 진작시켰으나, 보름이라는 짧은 기간 동안 아무리 열심히 연공한다고 해도 기공과 검법이 눈에 띄게 늘어날 리 없었다. 게다가 그는 온종일 쓸데없는 생각에 빠져 있었다.

'사부님과 사모님은 나와 소사매를 맺어주려 하시지만, 소사매도 그걸 원할까? 정말 소사매와 내가 부부가 되면 소사매는 임 사제를 향한 정을 깨끗이 잊을 수 있을까? 어쩌면 임 사제는 갓 입문해서 소사매의 가르침을 받다 보니 심심풀이로 몇 마디 나눴을 뿐, 서로 정을 느끼지는 않았을지도 몰라. 함께 자라고 10여 년 동안 한솥밥을 먹은 나와 같은 마음일 리가 없지. 어쨌건 군옥원에서 여창해의 손에 맞아 죽을 뻔한 나를 임 사제가 소리를 쳐서 구해주었으니, 평생 그 은혜를 마음에 새기고 임 사제를 돌봐줘야 해. 임 사제가 위험에 처하면 목숨을 내던지는 한이 있어도 구해야지.'

보름은 순식간에 지나갔다. 보름째 되는 날 오후, 악불군 부부가 나란히 사과애에 올라왔다. 시대자와 육대유, 그리고 악영산이 뒤따랐다. 소사매를 보자 사부와 사모에게 인사하는 영호충의 목소리에 일말의 떨림이 묻어났다.

악 부인은 보름 전과 달리 원기왕성하고 혈색도 좋은 그를 보자 웃으며 고개를 끄덕였다.

"산아, 대사형에게 밥을 퍼주렴. 배불리 먹고 대련해야지."

"예."

악영산이 바구니를 들고 동굴로 들어가 바위 위에 놓았다. 그리고 그릇에 하얀 쌀밥을 가득 퍼담고 웃으며 영호충을 불렀다.

"대사형, 식사하세요!"

"고… 고마워."

"어머? 아직도 몸이 으슬으슬하세요? 목소리가 왜 그렇게 떨린담?"

악영산이 킥킥거리며 말했다.

"아… 아무것도 아니야."

영호충은 그렇게 대답하며 속으로 생각했다.

'앞으로 하루하루 식사 때마다 소사매가 곁에 있어준다면 평생 더 바랄 것이 없겠구나.'

이런 생각뿐이니 음식을 음미할 기분이 아니었다. 그는 허둥지둥 밥을 입에 쑤셔넣어 순식간에 한 그릇을 비웠다. 악영산이 다정하게 말했다.

"더 드릴게요."

"고맙지만 됐어. 사부님과 사모님이 기다리시잖아."

동굴을 나가보니 악불군 부부는 바위에 앉아 있었다. 영호충은 그쪽으로 다가가 허리를 숙여 예를 갖췄다. 뭔가 말하고 싶었지만, 무슨 말을 해야 좋을지 당장 떠오르지 않았다. 옆에 있던 육대유가 싱글벙글하며 그에게 눈을 찡긋해 보였다.

'여섯째 사제도 소식을 들었구나. 그래서 저렇게 기뻐하는 거야.'

악불군의 시선이 그의 얼굴 위를 이리저리 훑었다. 한참 동안 그렇게 바라보던 그가 이윽고 입을 열었다.

"근명이 내일 장안에서 돌아올 것이다. 전백광이 장안에서 굵직굵직한 사건들을 저질렀더구나."

영호충은 어리둥절했다.

"전백광이 장안에 있습니까? 나쁜 짓이라도 한 모양이군요."

"이를 말이냐? 하룻밤 만에 장안성의 부호 일곱 집을 털었다. 그것뿐이면 좋겠다만, 집집마다 담벼락에 '만리독행 전백광이 빌려간다'라고 써놓았다는구나."

영호충은 노한 목소리로 대답했다.

"장안성은 화산 근방입니다. 그런 글을 썼다면 우리 화산파에게 시비를 거는 수작이 분명하군요. 사부님, 저희가…"

"어쩌겠다는 것이냐?"

"아닙니다. 사부님과 사모님같이 존귀하신 분이 그 악당 때문에 보검을 더럽히실 이유가 없지요. 게다가 저는 아직 공력이 부족해 그자의 적수가 되지 못하는 데다, 죄를 지은 몸이라 사과애를 떠날 수도 없습니다. 그자가 화산 발치에서 난장 치는 것을 지켜봐야만 하다니, 이가 갈립니다."

"만에 하나 네가 그 악한을 주살할 수 있다면 내 하산을 허락하여 공으로써 죄를 무마하게 해주겠다. 너희 사모가 창안한 무쌍무대 영씨 일검을 펼쳐보아라. 반년이 흘렀으니 십중팔구는 이해했을 터이고, 네 사모가 좀 더 지도해주면 그 악당을 물리칠 수 있을지도 모른다."

'사모님은 그 초식을 전수하신 적이 없는데….'

영호충은 당황했으나 곧 무슨 뜻인지 깨달았다.

'사모님께서 그 초식을 펼친 뒤 정식으로 가르쳐주시지는 않았지만, 내가 본 파의 무공을 잘 아니 요결은 깨우쳤다고 생각하셨겠지. 그로부터 반년이 지났으니 내가 그 초식을 갈고닦아 거지반 익혔다고 짐작하신 거야.'

그는 마음속으로 되풀이해 중얼거렸다.

'무쌍무대 영씨일검… 무쌍무대 영씨일검!'

이마에서 식은땀이 흐르기 시작했다. 처음 사과애에 올랐을 때만 해도 오로지 그 오묘한 초식만이 그의 머릿속에 가득했고, 거듭 펼쳐보기도 했다. 그러나 안쪽 동굴의 벽화를 본 뒤로 화산파의 그 어떤 검법도 적에게 깨어진다는 사실을 깨달았고, '무쌍무대 영씨일검'은 특히 참혹하게 무너졌기 때문에 이 초식에 대한 믿음을 완전히 잃어버리고 말았다. '그 초식은 쓸모가 없습니다. 벌써 깨어졌으니까요'라는 말이 몇 번이나 입 밖으로 나올 뻔했지만 꾸역꾸역 삼켰다. 무슨 일이 있어도 시대자와 육대유 앞에서 사모가 무척 자랑스러워하는 초식을 비난할 수는 없었다.

이상야릇한 그의 표정을 보고 악불군이 물었다.

"아직 익히지 못했느냐? 괜찮다. 그 초식은 화산파 무공의 정수를 담고 있으니 내공이 부족하면 익히기 어렵지. 시간이 지나면 차차 깨우치게 될 것이다."

악 부인이 웃으며 나섰다.

"충아, 어서 사부님께 절을 올리렴. 사부님이 네게 자하공을 전수하기로 하셨단다."

"예! 감사합니다, 사부님."

영호충은 깜짝 놀라 재빨리 땅에 엎드렸다. 악불군이 그런 그를 붙잡아 일으키며 웃는 얼굴로 말했다.

"자하공은 본 파에서 가장 고강한 기공 심법이다. 내가 쉬이 전수하지 않은 이유는 가르쳐주기 아까워서가 아니라, 이 기공을 익힌 뒤에는 필히 잡념을 끊고 용감하게 정진해야 하기 때문이다. 도중에 멈추면 연공하는 사람에게 큰 피해가 돌아와 주화입마走火入魔에 빠질 수도 있다. 충아, 먼저 반년간 네 무공이 얼마나 늘었는지 먼저 확인한 다음 자하공을 전수할지 어쩔지 결정하마."

시대자와 육대유, 악영산은 '자하공'이라는 말에 몹시 부러운 표정을 지었다. 세 사람 모두 자하공이 얼마나 위력적인지 들어 알고 있었다. '화산파 아홉 기공 중 으뜸은 자하공'이라는 말이 괜히 나도는 것이 아니었다. 화산파 제자들 중 무공으로 영호충을 따를 사람은 아무도 없었고, 훗날 사부의 뒤를 이어 화산파를 다스리게 될 사람 역시 영호충이라고 모두들 짐작하고 있었다. 단지 사부가 화산파의 제일가는 신공을 이렇게 빨리 그에게 전수할 줄은 예상하지 못했던 것이다.

육대유가 끼어들었다.

"대사형은 무척 열심히 연공하셨어요. 제가 식사를 가져올 때마다 좌선이나 연검을 하고 계셨으니까요."

악영산이 눈으로 그를 흘기며 콧잔등을 찡그렸다.

'거짓말쟁이, 어떻게든 대사형을 도울 생각뿐이라니까.'

"충아, 검을 뽑아라! 우리 셋이서 전백광을 물리치자꾸나. 일이 닥

첬을 때 허둥지둥 달려들기보다 미리 준비하는 것이 더 좋지 않겠니.”

악 부인이 웃으며 말하자, 영호충은 어리둥절했다.

“사모님, 지금 셋이서 전백광을 물리치자고 하셨습니까?”

“네가 그자에게 도전장을 내밀면 네 사부와 내가 몰래 도울 생각이란다. 누가 그자를 죽이든 네 손에 죽었다고 하면 무림동도들 사이에서 우리 부부의 체면이 깎일 일도 없겠지.”

듣고 있던 악영산이 손뼉을 쳤다.

“와, 정말 좋은 생각이에요. 아버지와 어머니가 도와주신다면야 저도 할 수 있겠는데요? 그런 간악한 자가 제 손에 죽었다고 알려지면 더 좋잖아요?”

악 부인이 빙긋 웃었다.

“샘도 많구나. 마치 다 지은 밥처럼 보이는 모양이지? 네 대사형은 목숨을 걸고 전백광과 수백 초를 싸워 그자의 허실을 잘 알지만, 네 실력으로는 그자의 상대가 못 된단다. 더욱이 너는 여자잖니. 그런 악당의 이름조차 입에 올리지 말아야 하는데 직접 싸우겠다니, 말도 안 되는 소리야.”

말이 끝나기 무섭게 그녀가 검을 휙 뽑아 영호충의 가슴을 찔러갔다.

딸과 이야기를 나누던 그녀가 눈 깜짝할 사이 이런 공격을 펼치리라고는 누구도 예상하지 못했다. 다행히 영호충은 기민하여 즉각 검을 뽑아 막았다. 땡 소리를 내며 검이 부딪치고, 영호충은 한 발짝 뒤로 물러섰다. 악 부인은 잇달아 여섯 번 검을 찔렀다. 쉭쉭쉭, 땡땡땡, 공기를 가르는 소리와 검 부딪는 소리가 울려퍼지는 가운데 영호충은 여섯 번의 검을 모두 막았다.

"받아라!"

악 부인의 검법이 급변했다. 그녀는 검을 높이 세웠다가 똑바로 내리치는 자세로 번개같이 영호충을 공격했는데 화산파의 검법은 아니었다.

영호충은 단박에 그녀의 생각을 읽었다. 사모는 그가 파해법을 깨닫고 강적을 물리칠 수 있도록 전백광의 쾌도를 흉내 내고 있는 것이었다. 악 부인의 초식은 점점 더 빨라져 초식과 초식 사이에 뚫고 들어갈 틈조차 없었다.

악영산이 아버지에게 말했다.

"아버지, 어머니께서 쓰는 초식이 몹시 빠르기는 하지만, 그래도 검법이지 도법은 아니잖아요. 전백광의 쾌도는 저렇지 않을 거예요."

악불군은 빙그레 웃었다.

"전백광은 무공이 뛰어난 자다. 그자의 도법을 흉내 내는 것이 어디 그리 쉽겠느냐? 네 어머니는 그 도법을 흉내 내려는 것이 아니라 단순히 그 속도를 똑같이 재연하려는 것이다. 전백광을 물리치기 위해서는 그 도법을 깨뜨리기보다는 도법의 빠름을 막아내는 것이 관건이지. 잘 보아라. 그래, 유봉래의! 훌륭하다!"

영호충이 왼쪽 어깨를 살짝 내리고 검결을 짚으며 오른팔을 움츠려 유봉래의를 펼치고 있었다. 그 순간 유봉래의를 펼친 것은 탁월한 선택이었으므로, 악불군도 기쁨을 감추지 못하고 큰 소리로 외쳤던 것이다.

그런데 그의 외침이 끝나기도 전에 영호충의 검이 힘없이 흔들리더니 악 부인의 검망劍網을 관통하지 못하고 비껴났다. 악불군은 한숨을 쉬었다.

'쯧쯧, 저리밖에 못하다니.'

악 부인은 사정없이 검을 쉭쉭쉭 찔렀고 영호충은 막기에만 급급했다.

제자가 허둥지둥 두서없이 초식을 펼치고, 제멋대로 방어할 때도 열 번 중 두세 번은 타 문파의 초식을 쓰는 모습을 보자 악불군의 얼굴은 점점 더 일그러졌다. 그러나 비록 잡다하고 체계가 없어 보여도 영호충의 검법은 악 부인의 날카로운 공격을 하나하나 막아내고 있었다. 밀리고 밀려 우뚝 선 돌벽까지 밀려나 더 이상 갈 곳이 없어지자, 영호충도 차츰 반격을 시도했다. 어느 순간, 적당한 틈을 발견하고 창송영객을 펼치자 검광이 화려하게 허공을 수놓으며 악 부인의 미간으로 날아들었다.

악 부인은 재빨리 검을 세워 막고 어지럽게 검광을 흩뿌려 방어막을 쳤다. 창송영객에 무시무시한 변초가 숨어 있는 데다 영호충이 이 초식에 능수능란하니 찔리는 것은 피한다 해도 완전히 막아내기가 쉽지 않았기 때문에 방어 자세를 취한 것이었다. 그녀는 단단히 각오하고 기다렸지만 뜻밖에도 영호충은 검을 비스듬히 돌리는 것이 아닌가? 속도도 느리고 힘도 실리지 않아 위력이라고는 전혀 느낄 수 없는 초식이었다. 악 부인이 호되게 꾸짖었다.

"똑바로 하지 못해? 대체 무슨 잡생각을 하는 거니?"

또다시 쉭쉭쉭 하며 그녀의 검이 날아들자 영호충은 훌쩍 몸을 날려 피했다. 악 부인이 날카롭게 외쳤다.

"창송영객을 그 모양으로 펼치다니? 병을 좀 앓았다고 검법까지 까많게 잊었니?"

"죄송합니다."

영호충은 부끄러운 얼굴로 대답하며 다시 반격했다.

시대자와 육대유는 점점 험악해지는 사부의 표정에 가슴이 조마조마했다. 악 부인은 바람을 쌩쌩 일으키며 절벽 위를 어지럽게 휘돌았다. 푸르른 적삼이 허공에 붓질이라도 한 듯 길게 꼬리를 그리고, 검광은 여기 번쩍 저기 번쩍 하며 초식을 알아보지 못할 만큼 빠르게 움직였다. 영호충의 머릿속에서 오만 가지 생각들이 어지러이 명멸했다.

'내가 야마분치野馬奔馳를 쓰면 상대는 곤봉으로 가로막는 초식으로 내 공격을 깨뜨릴 것이다. 초식대로 비스듬히 공격하면 중상을 입고 말겠지.'

사부에게 배운 검법을 펼치려 할 때마다 동굴 벽화에 그려진 파해법이 함께 떠올랐다. 유봉래의와 창송영객을 끝까지 펼치지 못한 이유도 그 초식의 파해법이 연상되어 두려운 마음에 자연스레 움츠러들었기 때문이었다.

악 부인은 영호충이 '무쌍무대 영씨일검'으로 물리쳐주기를 바라며 쾌검을 펼쳤지만, 영호충은 대범하게 공격하지 못하고 자꾸만 움츠러들었다. 무언가에 겁을 잔뜩 집어먹고 넋이 나간 사람 같았다. 악 부인이 아는 그는 어렸을 때부터 세상 두려운 줄 모르던 용감하고 대범한 제자였다. 그런데 지금 한 번도 본 적 없는 주눅 든 모습을 대하자 절로 화가 치밀었다.

"어서 그 검법을 펼쳐라!"

매서운 명령에 영호충도 어찌할 방도가 없었다.

"예!"

그는 대답과 함께 검을 똑바로 뻗어내며 내공을 끌어올려 초식을 펼쳤다. 악 부인이 창안한 무쌍무대 영씨일검, 바로 그 초식이었다.

"그래, 그거야!"

이 초식의 무서움을 잘 아는 악 부인은 정면으로 맞서는 대신 몸을 핑그르르 돌려 피하며, 검을 잡아당겼다가 빠르게 옆으로 찔렀다. 하지만 영호충은 다른 생각뿐이었다.

'이 초식은 실패다, 소용없어. 펼쳐봤자 여지없이 깨질 뿐이야.'

별안간 손목이 찌릿하며 검이 손아귀에서 달아났다. 영호충은 화들짝 놀라 저도 모르게 비명을 질렀다.

곧이어 악 부인이 검을 똑바로 뻗었다. 검이 무지개를 그리며 날카롭게 공기를 갈랐다. 바로 무쌍무대 영씨일검이었다. 이번에는 처음 펼쳤을 때보다 훨씬 더 위력적이었다. 자신이 만들어낸 초식에 흐뭇해하던 그녀가 어떻게 하면 더 빨라질지, 어떻게 하면 더 강해져 적을 일격에 쓰러뜨릴 수 있을지 고민에 고민을 거듭한 결과였다. 이 자랑스러운 초식을 영호충이 처음에는 제법 흉내를 내다가 도중에 허물어져 이도저도 아닌 꼴이 되자 그녀로서는 도저히 화를 참을 수가 없었다. 극강의 절초를 펼치면서도 겁을 먹고 우물쭈물하는 모습이 보기 싫어 스스로 그 초식을 펼쳐 보인 것이었다. 물론 제자를 해칠 생각은 없었지만, 초식의 위력이 너무 강해 검이 채 닿기도 전에 검광이 영호충의 몸을 완전히 휘감았다.

악불군이 볼 때 영호충은 피할 수도, 막을 수도 없었다. 반격하기란 더욱더 요원했다. 지난번에는 검이 영호충의 몸에 닿기 전에 악 부인이 내공을 써서 검을 부러뜨렸지만, 이번에는 모든 힘이 검끝에 실려 거둬들이기가 쉽지 않았다.

"이런!"

악불군은 황급히 딸의 검을 뽑아 악 부인의 검이 한 치만 더 나아가면 가로막기 위해 한 걸음 다가섰다. 두 사람의 무공은 악불군이 근소하게 앞서지만 악 부인이 기선을 제압한 지금 완전히 막을 수 있다는 확신은 없었다. 영호충이 가벼운 상처만 입고 끝나기만을 바랄 뿐이었다.

위기일발의 순간, 영호충이 별안간 허리에 찬 검집에 손을 가져가며 다리를 굽히고 몸을 숙였다. 그와 동시에 검집이 날아드는 악 부인의 검을 정확하게 겨눴다. 바로 곤봉을 쓰는 사람이 다가오는 검에 곤봉을 정확히 일자로 맞추는 동굴 벽화와 똑같은 자세였다. 검과 곤봉이 부딪쳐 내공을 겨루게 되면 검이 부러지는 수밖에 없었다. 검을 잃고 전광석화같이 내리치는 검광을 마주하자 극도의 혼란에 빠진 영호충이 스스로를 방어하기 위해 본능적으로 뇌리에 깊이 남아 있던 초식을 펼친 것이었다. 악 부인의 검이 빠른 만큼 그 역시 빠르게 반응해야 했다. 생각할 여지나 곤봉을 찾아 헤맬 시간 따위는 결코 없었다. 허리에 찬 검집을 잡아 악 부인의 검 앞으로 내민 것도 이 때문이었다. 설사 그때 그의 손에 있는 것이 진흙이나 지푸라기였더라도 똑같은 자세로 검을 향해 내밀었으리라.

악 부인의 검이 철컥 소리를 내며 검집으로 쑥 들어갔다. 영호충이 당황한 나머지 검집을 잡자마자 내미는 바람에 검집 입구가 앞으로 향했고, 악 부인의 검은 부러지는 대신 검집 속으로 들어간 것이다. 초식을 펼쳤으니 팔에 내공이 실린 것은 당연한 일이었다. 손아귀에 불타는 통증을 느낀 악 부인이 깜짝 놀라 검에서 손을 뗐다. 그 덕에 검은 검집째 고스란히 영호충에게로 넘어갔다. 동굴 벽화의 이 초식 뒤에는 이어지는 변화가 많아 한 번 펼친 이상 넋이 나간 영호충 스스로는 멈출 수가 없었던지라, 그는 자연스레 악 부인의 목을 향해 검집을 찔렀다. 역설적이게도 그녀의 목을 노리는 것은 다름 아닌 그녀 자신이 쓰던 검의 자루였다.

놀라고 분노한 악불군이 재빨리 검을 뺏어 영호충의 검집을 힘껏 때렸다. 자하공을 사용했기 때문에 검집을 쥔 영호충은 몸이 후끈해지는 것을 느끼고 우당탕 뒤로 밀려나 엉덩방아를 찧었다. 검집도, 그 안에 든 검도 무사하지 못해 산산조각이 난 채 바닥에 흩어졌다. 때마침 영호충이 쓰던 검이 새하얀 빛을 뿌리며 아래로 떨어지더니 자루만 남긴 채 땅에 콱 박혔다. 시대자와 육대유, 악영산은 그 놀라운 광경에 입을 다물지 못했다.

악불군이 영호충 앞으로 다가가 따귀를 두 번 올려붙였다.

"짐승 같은 놈, 무슨 짓이냐?"

노여움이 가득한 목소리였다.

영호충은 머리가 어질어질해 비틀거리다가 바닥에 털썩 엎드렸다.

"사부님, 사모님! 죽을죄를 지었습니다!"

이미 화가 머리끝까지 난 악불군은 그 모습을 보고도 재차 꾸짖었다.

"반년 동안 사과애에서 무엇을 하였더냐? 네가 여기서 익힌 무공이 무엇이냐?"

"제, 제자는… 아무것도 익히지 않았습니다."

악불군이 더더욱 매몰차게 몰아붙였다.

"사모의 검을 상대한 방법은 어떻게 나온 것이냐?"

영호충은 우물쭈물 대답했다.

"저, 저는 아무 생각이 없었습니다. 위급한 상황에 그저… 그저 아무 생각 없이 움직였을 뿐입니다."

그 말을 듣자 악불군은 한숨을 내쉬었다.

"아무 생각 없이 한 짓이라는 것은 나도 안다. 그렇기 때문에 내가 이리 화를 내는 것이다. 네 이미 벗어날 수 없는 사도邪道에 빠져들었다는 사실을 아느냐?"

영호충은 고개를 푹 숙였다.

"부디 가르쳐주십시오, 사부님."

한참 만에야 정신을 차린 악 부인이 퉁퉁 부어오르고 퍼렇게 멍든 영호충의 얼굴을 보고 안쓰러워하며 말했다.

"일어나렴! 이게 다 무슨 일인지 너는 당연히 모르겠지."

그녀는 남편을 돌아보며 말했다.

"사형, 충이의 자질이 뛰어나다 보니 우리가 이끌어주지 않는 사이 혼자 연공하다 이렇게 된 거예요. 길을 잃은 지 오래되지 않았으니 바로잡기에 늦지 않았어요."

악불군은 고개를 끄덕이고 영호충에게 말했다.

"일어나라."

영호충은 몸을 일으켜 바닥에 흩어진 조각난 검과 검집을 내려다보았다. 사부와 사모가 어째서 자신이 사악한 길에 빠졌다고 하는지 도무지 알 수가 없었다.

악불군은 나머지 제자들에게 손을 흔들었다.

"너희도 이리 오너라."

"예."

시대자와 육대유, 악영산은 고분고분 대답하고 그의 앞으로 갔다.

악불군은 바위에 앉아 천천히 입을 열었다.

"25년 전, 본 파의 무공은 정도와 사도로 나뉘어 있었다."

영호충을 비롯한 제자들은 눈 휘둥그레졌다.

'화산파 무공이면 화산파 무공이지, 그 안에 정도와 사도가 있다고? 예전에는 이런 말씀을 하신 적이 없는데.'

악영산이 호기심을 이기지 못하고 물었다.

"아버지, 저희가 배우는 것은 물론 정도의 무공이겠지요?"

"당연하다. 설마 방문좌도의 무공임을 알고도 배울 리 있겠느냐? 허나 방문좌도들은 스스로 정도를 자처하며 우리를 방문좌도로 치부했지. 시간이 흐르면서 정도와 사도는 자연히 갈라서게 되었고, 방문좌도의 무리는 연기처럼 흩어져 25년 동안 다시는 세상에 모습을 드러내지 않았다."

"어쩐지… 처음 듣는 이야기더라니. 그 방문좌도들이 사라졌다면 더 이상 신경 쓸 필요도 없잖아요, 아버지."

"모르는 소리! 방문좌도란 엄격히 말해 사파와는 다르다. 그 또한 본 파의 무공이되 연공에 중점을 두는 부분이 다를 뿐이지. 내가 너희에게 무공을 전수할 때 가장 먼저 가르치는 것이 무엇이냐?"

이렇게 말하는 악불군의 시선이 영호충을 향했다. 영호충이 대답했다.

"사부님께서는 먼저 기를 운용하는 구결을 가장 먼저 알려주시고,

기공 수련부터 시작하게 하셨습니다."

"그렇다. 화산파 무공의 근본은 바로 '기氣'에 있다. 기공을 연성하면 권법이든 검법이든 성취하지 못하는 것이 없는 법, 그것이 바로 정도의 수련 방법이다. 그러나 본 파의 선배들 중 일부는 의견이 달랐다. 바로 본 파 무공의 근본이 '검'이라고 생각하신 것이다. 검술을 완벽히 익히면 내공이 부족하더라도 적을 제압하고 승리를 쟁취할 수 있다고 말이다. 정도와 사도의 차이는 바로 여기에 있다."

"아버지, 궁금한 게 있어요. 이상한 질문이라고 화내지 마세요."

악영산이 조심조심 물었다.

"해보아라."

"본 파의 무공에 기공도 물론 중요하지만, 검술 역시 소홀히 할 수는 없잖아요. 아무리 내공이 뛰어나도 검술을 익히지 않으면 우리 화산파 무공의 위세를 제대로 보여줄 수가 없는걸요."

악불군은 코웃음을 쳤다.

"누가 검술을 소홀히 하라 했더냐? 요컨대 무엇이 우선하느냐를 따질 때 기공이 먼저라는 말이다."

"그럼 기공과 검술을 똑같이 중요하게 생각하는 것이 제일 좋잖아요."

악영산의 말에 악불군은 버럭 화를 냈다.

"그 말이야말로 사도가 아니고 무엇이냐? 둘 다 중요하다는 말은 둘 다 중요하지 않다는 말과 같다. 뱀을 잡으려면 꼬리가 아니라 머리를 때리라고 했으니, 무엇이 머리고 무엇이 꼬리인지는 반드시 명확히 구분해야 한다. 당시 본 파는 정도와 사도의 논쟁으로 실로 시끄럽고 혼란스러웠다. 네가 30년 전에 그런 말을 했다면 아마도 반나절이 지나기도 전에 목이 떨어졌을 것이다."

악영산은 혀를 쑥 내밀며 장난스레 말했다.

"말 한마디 잘못했다고 목이 떨어지다니, 그런 횡포가 어디 있어요?"

"내가 어렸을 때만 해도 기종氣宗과 검종劍宗의 승부가 가려지지 않았었지. 당시 공공연히 그런 말을 하면, 기종에게도 미움을 사고 검종에게도 미움을 샀을 것이다. 기공과 검술이 모두 중요해 우열을 가릴 수 없다는 말은, 기종에게는 검술이 중요하다는 의미로, 검종에게는 기공이 중요하다는 의미로 받아들여질 것이니, 양쪽 모두를 거스르게 된다."

"누가 옳고 그른지 말로만 따지지 말고 대련을 해서 공정하게 밝히면 되잖아요?"

딸의 말에 악불군은 한숨을 쉬며 천천히 설명했다.

"50여 년 전, 우리 기종은 소수요, 대다수는 검종이었다. 게다가 검종의 무공은 익히는 속도가 빠르고 성취도 빨랐지. 똑같이 10년을 수련하면 검종이 우세하고, 20년을 수련하면 고하를 가릴 수 없는 반면, 20년 후에는 기종의 무공이 점점 더 강해져 30년째가 되면 검종의 무공으로는 기종의 무공을 따라잡을 수 없게 된다. 그 말인즉 20년이 지나야만 진정한 승부를 낼 수 있다는 뜻이니, 20년간 양쪽이 얼마나 극렬하게 싸웠는지 말하지 않아도 알 수 있을 것이다."

"결국 마지막에는 검종이 패배를 인정하고 물러난 거죠, 네?"

악불군은 고개를 저으며 한참 동안 말이 없다가 이윽고 다시 입을 열었다.

"그들은 죽어도 패배를 인정하지 않았다. 옥녀봉에서 벌어진 비검에서 여지없이 무너지자 대부분은… 자결했다. 남은 사람들도 조용히 모습을 감추고 다시는 무림에 나타나지 않았지."

귀 기울여 듣고 있던 제자들은 약속이나 한 듯 탄성을 질렀다. 악영산이 물었다.

"한솥밥을 먹던 동문 사형제인데 비검 때문에 그렇게까지 할 필요가…. 대체 뭐가 그렇게 중요했을까요?"

"무학의 근본을 따지는 일이 어찌 동문들 간의 단순한 대련과 같겠느냐? 마침 그때 오악검파의 맹주를 선출했는데, 인품과 무공으로 보아 마땅히 본 파의 차지였으나 격렬한 내분이 벌어지고 옥녀봉의 비검에서 스무 명가량의 고수를 잃는 바람에 숭산파에게 빼앗기고 말았다. 그 비검에서 검종이 대패했지만 기종의 고수들도 적잖이 피해를 입어 어쩔 수 없었지. 이 모든 일이 바로 기종과 검종의 싸움에서 비롯된 것이다."

제자들이 고개를 끄덕이는 가운데 악불군의 말이 이어졌다.

"오악검파의 맹주 자리는 아까울 것 없고, 본 파의 위세가 꺾인 것 또한 어쩔 수 없는 일이다만, 가장 중요한 점은 사형제들 간에 내분이 벌어져 서로 죽고 죽였다는 사실이다. 동문 사형제란 골육과도 같은데 서로 칼을 맞대고 죽이다니 얼마나 참혹한 일이냐? 그때의 광경을 떠올리면 아직도 심장이 떨린다."

말을 마친 그가 악 부인에게 시선을 던졌다.

악 부인 역시 동문들이 서로를 죽이던 옛일이 떠오르는지 뺨을 파르르 떨었다.

악불군은 천천히 옷깃을 풀고 가슴을 드러냈다. 악영산이 비명을 질렀다.

"아니, 아버지, 그… 그건…."

악불군의 왼쪽 어깨부터 오른쪽 가슴까지 두 자 길이의 흉터가 비스듬하게 나 있었다. 오래된 흉터지만 여전히 불그스름해서 당시 입은 상처가 목숨을 앗아갈 만큼 심각했다는 사실을 짐작할 수 있었다. 악불군의 품속에서 자란 영호충과 악영산도 그에게 이런 상처가 있다는 사실을 여태 알지 못했다. 악불군은 옷깃을 여미고 단추를 채우며 말했다.

"옥녀봉의 비검 때 나 역시 한 사숙님의 검에 맞아 혼절해 쓰러졌다. 그분은 내가 죽은 줄 알고 돌아서셨지만, 만에 하나 한 번 더 찔렀다면… 후…."

"아버지께서 안 계셨으면 이 영산도 태어나지 못했겠네요."

악영산이 웃으며 농을 건네자 악불군도 빙긋 웃었지만 곧 진지한 표정으로 돌아가 다짐했다.

"이 일은 본 파의 기밀이니 결코 누설해서는 안 된다. 다른 문파 사람들은 우리 화산파가 하루아침에 스무 명의 고수를 잃었다는 사실만 알 뿐, 그 진정한 이유는 모른다. 본 파의 크나큰 수치였던 탓에 차마 외부인에게 알릴 수 없어 갑작스러운 전염병이 돌았다고 둘러댔다. 내 너희 앞에서 부득불 이런 이야기를 꺼낸 이유는 오늘 일이 그 사건과 밀접한 관계가 있기 때문이다. 충아, 네가 지금 눈앞에 펼쳐진 길로 계속 나아가면 3년이 채 되지 않아 검술이 기공보다 우선한다는 믿음을 갖게 될 것이다. 이는 실로 위험천만한 일이다. 너 자신을 해칠 뿐 아니라 지난날 수많은 선배들의 목숨과 바꿔 이룩한 본 파 정통 무학을 무너뜨리고, 종래에는 화산파마저 네 손에 쓰러질 것이다."

이 말을 들은 영호충은 온몸이 식은땀에 젖어 덜덜 떨며 고개를 숙였다.

"제가 큰 잘못을 저질렀습니다. 사부님, 사모님, 부디 중벌을 내려주십시오."

악불군은 크게 탄식했다.

"사실 너 역시 모르고 한 일이 아니더냐. 모르고 한 일은 잘못이라 할 수 없다. 허나 당시 검종 사백님과 사숙님들 또한 절정의 무공을 익혀 본 파를 빛내겠다는 좋은 마음으로 시작하신 일인데도 길을 잘못 드는 순간 깊이 빠져들어 벗어날 수 없게 되고 말았다. 내 오늘 너를 호되게 나무라지 않는다면, 네 자질과 총명함으로 보아 속성으로 무공을 익히는 사도에 쉽게 빠져들 것이다."

"알겠습니다!"

"충아, 방금 검집으로 내 검을 겨눌 때 무슨 생각을 했지?"

악 부인이 나서서 묻자 영호충은 부끄러워 고개조차 들지 못한 채 대답했다.

"오로지 사모님의 날카로운 일격을 막을 생각뿐이었습니다. 그런데… 그런데 이런…."

"바로 그렇단다. 기종과 검종 중 어느 쪽이 강한지는 너도 이미 알겠지. 방금 그 움직임은 교묘하기 짝이 없었지만, 네 사부님의 상승 기공 앞에서는 아무 소용없지 않았니? 옥녀봉의 비검 당시 검종의 고수들이 펼친 초식들은 변화가 꼬리에 꼬리를 물어 몹시 복잡했단다. 그렇지만 자하공을 익히신 네 사조님께서는 단순한 것으로써 복잡한 것을 물리치고 정으로써 동을 제압하여, 검종의 고수 10여 명을 물리치고 본 파 정통 무학의 기틀을 다지셨지. 너희 모두 오늘 사부님의 가르침을 가슴 깊이 새겨야 한다. 본 파의 무공은 기공을 기반으로 검술을 펼치는 것이야. 기공이 앞서고 검술은 뒤를 따르며, 기공이 머리고 검술은 꼬리다. 기공을 제대로 익히지 않으면 아무리 검술이 강해도 종국에는 아무 소용이 없게 된단다."

영호충과 시대자, 육대유, 악영산은 가르침을 받아들인다는 뜻으로 조용히 허리를 숙였다.

악불군이 영호충을 불렀다.

"충아, 내 본디 네게 자하공 입문 구결을 전수하고 함께 하산하여 전백광이라는 악당을 죽일 생각이었다만, 잠시 미룰 수밖에 없구나. 두 달 동안 그간 내가 전수한 기공들을 열심히 익히고, 방문좌도의 괴상야릇한 검법 따위는 깨끗이 잊도록 해라. 나중에 다시 와서 네 무공에 진전이 있는지 확인하겠다."

여기까지 말한 다음 그는 갑자기 얼굴을 굳히며 모진 목소리로 덧붙였다.

"만에 하나 미혹에서 깨어나지 못하고 계속하여 검종의 사도를 걷는다면, 최악의 경우 네 목숨을 취할 것이요, 그렇지 않더라도 무공을 폐해 사문에서 축출할 것이다. 그때가 되면 아무리 울고 매달려도 돌이킬 수 없으니 이 사부의 말을 명심하거라!"

영호충은 이마에서 식은땀을 뚝뚝 흘리며 대답했다.

"예, 반드시 명심하겠습니다."

악불군은 딸을 돌아보았다.

"산아, 대유야, 너희도 성격이 급해 위험하기는 마찬가지다. 내 오늘 너희 대사형에게 한 말, 너희 또한 명심해야 한다."

"예!"

육대유는 순순히 대답했지만 악영산은 이번에도 말대꾸를 했다.

"저와 여섯째 사형은 성격이 급해도 대사형처럼 총명하지 못해서 스스로 초식을 만들 수가 없어요. 마음 푹 놓으세요, 아버지."

악불군은 코웃음을 쳤다.

"스스로 초식을 만들 수가 없어? 흥, 그럼 너와 충이가 만든 충영검법은 무엇이더냐?"

그 한마디에 영호충과 악영산의 얼굴이 동시에 홍당무가 되었다.

"제자가 어리석었습니다."

"그건 아주 옛날 일이에요. 그때 저는 아직 어려서 아무것도 모르는 채 대사형과 장난을 친 것뿐이라고요. 그런데 아버지가 그걸 어떻게 아세요?"

"문하 제자들이 검법을 창안해 새 문호를 세우는데 장문인이 까맣게 모르면 멍청이가 아니겠느냐?"

악영산은 아버지의 소매에 매달리며 까르르 웃었다.

"아버지, 또 놀리시는 거죠?"

그러나 영호충은 사부의 목소리나 표정에서 웃음기를 일절 찾을 수 없어 가슴 한편이 서늘했다.

악불군이 일어나며 말했다.

"본 파 무공을 깊이 익히면 꽃이나 풀로도 사람을 상하게 할 수 있다. 사람들은 화산파의 장기가 검술이라고 하지만, 이는 우리 화산파를 얕보는 말이나 마찬가지다."

그가 왼쪽 소매를 휘두르자 보이지 않는 힘이 뻗어나가 육대유가 차고 있던 검을 검집에서 쑥 뽑아냈다. 악불군이 다시 오른쪽 소매를 떨쳐 검신을 때리자 땡그랑 하는 소리와 함께 검이 두 동강 났다. 제자들은 모두 놀라 눈이 휘둥그레졌고, 남편을 바라보는 악 부인의 눈동자에는 흠모와 경탄의 빛이 흘러넘쳤다.

"가자!"

악불군이 부인을 대동해 먼저 걸음을 떼자 악영산과 시대자, 육대유도 곧 뒤를 따랐다.

영호충은 놀라움과 기쁨에 휩싸여 바닥에 떨어진 두 동강 난 검을 응시했다.

'본 파의 무공은 이렇게나 강력하구나. 그 어떤 검법이든 사부님께서 펼친다면 아무도 깨뜨릴 수 없어!'

그는 고개를 들고 동굴 쪽을 바라보았다.

'저 동굴의 그림들은 오악검파의 절초들을 완전히 깨뜨렸다고 자부하지만, 오악검파는 지금까지도 무림에 우뚝 서서 명성을 날리고 있어. 이는 오악검파가 상승의 기공에 근본을 두기 때문이야. 초식을 펼칠 때 내공을 운용하면 쉽사리 깨뜨릴 수 없지. 이렇게 당연한 도리를, 나는 엉뚱하게도 사소한 문제에 매달려 놓치고 있었구나. 똑같은 유봉래의라도 임 사제가 펼칠 때와 사부님이 펼칠 때를 똑같이 취급할 수는 없다. 저 벽화 속 곤봉을 쓰는 사람도 임 사제의 유봉래의는 깨뜨릴 수 있을망정 사부님의 유봉래의는 깨뜨리지 못할 거야.'

여기까지 생각이 미치자 몇 달간 머리를 어지럽히던 고뇌는 씻은 듯 사라졌다. 비록 사부에게 자하공을 전수받지도 못하고, 악영산과 짝지어주겠다는 약속도 받지 못했지만 조금도 낙담하지 않았다. 도리어 본 파 무공에 대한 믿음을 되찾았다는 사실이 크게 위안이 되었다. 보름 동안 사부와 사모가 딸을 주리라는 허황된 망상에 사로잡혀 있었던 것을 생각하자 창피함에 귀까지 벌겋게 달아올랐다.

다음 날 저녁, 육대유가 식사를 가지고 올라와 말했다.

"대사형, 사부님과 사모님은 아침 일찍 섬북陝北으로 가셨어요."

영호충은 어쩐지 이상한 느낌이 들어 눈을 찡그렸다.

"섬북? 장안이 아니고?"

"전백광 그놈이 연안부延安府에서 또 사건을 벌인 모양이에요. 장안에 있었던 게 아니었어요."

영호충은 사부와 사모가 나섰으니 전백광은 이제 죽은 목숨이라고 생각해 안심이 되면서도 내심 안타까웠다. 전백광은 호색하고 세상에 수많은 해악을 끼쳤으니 죽어 마땅하지만, 그 비범한 무공과 두 번에 걸친 싸움에서 보여준 정정당당하고 남자다운 모습을 생각하면, 나쁜 짓을 일삼아 무림의 공적이 된 사실이 애석하기만 했다.

그 후 이틀간, 영호충은 기공 수련에 몰두했다. 안쪽 동굴에 발걸음을 하지 않은 것은 물론, 벽화가 머릿속에 떠오르기만 해도 재빨리 털어냈다.

'사부님께서 제때 깨우쳐주시지 않았다면 길을 잘못 들어 사문의 죄인이 되었겠지. 생각만 해도 끔찍하군.'

그날 저녁, 식사를 마친 그가 가부좌를 틀고 좌선을 하는데 누군가 절벽을 오르는 소리가 어렴풋이 들려왔다. 민첩하고 가벼운 걸음걸이로 보아 제법 무공을 갖춘 사람 같았다.

'본 파 사람은 아닌데 무슨 일로 여기까지 왔을까? 혹시 그 청포인인가?'

그는 황급히 안쪽 동굴로 들어가 화산파의 검 하나를 허리에 찬 다음 밖으로 나왔다.

잠시 후 사과애로 올라온 사람이 큰 소리로 외쳤다.

"영호 형, 친구가 왔소!"

이 낯익은 목소리는 바로 만리독행 전백광의 것이었다. 영호충은 깜짝 놀랐다.

'사부님과 사모님이 저자를 죽이려고 하산하셨는데 겁도 없이 직접 화산에 오다니…. 대체 무슨 생각이지?'

그는 동굴 입구로 걸어가며 말했다.

"전 형, 이렇게 먼 곳까지 찾아오다니 정말 의외구려."

전백광은 지고 온 멜대를 내려놓고, 멜대 양쪽에 매단 대나무 광주리에서 커다란 단지를 꺼냈다.

"영호 형이 화산 꼭대기에 갇혀 있다는 소문을 듣고 얼마나 술이 고플까 싶어, 내 장안 적선주루謫仙酒樓의 지하실을 찾아가 130년 된 황주黃酒 두 동이를 가져왔소. 자, 이리 와서 후련하게 마셔봅시다!"

영호충은 홀린 듯이 다가갔다. 전백광의 말대로 큼직한 술동이에는 '적선주루'라는 금박 글씨가 쓰인 빨간색 상표가 붙어 있었다. 상표며 입구를 동여맨 삼끈이 누렇게 바랜 것을 보아 의심할 바 없이 오래 묵은 술이었다. 그는 저도 모르게 헤벌쭉 웃었다.

"100근짜리 술동이를 메고 이 화산 꼭대기까지 찾아오다니 실로 감동적이구려! 자자, 어서 마십시다."

영호충이 동굴 안에서 커다란 그릇 두 개를 가지고 오자, 전백광은 술 한 동이의 마개를 벗겼다. 코끝에 와닿는 진한 술 향기가 달고 상큼해서 맛보기도 전에 흠뻑 취하는 느낌이었다.

전백광이 그릇에 술을 따르며 말했다.

"한잔 마셔보시오. 어떻소?"

영호충은 그릇을 들고 꿀꺽 마신 뒤 찬탄을 터뜨렸다.

"정말 훌륭하오!"

그러고는 단숨에 그릇을 비우고 엄지를 척 치켜세웠다.

"보기 드문 천하의 미주美酒요!"

전백광은 웃으며 말했다.

"듣자하니 천하의 미주로 꼽을 만한 술은 북에는 분주汾酒, 남에는 소주紹酒라고 했소. 그중에서도 가장 좋은 분주는 장안에 있는데, 그 장안의 고급 술 중에서도 옛날 이태백李太白(당나라 명시인 이백)이 늘 찾아가 취할 정도로 마시던 적선주루의 술이 으뜸이라오. 이제 그 술도 세상에 이 두 동이밖에 남지 않았소."

영호충은 고개를 갸웃했다.

"설마하니 적선주루 지하실에 술이 두 동이밖에 없었다는 말이오?"

전백광은 껄껄 웃었다.

"물론 200여 동이가 더 있었지. 하지만 장안성에 사는 관리 나리님들이나 일개 평민들이 그저 돈만 내면 이 고급 술을 먹을 수 있다 생각하니 가만둘 수가 없었다오. 그런 자들이 어찌 화산파 영호 대협의

군계일학, 빼어난 모습에 비할 수 있겠소? 해서 와장창 깨뜨려버렸소. 적선주루 지하실은 술 향기로 가득 차고 술 안에서 헤엄을 쳐도 될 정도라오."

영호충은 놀랍고도 우스워 실소를 터뜨렸다.

"그 많은 술동이를 다 박살냈단 말이오?"

전백광은 의기양양하게 웃었다.

"천하에 딱 두 동이만 남은 술이니 이 얼마나 귀한 선물이오? 으하하하!"

"고맙소, 참 고맙소!"

영호충은 다시 한 그릇을 비웠다.

"술 두 동이를 장안에서 이 화산까지 운반하는 것이 얼마나 고된 일이오? 천하의 미주가 아니라 맹물이었다 해도 이 영호충, 크게 감격했을 거요."

전백광이 오른손 엄지를 치켜 보였다.

"역시 대장부로군! 세상에 손꼽는 호걸답소!"

"전 형, 칭찬이 과하시구려."

"이 전백광은 악행만 일삼는 음적이고 영호 형에게 중상을 입히기도 했소. 뿐만 아니라 화산 발치에서 별별 사고를 다 저질러 화산파는 위아래를 통틀어 이 몸을 죽이려 혈안이 되어 있소. 한데 내가 가져온 술을 영호 형은 독을 탔을까 의심 한 번 하지 않고 마셨으니 실로 통큰 대장부요. 이 천하의 미주를 마실 자격이 충분하오!"

"농담 마시오. 두 차례 싸우는 동안 나는 전 형의 사람됨을 깊이 알게 되었소. 비록 품행이 단정치는 못하나 남몰래 독을 타는 비열한 짓을 할 사람이 아니지. 더욱이 무공도 나보다 훨씬 높으니 칼만 휘둘러도 내 목을 취할 수 있는데 구태여 복잡한 계교를 꾸밀 필요가 어디있겠소?"

전백광은 껄껄 웃었다.

"옳은 말이구려. 한데 말이오, 사실 이 술은 장안에서 바로 온 것이아니오. 술 두 동이를 훔친 후 섬북에 가서 소란을 좀 피우고 다시 섬동에서 사고를 저지른 후 화산으로 왔다오."

영호충은 어리둥절했지만 곧 이유를 깨달았다.

"이제 보니 전 형은 사부님과 사모님을 유인하기 위해 일부러 동분서주하며 사고를 치셨구려. 그렇게까지 해서라도 나를 만나려 했다면필시 중요한 이유가 있겠구려."

전백광은 피식 웃었다.

"어디 한번 맞춰보시오."

"관둡시다!"

영호충은 시원스레 말하며 다시 술을 따랐다.

"이 화산에 온 이상 손님인데 이 황량한 곳에는 대접할 만한 것이없으니 천하제일의 미주나 한잔 바치겠소."

"고맙소."

전백광은 그릇을 싹 비웠고, 영호충도 함께 술을 마셨다. 두 사람은빈 잔을 들어 보이며 껄껄 웃고는 동시에 휙 던졌다. 별안간 영호충이오른발로 술동이를 힘껏 걷어찼다. 퍽퍽 소리와 함께 술동이는 낭떠러지로 날아가 한참 후에야 쨍그랑하고 깨지는 소리가 들려왔다.

전백광은 어리둥절했다.

"영호 형, 어쩌자고 이러시오?"

"당신과 나는 가는 길이 다르오. 전백광, 당신은 악행을 일삼고 무고한 사람을 해쳐 무림의 공분을 샀소. 내 대장부다운 시원시원한 성품을 존중하여 곧바로 물리치지 않고 함께 술 석 잔을 마셨으니, 인사는 충분히 했소. 천하의 미주는 고사하고 세상 그 어떤 진귀한 물건을 가져온들 이 영호충이 당신의 친구가 되리라 생각하시오?"

영호충은 검을 휙 뽑으며 외쳤다.

"전백광, 이 영호충이 다시 한번 가르침을 청하오!"

전백광은 칼을 뽑기는커녕 고개를 가로저으며 빙그레 웃었다.

"영호 형, 귀 파의 검술이 빼어나기는 하나 당신은 아직 젊어 깊이 익히지 못했소. 다시 검을 대봐야 내 상대가 못 될 거요."

영호충은 잠시 머뭇거리다가 고개를 끄덕이며 대답했다.

"맞소, 내 솜씨로는 10년이 흘러도 전 형을 죽이지 못할 거요."

그가 뽑았던 검도 철컥 소리를 내며 다시 검집으로 들어갔다.

전백광은 큰 소리로 웃었다.

"때를 아는 자가 진정한 호걸이지!"

"이 영호충은 강호의 무명소졸無名小卒에 불과하오. 전 형이 고생을 마다하지 않고 여기까지 온 이유가 내 목을 취하기 위해서는 아닌 듯하나, 당신과 나는 적이지 친구가 아니오. 무슨 요구를 해도 결코 받아들일 수 없소."

전백광은 여전히 여유만만하게 웃었다.

"내 말을 들어보지도 않고 거절하다니, 성급하구려."

"그렇소. 당신이 무엇을 원하든 나는 결코 따르지 않겠소. 그렇다고 힘으로 이길 수도 없으니 걸음아 나 살려라 하고 달아나는 수밖에."

말이 끝나기 무섭게 영호충의 몸이 절벽 뒤로 날아갔다. 전백광이 만리독행이라 불리는 만큼 움직임이 몹시 빠르고 도법 또한 상대할 사람이 별로 없다는 사실을 잘 아는 그였다. 십수 년간 수많은 악행을 저질러 그를 붙잡아 처단하려는 협객들과 수차례나 교전을 치르면서도 털끝 하나 다치지 않았으니, 전백광이 얼마나 눈치 빠르고 절륜한 경공을 지녔는지는 보지 않아도 알 수 있었다. 그 때문에 몸을 날려 절벽 뒤로 돌아갈 때, 영호충은 남아 있는 힘을 송두리째 끌어올렸다.

그의 움직임은 몹시 빨랐지만 놀랍게도 전백광은 더욱 빨라, 영호충이 몇 장 달아나기도 전에 그의 앞을 가로막았다. 영호충은 즉각 방향을 바꿔 절벽 쪽으로 내달렸다. 그러나 이번에도 전백광이 쫓아와 팔을 쭉 뻗어 막으며 껄껄 웃어젖히자, 영호충은 어쩔 수 없이 뒤로 물러서며 외쳤다.

"달아날 수 없으면 싸우는 수밖에! 내가 조력자를 청해도 너무 탓하지 마시오."

전백광은 큰 소리로 웃었다.

"존사이신 악 선생이 오신다면야 이 전백광도 삼십육계 줄행랑을 치는 수밖에 없을 거요. 허나 악 선생과 악 부인은 멀리 500리 밖에 있으니 때맞춰 영호 형을 구하러 올 수가 없다오. 영호 형의 사제와 사매들이야 머릿수가 많아도 내 적수는 아니오. 이곳으로 불러봤자 남자들은 무의미하게 목숨을 잃고 여자들은…, 흐흐흐흐!"

사악한 의미가 담긴 웃음이었다.

영호충은 흠칫 놀랐다.

'사과애는 화산의 총당總堂에서 멀리 떨어져 있으니 아무리 소리를 질러도 사제와 사매들이 듣지는 못할 것이다. 저자는 채화음적菜花淫敵으로 유명한데 혹여 소사매가 눈에 띄기라도 하면… 아아, 큰일 날 뻔했구나! 여기서 달아나지 못한 것이 정말 다행이다. 전백광이 나를 쫓아 총당까지 따라왔다면 분명 소사매와 마주쳤을 것이다. 아름다운 소사매가 저 음적의 눈에 띄면… 만 번 죽어도 그 죄를 씻지 못했겠지.'

그는 눈동자를 굴리며 생각에 잠겼다.

'이제는 저자와 이야기를 나누며 시간을 끄는 수밖에 없군. 강한 적을 만났을 때는 지혜를 써서 물리치는 법이라 했으니, 사부님과 사모님이 돌아오실 때까지 버텨야지.'

이렇게 생각한 그는 고개를 끄덕이며 말했다.

"좋소. 보다시피 나는 당신을 물리칠 수도 없고 달아날 수도 없고 조력자를 부를 수도 없소…."

영호충은 두 손을 활짝 펼쳐 어쩔 수 없다는 자세를 취해 보였다. 마음대로 해보라는 뜻이었다.

전백광은 싱글거리며 말했다.

"영호 형, 오해는 마시오. 이 몸은 영호 형을 괴롭히러 온 것이 아니오. 아니, 도리어 좋은 일을 시켜주러 찾아온 것이니 내게 감사해야 할 거요."

영호충은 손을 내저었다.

"악행으로 명성이 자자한 전 형이 아니오? 아무리 좋은 일로 왔다해도, 이 영호충은 평생 떳떳하게 살아왔으니 결코 당신과 같은 무리가 될 수 없소."

"이 몸은 명성이 자자한 채화음적이고 영호 형은 무림에서 첫손 꼽는 정인군자 악 선생의 수제자니 같은 무리가 아님은 당연한 일이오. 하지만 그런 사람이 그때는 왜 그랬소?"

"그때라니? 무슨 말이오?"

전백광은 의미심장하게 웃었다.

"형양성 회안루에서 이 전백광과 함께 술을 마시지 않았소?"

"이 몸은 본디 술을 목숨처럼 좋아하오. 함께 술을 마신 것쯤 대수로운 일도 아니지."

"그리고 형산성 군옥원에서는 이 몸과 마찬가지로 기녀와 즐기지 않았소?"

영호충은 침을 퉤 뱉었다.

"그때 나는 중상을 입어 그곳에서 치료를 하고 있었소. 어찌 기녀와 즐겼다고 하시오?"

"허나 그때 군옥원에서 영호 형은 옥같이 어여쁜 소녀 둘과 같은 이불을 덮고 누워 있었소."

영호충은 버럭 화를 냈다.

"전백광, 말이 심하구려! 이 영호충은 명예를 아는 사람이고, 그 낭자들 역시 순결하기 그지없는 숙녀들이오. 자꾸 그런 더러운 말을 하면 가만있지 않겠소."

전백광은 껄껄 웃었다.

"가만있지 않으면 어쩔 테요? 화산파의 깨끗한 명성을 지키고 싶었다면 그 여자들에게도 지킬 건 지켰어야지. 허나 청성파와 형산파, 항산파의 여러 영웅들 앞에서 당신은 분명 그 여자들과 같은 침상에 누워 엉큼한 짓을 하지 않았소? 하하하하!"

화가 머리끝까지 난 영호충이 다짜고짜 주먹을 휘둘렀으나, 전백광은 낄낄 웃으며 피했다.

"주먹을 쓴다고 있었던 일을 부인할 수는 없다오. 그날 당신이 침상에서 두 여자에게 경박한 짓을 하지 않았다면 그들이 여태껏 영호 형을 그리워하며 애태울 이유가 없지 않소?"

'부끄러움도 모르는 작자라 못하는 말이 없군. 이런 식으로 계속하면 또 무슨 말을 할지…. 저자에게는 형양성 회안루에서 내 계략에 당한 일이 평생의 치욕일 테니 그걸 물고 늘어져야겠다.'

영호충은 재빨리 화를 거두고 싱긋 웃으며 말했다.

"전 형이 천 리 먼 화산까지 오신 이유가 뭔가 했더니, 사부이신 의림 스님의 명을 받았나 보구려. 의림 사매가 내 덕분에 좋은 제자를 얻어 그 사례로 술 두 동이를 보냈나 보오. 하하하하!"

전백광의 얼굴이 벌게졌다가 금세 가라앉았다.

"저 술은 내가 원해서 가져온 거요. 허나 화산까지 온 이유가 의림 스님과 관계있는 것은 사실이오."

그가 정색을 하고 말했지만 영호충은 낄낄 웃었다.

"어허, 사부를 어찌 스님이라 부른단 말이오? 대장부가 입으로 한 약속을 모른 척할 심산이오? 의림 사매는 명문 항산파의 제자니 그런 사부를 얻은 것을 크나큰 영광으로 알아야 할 거요. 으하하!"

전백광은 화를 참지 못해 대뜸 칼을 뽑았지만, 내리치기 직전에 겨우 멈추고 쌀쌀하게 말했다.

"영호 형, 검 쓰는 솜씨는 변변치 못해도 입 쓰는 솜씨는 아주 제법이구려."

"검이나 주먹으로는 전 형을 이길 수 없으니 입으로라도 이겨야 하지 않겠소?"

"입씨름에서는 이 전백광이 졌소. 영호 형, 나를 따라갑시다."

"싫소! 죽어도 갈 수 없소!"

"어디로 가자는지나 아시오?"

"모르오! 하늘로 오르든 땅으로 꺼지든 전백광이 가자는 곳이라면 아무데도 가지 않겠소."

전백광은 고개를 설레설레 저었다.

"의림 스님을 만나러 가자는 거요."

그의 말에 영호충은 깜짝 놀랐다.

"의림 사매가 또 당신 손에 잡혔소? 대역무도하구려, 감히 사부를 건드리다니!"

전백광은 버럭 화를 터뜨렸다.

"이 몸의 사부는 따로 있고 이미 몇 년 전 유명을 달리하셨소. 앞으로 다시는 의림 스님을 끌어들이지 마시오!"

붉으락푸르락하던 그의 얼굴이 점차 차분하게 가라앉았다.

"의림 스님은 밤낮 영호 형을 그리워하고 있소. 나는 영호 형을 친구로 여겨 그날 이후 한 번도 그녀에게 실례되는 짓을 한 적이 없소. 그 점만은 안심해도 좋소. 자, 갑시다!"

"싫소! 천만 번 가자 해도 싫소!"

그러자 전백광은 말없이 빙그레 웃기만 했다. 영호충은 의아해하며 물었다.

"왜 웃으시오? 당신의 무공이 나보다 훨씬 높으니 억지로 끌고 가면 된다 생각하는 거요?"

"영호 형에게 적의가 있는 것도 아닌데 왜 그런 짓을 하겠소? 허나 여기까지 온 이상 빈손으로 돌아가지는 않을 거요."

"전백광, 당신의 도법이라면 나를 해치거나 죽이는 것쯤은 어렵지 않을 거요. 하지만 이 영호충은 죽을망정 치욕을 당하지는 않겠소. 목숨을 내어줄 수는 있으나 질질 끌려가는 것은 결단코 불가능하오."

전백광이 고개를 외로 꼬며 그를 흘겨보았다.

"나는 부탁을 받고 영호 형을 의림 스님에게 데려가려고 왔을 뿐, 다른 의도는 없소. 대체 왜 이렇게 뻣뻣하게 구는 거요?"

"내가 하기 싫은 일은 당신이 아니라 사부님이나 사모님은 물론이고, 오악맹주나 황제라도 강제로 시킬 수 없소."

"이렇게 고집을 부리니 실례할 수밖에 없구려."

전백광은 말이 끝나기 무섭게 쐐액 하고 칼을 뽑았다.

영호충은 얼굴을 굳혔다.

"나를 데려가겠다 마음먹은 이상 당신은 이미 실례를 저질렀소. 아무래도 이 사과애가 영호충의 무덤이 되겠구려."

그와 함께 그의 검도 맑은 소리를 내며 뽑혔다.

전백광은 한 걸음 물러나 눈을 살짝 찌푸렸다.

"영호 형, 영호 형과 나는 아무런 원한도 없는데 목숨까지 걸고 싸울 이유가 어디 있소? 차라리 내기를 합시다."

그 말을 듣자 영호충은 속으로 빙그레 웃었다.

'내기를 하자면 나야 좋지. 지더라도 억지를 부릴 여지가 있을 테

니까.'

그러면서도 그는 겉으로는 딱딱하게 말했다.

"내기는 무슨 내기? 나는 이겨도 하산하지 않을 것이고 져도 하산할 생각이 없소."

전백광은 미소를 지으며 달랬다.

"화산파의 대제자가 이 전백광의 쾌도 앞에 이리도 벌벌 떨 줄이야. 단 30초도 받아낼 자신이 없소?"

"누가 벌벌 떨었다고 그러시오? 그래봤자 칼에 맞아 죽기밖에 더하겠소?"

"영호 형, 당신을 얕봐서 하는 말은 아니나 솔직히 내 쾌도는 30초도 막아내기 어려울 거요. 만에 하나 30초를 견뎌내면 내 시원하게 손떼고 물러나 다시는 귀찮게 하지 않겠소. 허나 내가 30초 안에 당신을 이기면 두말없이 나를 따라 의림 스님을 만나러 가는 거요."

영호충은 전에 본 전백광의 쾌도를 재빨리 머릿속에 떠올려보았다.

'그와 싸운 뒤로 그 도법의 무시무시함을 수없이 연구하고 사부님과 사모님께 가르침도 받았어. 수비만 잘한다면 설마 30초쯤 받아내지 못할까?'

그는 결심을 하고 외쳤다.

"좋소, 30초를 받아보겠소!"

그 말과 동시에 검이 쐐액 소리를 내며 전백광에게 날아들었다. 바로 유봉래의 초식이었다. 바르르 떨리며 날카로운 소리를 뿜어내는 검날이 눈부신 검광을 만들며 전백광의 상반신을 빈틈없이 휘감았다.

"훌륭하군!"

전백광은 칼을 휘둘러 막으며 뒤로 한 걸음 물러났다.

"1초!"

영호충이 외치며 곧바로 창송영객을 펼쳤다. 전백광은 또다시 찬탄을 터뜨렸다.

"멋진 검법이오!"

그 역시 이 초식에 변화가 많다는 것을 알고 있었기 때문에 정면으로 막지 않고 미끄러지듯 옆으로 살짝 피했다. 피하는 동작을 초식으로 셈할 수는 없지만 영호충은 크게 소리쳤다.

"2초!"

그리고 반격할 틈을 주지 않고 연거푸 공격을 퍼부었다. 그가 다섯 초식을 펼치는 동안 전백광은 막거나 피하기만 했고 반격은 하지 않았지만, 영호충은 모두 셈해 다섯까지 세었다. 그가 여섯 번째 초식을 펼쳐 아래에서 위로 검을 쳐올리는 순간 전백광이 일갈하며 칼을 내리쳤다. 칼과 검이 부딪치면서 영호충의 검은 힘없이 아래로 처졌다. 전백광이 힘차게 외쳤다.

"6초! 7초! 8초! 9초! 10초!"

외침과 함께 칼이 연달아 다섯 번 날아들었다. 변화라고는 전혀 없는 정면돌파 초식이었다. 한 번 내리칠 때마다 힘이 점점 더해져 마지막으로 내리쳤을 때, 영호충은 마치 온몸이 상대방의 힘에 짓눌린 것처럼 느끼며 숨조차 제대로 쉴 수 없었다. 온 힘을 다해 검을 들어올리자 쩡 하는 굉음과 함께 칼과 검이 부딪치고 팔이 찌르르 저려왔다. 영호충이 억지로 받쳐든 검도 결국 맥없이 땅으로 떨어졌다. 전백광이 다시 칼을 휘두르자 영호충은 포기한 듯 눈을 감아버렸다.

전백광은 껄껄 웃었다.

"총 몇 초요?"

영호충은 눈을 뜨고 대답했다.

"전 형의 도법은 나보다 훨씬 낫고 팔심도 나보다 강하오. 나는 전 형의 적수가 못 되오."

"그럼 갑시다!"

전백광이 웃으며 말했지만 영호충은 고개를 저었다.

"싫소!"

"영호 형, 당신은 한 번 내뱉은 말은 지키는 당당한 대장부인 줄 알았는데, 어떻게 이리 쉽게 말을 뒤집는 거요?"

"전 형이 나를 30초 안에 제압할 줄은 몰랐소. 내 비록 졌지만, 시작하기 전에 지면 당신을 따라가겠다고 약속한 적은 없소. 내가 언제 그랬소?"

전백광도 곰곰이 생각해보니 확실히 영호충이 그런 말을 한 기억이 없었다. 그는 칼을 내리며 냉소했다.

"이름에 여우 '호' 자가 있더니 확실히 여우같이 꾀가 많구려. 그래, 그럼 이제 어쩔 셈이오?"

"방금은 내가 졌지만 힘이 부족해서 생긴 일이니 이대로는 받아들일 수 없소. 조금 쉬었다가 다시 겨뤄봅시다."

"좋소이다. 이번에는 확실히 받아들이게 해주겠소."

전백광은 바위에 털썩 앉아 두 손을 허리에 대고 히죽거리며 영호충을 바라보았다.

'저 악당이 대체 무슨 고약한 생각으로 나를 데려가려는 것일까? 의림 사매를 만나러 가자는 말이 사실일 리 없다. 의림 사매는 저자의 진짜 사부도 아닐뿐더러, 저자를 보기만 해도 놀라 혼이 달아나는데 부탁을 할 리가 없지. 하지만 이런 상황에서 무슨 수로 저자를 따돌린다?'

영호충은 골머리를 앓으며 방금 전백광이 펼친 초식을 하나하나 떠올려보았다. 평범한 도법이지만 비할 데 없는 힘이 담겨 있어 깨뜨릴 방법이 쉽게 떠오르지 않았다.

그때 문득 무엇인가가 뇌리를 스쳤다.

'형산성 야산에서 막대 선생이 대숭양수 비빈을 죽일 때 썼던 검법은 민첩하고 변화막측했어. 그 검법으로 전백광을 상대하면 지지는 않을 거야. 저 안쪽 동굴 그림 속에 형산검법의 절초가 잔뜩 있으니 가서 서른 개나 마흔 개쯤 익히면 한번 싸워볼 만하겠군.'

하지만 곧 부정적인 생각이 들었다.

'형산검법이 얼마나 오묘한데 한 번 보고 익힐 수 있다 생각하다니, 망상도 정도껏 해야지.'

영호충의 얼굴에 기쁨이 떠올랐다가 다시 우울해지는 것을 보자 전백광은 킬킬 웃으며 물었다.

"영호 형, 내 도법을 깨뜨릴 계교가 떠올랐소?"

그가 '계교'라는 단어를 일부러 힘주어 말하는 것 같아, 영호충은 대뜸 화를 냈다.

"도법을 깨뜨리는 것이 어찌 계교란 말이오? 거기서 주절주절 떠들어대니 집중해서 생각할 수가 없구려. 동굴로 들어가 생각해볼 테니 방해할 생각일랑 마시오."

"가서 머리 싸매고 잘 생각해보시오. 내 방해 않으리다."

전백광은 여유만만하게 웃으며 말했다. 이번에는 '머리 싸매고'라는 말이 신경에 거슬려, 영호충은 혼잣말로 욕설을 퍼부으며 동굴 안으로 들어갔다.

그는 촛불을 켜고 안쪽 동굴로 들어가 형산검법이 새겨진 벽 앞에 섰다. 그 검법은 변화가 무궁무진해 직접 보지 않았다면 세상에 이토록 변화막측한 검법이 있다는 것조차 믿기 어려웠을 것이다.

'짧은 시간에 검법을 완전히 익히는 것은 불가능한 일이다. 변화가 가장 특이한 것들만 몇 개 익혀 싸워보는 것이 낫겠어. 혹시 그중 하나가 저자를 당황하게 만들지도 모르지.'

그는 초식들을 하나하나 살피며 외우기 시작했다. 물론 형산검법도 이곳에서 모조리 깨졌지만 전백광이 그 파해법을 알 리 없다고 생각해 신경 쓰지 않았다. 손으로 자세를 따라 하며 검법을 외우다 보니 스무 가지 변초를 익혔을 때는 어느새 반 시진이 지나 있었다.

동굴 밖에서 전백광이 외쳐댔다.

"영호 형, 그만 나오시오. 나오지 않으면 내가 들어가겠소."

영호충은 검을 들고 달려나가며 대답했다.

"좋소, 한 번 더 해봅시다!"

"이번에도 지면 어떻게 하겠소?"

전백광이 싱글싱글 웃으며 물었다.

"처음 패하는 것도 아니잖소. 한 번 더 패한들 어떻겠소?"

그 말과 함께 영호충이 든 검이 폭우를 실은 광풍처럼 힘차게 날아들어 연달아 7초를 펼쳤다. 이 초식들은 동굴 벽화에서 새로 배운 형산검법으로 변화가 무시무시했다. 화산파의 검법이 이토록 변화가 심할 줄은 꿈에도 생각지 못한 전백광은 손발이 어지러워져 연신 뒤로 물러났고, 10초째가 되어서야 고함을 지르며 반격을 시도했다. 칼에 실린 강력한 힘에 영호충의 검법은 변화를 펼치기 어렵게 되었고, 19초째 칼과 검이 부딪치는 순간 그의 검은 또다시 손아귀를 벗어나 저 멀리 날아가고 말았다.

영호충은 두어 걸음 물러난 뒤 외쳤다.

"전 형은 힘만 세지 도법이 높아 나를 이긴 것이 아니오. 이렇게는 패배를 인정할 수 없소! 다시 새로운 검법을 익혀 나올 테니 한 번 더 해봅시다."

전백광은 빙긋 웃었다.

"존사께서는 500리 밖에서 이 몸의 종적을 찾고 계실 거요. 열흘 안에는 화산으로 돌아올 수 없으니 시간을 끌어도 아무 소용없소."

"사부님의 힘을 빌려 전 형을 이긴들 어찌 영웅호걸이라 할 수 있겠소? 내 얼마 전까지 병을 앓아 아직 체력이 부족해 힘으로는 전 형을 이길 수가 없소만, 초식만을 겨루면 그깟 30초쯤 못 받아내겠소?"

"도법으로 이기든 힘으로 이기든, 이긴 것은 이긴 거요. 입으로만 부인하면 무슨 소용이오?"

"좋소! 이번에도 기다려주면 전 형이야말로 당당한 남아대장부요. 겁을 집어먹고 내뺄 생각만 마시오. 전 형의 경공이 워낙 높아 이 영호충은 쫓을 수가 없소!"

전백광은 큰 소리로 웃음을 터뜨리더니 다시 바위에 앉았다.

영호충은 안쪽 동굴로 들어가며 생각했다.

'전백광은 태산파 천송 도장과 싸워 상처를 입히고, 항산파 의림 사

매와 싸우기도 했다. 게다가 내가 형산파 검법까지 썼으니 그가 알지 못하는 검법은 숭산검법뿐일 거야.'

그는 숭산파의 검법을 그린 그림 앞으로 가 10여 초를 머리에 새겼다.

'아직 쓰지 못한 형산파의 절초가 있으니 숭산파 검법과 섞어 펼치고 가끔 본 파의 검법까지 더하면 전백광도 혼란에 빠질지 모르지.'

이렇게 생각한 그는 전백광이 부르기도 전에 밖으로 나갔다.

그가 숭산파의 검법과 형산파의 검법을 번갈아 펼치다가 때때로 화산파의 절초를 섞자 전백광은 연신 고개를 갸웃했다.

"이상하군, 뭔가 이상해!"

그러나 22초째에 이르자 결국 칼로 영호충의 목을 겨눠 승리를 쟁취했다.

"처음에는 겨우 5초만 받아냈지만, 조금 생각한 뒤에는 18초를 받아냈고, 지금은 21초나 받아냈소. 전 형, 슬슬 겁이 나지 않소?"

"겁날 게 어디 있소?"

"내가 계속 새로운 방법을 생각해내면, 아마 곧 30초를 받아내게 될 거요. 나아가 나중에는 도리어 당신을 이길지도 모르는데, 설령 그때 전 형을 살려준다 해도 전 형의 체면이 뭐가 되겠소?"

전백광은 피식 웃었다.

"이 전백광, 평생 강호를 떠돌며 수많은 적수를 만났지만, 영호 형만큼 총명하고 지혜로운 사람은 없었소. 하지만 안타깝게도 영호 형의 무공은 나에 비해 턱없이 낮아 아무리 깨우침이 빠르다 한들 단 몇 시진 안에 나를 이길 수는 없소. 말도 안 되는 소리지!"

"이 영호충, 평생 강호를 떠돌며 수많은 적수를 만났지만, 전 형만

큼 겁 없고 앞뒤 모르는 사람은 없었소. 내가 점점 강해지는데도 달아
날 생각을 하지 않다니, 보기 드문 배짱이구려. 자, 그럼 나는 가서 좀
더 생각해보겠소."

"좋을 대로!"

전백광이 웃으며 손을 내밀자 영호충은 천천히 동굴로 돌아갔다.
겉으로는 자신 있게 떠들었지만 속으로는 불안하기 짝이 없었다.

'저 악당은 결코 선한 뜻으로 화산에 왔을 리 없어. 사부님과 사모님
이 자기를 죽이려 한다는 것을 뻔히 알면서 한가롭게 여기서 비무를
하다니…. 나를 죽일 생각이 없으면 최소한 혈도라도 짚어 꼼짝 못하
게 한 다음 데려가도 될 텐데 어째서 계속 놓아주는 거지? 대체 무슨
생각일까?'

전백광이 화산을 찾아온 데는 무시무시한 음모가 숨겨져 있는 것
같았지만, 그 음모가 무엇인지 실마리조차 찾을 수 없었다.

'나를 붙잡아놓고 다른 사람을 시켜 사제와 사매들을 제압할 생각
이라면, 어째서 단칼에 나를 죽이지 않을까? 그게 훨씬 쉬울 텐데.'

잠시 생각하던 그는 갑자기 퍼뜩 정신이 들었다.

'아무래도 내가 화산파에 재앙을 불러온 것 같구나. 사부님과 사모
님이 안 계신 동안에는 이 영호충이 본 파의 수장이고, 화산을 지키는
무거운 책임은 오로지 내게 있다. 전백광이 무슨 의도로 찾아왔든 반
드시 힘과 지혜를 다해 싸우고 때를 보아 찔러 죽어야 해.'

결심이 서자 그는 곧 벽화 앞으로 걸어가, 그중에서도 가장 악랄한 살
초들만 골라 익혔다.

다시 동굴을 나섰을 때는 어느새 하늘이 밝아 있었다. 전백광을 죽이

기로 결심한 그였으나 얼굴에는 웃음이 피어올랐다.

"전 형이 화산까지 왕림하셨는데 주인 된 도리를 다하지 못했으니 실로 부끄럽소. 이 비무가 끝나면 누가 이기든 전 형에게 이 화산의 특산주를 대접하겠소."

"그것 참 고맙소!"

"허나 훗날 다른 곳에서 만나면 목숨 걸고 싸워야 하오. 오늘처럼 예의를 갖추며 비무하는 일은 결코 없을 거요."

"영호 형 같은 친구를 죽여야 하다니 안타깝구려. 허나 내가 영호 형을 죽이지 않으면, 영호 형의 무공이 나날이 증진해 언젠가 나를 이길 때가 되면 결코 이 채화음적을 용서치 않겠지."

"물론이오. 하지만 지금 내 실력으로는 전 형을 이길 가망성이 별로 없소. 자, 먼저 공격할 테니 잘 지도해주시오."

"지도는 무슨…. 자, 오시오!"

영호충은 빙그레 웃었다.

"생각하면 할수록 전 형의 적수가 못 되는 것 같구려."

그 말이 끝나기도 전에 그가 검을 뽑았다. 검끝이 전백광의 몸에서 세 자 정도 떨어진 곳에 이르자 그의 검은 느닷없이 왼쪽으로 비끼며 힘차게 뻗어나갔다. 전백광은 칼을 뽑아 가로막았다. 영호충은 검과 칼이 부딪치기도 전에 검을 획 내렸다가 전백광의 사타구니를 노렸다. 음험하고 악랄하면서도 지극히 무서운 초식이었다. 전백광은 화들짝 놀라 다급히 몸을 날렸다. 영호충은 기세를 타고 연신 검을 내질렀는데, 하나같이 온 힘을 쏟아부어 급소만을 공격하고 있었다. 선기를 빼앗긴 전백광은 수세에 몰려 이쪽저쪽으로 막기 바빴다. 찌익 하는 소리와 함께 영호충의 검이 오른쪽 허벅지를 향해 날아들어 바지에 구멍을 뚫었고, 맹렬하게 날아든 검이 아슬아슬하게 피부를 스쳤다.

전백광은 왼 주먹으로 영호충을 때려 쓰러뜨리고는 노한 소리로 외쳤다.

"아주 나를 죽이려고 덤비는구려. 이게 무슨 비무라 할 수 있겠소?"

영호충은 헤헤 웃으며 벌떡 일어났다.

"내가 무슨 짓을 해도 결국 전 형의 털끝 하나 건드리지 못했잖소? 전 형은 주먹 힘도 대단하구려."

"실례했소."

전백광이 피식 웃자 영호충도 웃으면서 다가왔다.

"하마터면 갈빗대가 부러질 뻔했소."

슬그머니 가까이 다가온 그가 갑작스레 검을 왼손으로 넘겨 반대 방향으로 찔러갔다. 항산파의 살초로, 그야말로 허를 찌르는 공격이었다. 전백광은 깜짝 놀라, 검이 복부를 찌르기 직전에야 허둥지둥 몸을 굴려 피했다. 유리한 위치를 잡은 영호충은 연달아 네 번 검을 찔렀고, 전백광은 낭패한 몰골로 데굴데굴 구를 수밖에 없었다. 이대로 몇 초가 지나면 영호충이 검으로 그를 바닥에 꽂아버릴 것 같았지만, 뜻밖에도 전백광이 왼발을 차올려 영호충의 손목을 밀어낸 뒤 다시 오른발로 원앙연환퇴鴛鴦連環腿를 펼쳐 아랫배를 걷어찼다. 영호충은 검을 놓치고 뒤로 주르륵 밀려났다.

전백광이 펄쩍 뛰어 일어나 그에게 달려가더니 칼로 목을 겨누며 차갑게 말했다.

"대단히 지독한 검법이었소! 하마터면 영호 형 손에 목숨을 잃을 뻔했군. 이번에도 패배를 인정할 생각이 없소?"

영호충은 싱글싱글 웃었다.

"물론이오. 비검을 하기로 해놓고 권각을 쓰면 어쩌겠다는 거요? 주먹질에 발길질까지 해대니 셈을 할 수가 없지 않소."

전백광은 칼을 거두며 냉소했다.

"주먹질, 발길질을 다 넣어도 30초가 되지 않소."

영호충은 몸을 일으키며 불퉁거렸다.

"30초 안에 나를 물리쳤으니 당신 무공이 나보다 강한 것은 사실이오. 그래서 어떻다는 거요? 죽이려면 비웃지 말고 속 시원히 죽이고, 비웃으려거든 냉소하지 말고 속 시원히 비웃으시오."

전백광은 한 걸음 물러나며 대답했다.

"영호 형의 지적이 옳소. 내 잘못이오."

그가 포권을 하며 말을 이었다.

"이렇게 진심으로 사과하니 노여워하지 마시오."

그가 이겨놓고도 도리어 사과를 할 줄은 생각조차 못했던 영호충도 당황하여 마주 포권을 취했다.

"별말을 다 하시는구려."

그러면서도 속으로는 의심을 풀 수가 없었다.

'예를 차릴 때는 반드시 원하는 것이 있기 마련이다. 내게 이렇게 정중하게 구는 이유가 무엇일까?'

전백광이 말했다.

"이 전백광은 못할 말이 없는 사람이오. 남들이야 간음, 노략질, 살인, 방화 같은 일들을 저지르고도 잡아뗄지 몰라도, 이 몸은 했으면 했다 분명히 인정하오."

"그렇다면 전 형은 역시 시원시원한 호걸이구려."

"호걸이라는 말은 감당하기 어려우니, 그냥 말과 행동이 일치하는 진짜 소인배라고 하면 충분하오."

"하하하, 강호에서 전 형 같은 사람은 극히 드물다오. 전 형, 계략까지 써서 사부님을 멀리 유인하고 화산까지 찾아와 나를 어디로 데려가려는 거요? 대체 무슨 속셈인지 모르겠구려."

"이미 말한 것처럼 의림 스님에게 데려가 애타는 그리움을 풀어주려는 거요."

영호충은 고개를 저었다.

"서툴기 짝이 없는 변명이구려. 세 살 먹은 어린애도 아닌데 그런 말을 믿을 것 같소?"

전백광은 얼굴을 굳혔다.

"나는 영호 형을 영웅호한이라고 여기는데 영호 형은 이 몸을 비열한 파렴치한으로 여기는구려. 어째서 내 말을 못 믿는 거요? 내가 사람 말이 아니라 개소리라도 하는 것 같소? 내 말에 한 치라도 거짓이 있다면 개돼지라고 불러도 좋소."

진심이 담긴 그 말에 영호충도 더 이상 의심할 수가 없었다.

"아니, 전 형이 의림 사매를 사부로 삼은 일은 실없는 우스개에 불과한데 어째서 의림 사매를 위해 여기까지 나를 찾아왔소?"

전백광은 겸연쩍은 얼굴로 대답했다.

"그만한 사정이 있소. 의림 스님 정도의 실력으로 내 사부가 되다니, 그게 말이나 되는 소리요?"

그의 표정을 본 영호충은 얼핏 이런 생각이 들었다.

'혹시 전백광이 정말 의림 사매에게 반한 게 아닐까?'

영호충은 전백광을 자세히 살피며 슬쩍 물었다.

"전 형, 혹시 의림 사매에게 마음을 빼앗겨 기꺼이 그 부탁을 들어주기로 한 거요?"

전백광은 고개를 가로저었다.

"쓸데없는 생각은 마시오. 그럴 리가 있겠소?"

"그게 아니라면 대체 무슨 사정이 있다는 말이오? 부디 알려주시오."

"왜 이렇게 캐물으시오? 이 전백광에게는 실로 재수 없는 일이라 떠올리기조차 싫소. 어쨌거나 한 달 안에 영호 형을 데려가지 못하면 나는 비명횡사하게 될 거요."

영호충은 깜짝 놀랐지만 겉으로는 태연한 척 물었다.

"그게 가능한 일이오?"

전백광은 앞섶을 열고 가슴을 드러내 동전만 한 크기의 붉은 점을 가리켰다.

"그자가 내 혈도를 짚고 극독을 먹인 뒤 영호 형을 의림 스님에게 데려오라고 했소. 영호 형을 데려가지 못하면 한 달 후에 이 붉은 점이 썩기 시작해서 점점 커지다가 결국 온몸이 문드러져 3년 6개월 후 죽게 된다오."

그의 표정은 진지했다.

"영호 형, 내 솔직히 밝힌 것은 동정을 얻기 위해서가 아니오. 영호 형이 아무리 거부해도 반드시 데려갈 수밖에 없다는 사실을 알려주려는 거요. 만약 끝내 고집을 부리면 이 전백광은 무슨 짓이든 할 거요.

평소 못하는 짓이 없는 나인데 목숨이 걸린 문제에 가릴 일이 어디 있겠소?"

영호충은 골똘히 생각에 잠겼다.

'아무래도 사실인 것 같군. 내가 어떻게든 이자를 따돌리면 한 달 후 극독이 발작해 이 악당은 세상에서 사라질 것이다. 내가 직접 죽일 필요도 없겠구나.'

이렇게 판단한 그가 빙그레 웃으며 말했다.

"대체 어떤 고수가 전 형에게 이런 장난을 쳤소? 전 형이 먹은 독약이 무엇인지는 아시오? 아무리 지독한 독약이라도 반드시 해독할 방법이 있다고 했소."

전백광은 씩씩거리며 고개를 저었다.

"누가 이런 짓을 했는지는 말하고 싶지 않소. 하지만 이 사혈死穴을 풀고 해독하는 일만큼은 그자 외에 살인명의殺人名醫라 불리는 평일지平一指밖에 없을 거요. 하지만 그 평일지라는 자가 나를 구해줄 리 있겠소?"

"좋은 말로 부탁하거나 칼로 협박하면 또 모르잖소?"

"남의 일이라고 쉽게 말하지 마시오. 어쨌든 영호 형을 데려가지 않으면 나는 죽은 목숨이고, 그럼 영호 형 또한 편히 살지는 못할 거요."

"물론이오. 마음으로부터 패배를 인정하게 되면 전 형의 빼어난 무공이 아까워서라도 순순히 따라갈지도 모르지. 조금 더 시간을 주시오. 내 다시 동굴로 들어가 생각해볼 테니."

안쪽 동굴로 들어간 그는 다시 생각에 잠겼다.

'지난번에 싸웠을 때는 30초를 넘겼던 것 같은데 지금은 어째서 그

때보다 못할까?'

골똘히 생각해보니 어렴풋이 짐작이 갔다.

'그렇구나. 그때는 의림 사매를 구할 생각에 목숨을 내놓고 싸우느라 초식을 세지 않았지만, 지금은 1초 2초 세기 바쁘고 오로지 어떻게 하면 30초를 넘길까 하는 생각 때문에 마음이 흩어져 검법에 집중하지 못한 거야. 영호충, 이 바보 멍청아. 어쩌자고 이렇게 멍청한 거냐?'

깨달음을 얻자 정신이 훨씬 맑아졌다. 그는 마음을 가다듬고 다시 벽화를 연구하기 시작했다.

이번에 눈에 들어온 것은 태산파의 검법이었다. 태산검법은 안정적이고 중후한 것이 장점이었는데, 짧은 시간이라 그 정수를 깨우치기도 어려웠지만 단정한 초식 자체가 그의 기호와 전혀 맞지 않았다. 잠시 살피던 그가 막 걸음을 옮기려는데 문득 단창短槍으로 태산검법을 깨뜨리는 초식이 눈에 들어왔다. 몹시도 가볍고 생동감 있는 창법이었다. 보면 볼수록 재미가 있어 그는 그만 시간이 가는 것도 잊고 빠져들었다. 기다리다못한 전백광이 마구 소리를 치자, 영호충도 그제야 정신을 차리고 다시 밖으로 나가 그와 겨뤘다.

이번에는 초식을 세지 않고 오로지 검법에만 집중했다. 그가 끊임없이 새로운 초식을 익히고, 동굴에서 나올 때마다 깨달음을 얻은 듯하자 전백광도 정신을 바짝 차려 대항했다. 두 사람의 움직임은 점점 빨라져 어느새 몇 초가 지났다. 별안간 전백광이 한 걸음 다가서더니, 전광석화처럼 손을 뻗어 영호충의 손목을 낚아채 반대로 꺾었다. 검이 영호충의 목을 겨누는 형국이 되어 조금만 힘을 주면 그의 목을 꿰뚫을 것 같았다.

"당신이 졌소!"

전백광이 외쳤지만, 영호충은 팔이 아픈 와중에도 오만하게 대꾸했다.

"아니, 당신이 졌소!"

"그게 무슨 말이오?"

"이번이 32초째요."

"32초?"

"그렇소, 딱 32초요!"

"제대로 세지 않았잖소?"

"입으로는 세지 않았지만 마음속으로 세었소. 확실하오. 분명 32초째요."

사실 마음속으로 세었다는 말도 거짓이었다. 32초니 어쩌니 모두 지어낸 말에 불과했다. 전백광은 그의 손목을 놓아주며 부인했다.

"틀렸소! 영호 형이 처음에 이렇게 공격했고, 내가 이런 식으로 반격했소. 그다음 영호 형이 이렇게 나오자 내가 또 이런 식으로 막았지. 이게 2초요."

그는 칼을 이리저리 휘두르며 방금 있었던 싸움을 처음부터 끝까지 복기해 보였다. 과연 그가 영호충의 손목을 잡았을 때는 겨우 28초째였다. 영호충은 그의 기억력에 혀를 내둘렀다. 그렇게 빨리 움직였는데도 초식 하나하나를 똑똑히 기억하는 능력은 실로 무림에서 보기 드문 기재였던 것이다. 그는 저도 모르게 엄지를 치켜세웠다.

"전 형의 기억력은 참으로 놀랍구려. 내가 잘못 세었소. 자, 다시 해봅시다."

"잠깐!"

전백광이 소리쳤다.

"저 동굴 안에 무엇이 있는지 내 직접 봐야겠소. 저 안에 무슨 비급이라도 있소? 어째서 한 번 들어갔다 나올 때마다 괴상망측한 초식을 배워오는 거요?"

그가 동굴 쪽으로 걸음을 옮기자 영호충은 당황했다.

'저자가 동굴 벽화를 보면 정말로 큰일이다.'

그는 일부러 희색을 띠었다가 재빨리 감추고 걱정스러운 표정을 가장하면서 전백광을 가로막았다.

"저 동굴 안에 있는 것은 본 파의 무공 비급이오. 전 형은 화산파 제자가 아니니 결코 보아선 안 되오."

그가 기쁨을 억지로 감추는 모습을 보고 전백광은 슬며시 의심이 일었다.

'내가 동굴에 들어간다는데 왜 저리 기뻐하지? 그런데도 짐짓 걱정스러운 척 내심을 숨기는 걸 보면 내가 들어가기를 바라는 모양이군. 저 안에는 내게 불리한 무언가가 있는 게 틀림없다. 기관機關이나 함정 혹은 직접 기른 독사가 있을지도 몰라. 속아넘어갈 수야 없지.'

이렇게 생각한 그는 진지한 표정으로 고개를 끄덕였다.

"음, 귀 파의 무공 비급이라면 함부로 볼 수야 없지."

영호충은 보란 듯이 고개를 흔들며 실망한 척했다.

그 후 영호충은 몇 차례나 동굴을 들락거리며 괴상한 초식들을 배웠다. 오악검파의 절초는 물론이고 그 절초들을 깨뜨리는 기기괴괴한 초식들까지 꼼꼼히 배웠지만, 시간이 짧아 완벽하게 깨우치지 못해 그 위력을 제대로 발휘하지 못한 까닭에 끝내 전백광의 쾌도 30초를 막아내지 못했다.

동굴에 들어갔다 나온 그가 잇달아 이상한 초식들을 펼쳐대자 전백광도 놀라지 않을 수 없었다. 비록 효용이 적어 그를 이기지는 못했지만, 평생 본 적 없는 오묘한 운용법은 감탄스럽기 그지없어, 싸우면 싸울수록 도리어 그 불가사의한 검법을 좀 더 보고 싶어졌다.

정오가 지나고 또 한 차례 영호충을 물리친 전백광은 문득 이런 생각이 들었다.

'방금 쓴 초식은 숭산검법과 유사한데… 혹시 저 동굴 안에 오악검파의 고수들이 모여 있는 것인가? 동굴에 들어갈 때마다 어떤 고수에게 초식을 배워 나와 싸우는 것일지도…. 어이쿠! 함부로 들어가보지 않아 다행이다. 자칫하면 오악검파의 고수들과 동시에 싸울 뻔했군.'

전백광은 확신을 갖고 큰 소리로 물었다.

"어째서 나오지 않소?"

"나오다니? 누구 말이오?"

영호충이 어리둥절해하며 물었다.

"동굴 안에서 영호 형에게 검법을 가르치는 사람 말이오."

영호충은 겨우 그 말뜻을 알아듣고 큰 소리로 웃음을 터뜨렸다.

"그 선배님께서는 전 형과… 직접 싸울 마음이 없으시오."

전백광은 분노가 치밀었다.

"흥, 명예 운운하며 고결한 척하는 자들이니 이 음적 전백광을 상대하기도 싫겠지. 어서 나오라고 하시오. 한 명씩 싸운다면 아무리 대단한 명성을 누리는 자들이라도 이 전백광의 적수가 못 될 거요."

274

영호충은 웃으며 고개를 저었다.

"전 형, 그리 자신이 있으면 차라리 동굴에 들어가 열한 분의 선배 고수들께 직접 가르침을 청하시오. 그분들도 전 형의 도법만큼은 인정하시니 말이오."

강호에서 수많은 악행을 저질러 적이 많은 전백광은 평소 몹시 신중하고 조심스러웠기 때문에 동굴 안에 각 문파 고수들이 있다고 하면 무슨 말을 해도 들어갈 사람이 아니었다. 이를 잘 아는 영호충은 더욱 실감나게 하려고 일부러 열한 명이라는 사실적인 숫자를 꾸며댔다.

예상대로 전백광은 코웃음을 치며 말했다.

"흥, 선배 고수? 허명이나 날리는 무리들이겠지. 그렇지 않고서야 수차례나 영호 형을 가르치고서도 이 전백광의 30초를 받아내지 못했을 리 있겠소?"

경공에 자신이 있는 그는 설사 고수 열한 명이 일제히 나오더라도 달아나면 그뿐이라고 생각했다. 게다가 오악검파의 선배 고수들이 체면도 없이 다 함께 공격해올 리도 없었다.

그의 대담한 말에 영호충은 정색을 했다.

"그건 이 영호충이 우둔하고 내공이 부족해 선배님들의 가르침을 제대로 깨우치지 못한 탓이오. 전 형, 부디 선배님들이 노여워하시지 않도록 말조심하시오. 그중 한 분만 나오셔도 전 형은 한 달을 기다릴 필요도 없이 바로 이 사과애에서 목이 떨어질 거요."

"그럼 어디 말해보시오. 동굴 안에는 대체 어떤 선배 고수분들이 계시오?"

영호충은 신비로운 표정을 지어 보였다.

"선배님들은 은거한 지 오래되어 세상일에 관심을 끊으셨소. 저분들이 이곳에 모인 것도 전 형과는 하등 상관없는 일이오. 저분들의 성함을 밝혀서도 안 되거니와 설령 밝힌다 한들 전 형이 들어보지도 못한 이름일 테니 말할 필요도 없을 거요!"

전백광은 무언가 숨기는 듯한 영호충의 표정을 보고 슬쩍 떠보았다.

"숭산파와 태산파, 형산파, 항산파에는 비범한 무공을 가진 선배 고수들이 있을지 모르나, 귀 파만큼은 그럴 수가 없소. 무림인이라면 누구나 아는 이야기인데 그렇게 함부로 지어내다니, 아무래도 믿기 어렵구려."

"그렇소. 우리 화산파에는 남아 계신 선배님들이 없소. 불행하게도 역병이 퍼져 수많은 선배 고수들이 명을 달리하셨고 화산파의 힘도 크게 쇠했소. 그렇지만 않았다면 전 형이 이렇게 단기필마單騎匹馬로 화산에 쳐들어와 뻔뻔하게 굴지도 못했을 거요. 전 형의 말대로 저 동굴에 계신 분들은 본 파의 고수들이 아니오."

전백광은 그가 자신을 속이기 위해 반대로 말하고 있다는 사실을 잘 알았다. 영호충이 화산파에 선배 고수가 남아 있지 않다고 했다면, 반대로 남아 있는 것이 분명했다. 잠시 생각하던 그는 별안간 무언가 생각나 무릎을 탁 치며 외쳤다.

"아아, 알겠군! 풍청양 선배님이구려!"

영호충 역시 돌벽에 새겨진 '풍청양'이라는 글자를 떠올리고 화들짝 놀랐다. 이번에는 일부러 꾸민 것이 아니었다.

'설마 그 풍청양이라는 선배님이 아직 살아 계신단 말인가?'

그는 놀란 마음을 추스르면서도 겉으로는 황망히 손을 내저었다.

"이상한 소리 마시오, 전 형. 풍… 풍…."

'풍청양'이라는 이름이 '청' 자 돌림자를 쓰는 것을 보면 '불' 자 돌림자를 쓰는 사부보다 한 항렬 위 선배기에, 그는 '선배'라고 하려다가 재빨리 '태사숙'으로 바꿨다.

"풍 태사숙께서는 은거하신 지 오래되셔서 계신 곳을 알지 못하오. 그분께서 아직 세상에 계신지도 모르는 판국에 화산을 찾아오셨을 리 없지 않소? 믿지 못하겠거든 직접 동굴에 들어가보시오. 그럼 확실히 알게 될 거요."

그가 기어코 동굴로 유인하려 하자 전백광은 더욱더 의심이 들었다.

'저리 놀라는 것을 보니 내 추측이 맞았군. 화산파의 선배들이 어느 날 갑자기 떼죽음을 당했는데 마침 화산에 없었던 풍청양만 겨우 그 재앙을 피했다지. 그자가 아직 살아 있었군. 하지만 벌써 여든을 바라보는 나이일 테니 아무리 무공이 높아도 정력이 쇠해 지금은 뒷방 늙은이에 불과하겠지. 그런 자를 겁낼쏘냐?'

그는 허허 웃으며 말했다.

"영호 형, 벌써 하루 밤낮을 싸웠는데 더 해봤자 영호 형은 나를 이길 수 없소. 풍 선배님께서 아무리 가르쳐봐야 소용없으니, 순순히 나를 따라갑시다."

영호충이 뭐라고 대답하려는데, 그보다 빨리 그의 뒤에서 차가운 목소리가 떨어졌다.

"정말로 내가 가르쳤다면 어찌 머리에 피도 안 마른 너를 제압하지 못하겠느냐?"

笑傲江湖

검법 전수

10

— 노인은 고개를 끄덕이며 한숨을 푹 쉬더니 천천히 바위에 앉았다.
  전백광은 그제야 마음이 놓이는지 큰 소리로 외쳤다.
  "받으시오!"
  그의 칼이 영호충에게 날아들었다. 영호충은 몸을 옆으로 피하며 검을 뻗었다.

영호충은 깜짝 놀라 뒤를 홱 돌아보았다. 언제 나타났는지 동굴 입구에 푸른 장포를 입은 백발의 노인이 서 있었다. 노인의 표정은 어딘지 울적해 보였고 얼굴은 오래된 종잇장처럼 누랬다.

'저 노인이 지난번에 만난 청포인인가? 대체 어디서 나타났지? 내 뒤에 서 있었는데도 전혀 눈치채지 못하다니….'

영호충이 어리둥절해하는 사이 전백광이 떨리는 목소리로 말했다.

"다, 당신이 풍… 노선생이오?"

노인은 탄식하며 중얼거렸다.

"세상에 이 풍청양의 이름을 아는 사람이 아직 남아 있었구나."

영호충은 재빨리 머리를 굴렸다.

'본 파에 선배님이 남아 계시다는 말은 사부님과 사모님께 들은 적이 없다. 만에 하나 저 사람이 전백광이 아무렇게나 내뱉은 이름을 사칭했는데 내가 멍청하게 절이라도 올리면 세상 사람들의 비웃음을 사겠지. 전백광이 풍청양이라는 이름을 꺼내자마자 풍청양이 나타나다니, 우연도 이런 우연이 있을 수가….'

노인은 고개를 설레설레 저으며 말했다.

"영호충, 네 녀석은 실로 우둔하구나! 내 가르쳐주마. 우선 백홍관일부터 시작해서 유봉래의, 금안횡공金雁橫空을 펼치거라. 그다음에는 절수식截手式을 취했다가…."

그의 입에서 서른 가지의 초식 이름이 단숨에 쏟아져나왔다.

모두 영호충이 배운 초식이었지만, 검을 찌르는 자세나 발의 위치로 보아 도저히 연달아 펼칠 수 없는 것들이었다. 노인이 멍하니 서 있는 그를 보며 물었다.

"어찌 쭈뼛쭈뼛하고 섰느냐? 하긴, 지금 네 기량으로는 30초를 연이어 펼치기가 쉽지는 않겠지. 그래도 한번 해보아라."

그의 목소리는 묵직했고 표정은 커다란 상심에 빠진 사람처럼 쓸쓸했지만, 거부하기 힘든 위엄이 담겨 있었다.

'밑져야 본전이니 저 말대로 해보자.'

영호충은 그렇게 생각하고 백홍관일을 펼쳤다. 그러나 검이 하늘을 찌른 상태에서 두 번째 초식인 유봉래의를 펼치자니 곧바로 이어지지 않아 잠시 멈칫할 수밖에 없었다.

"아아, 우둔하구나, 참으로 우둔해! 융통성이 없고 임기응변을 모르니 딱 악불군의 제자답구나. 검술이란 궁극적으로는 흐르는 물이나 구름처럼 자연스럽게 이어지는 것이니라. 백홍관일을 펼친 후 검이 위를 향하면 자연스레 아래로 끌어당기면 되지 않느냐? 백홍관일이라는 초식에 그런 자세가 없다 하여 네 마음대로 움직이면 안 된다는 법이 있더냐?"

그 한마디가 영호충을 깨우쳤다. 그는 검을 살짝 아래로 당겨 자연스럽게 유봉래의를 펼쳤고, 그 초식이 완전히 끝나기도 전에 금안횡공으로 바꿨다. 검은 정수리를 스치며 아래위로 흔들리다가 가볍게 절수식을 취했다. 검의 흐름은 물샐틈없이 자연스러웠고 마음도 몹시 편안

했다. 노인이 알려준 대로 초식을 하나하나 펼치다 보니 종고제명鐘鼓
齊鳴에 이르러 검을 거뒀을 때 꼭 30초째였다. 그 순간, 영호충은 말 못
할 기쁨이 솟구쳤다.

하지만 노인의 얼굴에서는 칭찬하는 기색을 찾아볼 수 없었다.

"옳게는 했다마는 잡다한 움직임이 너무 많고 엉성하구나. 고수를
상대하기에는 부족하겠으나 저 녀석이라면 해볼 만은 하겠지. 가서 싸
워보아라!"

영호충은 이 노인이 진짜 태사숙이라는 확신은 없었지만, 무학의
고수라는 것만은 틀림없었으므로 검을 아래로 늘어뜨리고 깊이 허리
를 숙여 예를 갖췄다.

"가르쳐주셔서 감사합니다."

그러고는 돌아서서 전백광에게 말했다.

"전 형, 한번 해봅시다!"

전백광은 고개를 저었다.

"내 이미 서른 개 초식을 다 보았는데 싸워봤자 무슨 소용이오?"

"싸우기 싫으면 나야 좋소. 그만 가보시오. 나는 이 선배님께 가르
침을 청해야 하니 전 형과 놀아줄 시간이 없소."

그 말에 전백광은 버럭 화를 냈다.

"그게 무슨 말이오? 영호 형을 데려가지 못하면 이 몸은 헛되이 죽
는 수밖에 없소."

그는 노인을 돌아보며 말했다.

"풍 노선배, 이 전백광은 보잘것없는 사람이라 선배님과 직접 겨룰
깜냥이 못 됩니다. 신분이 신분이니 만큼 부디 싸움에는 끼어들지 마

십시오."

노인은 고개를 끄덕이며 한숨을 푹 쉬더니 천천히 바위에 앉았다. 전백광은 그제야 마음이 놓이는지 큰 소리로 외쳤다.

"받으시오!"

그의 칼이 영호충에게 날아들었다.

영호충은 몸을 옆으로 피하며 검을 찔렀다. 바로 노인이 가르쳐준 네 번째 초식인 절수식이었다. 일단 공격이 시작되자 그의 초식은 끊임없이 이어졌고 검법 또한 가볍고 표홀했다. 그중 일부는 노인이 말한 초식들이었지만 나머지는 전혀 다른 것들이었다. 검술이란 흐르는 물이나 구름처럼 자연스럽게 이어지는 것이라는 가르침을 깊이 깨달아 짧은 순간에 검술이 크게 발전한 그는 이리저리 검을 휘두르며 단숨에 100여 초를 싸웠다.

갑자기 전백광이 일갈을 터뜨리며 칼을 똑바로 내리찍는 바람에 영호충은 피할 수 없다는 것을 알아채고 손목을 홱 떨쳐 검으로 그의 가슴팍을 노렸다. 전백광이 재빨리 칼을 거둬 검을 때리자 쩡 하는 소리와 함께 칼과 검이 부딪쳤다. 그는 영호충이 검을 빼기도 전에 칼을 놓고 몸을 던져 두 손으로 영호충의 목을 움켜쥐었다. 영호충은 숨이 턱 막혀 저도 모르게 검을 놓치고 말았다.

전백광이 소리소리 질렀다.

"함께 가지 않으면 이 어르신 손에 죽을 줄 알아라!"

지금까지는 '형'이라 부르며 예를 갖추던 그였지만, 100초를 싸워도 이기지 못하자 성질을 참지 못하고 목을 조르며 본래 습관대로 '어르신'이라는 말이 나온 것이었다. 영호충은 얼굴이 퉁퉁 붓기 시작하는데도 끝내 고개를 저었다. 전백광은 이를 악물었다.

"100초든 200초든 이기는 사람은 이 어르신이다! 그러니 순순히 따라와라! 빌어먹을 30초 따위, 이 어르신이 신경이나 쓸까 보냐!"

영호충은 큰 소리로 웃어주고 싶었지만 열 손가락이 목을 단단히 틀어쥐고 있어 웃음은커녕 신음 소리조차 낼 수가 없었다.

바로 그때 노인이 조용히 말했다.

"우둔한 녀석! 손가락도 곧 검이니라. 금옥만당金玉滿堂이 꼭 검으로만 펼칠 수 있는 것이더냐?"

번쩍 정신이 든 영호충은 오른손으로 금옥만당을 펼쳐 중지와 식지로 전백광의 가슴팍 단중혈膻中穴을 힘껏 찔렀다. 전백광은 신음을 흘리며 맥없이 쓰러졌고, 영호충의 목을 움켜쥔 손에서도 힘이 빠졌다. 아무렇게나 찔렀을 뿐인데 강호에서 유명한 만리독행 전백광이 이리 쉽게 쓰러지자 영호충 자신도 당황했다. 그는 얼얼한 목을 어루만지며 바닥에 웅크린 쾌도의 고수를 바라보았다. 그가 부들부들 떨다가 눈이 뒤집힌 채 혼절하자 놀랍고도 기쁜 나머지 탄복을 금치 못하고 노인에게 달려가 그 앞에 엎드렸다.

"태사숙님, 부디 조금 전의 무례를 용서해주십시오."

연신 머리를 조아리는 그를 보고 노인은 빙그레 웃었다.

"이제 내가 사칭을 하지 않았다는 것을 믿느냐?"

영호충은 또다시 머리를 조아렸다.

"제가 보는 눈이 없었습니다! 운 좋게도 본 파의 태사숙님을 만나뵙다니, 진심으로 기쁩니다."

"일어나라."

노인 풍청양이 말하자 영호충은 다시 한번 공손하게 머리를 세 번 조아린 후에야 일어났다. 노인의 얼굴은 병색이 완연했고 표정 또한 생기가 없었다.

"태사숙님, 시장하지 않으십니까? 동굴 안에 숨겨둔 건량이 좀 있습니다."

그가 안으로 달려가려는데 풍청양이 고개를 저으며 말했다.

"되었다!"

풍청양은 실눈을 뜨고 해를 올려다보며 가볍게 내뱉었다.

"햇살이 참으로 따뜻하구나. 햇볕을 쬐는 것이 얼마 만인지…."

그 말에 영호충은 불쑥 호기심이 솟았지만 감히 물어볼 수가 없었다.

풍청양은 바닥에 고꾸라진 전백광을 흘끗 바라보며 입을 열었다.

"단중혈을 찔렀으니 저 녀석의 내공이면 한 시진 안에 깨어날 것이다. 그리고 죽자 살자 덤벼들겠지. 저 녀석을 순순히 물러나게 하려면 네 힘으로 한 번 더 물리쳐야만 한다. 물리치고 나면 나에 대해 단 한마디도 하지 않겠다는 맹세를 받아두어라."

"방금도 운이 좋아 이겼을 뿐이지, 제 검법으로는 필경 저자의 적수가 되지 못합니다. 저자를 물리치려면… 아무래도…."

풍청양은 설레설레 고개를 저었다.

"그날 저녁 네 검법을 시험해본 것은 화산파의 옥녀검 십구식을 제대로 펼치기만 하면, 상대의 공격에 검을 떨어뜨릴 리 없다는 사실을 알려주기 위함이었느니라. 너는 악불군의 제자니 내 본디 널 가르칠 뜻이 없었다마는, 내 지난날… 살아 있는 동안 다시는 누군가와 겨루지 않겠다 단단히 맹세한 터라 네 손을 빌리지 않고서는 전백광의 입을 다물게 할 방도가 없으니 어쩌겠느냐. 따라오너라."

그는 동굴로 들어가 뻥 뚫린 벽을 통해 안쪽 동굴로 향했다. 영호충도 뒤를 따랐다.

풍청양은 돌벽을 가리키며 말했다.

"여기 그려진 화산파 검법은 지금쯤 눈에 익었을 터. 허나 외우는 것과 직접 펼치는 것은 다르다."

그는 말을 하다 말고 고개를 저으며 탄식했다. 영호충은 영호충대로 다른 생각에 빠졌다.

'내가 여기서 벽화를 보는 것을 태사숙께서도 알고 계셨구나. 벽화에 혼이 빠져 옆에 누군가 있다는 사실조차 전혀 몰랐으니, 만에 하나… 만에 하나 태사숙께서 적이었다면… 훗, 어리석긴…. 태사숙께서 적이었다면 미리 알아차렸다 해도 피할 수나 있었을까?'

그때 풍청양이 다시 말했다.

"악불군 그 아이는 정말 앞뒤가 꽉꽉 막혔구나. 훌륭한 재목인 너를 이렇게 우둔한 나무토막으로 만들어놓다니."

사부를 모욕하는 말에 영호충은 더럭 화가 나 당당하게 대꾸했다.

"태사숙님의 가르침은 필요하지 않습니다. 어떻게든 제 힘으로 전백광이 태사숙님 이야기를 하지 않도록 맹세시키겠습니다."

풍청양은 어리둥절했지만 곧 영문을 깨닫고 차분하게 말했다.

"그 녀석이 거부하면 어쩔 셈이더냐? 죽이기라도 할 생각이냐?"

영호충은 곧바로 대답하지 못했다. 전백광이 수차례나 이기고도 자신의 목숨을 취하지 않았는데, 한 번 이겼다고 죽이는 것이 옳은 일일까? 풍청양이 망설이는 그를 보며 말했다.

"네 사부를 욕했다고 그러는 거겠지. 오냐, 앞으로 그 이야기는 하지 않으마. 그 아이가 나를 사숙이라 부르니 내가 '아이'라고 부르는 것은 상관없겠지?"

"은사를 모욕하지만 않으신다면 공손히 가르침을 받들겠습니다."

풍청양은 빙그레 웃었다.

"이것 참, 마치 내가 가르침을 받아달라 비는 것 같구나."

영호충은 황급히 허리를 숙였다.

"결코 그런 뜻이 아닙니다. 부디 용서해주십시오."

풍청양은 벽에 그려진 화산파의 검법을 가리키며 말했다.

"이 초식들은 확실히 본 파의 절초들이다. 그중 태반은 실전되어 악… 아니, 네 사부도 알지 못한다. 물론 이 초식에는 절묘한 점도 있으나 하나씩 따로 펼치면 종래에는 적에게 깨질 수밖에 없느니라…."

영호충은 여기까지만 듣고도 검술의 지극한 도리를 어렴풋이 깨닫고 저도 모르게 얼굴이 환해졌다.

이를 본 풍청양이 물었다.

"무얼 깨달았느냐? 말해보아라."

"태사숙님 말씀은, 각각의 초식이 끊어지지 않도록 연달아 펼치면 적이 깨뜨릴 수 없다는 뜻이 아닙니까?"

풍청양은 고개를 끄덕이며 드물게 기쁜 표정을 지었다.

"뛰어난 재목인 것은 알았다만, 역시 깨달음이 빠르구나. 여기 이 마교 장로들은…."

그가 말하며 곤봉 든 사람을 가리키자 영호충은 깜짝 놀랐다.

"이 사람들이 마교의 장로들입니까?"

"몰랐더냐? 여기 있는 열 개의 해골은 모두 마교 장로들이다."

풍청양이 바닥에 흩어진 해골들을 가리켰다. 영호충은 그 손길을 따라 아래를 내려다보며 의아한 듯 물었다.

"마교의 십장로가 어쩌다 이곳에서 죽었습니까?"

"조금 후면 전백광이 깨어난다. 케케묵은 옛일을 캐기 시작하면 무공을 배울 틈이나 있겠느냐?"

"예, 알겠습니다. 부디 가르쳐주십시오."

풍청양은 한숨을 쉬며 말을 이었다.

"이 마교 장로들은 총명하고 기지 넘치는 인물들이었음에 틀림없다. 오악검파의 절초들을 이토록 철저하게 깨뜨렸으니 왜 아니겠느냐. 다만 이들은 세상에서 가장 위험한 수단은 무공이 아니라 음험한 계략과 무시무시한 함정이라는 사실을 몰랐다. 누군가 교묘하게 파놓은 함정에 빠지면 무공이 아무리 대단한 사람도 속수무책이지…."

말을 마친 풍청양은 망연한 얼굴로 고개를 들어 천장을 올려다보았다. 아득한 지난 일들을 떠올리는 것이 분명했다. 영호충은 쓸쓸함이 묻어나는 목소리와 분개 어린 표정에 차마 대꾸하지 못하고 속으로만 생각했다.

'우리 오악검파가 정말 비무에서 이기지 못하자 함정을 파 적들을 해친 것일까? 풍 태사숙님 역시 오악검파 사람이지만 그런 비열한 방법은 옳지 못하다고 생각하시는 모양이구나. 하지만 마교 놈들을 당해내기 위해 계략을 꾸민 것을 반드시 잘못이라고 할 수는 없지.'

잠시 후 풍청양이 말을 이었다.

"무학으로만 따졌을 때, 이 마교 장로들이 진정으로 상승의 무학을 깨우쳤다 볼 수는 없느니라. 초식은 죽은 것이요, 초식을 펼치는 사람이야말로 살아 있다는 사실을 깨닫지 못했다. 죽은 초식을 아무리 깬들 살아 있는 초식을 만나면 속수무책으로 당할 수밖에 없는 법. '살아 있다'는 말을 똑똑히 기억해두어라. 초식을 배울 때는 살아 있는 것을 배우고, 초식을 펼칠 때 역시 살아 있는 것을 펼쳐야 한다. 쓸데없는 데 얽매여 변화를 받아들이지 못하면 수천수만 번 절초를 익혀도 진짜 고수 앞에서는 속절없이 무너질 뿐이니라."

시원시원하고 얽매이는 것을 싫어하는 영호충은 풍청양의 이 말이 마음에 꼭 들어 연신 고개를 주억거렸다.

"예, 예! 살아 있는 것을 배우고 살아 있는 것을 펼쳐야지요!"

"오악검파에는 어리석은 제자들이 수없이 많다. 그들은 사부가 전수한 초식만 고집스레 익히면 언젠가는 고수가 될 수 있다 생각하지. 허,《당시삼백수》를 달달 외면 시는 짓지 못할지언정 낭송은 잘하겠지! 남이 지은 시를 외워 그럴듯하게 흉내는 내겠다마는 제 힘으로 시를 써내지 못하면 어찌 위대한 시인이 될 수 있겠느냐?"

악불군 역시 그런 무리로 치부할 수 있지만, 영호충은 그 말에 매우 공감할 뿐 아니라 대놓고 악불군을 지목한 것도 아니기 때문에 항변하지 않았다.

풍청양의 말이 이어졌다.

"살아 있는 것을 배우고 살아 있는 것을 펼치는 것이 첫걸음이요, 초식이 없는 경지에 이르러야 진정으로 고수의 반열에 들게 된다. 너는 초식을 연달아 펼치면 적이 깨뜨릴 틈이 없다고 했으나, 그 말은 반만 맞을 뿐이다. 초식을 연달아 펼치는 것이 아니라 아예 초식 자체가 없어야 한다. 아무리 자연스럽게 이어 펼친다 해도 끝내 초식의 흔적이 남기 마련이고, 적은 그 틈을 파고들 수 있다. 허나 아예 초식이 없으면 적이 무슨 수로 초식을 깨뜨릴 수 있겠느냐?"

영호충은 가슴이 쿵쿵 뛰고 손바닥이 뜨겁게 달아오르는 것을 느끼며 저도 모르게 중얼거렸다.

"초식이 없으면 무슨 수로 깨뜨릴 것인가… 초식이 없으면….."

평생 본 적도, 꿈꿔본 적도 없는 신세계가 눈앞에 펼쳐지고 있었다.

"고기를 자르려면 반드시 고기가 있어야 하고, 장작을 패려면 반드시 장작이 있어야 하는 법. 적이 네 초식을 깨뜨리려면 네가 펼치는 검법에 반드시 초식이 있어야 한다. 무공을 배운 적이 없는 보통 사람이 마구잡이로 검을 휘두르면, 아무리 보고 들은 것이 많아도 그자가 검을 어디로 그리고 어떻게 찌를지 예측할 수 없다. 검술이 절정에 이른 사람마저 그 초식을 깨뜨릴 수 없는 이유는 바로 초식 자체가 없기 때문이니라. 그러니 초식을 깨뜨리는 일도 있을 수 없다. 진정으로 상승의 검술을 익힌 사람이란 곧, 적은 제압할 수 있으나 그 자신은 결코 제압당하지 않는 사람인 것이다."

그는 바닥에 널브러진 해골의 다리뼈를 주워들어 영호충을 향해 아무렇게나 내밀었다.

"자, 이 초식을 어찌 깨뜨리려느냐?"

그의 다음 움직임을 알 수 없는 영호충은 잠시 당황했으나 곧 이렇게 대답했다.

"이건 초식이 아닙니다. 그러니 깨뜨릴 수도 없습니다."

풍청양은 빙그레 웃었다.

"바로 그것이다. 무공을 익힌 사람은 무기를 사용할 때나 권각을 쓸 때 반드시 초식이 있다. 그 초식의 파해법만 알아내면 단번에 초식을 깨뜨려 적을 제압할 수 있다."

"적도 초식이 없으면 어떻게 됩니까?"

"그렇다면 그 적 역시 일류 중의 일류고수겠지. 두 사람이 내키는 대로 싸우면 적이 이길 수도 있고 네가 이길 수도 있다."

풍청양은 한숨을 쉬며 말을 이었다.

"허나 당세에 그만한 고수를 찾기는 쉽지 않으니라. 요행히 한두 사람 정도 만나지면 운이 좋다고 생각하거라. 내 평생 그런 고수는 단 세 사람밖에 만나지 못했다."

"어떤 분들이십니까?"

풍청양은 그렇게 묻는 영호충을 가만히 바라보더니 엷게 미소를 지었다.

"악불군의 제자 중에 너처럼 호기심 많고 검을 익히는 일은 뒷전인 아이가 있다니 뜻밖이구나. 참 좋은 일이다!"

영호충은 얼굴을 붉히며 황급히 허리를 숙였다.

"잘못했습니다."

"아니, 잘못이 아니다! 너는 성격이 활달해서 마음에 꼭 드는구나. 허나 시간이 많지 않다. 어떻게 하면 화산파의 초식 서른 가지를 연결해 단숨에 펼칠 수 있을지 곰곰이 생각해보아라. 그런 다음 그 초식들을 머릿속에서 깡그리 지우거라. 단 1초도 남겨서는 안 된다. 그리고 초식이 없는 화산검법으로 전백광과 싸우는 것이다."

"예!"

영호충은 기쁜 목소리로 대답한 뒤 벽에 그려진 그림들을 찬찬히 살폈다.

몇 달을 이곳에서 보내는 동안 그는 이미 벽화에 그려진 화산검법을 빠짐없이 외웠다. 따라서 초식을 익히기보다는 서로 이어지지 않는 초식들을 하나로 엮는 방법을 연구하는 데 시간을 들였다.

"모든 것은 자연스럽게 흘러가야 한다. 응당 움직여야 할 때 움직이고, 응당 멈추어야 할 때 멈추어라. 자연스레 이어지지 않거든 내버려두어라. 추호도 억지가 있어서는 안 되느니라."

영호충은 고개를 끄덕였다. 단순히 자연스럽게 연결하는 것이라면 식은 죽 먹기였다. 누가 보아도 깜짝 놀랄 만큼 절묘하게 연결하든, 어색하고 서투르게 연결하든, 서른여 가지의 절초를 순서대로 연결해 펼치기만 하면 되는 것이었다. 그러나 이를 하나로 만들어 초식의 변화를 전혀 느끼지 못할 정도로 그 틈을 없애는 것은 실로 어렵고도 어려운 노릇이었다. 영호충은 이쪽저쪽으로 검을 찌르면서, 벽화에 그려진 초식을 떠올리지 않으려 노력했다. 비슷해도 좋고, 비슷하지 않아도 상관없었다. 마음 내키는 대로 휘두르다가 이따금 막힘없이 통하는 느낌이 들면 몹시 뿌듯하고 기분이 좋았다.

사부를 따라 10년 넘게 검을 익혔으나, 연검을 할 때면 언제나 정신을 바짝 차리고 초식을 잊지 않도록 잔뜩 긴장하곤 했다. 악불군은 제자들을 매우 엄하게 가르쳤고, 권각이나 검술을 익힐 때 팔이나 다리가 기준 자세에서 한 치만 어긋나도 즉각 교정해주었다. 제자들은 초식 하나하나를 실수 없이 완벽하게 따라 해야만 사부의 인정을 받을 수 있었다. 영호충은 그런 악불군의 대제자였고 호승심도 강했기 때문에, 사부와 사모의 칭찬을 듣기 위해서 초식을 연습할 때 특히 더 자유를 억누르고 통제했다. 그런데 풍청양의 가르침은 완전히 달랐다. 마음이 가는 대로 자연스럽게 움직이는 방식은 영호충의 성격에 꼭 맞았고, 긴장한 채 초식을 펼치던 예전과는 달리 수십 년 묵은 좋은 술을 마실 때처럼 통쾌했다.

돌연, 전백광의 외침 소리가 검술에 흠뻑 빠진 그의 귀를 때렸다.

"영호 형, 그만 나오시오! 다시 겨뤄봅시다!"

영호충은 깜짝 놀라 검을 거두고 풍청양을 바라보았다.

"태사숙님, 이런 마구잡이 검법으로 저자의 쾌도를 막을 수 있겠습니까?"

풍청양은 차분하게 고개를 저었다.

"막을 수 없다. 아직은 한참 멀었느니라!"

영호충은 더욱 놀랐다.

"막을 수 없으면 어떡합니까?"

"막으려 하면 자연히 막을 수 없다. 한데 어찌 막으려 하느냐?"

영호충은 크게 깨닫고 고개를 끄덕였다.

'그렇군. 전백광의 목적은 나를 데려가는 것이지 죽이려는 것이 아니야. 그가 무슨 도법을 쓰든 신경 쓰지 말고 내 방식대로 공격하면 된다.'

그는 검을 움켜쥐고 동굴을 나갔다. 전백광이 칼을 추켜들고 서 있었다.

"영호 형, 풍 노선배의 가르침을 받더니 확실히 검법이 달라졌더구려. 하지만 조금 전에는 잠깐 정신을 딴 데 팔다 당했으니 인정할 수 없소. 다시 겨뤄봅시다."

"좋소!"

영호충은 시원스레 대답하며 검을 비스듬히 찔렀다. 검이 힘이 전혀 실리지 않은 것처럼 맥없이 흔들렸다.

"이건 무슨 검법이오?"

전백광은 의아한 듯 물으면서도 칼을 들어 찔러오는 검을 막았다. 그런데 영호충은 느닷없이 오른손을 뒤로 휙 빼며 허공을 찌르더니, 마치 자기 가슴을 때릴 것처럼 검자루를 홱 잡아당겼다. 하지만 곧바로 손목을 꺾어, 검자루는 오른쪽 빈 공간을 찔렀다. 전백광은 기괴하게 여기며 시험 삼아 그의 머리 위로 칼을 내리쳐보았다. 영호충은 피하기는커녕 검을 세워 전백광의 아랫배를 찌르려 했다.

"허, 이런!"

전백광이 소리를 지르며 칼을 거둬 검을 막았다.

영호충은 동굴 벽화에서 본 수십 가지 화산검법을 떠오르는 대로 펼쳐나갔다. 혼자 연검이라도 하듯 오로지 공격뿐이었다. 전백광은 그의 기세에 질려 허둥거렸다.

"이번에도 수비를 하지 않으면 팔이 잘리고 말 거요. 나중에 원망하지나 마시오!"

"그리 쉽지는 않을 거요!"

영호충은 웃으면서 상식에서 완전히 벗어난 방향으로 쉭쉭쉭 검을 찔렀다. 다행히 전백광은 반응도 빠르고 움직임도 빨라 모두 막을 수 있었으나, 반격하려는 순간 영호충이 검을 허공으로 던지자 자연스레 고개를 들어 검의 움직임을 쫓을 수밖에 없었다. 바로 그때, 픽 하는 소리와 함께 영호충의 주먹이 그의 코를 힘껏 때렸다. 금세 코피가 줄 줄 흘렀다.

전백광이 혼란에 빠진 사이 영호충이 손가락을 검 삼아 번개같이 단중혈을 찔렀다. 전백광의 몸이 서서히 무너지고, 얼굴에는 경악과 분노의 표정이 떠올랐다.

영호충이 돌아서자 풍청양이 들어오라는 손짓을 했다.

"다시 한 시진 반 동안 연검하거라. 이번에는 상처가 무거워 빨리 깨어나지는 못할 것이다. 허나 다음번에는 필사적으로 싸움에 임할 테 니 더욱 조심해야 하느니라. 어서 가서 형산파의 검법을 익히거라."

풍청양의 가르침을 받은 영호충은 초식의 의미는 남기되 그 형식은 덜어냄으로써 초식이 있으면서도 없는 검법을 펼칠 수 있게 되었다. 특히 형산파의 절초는 본디부터 귀신처럼 변화막측해 초식의 흔적을 없애는 것이 더욱 쉬웠다.

전백광이 깨어나자 영호충은 또다시 70~80초를 싸워 그를 쓰러뜨 렸다.

어느새 날이 어두워져 육대유가 음식을 가지고 올라왔다. 영호충은 쓰러진 전백광을 바위 뒤에 숨겼고, 풍청양은 안쪽 동굴로 모습을 감 췄다. 영호충이 육대유에게 말했다.

"요즘은 식욕이 왕성하니 내일은 음식을 좀 더 가져와라."

몇 달 전만 해도 삶의 의욕을 잃은 사람처럼 비실비실하던 대사형이 혈기왕성한 모습을 되찾은 것을 보자 육대유는 무척 기뻤다. 게다가 땀 으로 흠뻑 젖은 옷을 보니 열심히 검법을 연마하던 중인 것 같았다.

"알겠습니다, 내일은 커다란 바구니로 가져올게요."

육대유가 물러가자 영호충은 전백광의 혈도를 풀어주고, 그와 풍청양을 청해 식사를 했다. 풍청양은 몇 술 뜨기도 전에 배가 부르다며 물러났고, 전백광은 분을 못 이겨 마구 젓가락질을 해대며 투덜거렸다. 결국 힘 조절을 못한 나머지 들고 있던 밥그릇이 와장창 소리를 내며 박살나고 그의 옷이며 바닥은 온통 밥알로 뒤덮였다.

영호충은 껄껄 웃었다.

"전 형, 어찌 가만히 있는 그릇에 대고 화풀이를 하시오?"

전백광이 이를 부득부득 갈았다.

"제기랄, 진짜 이렇게 박살내고 싶은 사람은 당신이오. 내가 실수를 쓰지 못한다는 것을 알고 공격만 하지 않았소? 그래, 영호 형은 이런 비무를 공평하다고 할 수 있겠소? 내가 봐주지 않고 실력대로만 해도 30초 안에 영호 형의 머리를 박살낼 수 있단 말이오. 흥! 빌어먹을 계집… 그 계집 때문에…."

의림에게 시원하게 욕을 퍼붓고 싶었지만, 어찌 된 셈인지 욕이 입 밖으로 나오기 전에 말문이 막혔다. 그는 벌떡 일어나 칼을 뽑으며 외쳤다.

"영호충, 다시 덤벼라!"

"좋소!"

영호충도 검을 들었다.

그는 하던 대로 전백광의 쾌도를 깨뜨릴 생각은 않고 자기 방식대로 검을 찔렀다. 이번에는 전백광도 맹렬하게 맞섰다. 20여 초가 지나자 그의 칼이 파공성을 내며 영호충의 허벅지와 왼쪽 어깨를 차례로 베었다. 전력을 다하지 않은 덕에 상처가 깊지는 않았지만, 영호충은 깜짝 놀란 나머지 검법이 흐트러져 몇 초 만에 수세에 몰려 쓰러졌다.

전백광은 그의 목에 칼날을 대며 물었다.

"더 싸우겠소? 싸울 때마다 매서운 칼 맛을 보게 될 거요. 내 영호 형을 죽이지는 못하나 피를 철철 흘리게 할 수는 있소."

영호충은 빙그레 웃었다.

"당연히 싸워야지! 내 힘으로 전 형을 이기지 못해도 설마 풍 태사숙께서 전 형의 행패를 두고 보시기야 하겠소?"

"강호의 선배로서 나와 직접 싸우시지는 않을 거요."

전백광은 이렇게 말하며 칼을 거뒀지만 마음 한구석에서는 슬며시 두려움이 밀려왔다. 영호충이 크게 다치면 노한 풍청양이 나서서 분풀이를 할지도 모를 일이었다. 나이 많은 노인이지만 신수가 훤하고 눈빛에 정기가 넘쳐 심후한 내공을 지녔음을 쉽게 알 수 있었고, 검술 또한 높디높을 것이 분명했다. 손수 자신을 죽이지 않고 화산에서 쫓아내기만 하더라도 전백광으로서는 똑같이 최악의 결과를 받아들여야 했던 것이다.

영호충은 옷자락을 찢어 상처를 동여매고, 동굴로 들어가 쓴웃음을 지으며 말했다.

"태사숙님, 저자가 방법을 바꿔 제대로 싸우기 시작했습니다! 만에 하나 오른팔을 다치면 검을 쓸 수가 없어 쉽게 이기지 못할 겁니다."

"날이 어두워졌으니 내일 다시 싸우자고 하거라. 오늘 밤은 잠들 생각 말고 밤새 새로운 검법을 익혀야 한다. 내 세 가지 초식을 가르쳐주마."

"세 가지라고 하셨습니까?"

영호충은 눈을 휘둥그레 떴다. 겨우 초식 세 개를 익히는 데 밤새워 공을 들일 필요가 있을까?

풍청양이 그 마음을 읽은 듯 조용히 말했다.

"네가 제법 총명한 듯하다마는 정말로 총명한지 겉보기에만 그런지 확신이 서지 않는구나. 정말로 총명하다면 오늘 밤 안에 그 세 가지 초식을 익힐 수 있을지도 모르지. 허나 자질이 부족하고 깨달음이 모자라면… 그렇다면… 저자와 싸울 것도 없이 내일 아침 일찍 패배를 인정하고 순순히 따라가거라!"

그 말을 듣자 영호충은 태사숙이 전수하겠다는 세 가지 초식을 배우기가 무척 어렵다는 사실을 깨닫고 슬그머니 호승심이 솟았다.

"태사숙님, 오늘 밤 안에 그 초식을 배우지 못하면 차라리 저자의 칼에 목숨을 던지겠습니다. 저 스스로 굴복하여 하산하는 일은 결코 없을 것입니다."

풍청양은 빙그레 웃었다.

"그래도 좋겠지."

그는 고개를 들고 잠시 생각에 잠겼다가 입을 열었다.

"하룻밤 안에 이 초식 셋을 모두 익히는 것은 실로 어려운 일이다. 제2식은 당장 쓸 일이 없으니 우선 제1식과 제3식부터 배우자꾸나. 허나 제3식의 변화는 대부분 제2식에서 비롯된 것이니… 할 수 없다, 제2식과 관련된 변화를 제외하고도 쓸 수 있는지 연구해보자."

풍청양은 혼잣말을 중얼거리며 골똘히 생각에 잠겼다가 이따금 고개를 젓곤 했다.

고민에 빠진 그를 지켜보면서 영호충은 점점 들뜨기 시작했다. 배우기 어려운 무공일수록 그 위력이 강한 것은 자명한 이치였으니 그럴 만도 했다. 풍청양이 또다시 중얼거리는 투로 말했다.

"제1식에는 360개의 변화가 있고 그중 하나만 잊어도 제3식을 펼칠 수 없게 되니… 이것 참 어렵구나."

초식 하나에 변화가 360개나 있다는 말에 영호충은 놀라지 않을 수 없었다. 풍청양은 손가락을 꼽으며 하나하나 세기 시작했다.

"귀매歸妹에서 무망無妄, 무망에서 동인同人, 동인에서 대유大有로 가고, 갑甲에서 병丙, 병에서 경庚, 경에서 계癸로 변하고, 자子와 축丑, 진辰과 사巳, 오午와 미未가 교차하고, 풍뢰風雷, 산택山澤, 수화水火가 하나의 변화를 이루니, 건곤乾坤, 진태震兌, 이손離巽이 부딪치고, 셋이 다섯으로, 다섯이 아홉으로 늘어나…"

손가락이 하나씩 접힐 때마다 얼굴에 어린 근심이 점점 짙어지더니, 마침내 그가 탄식하며 말했다.

"충아, 내가 이 초식을 처음 배울 때는 석 달이라는 시일이 걸렸느니라. 한데 하룻밤 만에 두 가지 초식을 배우라고 하다니 우습기 짝이 없는 말이지. 생각해보아라, 귀매에서 무망…"

풍청양은 말하다 말고 넋이 나간 것처럼 입을 다물었다.

잠시 후 그가 물었다.

"방금 내가 어디까지 했지?"

"귀매에서 무망, 무망에서 동인, 동인에서 대유로 간다고 하셨습니다."

풍청양의 두 눈썹이 살짝 올라갔다.

"기억력이 제법이구나. 그다음은?"

"그다음에는 갑에서 병, 병에서 경, 경에서 계로…."

놀랍게도 영호충은 풍청양이 한 말을 거의 절반 정도 외워 보였다. 풍청양은 몹시 신기해하며 물었다.

"독고구검獨孤九劍의 총결을 배운 적이 있더냐?"

"아닙니다. 저는 독고구검이 무엇인지도 모릅니다."

"배운 적이 없는데 어찌 외운 것이냐?"

"방금 태사숙께서 그렇게 읊으시는 것을 들었습니다."

풍청양은 얼굴 가득 희색을 띠며 무릎을 탁 쳤다.

"그렇다면 방법이 있다. 하룻밤에 완벽히 익히기는 어려우나 억지로 외울 수는 있으니, 제1식은 외우기만 하고 제3식도 절반만 배우도록 하자꾸나. 잘 듣거라. 귀매에서 무망, 무망에서 동인, 동인에서 대유로 가고…."

그의 입에서 줄줄이 흘러나온 글자는 족히 300자가 넘었다.

"한번 외워보아라."

귀 기울여 듣고 있던 영호충이 시킨 대로 외자, 틀린 부분은 겨우 열 글자 정도였다. 풍청양이 틀린 부분을 고쳐주자 두 번째에는 일곱 글자만 틀렸고, 세 번째에는 완벽히 외울 수 있었다.

풍청양은 몹시 기뻐했다.

"좋다, 아주 잘하는구나!"

그는 칭찬하기 무섭게 다시 300자 가까운 구결을 전수했다. 영호충이 그 구결까지 외우자 또다시 300자 구결을 일러주었다. 독고구검의 총결은 장장 3천여 자에 달했고 내용 또한 서로 연결되지 않아, 기억력이 좋은 영호충도 뒷부분을 외우면 앞부분을 잊어버리고, 앞부분을 외우면 뒷부분을 잊어버리는 등 완벽히 외우기가 쉽지 않았다. 한 시진하고도 반 시진이 훌쩍 지날 때까지 풍청양이 다듬고 고쳐준 다음에야 한 글자도 틀리지 않고 외울 수 있었다. 풍청양은 그에게 처음부터 끝까지 세 번 읊게 했고, 완벽하게 기억했다는 것을 확인하자 고개를 끄덕이며 말했다.

"이 총결은 독고구검의 뿌리가 되는 중요한 부분이다. 너는 이제 그 구결을 모두 외웠으나, 시간이 부족해 억지로 머리에 집어넣느라 그 의미를 이해하지 못했으니 금세 잊게 될 것이다. 그러니 오늘부터 매일 밤낮으로 한 번씩 읊도록 해라."

"예!"

"독고구검의 제1식 총결식總訣式에 있는 다양하고 수많은 변화는 이 총결을 체득하기 위함이나, 지금은 배울 때가 아니다. 제2식 파검식破劍式은 천하 각문각파의 검법을 깨뜨리는 것인데, 이 또한 당장 배울 필요는 없다. 제3식 파도식破刀式은 단도와 쌍도, 유엽도柳葉刀, 귀두도鬼頭刀, 대도, 참마도斬魔刀 같은 각양각색의 도법을 깨뜨리는 것이다. 단도를 사용한 쾌도법이 전백광의 특기니, 오늘 밤에는 그의 도법을 깨뜨리는 부분만 익히자꾸나."

독고구검의 제2식이 각문각파의 검법을 깨뜨리는 것이고, 제3식이 여러 가지 도법을 깨뜨리는 것이라는 말에 영호충은 기쁨과 놀라움을 감출 수 없었다.

"이렇게 신묘한 검법이 있다는 말은 한 번도 듣지 못했습니다."

흥분한 나머지 목소리가 떨려 나왔다.

"독고구검의 검법은 네 사부도 직접 본 적이 없느니라. 이름 정도는 들었겠지만 네게 알려주고 싶지 않았겠지."

영호충은 이상한 생각이 들어 물었다.

"그건 무엇 때문입니까?"

그러나 풍청양은 대답하지 않고 말을 돌렸다.

"제3식 파도식은 가벼움으로 무거움을 이기고, 빠름으로 느림을 제압하는 초식이다. 전백광의 쾌도는 비할 데 없이 빠르나 너는 그자보다 더 빨라야 한다. 너 같은 젊은이는 빠른 움직임으로 겨루는 것이 가능하다만, 그 방법으로 이길 수도 있고 질 수도 있으니 필승의 계책은 아니니라. 그리고 나 같은 늙은이가 젊은이보다 빠르게 움직이려면 방법은 단 하나, 상대보다 먼저 공격하는 것이다. 전백광이 다음에 펼칠 초식을 예측할 수 있으면 그보다 앞서 움직일 수 있다. 적이 손을 들기도 전에 급소를 찌르면 제아무리 빠른 적도 피할 수 없다."

영호충은 연신 고개를 끄덕였다.

"예, 알겠습니다! 말씀을 들어보니 이 검법은 적의 움직임을 예측해 기선을 제압하는 법을 가르쳐주는 것이겠군요."

풍청양은 손뼉을 쳤다.

"그래, 옳다! 허허, 가르치는 보람이 있구나. 적의 움직임을 예측하는 것이야말로 이 검법의 정수니라. 어떤 사람이든 초식을 펼칠 때 크고 작은 징조가 있기 마련이다. 칼로 너의 왼쪽 어깨를 내리치려는 적은 시선이 왼쪽 어깨로 향한다. 그때 그 칼이 오른쪽 아래에 있다면 응당 호를 그리듯 칼을 들어올린 다음 위에서부터 아래로 비스듬히 내리찍을 것이다."

그는 쾌도를 깨뜨리기 위한 제3식의 여러 변화들을 하나하나 상세하게 설명했다. 영호충은 눈앞이 확 트이는 것만 같았다. 마치 황궁에 들어간 시골 소년처럼 보이는 것, 들리는 것 어느 하나 신기하지 않은 것이 없었고, 그 휘황찬란한 화려함이 그의 몸을 휘감았다.

제3식의 변화는 너무나도 복잡해 짧은 시간 안에는 겨우 열두세 가지만 이해하고, 나머지는 기억에 새길 수밖에 없었다. 힘써 가르치는 사람도, 열심히 배우는 사람도 시간 가는 줄 모르고 푹 빠져 있었지만, 끝내 동굴 밖 전백광의 외침 소리가 그들을 깨웠다.

"영호 형, 날이 밝았소. 아직 잠이 안 깼소?"

영호충은 흠칫 놀랐다.

"이런… 벌써 날이 밝았구나."

풍청양도 탄식했다.

"시간이 짧아도 너무 짧구나. 허나 너는 내 기대보다 훨씬 빨리 배웠다. 가서 싸워보아라!"

"예."

영호충은 눈을 감고 배운 검술의 요지를 한번 되짚어보았다. 그러다가 무슨 생각이 들었는지 눈을 번쩍 뜨고 물었다.

"태사숙님, 한 가지 이해할 수 없는 것이 있습니다. 이 모든 변화들이 어째서 수비는 없고 오로지 공격뿐입니까?"

"독고구검은 오로지 나아감만 있고 물러남은 없느니라! 모든 초식은 공격을 위한 것이고, 공격을 통해 적이 수비만 하도록 몰아가게 되니 자연히 스스로 수비할 필요가 없다. 이 검법을 창안한 독고구패獨孤求敗 선배님은 패배를 바라는 의미인 '구패'를 이름으로 삼아 평생 한 번이라도 패하기를 바라셨으나 끝내 바람을 이루지 못하셨다. 이 검법을 펼치기만 하면 천하무적인데 수비를 염두에 둘 까닭이 어디 있겠느냐? 누군가 그 선배님이 검을 거둬 수비를 하도록 몰아붙였다면, 그분은 몹시 기뻐하셨을 것이다."

"독고구패… 구패….'

영호충은 그 이름을 중얼거리며, 얼굴도 모르는 협객이 검 한 자루로 강호를 휩쓰는 모습을 상상했다. 천하에 그를 대적할 자가 없는 것은 물론이요, 물러나 수비를 하도록 몰아붙일 수 있는 사람조차 없었다니 진정 놀랍고 감탄스러웠다.

밖에서 전백광이 또다시 소리를 쳐댔다.

"영호 형! 어서 나와 내 칼 맛이나 보시오!"

"나가오!"

영호충은 재빨리 대답하며 돌아섰다. 풍청양이 눈을 찡그리며 말했다.

"이번 싸움에는 큰 위험이 도사리고 있다. 만일 저자가 시작부터 네 오른팔이나 손목을 베어 상처를 입히면 너는 반항할 힘을 잃고 저자가 원하는 대로 이끌릴 것이다. 그것이 가장 걱정스럽구나."

영호충은 늠름하고 당당하게 대답했다.

"전력을 다할 테니 안심하십시오! 무슨 일이 있어도 사숙님의 가르침을 헛되이 하지 않겠습니다."

검을 들고 밖으로 나간 그는 일부러 지친 듯이 하품을 하고 기지개를 켠 뒤 눈을 비비며 물었다.

"전 형, 일찍 일어났구려. 어젯밤 잠자리가 편치 못했나 보오?"

그러면서 전백광의 신색神色을 살피며 속으로 중얼거렸다.

'반드시 이 난관을 넘어야 한다. 몇 시진만 더 배우면 다시는 이자를 두려워하지 않아도 되겠지.'

전백광은 칼을 들어올리며 말했다.

"영호 형, 이 몸은 결단코 영호 형을 해칠 마음이 없지만 이렇게 고집을 부리니 난들 어쩌겠소? 계속 이렇게 싸우면 영호 형은 이 칼에 열 번이고 스무 번이고 상처를 입을 것이오. 그러다가 만신창이라도 되면 내가 너무 미안하지 않겠소?"

그 말을 듣자 영호충은 좋은 생각이 났다.

"열 번 스무 번 벨 필요도 없을 거요. 단칼에 내 오른팔이나 손목을 베어버리면 검을 쓸 수 없으니, 구워먹든 삶아먹든 전 형 마음대로 할 수 있지 않소?"

전백광은 고개를 저었다.

"내 바람은 그저 영호 형을 굴복시켜서 데려가는 것이오. 무엇 하러 팔까지 자르겠소?"

영호충은 속으로는 기뻐하면서도 겉으로는 근심 가득한 표정으로 말했다.

"말은 그리해도 수세에 몰리면 무슨 지독한 술수를 쓸지 모를 일이오."

"도발은 소용없소. 이 전백광은 영호 형과 아무 원한도 없고, 오히려 기개 높은 대장부로서 무척 존경하오. 게다가 내가 영호 형에게 중상을 입히면 다른 사람이 가만히 있지 않을 텐데 어찌 그런 짓을 하겠소? 자, 오시오!"

"좋소! 시작합시다!"

전백광은 첫 번째를 허초로 시작한 후 곧바로 두 번째 초식을 펼쳐 비스듬히 베고 들어왔다. 번쩍이는 칼빛만 봐도 기세가 얼마나 맹렬한지 알 수 있었다. 영호충은 독고구검 제3식의 변화를 사용해 깨뜨리려 했지만, 전백광의 도법은 예상보다 훨씬 빨라 검을 찌르기도 전에 초식이 바뀌었다. 마음과 달리 한발 늦은 영호충은 초조함을 감추지 못했다.

'큰일 났군, 큰일 났어! 새로 배운 검법을 써보지도 못하겠구나. 태사숙께서 멍청하다고 꾸짖으시겠지.'

다시 몇 초가 지나자 이마에 식은땀이 송골송골 맺혔다.

그러나 영호충 본인은 알지 못했지만, 전백광의 눈에 그의 검법은 몹시도 무시무시해 보였다. 모든 초식이 그가 쓰는 도법의 상극이었으니 보면 볼수록 놀랍지 않을 수가 없었다.

'나를 죽일 기회가 여러 번 있었는데 어째서 매번 한 박자씩 늦추지? 음, 내가 위험을 깨닫고 알아서 물러나게 만들 생각이군. 허나 지금 나로서는 위험을 깨달아도 물러날 수가 없다. 끝까지 싸우는 수밖에.'

이런 생각이 들자 전백광도 차마 전력을 다해 칼을 휘두르지 못했다. 두 사람이 똑같이 불안을 느끼는 바람에 싸움은 조심스레 서로 초식을 주고받는 식으로 전개되었다.

얼마 후, 전백광의 도법이 점점 빨라지고 영호충 역시 독고구검 제3식의 변화가 점점 손에 익었다. 칼과 검이 서늘한 빛을 뿌리며 부딪쳤고 싸우는 속도도 점차 빨라지기 시작했다. 별안간 전백광이 일갈을 터뜨리며 영호충의 배를 향해 오른발을 날렸다. 뒤로 훌쩍 물러나던 영호충은 문득 이런 생각이 들었다.

'단 하루만 더 주어진다면 내일 이때쯤에는 반드시 이자를 제압할

수 있을 것이다.'

그는 재빨리 검을 놓고 눈을 감으며 일부러 기절한 척했다.

그 모습을 본 전백광은 어리둥절했으나, 약고 꾀가 많은 영호충을 잘 알기에 그가 벌떡 일어나 기습이라도 할까 봐 가까이 다가가 살피지는 못했다. 그저 칼을 바짝 세우고 두어 걸음 다가서서 외쳤다.

"영호 형, 어찌 된 거요?"

그렇게 몇 번 부르자 영호충은 서서히 정신이 드는 듯 숨을 쌕쌕거리며 힘없이 말했다.

"우… 우리 내일 다시 싸웁시다."

그는 억지로 몸을 일으켰으나 왼쪽 무릎이 획 꺾여 또다시 바닥에 나뒹굴었다.

"안 되겠군. 오늘 하루는 푹 쉬고 내일 하산하는 게 좋겠소."

영호충은 가타부타 대답 없이 땅을 짚고 일어나려 애썼다. 그 동작만으로도 힘에 겨운지 숨결이 더욱 거칠어졌다.

전백광은 그제야 의심을 풀고 다가가 오른팔을 붙잡아 일으켰다. 하지만 의식적이든 무의식적이든 한 발로 땅에 떨어진 영호충의 검을 슬쩍 밟았고, 칼 든 오른손은 가슴 앞에 세우고 왼손은 영호충의 오른팔 혈도를 꽉 눌러 잡아 간계를 부리지 못하게 했다. 영호충은 설 힘조차 없어 그의 왼팔에 완전히 기대다시피 하면서도 입으로는 고맙다는 말 대신 투덜거리기만 했다.

"누가 도와달랬소? 제기랄."

그가 절룩절룩 동굴로 들어가자 풍청양은 빙그레 웃었다.

"꾀를 써서 하루를 벌었구나. 힘은 들지 않았다만 다소 비열한 짓이기는 하지."

"비열한 자를 상대할 때는 싫든 좋든 비열한 방법을 쓸 수밖에 없습니다."

영호충이 히죽거리며 대답하자 풍청양은 정색을 하며 다시 물었다.

"정인군자라면 어찌하겠느냐?"

그 질문에 영호충은 움찔했다.

"정인군자 말입니까?"

그가 곧바로 대답하지 못하자 풍청양은 활활 타오르는 눈으로 영호충을 직시하며 엄숙하게 물었다.

"정인군자를 상대할 때는 어찌하겠느냐 물었느니라."

"상대가 정인군자라 해도 저를 죽이려 하면 가만히 앉아서 당할 수는 없습니다. 부득이할 때는 비열한 방법이라도 써야지요."

풍청양은 무척 기뻐하며 큰 소리로 칭찬했다.

"그래, 그렇지! 그렇게 말하는 것을 보니 너는 선한 척만 하는 위군자偽君子는 아니구나. 대장부라면 마땅히 흐르는 구름처럼 뜻이 가는 대로 자연스레 행동해야 한다. 무림의 규칙이니 문파의 가르침 따위는 개나 주라지!"

풍청양이 하고 싶은 말을 대신 해주자 영호충은 속이 다 시원했다. 그러나 목숨을 버리는 한이 있어도 문규를 범하거나 무림의 규칙을 어겨 화산파의 이름을 더럽히지 말아야 한다고 귀에 못이 박히도록 당부하던 사부를 생각하면, 대놓고 태사숙의 이런 의견에 찬동할 수는 없었다. 특히 '선한 척만 하는 위군자'라는 말이 어쩐지 '군자검'이라는 사부의 별호를 비꼬는 것 같아 그저 빙그레 미소만 지어 보였다.

풍청양은 앙상한 손으로 영호충의 머리를 쓰다듬었다.

"악불군 문하에 너 같은 인재가 있을 줄은 몰랐다. 보는 눈이 제법 있으니 그 아이도 아주 쓸모가 없지는 않구나."

그가 말하는 '그 아이'란 물론 악불군이었다.

풍청양은 영호충의 어깨를 툭툭 치며 말했다.

"녀석 참, 아주 마음에 드는군. 자자, 이제 독고 대협의 제1식과 제3식을 배워보자꾸나."

그는 독고구검 제1식의 골자를 소상히 설명해주었고, 영호충이 모두 이해하자 제3식의 변화들과 비교하며 꼼꼼하게 가르쳤다. 안쪽 동굴에는 먼저 간 사람들의 검이 잔뜩 있었기 때문에 두 사람은 화산파의 검을 찾아들고 연습했다. 영호충은 모든 변화를 기억에 새기려 애썼고, 모르는 부분이 있으면 망설이지 않고 가르침을 청했다. 하루라는 시간은 넉넉해서, 처음 배울 때처럼 서두를 필요가 없어 하나하나 세세하게 몸에 익힐 수 있었다. 저녁을 먹고 나서 영호충은 두 시진가량 잠들었다가 다시 일어나 연검을 했다.

다음 날 날이 밝았지만 전백광은 크게 다친 영호충이 걱정스러웠는지 아침부터 소리소리 지르며 나오라고 떼를 쓰지 않았다. 덕분에 영호충은 안쪽 동굴에서 여유롭게 연검을 했고, 오시가 지날 때쯤에는 독고구검 제3식의 갖가지 변화를 모조리 익히게 되었다.

"오늘 저자를 쓰러뜨리지 못해도 상관없다. 하루만 더 배우면 내일은 반드시 이길 수 있을 것이니라."

영호충은 고개를 끄덕이고는, 화산파 선배였던 누군가가 남긴 검을 들고 어슬렁어슬렁 밖으로 나갔다. 전백광은 절벽 가장자리에 서서 먼

곳을 내려다보고 있었다. 영호충은 짐짓 놀란 목소리로 그를 불렀다.

"아니, 전 형. 아직도 여기 있었소?"

"영호 형을 기다리던 중이오. 어제는 실례가 많았는데, 몸은 좀 어떻소?"

"썩 좋지는 않소. 칼 맞은 다리가 끊어질 듯 아프구려."

전백광은 껄껄 웃었다.

"형양성에서 싸울 때는 지금보다 상처가 훨씬 심각했지만 영호 형은 신음 한 번 내지 않았소. 권모술수에 능한 영호 형이니 아픈 척하다가 갑자기 허를 찌를 생각이겠지. 내 속을 것 같소?"

영호충은 큰 소리로 웃음을 터뜨렸다.

"이미 속았으니 이제 와 깨달아봤자 늦었소! 받으시오!"

검이 휙 하면서 가슴팍으로 날아들었다. 전백광은 재빨리 칼을 들어올려 막았지만 뜻밖에도 헛손질이었다. 영호충의 검은 어느새 두 번째로 날아들고 있었다.

"빠르군!"

전백광은 찬탄하며 칼을 가로로 눕혔다. 그사이 영호충은 세 번째, 네 번째로 검을 찌르며 대꾸했다.

"칭찬하기엔 아직 멀었소."

다섯 번째, 여섯 번째로 검이 날카롭게 짓쳐왔다. 기세도 만만치 않았지만, 모든 검초가 하나로 연결되고 점점 빨라져 마치 한 줄기 물처럼 끊임없이 이어지는 것 같았다. 이제야말로 독고구검의 정수를 깨우친 것이다. 독고구검은 나아감만 있고 물러남은 없다. 따라서 영호충의 검초 역시 속속들이 공격뿐이었다.

10여 초가 지나자 전백광은 간담이 서늘해지고 어디를 어떻게 막아야 할지 혼란에 빠졌다. 영호충이 검을 찌를 때마다 한 걸음씩 물러나다 보니 어느새 그는 절벽 가장자리에 서 있었다. 영호충은 공세를 늦추지 않고 연달아 네 번이나 검을 휘둘렀다. 하나같이 전백광의 급소를 노린 공격이었다. 전백광은 필사적으로 두 번을 막아냈지만, 세 번째는 도저히 막을 수가 없어 뒤로 주춤 물러났다. 그러나 그곳에는 더 이상 그의 몸을 지탱해줄 것이 없었다. 아래는 천 길 낭떠러지로, 발을 헛디뎌 떨어지기라도 하면 몸이 가루가 될 것을 잘 아는 전백광은, 위기일발의 순간에 온 힘을 쥐어짜 칼로 바닥을 내리찍어 겨우 중심을 잡았다. 그때, 영호충의 네 번째 검이 그의 목으로 날아들었다. 전백광의 얼굴이 하얗게 질렸다. 영호충은 아무 말도 하지 않았고, 전백광의 목을 똑바로 겨눈 검도 거두지 않았다.

그렇게 한참이 지나자 전백광이 분통을 터뜨렸다.

"죽이려면 죽이지, 뭘 꾸물거리고 있소?"

영호충이 오른손을 물리고 뒤로 물러났다.

"전 형이 소홀한 틈에 선기를 잡았을 뿐이니 이겼다고는 할 수 없소. 다시 겨룹시다."

전백광은 코웃음을 쳤다.

"이번에는 내가 먼저 공격해서 술수를 부리지 못하게 해주지!"

그가 칼을 춤추듯 휘두르며 광풍폭우 같은 공격을 퍼부었다. 칼이 힘차게 날아오자 영호충은 몸을 비틀어 칼날을 피하고, 검을 비스듬히 쳐올려 아랫배를 노렸다. 매서운 공격에 전백광은 재빨리 칼을 거둬 검신을 힘껏 때렸다. 힘에는 자신이 있었기 때문에 칼과 검이 부딪치면 영호충의 손에서 검을 날려버릴 수 있다고 생각한 것이다. 그러나 영호충은 단 일검으로 선기를 빼앗은 후, 칼이 검에 닿기도 전에 두 번째, 세 번째 검을 끊임없이 펼쳐냈다. 그의 검초는 인정사정없이 날카롭고 정확했으며, 오로지 전백광의 급소만 노리고 있었다.

제때 막아내지 못한 전백광은 이번에도 뒤로 물러났고, 10여 초가 지난 후에는 조금 전과 똑같이 절벽 끝으로 몰렸다. 영호충은 검을 아래로 휘둘러 전백광이 칼로 하반신을 보호하게끔 만든 뒤, 그의 가슴을 향해 왼손을 쭉 뻗었다. 그 손가락은 전백광의 단중혈을 때리기 바로 직전에 우뚝 멈췄다.

두 번이나 그의 손에 단중혈을 짚인 적이 있는 전백광이었다. 이번에 또 혈도를 짚이면 단순히 기절해서 쓰러지는 것이 아니라 까마득한 낭떠러지로 떨어지고 말 것이다. 다행히 영호충의 손가락은 물러날 기회를 주려는 듯 허공에 멈춰 있었다. 두 사람은 한동안 얼어붙은 것처럼 꼼짝없이 서 있었고, 잠시 후에야 영호충이 다시 뒤로 물러났다.

전백광은 바위에 앉아 눈을 감고 숨을 고르다가 느닷없이 대갈을 터뜨리며 칼을 마구 휘둘렀다. 위에서부터 아래로 베어내리는 칼의 기세가 산을 쪼갤 듯이 강맹했다. 이번에는 방향을 잘 가늠해 산을 등진 채 공격을 했기 때문에 설령 밀리더라도 최악의 경우 동굴로 들어가 결사항전을 할 수 있을 것이었다.

그때쯤 영호충은 쾌도의 변화들을 낱낱이 파악했다. 전백광의 칼이 위에서 내리찍자 그는 오른쪽으로 피하며 전백광의 왼팔을 찔렀다. 전백광이 칼을 거둬 막으려 했으나 영호충의 검은 어느새 방향을 바꿔 허리를 노렸다. 왼팔과 허리는 기껏해야 한 자밖에 떨어져 있지 않았지만, 전백광은 공격하려던 칼을 거둬 수비하는 한편 반격의 틈을 노리려고 팔에 잔뜩 힘을 주었기 때문에 갑작스레 방향을 바꿔 허리를 보호하기가 쉽지 않았다.

그는 어쩔 수 없이 오른쪽으로 반걸음 비켜서 피해야 했고, 영호충은 곧바로 검을 쳐올리며 왼쪽 얼굴을 찔러갔다. 전백광이 막으려고 칼을 들었을 때, 검날은 어느새 왼쪽 다리를 노리고 있었다. 전백광은 막을 여유가 없어 또다시 오른쪽으로 한 발짝 옮겼다. 영호충은 끊임없이 검을 움직여 왼쪽의 다양한 부위를 공격함으로써 그를 오른쪽으로 몰아갔다. 열 걸음쯤 움직이자 전백광은 오른쪽 돌벽에 막혀 더 이상 움직일 수 없게 되었다.

퇴로가 사라지자 전백광은 벽에 등을 댄 채, 영호충이 어느 쪽을 찌르든 상관하지 않고 어지러이 칼을 휘둘러댔다. 찌이익 하는 소리가 울리고 왼쪽 소매와 옷자락, 오른쪽 바짓가랑이 등 여섯 군데가 찢어졌다. 이 여섯 번의 검초는 옷만 망가뜨리고 살은 건드리지 않았지만, 영호충이 마음만 먹으면 팔과 다리를 끊어놓고 가슴을 난도질할 수 있었다는 사실을 충분히 알 수 있었다. 이런 지경에 처하자 전백광은 충격을 견디지 못하고 입에서 새빨간 피를 왈칵 토했다.

며칠 전만 해도 꿈에서조차 따라잡을 수 없으리라 여기던 상대를 세 번이나 쉽사리 죽음의 문턱까지 몰고 간 영호충은 겉으로는 차분한 척했으나 속으로는 뛸 듯이 기뻤다. 하지만 대패한 전백광이 선혈을 토하자 미안한 마음이 솟구쳐 좋은 말로 달랬다.

"전 형, 강호에서 이기고 지는 것은 늘 있는 일인데 어찌 그리 낙담하시오? 나도 전 형 손에 패한 적이 몇 차례나 있소!"

전백광은 칼을 내던지고 고개를 저었다.

"풍 노선배의 신과 같은 검술은 당세에 대적할 자가 없소. 이 전백광은 영원히 영호 형을 이기지 못할 거요."

영호충은 떨어진 칼을 주워 두 손으로 받쳐 내밀며 대답했다.

"옳은 말씀이오. 내가 요행히 승리를 거머쥔 것은 모두 풍 태사숙님의 가르침 덕분이오. 풍 태사숙께서는 전 형이 한 가지 약속을 해주었으면 하시오."

전백광은 칼을 받으려고도 하지 않고 비참한 목소리로 말했다.

"내 목숨이 영호 형 손에 달렸는데 못할 일이 어디 있겠소? 말해보시오."

"풍 태사숙께서는 은거하신 지 오래라 세상일에 관심을 끊으셨소. 이곳을 떠난 뒤 풍 태사숙을 뵈었다는 이야기를 아무에게도 하지 않는다면 정말 감사할 따름이오."

전백광은 냉랭하게 물었다.

"검을 휘둘러 나를 죽이면 목적을 이루기가 더 쉽지 않겠소?"

영호충은 두어 걸음 물러나 검을 검집에 넣었다.

"지난번 전 형이 이겼을 때 단칼에 나를 죽였더라면 오늘 같은 날이 있었겠소? 풍 태사숙님의 행적을 누설하지 말라는 말은 부탁이지, 결코 협박이 아니오."

"좋소, 약속하겠소."

전백광이 대답하자 영호충은 깊이 읍했다.

"고맙소, 전 형."

"말했다시피 나는 영호 형을 데려오라는 명을 받았소. 지금은 내 힘이 미치지 못하나 아직 끝난 것은 아니오. 비무에서는 평생 가도 영호 형을 이기지 못하지만 이대로 포기할 생각은 없소. 내 목숨이 달린 일이니 끝까지 해보는 수밖에. 앞으로 당당한 대장부답지 못한 짓을 해도 탓하지 마시오. 그럼, 또 봅시다."

전백광은 포권을 한 뒤 몸을 돌려 성큼성큼 걸어갔다.

극독을 먹은 그가 아무 소득 없이 화산을 떠나면 오래지 않아 목숨을 잃는다고 생각하자 영호충의 마음도 가볍지만은 않았다. 며칠간 악전고투를 벌이면서 전백광에 대한 친밀감이 무럭무럭 자라난 그는 하마터면 충동적으로 함께 가겠노라 외칠 뻔했다. 그러나 사과애에서 벌을 받고 있는 지금, 사부의 허락 없이는 이곳에서 한 발자국도 벗어나서는 안 된다는 사실을 떠올리고 억지로 입을 다물었다. 하물며 상대는 악한 짓만 골라 하는 채화음적이 아닌가? 그를 따라가면 그와 똑같은 무리로 취급당해 명예를 잃는 것은 물론이고 훗날 무슨 화를 불러들일지 모를 일이었다.

전백광의 모습이 산길로 사라지자 영호충은 곧장 동굴로 들어가 풍청양에게 엎드려 절했다.

"태사숙께서는 제 목숨을 구해주시고 나아가 상승의 검술까지 전수해주셨습니다. 이 큰 은혜, 영원히 보답할 길이 없을 것입니다."

풍청양은 빙그레 웃었다.

"상승의 검술이라… 허허, 아직 멀었느니라."

그 웃음 속에는 외로움과 쓸쓸함이 진하게 묻어 있었다.

"감히 바라건대, 독고구검을 모두 전수해주실 수는 없겠습니까?"

"독고구검을 배우겠다고? 나중에 후회하지 않을 자신이 있느냐?"

뜻밖의 물음에 영호충은 어리둥절했지만, 곧 그 의미를 깨달았다.

'그래, 독고구검은 본 파의 검법이 아니야. 태사숙님은 나중에 사부님이 이 사실을 알면 야단을 맞을 수도 있다고 경고하시는 거야. 하지만 사부님은 다른 문파의 검법을 익히는 것을 금하신 적도 없고, 다른 산에 있는 돌멩이에서 옥을 캐낼 수도 있다고 말씀하시곤 했어. 더구나 나는 저 동굴 벽화에서 항산파, 형산파, 태산파, 숭산파의 검법들을 적잖이 배웠고, 심지어 마교 십장로의 무공까지도 익혔다. 독고구검처럼 신묘한 검법은 무예를 익히는 사람이라면 꿈에서도 바라마지않는 절세의 무공인데, 본 파 선배님으로부터 그런 검법을 전수받는 일은 다시 오지 않을 굉장한 기연이지.'

그는 망설이지 않고 절을 하며 말했다.

"독고구검을 배우는 것은 평생의 행운입니다. 오로지 감사히 여기고 결코 후회하지 않겠습니다."

"오냐, 그렇다면 전수해주마. 네게 전수하지 않으면 몇 년 후에 이 독고구검은 영원히 사라지고 말겠지."

이렇게 말하며 허허 웃는 풍청양의 얼굴에는 기쁨이 가득 담겨 있었으나, 말이 끝난 후에는 다시 쓸쓸한 표정으로 돌아왔다. 풍청양은 한참 동안 생각에 잠겼다가 이윽고 다시 입을 열었다.

"전백광은 결코 포기하지 않을 것이다. 허나 다시 찾아온다 해도 열흘이나 보름은 걸리겠지. 네 무공은 이미 그를 뛰어넘었고 궤계와 모략은 훨씬 뛰어나니 다시는 두려워할 필요가 없느니라. 이제 시간도 넉넉하니 처음부터 착실하게 배워 기초를 다지자꾸나."

그는 독고구검의 제1식 총결식의 구결을 한 구절 한 구절 해석하면서 그에 따른 갖가지 변화를 설명해주었다. 억지로 총결을 외웠지만 그 속에 담긴 뜻은 전혀 몰랐던 영호충은, 풍청양의 자세한 설명을 들으면서 그 상승 무학의 이치를 약간이나마 깨달을 수 있었다. 신비하고 오묘한 변화들을 하나하나 익힐 때마다 그는 흥분을 이기지 못해 탄성을 터뜨리곤 했다.

이렇게 노인과 청년은 찬바람 쌩쌩 부는 절정의 사과애에서 독고구검이라는 정묘한 검법을 전수하고, 또 배우기 시작했다. 가르침은 총결식, 파검식, 파도식에서부터 파창식破槍式, 파편식破鞭式, 파삭식破索式, 파장식破掌式, 파전식破箭式 그리고 제9식인 파기식破氣式까지 이어졌다. 파창식은 장창, 극, 사모, 제미곤齊眉棍, 낭아봉狼牙棒, 백랍간白蠟桿, 선장禪杖, 방편산方便鏟 등 각종 장병기長兵器를 깨뜨리는 방법이고, 파편식은 강편鋼鞭, 철간鐵鐧, 점혈궐點穴橛, 지팡이, 아미자蛾眉刺, 비수, 도끼, 철패, 팔각추八角鎚, 철퇴鐵槌 같은 단병기短兵器를 깨뜨리는 방법이며, 파삭식은 밧줄, 연편軟鞭, 삼절곤三節棍, 연자창鏈子槍, 철련鐵鏈, 어망漁網, 유성비추流星飛鎚 같은 연병기軟兵器를 깨뜨리는 방법이었다. 초식은 단 하나밖에 없었으나 변화가 무궁하고 배우면 배울수록 전후의 움직임이 하나로 엮이면서 위력도 강해졌다.

마지막 세 초식은 배우기가 특히 어려웠다. 파장식은 권각과 지법指法, 장법을 깨뜨리는 것으로, 맨손으로 날카로운 검에 맞서 싸우는 만큼 상대방은 무기가 있건 없건 큰 차이가 없는 무공의 고수가 분명했다. 세상에는 복잡하고 다양한 권법과 퇴법, 지법, 장법이 있지만, 이 파장식은 장권단타, 금나수와 점혈법, 응조공과 호조공, 철사신장 등

유명한 권각법을 모두 깨뜨릴 수 있었다. 파전식에서 '전'이란 각종 암기를 의미했고, 이 초식을 익히려면 가장 먼저 암기가 날아오는 소리를 판별할 수 있어야 했다. 그런 다음 이를 바탕으로 적이 던진 암기를 검으로 막아낸 뒤 그 힘을 역이용해 적이 던진 암기로 적을 공격하는 방법을 담고 있었다.

제9식인 파기식에 이르자, 풍청양은 구결과 수련법만 전수하고 이렇게 말했다.

"이 초식은 상승의 내공을 지닌 적을 상대할 때 쓰는 것이다. 이 초식의 신묘함은 바로 쓰는 사람의 마음에 있다. 독고 선배님께서 검 한 자루로 천하를 종횡하며 한 번도 패하지 않았던 것은 그분이 이 검법을 출신입화의 경지까지 갈고닦으셨기 때문이니라. 똑같은 화산검법의 똑같은 초식이라도 펼치는 사람에 따라 그 위력이 다르듯, 이 독고구검도 마찬가지다. 설령 네가 이 검법을 모두 배우더라도 올바로 펼치지 못하면 당세의 고수는 꺾지 못할 것이다. 이제 너도 비결을 익혔으니, 앞으로 더 많이 이기고 싶거든 20년간 열심히 수련하거라. 그러면 천하의 영웅들과 고하를 가려볼 만할 것이다."

그러잖아도 독고구검을 배울수록 그 속에 자리한 무궁무진한 변화를 느끼고, 앞으로 얼마나 더 연구해야 그 오묘함을 모두 찾아낼 수 있을지 막막해하던 영호충은, 20년 동안이나 수련해야 한다는 풍청양의 말에도 별로 놀라지 않았다.

그는 차분하게 허리를 숙여 절하며 말했다.

"20년 안에 독고 선배님이 창안하신 이 검법의 의미를 깨닫고, 태사숙께서 전수하신 심법을 터득할 수 있다면, 그야말로 더 바랄 것이 없겠습니다."

"너 스스로를 그리 얕볼 필요는 없다. 독고 선배님은 머리가 비상한 분이셨으므로, 그 검법의 요지는 깨달음에 있다. 끙끙 앓으며 억지로 외워봐야 아무 소용이 없다. 이 아홉 초식의 정수를 훤히 꿰뚫고 나면 펼치지 못할 검법이 없으니, 그때는 그 속에 있는 변화를 깡그리 잊어도 상관없다. 특히 적과 맞설 때는 철저하게 잊어버리면 잊어버릴수록 그 검법의 구속을 받지 않게 된다. 너는 자질이 뛰어나 이 검법을 익힐 만한 재목이다. 하물며 작금의 세상은 이렇다 할 영웅조차 없지 않더냐. 앞으로는 너 스스로 열심히 연습하거라. 나는 이만 가야겠구나."

영호충은 깜짝 놀라 저도 모르게 떨리는 목소리로 물었다.

"태사숙님, 어… 어디로 가시렵니까?"

"나는 본디 뒷산에 살고 있었느니라. 벌써 수십 년째 아무도 만나지 않고 살아왔으나, 흥이 난 김에 이렇게 검법을 전수하게 되었구나. 이 모두가 독고 선배님의 절세 무공이 실전되지 않기를 바랐기 때문이거늘, 이제 그 바람이 이루어졌으니 돌아가야 하지 않겠느냐?"

영호충은 겨우 안심이 되었다.

"태사숙께서 뒷산에 머물고 계시다니 정말 잘되었습니다. 앞으로는 제가 밤낮으로 심부름을 하며 적적함을 달래드리겠습니다."

풍청양은 다소 차갑게 대답했다.

"내 앞으로 다시는 화산파의 사람들을 만나고 싶지 않다. 너도 예외는 아니다."

영호충의 안색이 파랗게 질리자 그는 어투를 다소 누그러뜨렸다.

"충아, 너와 나는 인연도 있고 마음도 잘 맞는다. 말년에 너처럼 걸

출한 아이를 만나 검법을 전수할 수 있어 이 늙은이도 몹시 기쁘다. 네 정말로 나를 태사숙으로 여기고 존경한다면 앞으로 다시는 나를 찾지 마라. 그래봤자 나만 힘들게 할 뿐이다."

영호충은 슬픔을 이기지 못해 물었다.

"태사숙님, 대체 무엇 때문입니까?"

풍청양은 설레설레 고개를 저으며 말을 돌렸다.

"나를 만난 일은 네 사부에게도 말하면 안 된다."

"예, 태사숙님의 분부를 따르겠습니다."

영호충이 눈물을 머금고 대답하자 풍청양은 그의 머리를 쓰다듬어 주었다.

"착하구나, 참 착한 아이야!"

그가 돌아서서 절벽을 내려가자 영호충도 길가까지 뒤를 따랐다. 풍청양의 여윈 뒷모습이 신선처럼 표홀히 아래로 내려가 뒷산으로 돌아가는 것을 보자, 영호충은 가슴속에서 끓어오르는 애수를 견디지 못하고 엎드려 눈물을 뚝뚝 흘렸다.

영호충과 풍청양이 함께한 시간은 열흘 남짓이었다. 그동안 풍청양은 검법에 대한 이야기만 했지만, 영호충은 그의 풍격 또한 존경했고, 마음 맞는 친구를 만난 양 가깝게 느끼게 되었다. 풍청양은 영호충보다 두 항렬이나 높은 태사숙이었지만, 내심으로는 늦게 만난 것이 억울할 정도로 마음이 통하는 지기 같았고 사부인 악불군보다 훨씬 친근했다.

'태사숙님이 젊었을 때는 나와 성격이 비슷하셨을 거야. 세상에 두려운 것 하나 없이 하고 싶은 대로 하는 성미셨겠지. 사람이 검법을 쓰는 것이지, 검법이 사람을 쓰는 것이 아니라는 말씀이나, 사람은 살아 있고 검법은 죽은 것이니, 살아 있는 사람이 죽은 검법에 얽매여서는 안 된다는 말씀은 실로 검술의 도리를 꿰뚫는 통찰이구나. 천 번 만 번 지당한 가르침인데, 어째서 사부님은 한 번도 이런 말씀을 하지 않으셨을까?'

그는 잠시 망설이다가 알았다는 듯 고개를 끄덕였다.

'그런 도리를 사부님께서 모르실 리 없다. 다만 내 성격이 너무 제멋대로라 그런 말을 들으면 그것을 핑계로 연검할 때 규칙을 따르지 않을까 봐 그러신 거겠지. 어느 정도 수준으로 검술을 익히면 그때 상세히 가르쳐주셨을 거야. 사제들과 사매들은 아직 무공이 높지 않아 이런 상승 검술의 도리를 이해하지 못할 테니 가르쳐줘도 소용이 없었을 테고.'

그는 고개를 들고 풍청양이 사라진 쪽을 바라보았다.

'태사숙님의 검술은 출신입화의 경지에 이르렀는데 직접 그 솜씨를 보여주시지 않아 아쉽구나. 태사숙님의 검법은 당연히 사부님보다 한 수 높겠지.'

문득 병색이 완연하던 풍청양의 얼굴이 떠올랐다.

'함께 있는 동안 자주 한숨을 쉬셨으니 결코 잊을 수 없는 슬픈 일을 겪으신 게 분명한데, 대체 어떤 일이었을까?'

하지만 고민해봐야 알 수 없었기 때문에, 영호충은 한숨을 푹 쉬며 검을 들고 일어나 수련을 시작했다.

내키는 대로 검법을 펼치다 보니 뜻밖에도 어느새 화산파의 초식 유봉래의를 펼치고 있었다. 이를 깨닫는 순간, 영호충은 우뚝 멈추고 쓴웃음을 지으며 고개를 저었다.

"틀렸어!"

그리고 또다시 검을 휘둘렀으나, 역시 얼마 지나지 않아 자연스레 유봉래의를 펼치는 것을 깨닫고 짜증이 치밀었다.

'본 파의 검법에 익숙하다 보니 몸에 배어 매끄럽게 검을 쓰려고 할 때마다 독고구검이 아니라 화산파의 초식이 나오는군.'

그러나 곧 퍼뜩 이런 생각이 들었다.

'태사숙께서는 검을 쓸 때는 마음에 막히는 것이 없어야 하고 물 흐르듯 자연스럽게 펼쳐야 한다고 하셨어. 그렇다면 본 파의 검법을 펼치면 안 된다는 법도 없지. 형산파나 태산파의 검법이나, 아예 마교 십장로의 초식을 섞어서 쓴들 또 어때? 이건 되고 저건 안 되고 하며 꼬장꼬장하게 나누는 것이야말로 쓸데없는 데 얽매이는 짓이야.'

그다음부터 그는 생각나는 대로 자연스럽게 초식을 펼쳤다. 화산파의 검법이나 동굴 벽에 그려진 갖가지 잡다한 초식들까지 마음대로 섞어보니 기분이 편안하고 즐거웠다. 그러나 오악검파의 검법이 각각 다르고, 마교 십장로 역시 출신 문파가 달라 초식들마다 각기 특색이 있었으므로 그 검법과 초식을 하나로 엮어내는 것은 거의 불가능했다. 영호충은 한참 동안 펼치고 또 펼쳐보았으나 아무래도 하나로 이어지지 않았다.

'하나로 엮을 수 없으면 또 어때? 구태여 하나로 만들 필요가 있을까?'

이렇게 생각한 그는 이제 펼치는 초식이 무엇인지조차 신경 쓰지 않고 검을 휘두르며 제멋대로 독고구검에 섞어넣었다. 그러나 펼치면 펼칠수록 가장 많이 사용하는 초식은 역시 유봉래의였다. 한동안 마구잡이로 움직이다가 또다시 유봉래의가 나오자 그는 문득 악영산을 떠올렸다.

'내가 이런 식으로 유봉래의를 펼치는 것을 보면 소사매는 뭐라고 할까?'

검이 우뚝 멈춰섰고 얼굴에는 따스한 미소가 떠올랐다. 그동안 오로지 연검에만 몰두해 꿈속에서도 독고구검의 변화만 생각하기 바빴는데, 엉겁결에 악영산이 떠오르자 견디기 힘든 그리움이 밀려왔다.

'혹시 남들 몰래 임 사제를 가르치고 있지는 않을까? 사부님께서 엄히 금하셨다지만, 소사매는 겁이 없어서 사모님이 막아주리라 믿고 임 사제에게 검법을 전수하고 있을지도 모르지. 검을 가르치려면 밤낮으로 함께해야 하니 두 사람 사이가 점점 좋아지겠구나.'

그의 얼굴을 물들였던 따스한 미소가 서서히 쓴웃음으로 변하더니 끝내 씻은 듯이 사라졌다. 쓸쓸한 마음으로 검을 거두는데 갑자기 육대유의 목소리가 귀를 때렸다.

"대사형! 대사형!"

몹시 허둥지둥하는 목소리여서 영호충도 깜짝 놀랐다.

'아차, 큰일이구나! 전백광이 포기하지 않고 끝까지 해보겠다더니, 설마 소사매를 납치해 나를 협박하려는 것은 아니겠지?'

그는 황급히 길가로 다가갔다. 육대유가 음식이 담긴 바구니를 들고 헐떡거리며 달려왔다.

"대, 대사형, 대사… 형! 크, 큰일 났어요."

영호충은 더욱 초조해져 대뜸 물었다.

"왜 그러느냐? 소사매에게 무슨 일이라도 생겼느냐?"

육대유는 절벽 위로 올라와 바위 위에 바구니를 내려놓고 대답했다.

"소사매요? 소사매는 아무 일도 없어요. 아이고, 그보다는 다른 문제가 생겼다니까요."

영호충은 악영산이 무사하다는 대답에 마음이 푹 놓여 여유가 생겼다.

"무슨 문제가 생겼다는 말이냐?"

육대유는 숨을 고르며 대답했다.

"사부님과 사모님이 돌아오셨어요."

영호충은 얼굴에 희색을 띠며 짐짓 꾸짖었다.

"허! 사부님과 사모님이 돌아오셨다면 좋은 일인데 문제라니? 당치도 않은 소리!"

"아니, 아니에요. 대사형은 몰라요. 사부님과 사모님이 돌아오셔서 자리에 앉기 무섭게 사람들이 우르르 몰려왔다고요. 숭산파, 형산파, 태산파 사람들도 있었어요."

"우리도 오악검파 일원이니 숭산파나 태산파에서 사부님을 뵈러 온 것은 손톱만큼도 이상한 일이 아니지."

"모르는 소리 마세요, 대사형. 그… 그게 그렇지가 않다니까요. 그들 외에 세 사람이 더 있는데 모두 화산파 제자라고 했어요. 사부님은 그들을 사형이나 사제라 부르시지 않았지만요."

영호충은 그제야 이상한 생각이 들었다.

"그런 이들이 있었다고? 대체 어떤 사람들이냐?"

"한 사람은 얼굴이 누렇고 비쩍 말랐는데 이름은 봉불평封不平이라고 했어요. 또 한 사람은 도사고 나머지 한 사람은 난쟁이인데, 둘 다 '불' 자를 돌림자로 썼어요."

영호충은 고개를 끄덕였다.

"죄를 짓고 쫓겨난 반도일지도 모르겠군."

"맞아요! 대사형 추측대로예요. 사부님은 그들을 보자마자 무척 불쾌해하시며, '봉 형, 당신들은 화산파와 완전히 연을 끊은 지 오래인데 무슨 일로 찾아왔소?'라고 물으셨어요. 그 봉불평이라는 사람은 이렇게 대답했지요. '악 사형, 이 화산을 악 사형이 다 샀소? 아니, 아무나 오지도 못하게 하다니 설마 황제에게 하사라도 받은 거요?' 사부님은 코웃음을 치셨어요. '화산 유람을 오셨다면 편하실 대로 하시오. 허나 이 악불군은 당신의 사형이 아니니, 악 사형이라는 말은 거두시오.' 봉불평이라는 자는 '당시 당신 사부는 계략을 꾸며 화산파를 손아귀에 넣었고 내 오늘 그 오랜 빚을 갚으러 왔소. 악 사형이라 불리는 것이 싫다니 어쩔 수 없구려. 흐흥, 빚을 갚은 뒤에 무릎 꿇고 사형이라 불러달라 애걸해봤자 소용없을 거요'라고 으름장을 놓았어요."

영호충은 눈을 잔뜩 찌푸렸다.

'사부님께서 귀찮게 되셨군.'

육대유가 계속 말했다.

"제자 된 도리로 사부님이 그런 말을 들으시는데 어떻게 가만히 있겠어요? 소사매가 제일 먼저 성질을 부렸지만 뜻밖에도 그런 순간까지 온화하신 사모님이 말리시더라고요. 사부님은 그 세 사람을 별로 걱정하지 않는 눈치셨어요. 단정한 말로 '빚을 갚겠다고? 무슨 빚 말이오? 어떻게 갚을 생각이오?' 하고 물으셨으니까요. 봉불평이라는 자가 큰 소리로 말했죠. '당신들 기종이 화산파 장문 자리를 빼앗은 지 20년이 훌쩍 지났소. 실컷 해먹었으니 이제 돌려줘야 할 때가 되지 않았소?' 사부님은 빙긋 웃으면서 대답하셨지요. '여러분께서 살벌하게 화산을 찾은 이유는 이 장문 자리를 빼앗기 위해서였구려. 어려운 일도 아니오. 봉 형이 이 자리를 맡을 만하다면 응당 내놓겠소.' '당신 사부는 비열한 음모로 장문 자리를 차지했소. 내 그 사실을 오악검파의 좌 맹주께 낱낱이 고했고, 화산파를 되찾으라는 명을 받아왔소.' 봉불평이라는 자가 품에서 조그만 깃발을 꺼내 펼쳤는데, 정말 오악영기더라고요."

영호충은 버럭 화를 냈다.

"좌 맹주는 오지랖도 참 넓으시군! 화산파 일인데 좌 맹주가 이래라저래라 하다니? 맹주에게 화산파 장문인을 폐할 권리까지 있단 말이냐?"

"그러게 말이에요. 사모님도 그렇게 말씀하셨어요. 그런데 지난번 형산 유 사숙 댁에서 본 적이 있는 숭산파의 선학수 육백이라는 자가 와 있었어요. 그 육씨라는 늙은이는 봉불평을 힘껏 밀어주며, 화산파 장문인은 그자가 해야 마땅하다며 사모님과 끊임없이 말싸움을 벌였어요. 태산파와 형산파에서 온 사람들도 봉불평과 한통속인지 하는 말마다 속을 긁어놓더군요. 세 문파가 우리 화산파를 어찌해보려고 결탁한 게 분명해요. 항산파만 참여하지 않았지요. 대사형, 아무리 봐도 상황이 좋지 않아서 이렇게 알리러 달려온 거라고요."

"사문이 어려움에 처했는데 제자로서 가만있을 수야 없지. 목숨을 내놓게 되더라도 사부님을 도와야 한다. 여섯째 사제, 가자!"

"맞아요! 사부님도 사형이 도우러 온 걸 보면 마음대로 사과애를 떠났다고 야단치지는 않으실 거예요."

영호충은 나는 듯이 절벽을 내려가며 말했다.

"사부님께서 야단을 치셔도 상관없다. 사부님은 점잖으신 분이라 남들과 싸우는 것을 좋아하지 않으시니 정말로 장문 자리를 내주려 하실지도 모른다. 그러면 정말 큰일이지…."

그는 걱정스러운 듯 경공을 펼쳐 걸음을 빨리했다. 그런데 바로 그 순간, 맞은편 산길에서 누군가 외치는 소리가 들렸다.

"영호충, 영호충! 어디 있어?"

"누구냐? 누가 나를 찾느냐?"

영호충이 대답하자 여러 개의 목소리가 일제히 되물었다.

"네가 영호충이냐?"

"그렇다!"

별안간 그림자 두 개가 휙 날아와 앞을 가로막았다. 산길은 좁고 가파른 데다, 길 한쪽은 천길만길 낭떠러지였다. 그런 길 한가운데 누군가 불쑥 나타난다는 것은 실로 당황스러운 일이었다. 급히 달리던 영호충은 하마터면 그들과 부딪힐 뻔했으나 두 사람과 겨우 한 자 정도 떨어진 곳에서 가까스로 멈췄다.

두 사람은 부스럼으로 얼굴이 울퉁불퉁하고 주름까지 자글자글해서 몹시 보기 흉한 모습이었다. 영호충은 흠칫 놀라 한 장쯤 뒤로 물러나며 물었다.

"너희는 누구냐?"

뜻밖에도 뒤에도 추악하게 생긴 두 얼굴이 가로막고 있었다. 똑같이 울퉁불퉁하고 자글자글한 얼굴들이었다. 갑작스레 뒤로 물러나는 바람에 그들과의 거리는 거의 코가 닿을 정도로 가까웠다. 영호충은 더욱더 놀라 옆으로 피했지만, 낭떠러지 쪽에도 두 사람이 서 있었다.

역시 앞선 네 사람과 비슷한 얼굴이었다. 순식간에 여섯 명의 괴인에게 둘러싸인 영호충은 어찌해야 좋을지 몰라 갈팡질팡했다.

그는 세 자도 안 되는 좁은 산길에서 괴인들에게 단단히 포위되었다. 앞에 선 두 사람의 숨결이 얼굴에 닿았고, 뒷목을 뜨끈뜨끈하게 데우는 것은 뒤에 선 사람의 콧김인 듯했다. 그는 황급히 검을 뽑으려 했지만, 검자루에 손이 닿는 순간 괴인들이 바짝 다가서며 몰아붙이는 바람에 팔 하나 움직일 틈마저 사라지고 말았다. 뒤에서 육대유가 소리를 질러댔다.

"이봐요, 당신들! 대체 뭐 하는 거요?"

아무리 꾀가 많고 임기응변에 능한 영호충이지만 그 순간만큼은 넋이 빠져 속수무책이었다. 괴물 같기도 하고 요괴 같기도 한 여섯 사람은 용모도 괴상하고 행동은 더욱더 이상야릇했다. 영호충은 어깨에 힘을 잔뜩 주고 앞에 선 사람을 밀어내려 했지만, 여섯 명이 바짝 밀어붙이는 통에 팔을 들 수도 없었다. 순간, 머릿속에 번개처럼 떠오르는 생각이 있었다.

'봉불평이라는 자가 데려온 놈들이구나!'

그렇게 결론을 내자 그는 바짝 긴장해 숨을 쉴 수도 없었다. 네 명의 괴인이 힘껏 몸을 밀어붙이자 그들의 뼈가 우두둑 소리를 냈다. 영호충은 앞에 선 두 사람을 똑바로 마주 볼 자신이 없어 아예 눈을 감아버렸다.

얼굴 바로 앞에서 날카로운 음성이 들려왔다.

"영호충, 우린 너를 꼬마 여승에게 데려가야 해."

그 한마디에 영호충은 정신이 번쩍 들었다.

'아차, 이제 보니 전백광의 일당이군.'

그는 정신을 가다듬고 냅다 소리쳤다.

"놓지 않으면 검을 뽑아 자결하겠다! 이 영호충, 죽는 한이…."

그 순간 두 팔이 자물쇠를 채운 것처럼 단단히 틀어잡히자 그는 말문이 턱 막혔다. 독고구검을 배웠다지만 펼칠 틈조차 없는데 무슨 소용일까? 영호충은 답답한 마음에 속으로 비명을 질러댔다.

다른 쪽에 있는 괴인 중 한 명이 말했다.

"귀염둥이 꼬마 여승이 너를 보고 싶어 해. 말을 잘 들으면 너도 귀염둥이야."

또 다른 사람이 말을 받았다.

"죽으면 큰일 나. 자결을 하면 죽지도 살지도 못하게 괴롭혀줄 테야."

또 다른 사람이 퉁을 주었다.

"죽고 없는 사람한테 죽지도 살지도 못하게 해봤자 뭐 해?"

또 다른 사람도 맞장구를 쳤다.

"겁을 주려거든 알려주지 말아야지. 미리 알려주면 겁을 안 먹잖아."

"내가 겁을 주겠다는데 네가 어쩔 거야?"

"말로 잘 달래는 게 낫다니까."

"싫어, 난 겁을 줄 테야. 반드시 겁을 주고 말 테다."

"나는 달래는 게 좋은데."

두 사람은 이러쿵저러쿵 입씨름을 해댔다.

영호충은 놀라고 황당한 마음으로 두 사람의 입씨름을 지켜보았다.

'이 괴인들은 무공은 높지만 머리는 한참 모자란 것 같구나.'

그는 용기를 내 외쳤다.

"겁을 주든 달래든 아무 소용없소. 당장 놓지 않으면 혀를 깨물고 자결하겠소."

순간, 누군가 그의 뺨을 힘껏 꼬집는 바람에 눈앞에 별이 보일 정도로 뺨이 얼얼했다.

어디선가 또 누군가의 목소리가 들렸다.

"완전 지독한 놈이네. 혀를 깨물면 말을 할 수 없으니 꼬마 여승이 싫어할 거야."

또 다른 사람이 퉁을 주었다.

"말만 못하면 다행이게? 혀를 깨물면 죽을 거야!"

또 다른 사람이 반박했다.

"반드시 죽는 건 아니야. 못 믿겠으면 어디 깨물어봐."

"깨물면 죽는다니까. 그러니까 나는 못해. 네가 해봐."

"내가 무엇 하러 가만히 있는 혀를 깨물어? 참, 저기 저놈에게 시켜보자."

육대유의 비명 소리가 산길을 뒤흔들었다. 그 역시 괴인들에게 붙잡힌 모양이었다.

"이봐, 죽나 안 죽나 보게 혀를 깨물어봐. 어서! 빨리 하라니까!"

육대유는 마구 소리를 질러댔다.

"싫어요! 혀를 깨물면 죽는다고요!"

"그것 봐, 혀를 깨물면 죽는다니까. 저놈도 그러잖아."

또 다른 사람이 여전히 반박했다.

"아직 죽지 않았으니 거짓말이야."

"아직 혀를 깨물지 않았으니 당연히 안 죽었지. 깨물면 무조건 죽는

다니까!"

영호충은 팔에 힘을 잔뜩 실어 와락 휘둘렀지만, 손목만 끊어질 것처럼 아플 뿐 꼼짝도 할 수가 없었다. 초조해서 어쩔 줄 모르는 그의 머릿속에 갑자기 좋은 생각이 떠올랐다. 그는 들으라는 듯이 괴성을 지르고는 기절한 척했다. 괴인들은 놀라 비명을 질렀다. 뺨을 꼬집고 있던 손도 풀렸다.

누군가 외쳤다.

"겁이 나서 죽었어!"

다른 사람이 퉁을 주었다.

"겁이 나서 죽는 멍청이가 어디 있어?"

또 다른 사람이 말을 받았다.

"죽었다고 해도 겁이 나서 죽은 건 아니야."

"그럼 어쩌다 죽은 거야?"

육대유는 대사형이 정말 그들 손에 죽은 줄 알고 대성통곡을 했다.

다른 괴인이 말했다.

"겁이 나서 죽었다니까!"

다른 괴인이 반박했다.

"네가 너무 세게 틀어쥐어서 죽은 거야!"

또 다른 괴인이 소리소리 질렀다.

"대체 어떻게 죽은 거야?"

영호충이 큰 소리로 대꾸했다.

"내가 스스로 경맥을 터뜨려 자결했소!"

그가 갑자기 말을 하자 괴인들은 놀라 펄쩍 뛰었다가 곧 큰 소리로 웃음을 터뜨렸다.

"안 죽었구나. 죽은 척했던 거야."

영호충이 대답했다.

"죽은 척한 것이 아니라 진짜 죽은 거요. 죽은 후에 말을 하게 된 것뿐이지."

한 괴인이 물었다.

"정말 자기 힘으로 경맥을 터뜨려 죽은 거야? 그거 무지하게 배우기 힘든 무공인데… 나도 가르쳐줘."

다른 괴인이 퉁을 주었다.

"경맥을 터뜨리는 무공은 아무나 익히지 못해. 저 녀석도 마찬가지고. 너를 속인 거라고."

영호충이 비웃었다.

"과연 그럴까? 그럼 내가 무슨 수로 경맥을 터뜨려 죽었겠소?"

그러자 그 괴인은 머리를 긁적였다.

"그건… 그건, 조금 이상하단 말이야."

괴인들이 무공은 높아도 지능은 무척 낮다는 것을 파악한 영호충은 계속 거짓말을 지어냈다.

"이래도 놓지 않으면 다시 경맥을 터뜨리겠소. 이번에는 말도 할 수 없게 되오."

그의 팔을 잡고 있던 괴인 둘이 곧바로 손을 놓으며 말했다.

"죽지 마. 네가 죽으면 정말 큰일이야."

"나를 살리고 싶으면 길을 비켜주시오. 급히 할 일이 있소."

그러나 앞에 선 두 사람이 약속이나 한 듯 똑같이 고개를 좌우로 흔들며 입을 모아 말했다.

"안 돼, 안 돼. 너는 우리와 함께 꼬마 여승에게 가야 해."

영호충은 눈을 번쩍 뜨고 힘을 끌어올린 후, 그들의 머리 위로 몸을 휙 날렸다. 뜻밖에도 두 명의 괴인이 따라서 몸을 날렸다. 그들의 움직임은 이상하리만치 빨라 마치 움직이는 담벼락처럼 또다시 영호충의 앞을 가로막았고, 영호충은 두 사람에게 부딪혀 다시 아래로 떨어졌다. 몸이 바닥에 닿기 전, 그는 검을 뽑기 위해 재빨리 검자루를 붙잡아 힘껏 당겼다. 그러나 갑자기 어깨가 묵직해졌다. 뒤에 있던 괴인 두 명이 팔을 하나씩 뻗어 어깨를 누른 것이다. 검은 검집에서 한 자쯤 빠져나온 상태로 멈추고 말았다. 어깨를 누르는 손은 족히 100근은 나갈 듯이 무거워 검을 뽑는 것은 말할 것도 없고 똑바로 서 있을 수조차 없다. 두 괴인은 그를 뒤로 쓰러뜨리고는 큰 소리로 웃어댔다.

"떠메고 가자!"

앞에 선 괴인들이 영호충의 발목을 하나씩 잡아 들어올렸다.

저쪽에서 육대유가 외쳐댔다.

"이봐요! 대체 왜 이러는 거예요?"

"저놈이 시끄럽게 떽떽거리잖아, 죽여버려!"

괴인 한 명이 팔을 들어올려 육대유의 목을 내리치려 하자 영호충이 황급히 소리를 질렀다.

"죽이면 안 되오! 죽이지 마시오!"

"알았어, 네 말대로 할게. 죽이지 말고 아혈啞穴만 짚자."

그 괴인이 휙 돌아서며 손가락을 퉁기자, 쉭 하는 소리와 함께 육대유의 아혈이 턱 막혔다. 고래고래 질러대던 육대유의 비명이 마치 칼로 싹둑 잘라낸 것처럼 뚝 끊겼다. 동시에 육대유는 충격을 이기지 못하고 몸을 잔뜩 웅크렸다. 생전 처음 보는 정확하고 힘찬 점혈법에 영호충은 혀를 내두르며 칭찬했다.

"훌륭하군!"

그 괴인은 의기양양하게 말했다.

"뭘 이런 걸로 놀라? 더 대단한 무공들도 많은데, 한번 보여줄까?"

평소라면 호기심에 보여달라고 달려들 영호충이지만, 지금은 사부의 안위가 걱정되어 그럴 기분이 아니었다.

"됐소!"

거절당한 괴인이 분노를 터뜨렸다.

"어째서 안 보겠다는 거야? 반드시 보여주고야 말 테다."

그는 영호충과 그의 사지를 붙잡은 괴인들의 머리 위로 몸을 날린 뒤 마치 허공을 걷듯 똑바로 날아갔다.

제비처럼 가볍고 우아하기 그지없는 자세에 영호충은 저도 모르게 찬탄을 쏟아냈다.

"훌륭한 무공이구려!"

괴인은 먼지 하나 날리지 않고 살며시 땅에 내려선 뒤 그를 돌아보았다.

말상의 길쭉한 얼굴에 웃음이 가득했다.

"별로 대단한 것도 아니야. 더 멋진 것도 있다고."

마흔은 훌쩍 넘겼을 나이인데 성격은 열 살도 안 된 어린아이 같아서, 칭찬을 받자 자꾸만 자랑을 하고 싶어 했다. 고강한 무공과 유치한 성격이 극도의 대비를 이뤄 실로 괴상하고 기이한 느낌을 주었다.

영호충은 그 모습을 보며 생각했다.

'사부님과 사모님께 강적이 나타났는데 숭산파와 태산파까지 적을 돕고 있으니 내가 가더라도 큰 도움은 되지 않을 것이다. 차라리 이 괴인들을 데려가 두 분을 도와드리는 게 어떨까?'

그는 결심을 하고 짐짓 고개를 저으며 말했다.

"그 정도 무공이라면 뽐내기에는 한참 멀었소."

그 괴인은 눈살을 찌푸렸다.

"왜? 네가 우리 손에 잡혔잖아?"

"나는 화산파의 무명소졸에 불과한데 나 한 사람 잡기가 무에 그리 어렵겠소? 하지만 지금 이 산에는 숭산파, 태산파, 형산파, 화산파의 고수들이 모여 있소. 그들에게 도전할 용기가 있소?"

"못할 게 뭐 있어? 그자들은 어디 있는데?"

다른 괴인이 퉁을 주었다.

"우리는 내기에서 그 꼬마 여승을 이겼어. 꼬마 여승은 영호충을 잡아오라고 했지, 숭산파니 태산파니 하는 자들에게 도전하라고는 하지 않았다고. 이길 때마다 소원 하나를 들어주기로 했는데 다른 일까지 하면 우리 손해야. 그냥 가자."

영호충은 다소 마음이 놓였다.

'이제 보니 의림 사매가 보냈구나. 그렇다면 적이 아니지. 내기에서 져서 어쩔 수 없이 찾아온 모양인데, 자존심이 강해서 내기에서 이겼다고 하는군.'

그는 빙그레 웃으며 말을 건넸다.

"아참, 그 숭산파의 고수는 귤껍질 같은 얼굴에 말상의 괴인들이야말로 아무짝에도 쓸모없는 자들이라고 했었소. 눈에 띄기만 하면 한 명씩 개미처럼 짓이겨 죽여주겠다고 큰소리를 치더구려. 그런데 당신들은 그자의 목소리만 듣고도 줄행랑을 놓으려 하다니, 안타깝기 그지없는 일이오."

그 말을 듣자 여섯 괴인은 화를 참지 못하고 괴성을 질러댔다. 영호충을 떠메고 있던 네 사람도 그를 내려놓고 너 한마디 나 한마디 떠들어대기 시작했다.

"그놈 어디 있어? 어서 안내해! 누가 이기나 해보자고!"

"숭산파, 태산파가 뭐 하는 놈들이야? 우리 도곡육선桃谷六仙의 발끝 때만도 못한 것들이⋯."

"살기가 귀찮아진 모양이야. 감히 우리 도곡육선을 개미처럼 짓이기겠다고?"

영호충이 더욱 부추겼다.

"당신들은 도곡육선이라 자칭하지만 그자는 입만 열었다 하면 도곡육귀桃谷六鬼라고 하더구려. 아예 여섯 꼬맹이라고 한 적도 있소. 육선, 아무래도 멀리 달아나는 것이 좋겠소. 그자의 무공은 무시무시해서 당신들도 이기지 못할 거요."

한 괴인이 버럭 소리를 질렀다.

"안 돼, 안 돼! 그러니까 진짜 싸워봐야지!"

다른 사람이 반대했다.

"아니, 안 좋아. 그 숭산파 고수가 대놓고 큰소리를 친 걸 보면 꽤 솜씨가 있을 거야. 우리를 도곡꼬마라고 불렀으니 선배일 테고⋯ 그럼 이길 수가 없다고. 사고는 피하는 게 나아. 빨리 돌아가자."

다른 사람이 퉁을 주었다.

"여섯째는 이렇게 간이 작다니까. 싸워보지도 않고 이길 수 있을지 없을지 어떻게 알아?"

간이 작은 괴인이 반박했다.

"정말 개미처럼 짓이겨지면 우리 손해잖아? 싸우다가 죽으면 다시 살아날 수도 없어."

영호충은 속으로 웃음을 참으며 말했다.

"옳은 말이오. 달아나려면 서둘러야 하오. 그자가 당신들이 왔다는 사실을 알고 쫓아오기라도 하면 정말 끝장이잖소."

간이 작은 괴인은 그 말을 듣기 무섭게 걸음아 날 살려라 하고 모습을 감춰버렸다. 이를 본 영호충은 깜짝 놀랐다.

'엄청난 경공술이구나.'

다른 괴인이 소리를 질렀다.

"여섯째는 겁쟁이야. 가게 내버려둬. 우리끼리 그 숭산파 고수와 싸우자."

나머지 사람들도 맞장구를 쳤다.

"가자! 우리 도곡육선은 천하무적인데 그깟 놈을 두려워할까 보냐?"

그중 한 명이 영호충의 어깨를 툭툭 치며 말했다.

"어서 그놈에게 안내해. 그놈이 우리를 정말 개미처럼 짓이겨놓는지 잘 보라고."

영호충은 고개를 끄덕였다.

"데려가는 것은 어렵지 않소. 하지만 당당한 남아대장부가 협박을 받고 움직일 수야 없지. 나는 단지 그 숭산파 고수가 당신들을 비웃고 조롱하는 것이 마음에 들지 않았고, 또 당신들의 높은 무공에 탄복해 의리로 데려다주는 것뿐이오. 머릿수만 믿고 나더러 이래라저래라 하면 이 영호충, 죽으면 죽었지 절대 따르지 않을 거요."

다섯 괴인이 동시에 박수를 쳤다.

"좋아, 제법 기개가 있는 녀석이구나. 보는 눈도 있고. 우리 형제의 고강한 무공을 알아보다니, 우리도 탄복했어."

"그렇다면 데려다주겠소. 하지만 그자를 만났을 때 쓸데없는 말이나 행동은 하지 마시오. 잘못하면 무림의 영웅호한들에게 도곡육선은 경박하고 유치하며 세상을 모른다는 비웃음을 살 거요. 그러니 무조건 내 말만 따르시오. 그러지 않으면 당신들 체면도 체면이지만, 나도 고개를 들 수 없게 되오."

떠보느라 해본 말이었지만, 뜻밖에도 괴인들은 고분고분 약속했다.

"그야 좋지. 우리도 더 이상 사람들이 우리더러 유치하고 세상을 모른다고 떠들어대도록 내버려둘 수는 없다고."

보아하니 '유치하고 세상을 모른다'는 말을 귀가 닳도록 들어 내심 부끄러워하던 모양인데, 영호충의 말이 아픈 곳을 찌른 것이었다.

영호충은 고개를 끄덕였다.

"좋소, 나를 따라오시오."

그는 서둘러 산길을 걷기 시작했고, 다섯 괴인들도 뒤를 따랐다. 얼마 가지 않아 바위 뒤에서 얼굴을 빼끔히 내밀고 살피는 간이 작은 괴인이 보였다. 영호충이 그의 용기를 북돋아주기 위해 말했다.

"숭산파의 그 늙은이는 당신보다 무공이 훨씬 뒤떨어지니 겁먹을 필요 없소. 다 같이 따지러 가는 길이니 같이 갑시다."

그 괴인은 몹시 기뻐했다.

"좋아, 나도 갈래."

그는 일행에 따라붙으며 물었다.

"그 늙은이의 무공이 나보다 뒤떨어진다고 했는데, 그럼 내가 훨씬 세다는 거야, 아니면 그자가 세다는 거야?"

간만 작은 게 아니라 성격까지 무척 신중한 사람이었다. 영호충은 웃으며 대답했다.

"당연히 당신이 훨씬 세오. 달아날 때 보니 경공술이 아주 뛰어나던데, 그 정도면 그 숭산파 늙은이가 절대 쫓아가지 못할 거요."

그러자 괴인은 신이 나서 그의 곁으로 다가왔지만, 여전히 마음을 놓지 못했다.

"만에 하나 쫓아오면 어쩌지?"

"내가 옆에 딱 붙어 있겠소. 그자가 정말 간이 부어서 당신을 쫓아오면…!"

영호충은 검을 반쯤 뽑은 뒤 탁 소리를 내며 다시 검집에 넣었다.

"단칼에 죽여버리겠소."

괴인은 기뻐서 싱글벙글했다.

"좋아, 아주 좋아! 한 말은 꼭 지켜야 해!"

"당연한 말이오. 하지만 그자가 당신을 쫓지 않으면 내 손으로 죽이지는 않겠소."

"그래야지. 쫓아오지 않으면 그냥 내버려둬."

영호충은 속으로 피식 웃었다.

'당신이 발만 한 번 굴러도 그 누가 쫓을 수 있겠소?'

그는 따라오는 도곡육선을 돌아보며 생각했다.

'이 괴인들은 순박하고 단순한 게, 나쁜 사람들은 아니군. 사귀어도 나쁘지 않겠는걸.'

그는 그들을 향해 큰 소리로 물었다.

"여섯 분의 명성은 귀가 아프게 들었는데, 이렇게 만나보니 과연 명불허전이구려. 안타깝게도 나는 아직 여러분의 존성대명을 모르오."

괴인들은 그 말이 어딘지 모순적이라는 생각이 얼핏 들었지만, 귀가 아프도록 명성을 들었다는 말에 기분이 좋아져 의심조차 해보지 않았다.

한 사람이 제일 먼저 대답했다.

"내가 큰 형이고 이름은 도근선桃根仙이야."

또 다른 사람이 입을 열었다.

"나는 둘째 도간선桃幹仙."

또 다른 사람도 말했다.

"나는 셋째인지 넷째인지 모르지만 이름은 도지선桃枝仙이야."

그리고 다른 괴인을 가리키며 말했다.

"쟤도 셋째인지 넷째인지 모르지만 이름은 도엽선桃葉仙이고."

영호충은 고개를 갸웃했다.

"어째서 스스로 셋째인지 넷째인지 모르는 거요?"

도지선이 대답했다.

"우리가 몰라서 그러는 게 아니야. 엄마 아빠가 잊어버린 거라고."

도엽선이 끼어들었다.

"생각해봐. 엄마 아빠가 너를 낳고는 그 사실을 잊어버리면, 갓난아기 혼자 무슨 수로 세상에 자기가 태어났다는 것을 알겠어?"

영호충은 웃음을 꾹 참으며 고개를 끄덕였다.

"그렇군. 일리 있는 말이오. 다행히 우리 부모님은 나를 낳았다는 사실을 잊지 않으셨소."

"바로 그거야!"

영호충이 다시 물었다.

"그런데 영존과 자당께서 어쩌다 그 사실을 잊으셨소?"

"그야 아빠와 엄마도 우리를 낳으실 때는 누가 먼저 태어났는지 기억하셨지. 그런데 몇 년 후에 그만 잊어버리신 거야. 그래서 우리는 누가 셋째고 누가 넷째인지 몰라."

도엽선은 도지선을 가리키며 말을 이었다.

"쟤는 자기가 셋째라고 우기는데 내가 형님이라고 부르지 않으면 자꾸 싸움을 걸어서 그냥 그러라고 했어."

영호충은 웃으며 물었다.

"이제 보니 여러분은 형제였구려."

"맞아, 우리는 여섯 형제야."

영호충은 속으로 웃음을 지었다.

'부모가 어리숙하니 아들도 어리숙할 수밖에.'

그는 나머지 두 사람을 바라보며 물었다.

"두 분의 성함은 어찌 되시오?"

간이 작은 사람이 말했다

"내가 말할게. 나는 여섯째 도실선桃實仙이고, 저기 다섯째 형님은 도화선桃花仙이야."

영호충은 실소를 금치 못했다.

'도화선이란 이름을 가진 사람이 저렇게 추악한 얼굴을 하고 있다니, '도화'라는 단어와는 도무지 어울리지 않는걸.'

도화선은 웃는 그를 보고 기쁜 듯이 물었다.

"여섯 형제 중에 내 이름이 가장 낫지? 나만한 이름이 없다니까."

영호충은 웃으며 칭찬했다.

"도화선이라는 이름은 확실히 듣기 좋구려. 하지만 도근, 도간, 도지, 도엽, 도실도 좋은 이름이오. 아주 잘 지으셨소! 나도 그렇게 좋은 이름을 가졌더라면 기뻐서 펄쩍펄쩍 뛰었을 거요."

도곡육선은 기분이 좋아 덩실덩실 춤을 추며 영호충을 세상에서 제일 좋은 사람이라고 생각했다.

영호충이 웃으며 말했다.

"이제 갑시다. 도 형, 내 사제의 혈도를 좀 풀어주시오. 점혈 수법이 너무 고강해 신의 경지에 이르렀을 정도라 내 힘으로는 도저히 풀 수가 없소."

또다시 아부에 넘어간 도곡육선은 우르르 달려가 서로 육대유의 혈도를 풀어주겠다고 야단법석을 떨었다.

사과애에서 화산파 정기당까지는 산길로 11리 길이었다. 육대유를 제외한 다른 사람들은 걸음이 무척 빨라 금방 정기당에 도착했다.

정기당 밖에는 노덕낙, 양발, 시대자, 악영산, 임평지 등 수십 명의 사제와 사매들이 걱정스러운 얼굴로 서 있다가 대사형이 나타나자 무척 기뻐하며 맞았다.

노덕낙이 영호충을 맞이하며 소리 죽여 말했다.

"대사형, 사부님과 사모님께서 손님을 맞고 계십니다."

영호충은 도곡육선에게 조용히 기다리라는 손짓을 한 뒤 역시 소리 죽여 말했다.

"저들은 내 친구니 신경 쓰지 말게. 안을 좀 살펴보겠네."

그는 대청으로 가서 창틈으로 안을 살폈다. 악불군과 악 부인이 손님을 맞을 때 제자들이 안을 엿봐서는 안 되지만, 사문에 중대한 위기가 닥친 지금은 그 누구도 영호충의 행동이 잘못이라고 생각하지 않았다.

笑傲江湖